J. KENNER

Deep love

Von J. Kenner sind im Diana Verlag erschienen:

Dir verfallen (Stark 1)
Dir ergeben (Stark 2)
Dich erfüllen (Stark 3)
Dich lieben (Stark 4)

Dich befreien (Stark Novella 1)
Dir gehören (Stark Novella 2)
Dir vertrauen (Stark Novella 3)
Dich begehren (Stark Novella 4)
Dich beschenken (Stark Novella 5)
Dich besitzen (Stark Novella 6)
Dich berühren (Stark Novella 7)
Dich fühlen (Stark Novella 8)

Zähme mich (Stark Friends Novella 1)

Wanted (1): Lass dich verführen
Wanted (2): Lass dich fesseln
Wanted (3): Lass dich fallen

Closer to you (1): Folge mir
Closer to you (2): Spüre mich
Closer to you (3): Erkenne mich

Dirty Secrets (Secrets 1)
Sexy Secrets (Secrets 2)
Dangerous Secrets (Secrets 3)

Deep Love (Deep 1)

J. KENNER

deep *love*

ROMAN

Band 1

Aus dem amerikanischen Englisch
von Emma Ohlsen

DIANA

Sollte diese Publikation Links auf Webseiten Dritter enthalten, so übernehmen wir für deren Inhalte keine Haftung, da wir uns diese nicht zu eigen machen, sondern lediglich auf deren Stand zum Zeitpunkt der Erstveröffentlichung verweisen.

MIX
Papier aus verantwortungsvollen Quellen
FSC® C014496
FSC
www.fsc.org

Verlagsgruppe Random House FSC®-N001967

Deutsche Erstausgabe 05/2018

Die Originalausgabe erschien 2017 unter dem Titel *Wicked Grind* bei Martini & Olive Books.

Redaktion: Antje Steinhäuser
Umschlaggestaltung: t. mutzenbach design, München
Umschlagmotiv: © Dragol Kostadinov, aPhoenixPhotographer/Shutterstock
Satz: Christine Roithner Verlagsservice, Breitenaich
Druck und Bindung: GGP Media GmbH, Pößneck

Printed in Germany
ISBN 978-3-453-35965-9

www.diana-verlag.de
Besuchen Sie uns auch auf www.herzenszeilen.de
Dieses Buch ist auch als E-Book lieferbar.

Für Melissa.
Denn sie ist der Boss.

PROLOG

Ich hatte geglaubt, dass er für immer aus meinem Leben verschwunden war. Dass nichts von ihm geblieben war außer einer Erinnerung, scharf und verboten. Erschreckend und doch verlockend.

Die Erinnerung an den Mann, der alles veränderte.

An die Nacht, die meine Welt zum Einsturz brachte.

Ich redete mir ein, dass ich darüber hinweg war. Dass ich ihm begegnen könnte, ohne mich von ihm angezogen zu fühlen. Ohne die Scham und den Schmerz neu zu durchleben.

Ich habe das jedenfalls geglaubt.

Ich hätte es wahrhaftig besser wissen müssen …

1

Er war von nackten Frauen umgeben und zu Tode gelangweilt.

Wyatt Royce musste sich zwingen, nicht die Stirn zu runzeln, als er die Kamera senkte, ohne auf den Auslöser gedrückt zu haben. Nachdenklich wich er einen Schritt zurück und musterte die vier Frauen, die vor ihm standen, wie Gott sie erschaffen hatte.

Wunderschöne Frauen. Selbstbewusste Frauen. Mit Traumfiguren, makelloser Haut, strahlenden Augen und starker, geschmeidiger Muskulatur, die ahnen ließ, wie engagiert sie ihren Körper im Bett einsetzen konnten.

Mit anderen Worten, jede dieser vier Frauen hatte ihren ganz besonderen erotischen Reiz. Jede hatte das gewisse Etwas, nach dem sich Männer wie Frauen umdrehten.

Doch keine von ihnen hatte »es«.

»Wyatt? Bist du so weit?«

Jon Pauls Stimme holte Wyatt aus seinen frustrierten Überlegungen, und er nickte seinem Beleuchter zu. »Tut mir leid. Ich war in Gedanken.«

JP wandte den Frauen den Rücken zu, ehe er Wyatt mit einem anzüglichen Grinsen bedachte. »Kann ich mir vorstellen.«

Wyatt lachte leise. »Platz, Bello!« Wyatt hatte den dreiundzwanzigjährigen Studenten der Fotografie vor sechs Monaten ursprünglich als Mädchen für alles engagiert. Aber als sich herausstellte, dass JP nicht nur ein großartiger Fotograf, sondern auch ein Beleuchtungswunder war, hatte sich die Chef-Assistent-Beziehung langsam zu einer von Mentor und Protegé entwickelt, aus der inzwischen eine Freundschaft geworden war.

JP machte seinen Job verdammt gut, und Wyatt konnte sich auf ihn verlassen. Doch JPs Fachgebiet war eigentlich Architektur. Die Tatsache, dass die Models, denen er tagtäglich gegenüberstand, nicht nur schön, sondern in den meisten Fällen auch splitterfasernackt waren, war für ihn nicht nur ständige Quelle der Faszination sondern, wie Wyatt annahm, auch Anlass, mindestens einmal – vielleicht zwei- oder dreimal – täglich unter eine sehr kalte Dusche zu springen.

Nicht dass Wyatt ihm das hätte verübeln können. Schließlich war er derjenige, der die sinnlich-erotische Welt, in der JP und er selbst sich tagtäglich bewegten, inszeniert hatte. Seit Monaten nun verbrachte er, in seinem Studio verschanzt, jeden Tag mit atemberaubenden Frauen, begutachtete sie aus jedem Blickwinkel und fasste sie an, um sie behutsam für die Kamera in Position zu bringen. Stets taten sie, was er sagte, stets waren sie bemüht, es ihm recht zu machen, und sie verdrehten und verbogen ihre Körper, um verführerische Stellungen einzunehmen, die oftmals unnatürlich und nicht immer angenehm für sie waren. Und sie taten all dies ausschließlich aus dem Grund, weil er sie dazu anhielt.

Solange diese Frauen sich vor seiner Kamera befanden, gehörten sie ihm. Und er hätte sich selbst etwas vorgemacht, wenn er nicht zugegeben hätte, dass das Shooting in vielen Fällen erotisch mindestens so aufgeladen war wie die fertigen Bilder später.

Insofern konnte er die Verlockung sehr wohl nachvollziehen, wenn er sich selbst auch hütete, ihr nachzugeben. Denn obwohl nicht wenige Models keinen Zweifel daran ließen, dass sie ihm bereitwillig in sein Schlafzimmer gefolgt wären, kam das nicht infrage.

Zu viel hing von diesem Projekt ab.

Zu viel? Verdammt *alles* hing von der bevorstehenden Ausstellung ab. Seine Karriere. Sein Leben. Sein Ruf. Von seinen Ersparnissen ganz zu schweigen.

Vor achtzehn Monaten hatte er beschlossen, in der Welt der Kunst und der Fotografie Eindruck zu machen, und in nur siebenundzwanzig Tagen würde sich zeigen, ob er es geschafft hatte.

Seine Hoffnung war, dass sein Werk einschlug wie eine Kanonenkugel, die mit solcher Wucht aufs Wasser klatschte, dass alles und jeder im näheren Umfeld bis auf die Haut durchnässt wurde, während er, die Ursache der ganzen Aufregung, in aller Seelenruhe im Mittelpunkt stand.

Seine Befürchtung war, dass seine Ausstellung nicht mehr als ein Kräuseln auf der Oberfläche erzeugte, als hätte er nur am Beckenrand seinen großen Zeh ins Wasser gesteckt.

Hinter ihm hustete JP und riss ihn aus seinen Gedanken. Er blickte auf, stellte fest, dass alle vier Frauen ihn hoffnungsvoll ansahen, und fühlte sich wie der hinterletzte Schuft.

»Entschuldigt, meine Damen. Ich versuche mir nur gerade darüber klar zu werden, wie ich Sie haben will.« Er gab sich Mühe, seine Stimme neutral zu halten, doch die kleine Brünette kicherte trotzdem, ehe sie hastig die Lippen zusammenpresste und den Blick senkte. Wyatt tat, als hätte er nichts bemerkt. »JP, hol mir bitte die Leica aus dem Büro. Ich denke, ich sollte Schwarz-Weiß-Aufnahmen machen.«

Das dachte er ganz und gar nicht, zumindest nicht wirklich. Im Grunde genommen versuchte er nur, Zeit zu schinden. Er redete einfach, was ihm in den Sinn kam, bis er entschieden hatte, was – wenn überhaupt – er mit den Frauen anstellen sollte.

Während er sich langsam auf sie zubewegte, versuchte er zu ergründen, warum er derart desinteressiert war. Waren denn wirklich alle gänzlich ungeeignet für seine Zwecke? Für die eine Rolle, die er noch zu besetzen hatte?

Nachdenklich wanderte er um sie herum, begutachtete ihre Kurven, die Gesichtszüge, den warmen Schimmer der Haut im schummrigen Licht. Die eine hatte ein klassisches Profil mit aristokratischer Nase, die andere einen breiten, sinnlichen Mund. Die dritte hatte einen Schlafzimmerblick, der die Erfüllung aller erdenklicher Männerfantasien zu versprechen schien. Die vierte besaß genau die Art von großäugiger Unschuld, die nahezu darum bettelte, verdorben zu werden.

Jede dieser Frauen hatte über ihren Agenten ihre Mappe eingereicht, über deren Fotos er stundenlang gebrütet hatte. Er hatte noch eine Position auszufüllen, doch die war entscheidend, denn sie stellte das Herzstück der Ausstellung dar. Eine einzelne Frau, die all die sorgsam in Szene gesetzten Aufnahmen mit einer Serie von Aktbildern vereinen würde, die er bereits deutlich vor Augen hatte. Das perfekte Zusammenspiel von Licht und Szenerie, von Körper und Ausstrahlung. Sinnlichkeit mit Unschuld gepaart und mit Verruchtheit durchzogen.

Er wusste, was er wollte. Mehr noch: Irgendwo in der Tiefe wusste er sogar ziemlich genau, *wie* diese Person aussehen musste.

Bisher war sie noch nicht in sein Studio marschiert.

Doch es gab sie, dessen war er sich sicher. Wer immer sie war.

Dummerweise hatte er nur noch siebenundzwanzig Tage Zeit, um sie zu finden.

Was auch der Grund dafür war, warum er sich an Model-Agenturen gewandt hatte, obwohl in seiner ursprünglichen Vision für die Ausstellung nur Amateurinnen vorkamen. Frauen, die ihm am Strand auffielen, im Supermarkt oder wo immer er sich gerade aufhielt. Frauen aus seiner Vergangenheit. Frauen, denen er bei seiner Arbeit begegnete. In jedem Fall aber Frauen, die ihr Geld nicht mit ihrem Aussehen verdienten. Das hatte er sich in der Planungsphase geschworen.

Tja. Und doch telefonierte er nun die Agenturen ab, bat sie, ihm ihre sinnlichsten Models zu schicken und brach sein eigenes Versprechen, weil ihm die Zeit davonlief und seine Verzweiflung wuchs. Weil jene Idealfrau, die sich am Rand seines Bewusstseins versteckte, vielleicht ganz zufällig Model geworden war und inzwischen einen Agenten hatte.

Obwohl er im Grunde wusste, dass es nicht sein konnte. Nicht seine Idealfrau.

Nein, das Mädchen, das er wollte, würde eine fotografische Jungfrau sein. Dies war die Unschuld, die er einzufangen erhoffte, dies war seine Vision. Für die er sich nunmehr seit über eineinhalb Jahren neben seinem normalen Broterwerb als kommerzieller Fotograf aufrieb. Fotosessions, wann immer Zeit dafür war, endlose Nächte in der Dunkelkammer und oftmals nichts als Kaffee und Eiweißriegel, weil keine Zeit war, sich etwas zu holen, von selbst zu kochen ganz zu schweigen.

Monatelang hatte er auf ein Ziel hin geplant, geschuftet, sich gesorgt und weiter geschuftet. Und dann jene raren, kostbaren Momente, in denen er ganz genau wusste, dass er im Begriff stand, etwas wahrhaft – wahrhaft! – Spektakuläres zu erschaffen!

Ja, er war erschöpft. Aber er hatte es bald geschafft.

Bisher hatte er für die Ausstellung einundvierzig endgültige Bilder ausgewählt, und jedes einzelne war nach seinen Maßstäben reine Perfektion.

Er brauchte also nur noch die letzten neun. Einen letzten Satz Fotos jener idealen Frau, nach der er noch immer suchte. Fotos, die seine Vision in ihrer ganzen Pracht und Bedeutung hervortreten lassen und sein Werk abrunden würde.

Was hatte er alles geopfert, um endlich auf diese Zielgerade zu gelangen. Und doch stand er hier und vergeudete seine Zeit mit Frauen, die zwar schön und erotisch waren, doch in keiner Weise das darstellten, was er wollte oder brauchte.

Verdammt.

Frustriert seufzend fuhr sich Wyatt mit der Hand durch das dichte, kurze Haar. »Also, meine Damen, ich denke, wir sind fertig für heute. Ich danke Ihnen für Ihre Zeit und Ihr Interesse an meinem Projekt. Ich werde mir Ihre Mappen noch einmal ansehen und mich mit Ihren Agenten in Verbindung setzen, falls ich Sie buchen möchte. Sie können sich jetzt anziehen.«

Ratlos sahen die Frauen einander an. Auch JP, der in diesem Augenblick mit der Leica am Riemen über der Schulter zurückkehrte, stutzte verblüfft. Hinter ihm betrat eine große Rothaarige das Studio.

»Siobhan«, sagte Wyatt und ignorierte die dumpfe Vorahnung, die sich augenblicklich in seinen Eingeweiden bemerkbar machte. »Ich hatte gar nicht auf dem Plan, dass wir einen Termin haben.«

»Ich dachte, du wolltest eine Schwarz-Weiß-Serie schießen«, sagte JP gleichzeitig und hielt vorwurfsvoll die Leica hoch.

Die Frauen, die sich gerade ihre Bademäntel überzogen, hielten, offenbar verunsichert, mitten in der Bewegung inne.

»Wir sind fertig«, wiederholte Wyatt an sie gewandt, ehe er seinem Assistenten zunickte. »Ich habe alles, was ich brauche, um eine Entscheidung zu treffen.«

»Na klar, wie du meinst. Du bist der Boss«, murmelte JP, warf dabei aber Siobhan einen Seitenblick zu. Sie hatte die Arme vor der Brust verschränkt und zog nun die Brauen zusammen – verwirrt oder verärgert oder vielleicht auch beides.

Dennoch hielt sie sich mit den Fragen zurück, bis auch das letzte Model im Flur verschwunden war, der zur Garderobe führte, und die Tür leise klickend ins Schloss fiel.

»Du hast also, was du brauchst?«, sagte sie, ohne sich mit Floskeln aufzuhalten. »Heißt das, dass eines der Models das Mädchen ist, nach dem du gesucht hast?«

»Bist du deswegen hier? Um zu überprüfen, welche Fortschritte ich mache?« *Mist.* Er klang wie ein kleiner Junge, der etwas angestellt hatte und sich nun vor der Direktorin rechtfertigen musste.

Zum Glück lachte Siobhan nur. »Erstens schließe ich aus deinem trotzigen Tonfall, dass die Antwort Nein lautet. Zweitens bin ich vor allem aus Freundschaft die Leiterin deiner Ausstellung, und in meiner Eigenschaft als deine Freundin frage ich dich auch, was zum Teufel du hier eigentlich machst. Wir haben keinen Monat mehr, um das ganze Ding zusammenzustricken. Wenn also keine der Frauen diejenige welche ist, dann sag mir bitte, was ich tun kann, um dir zu helfen. Denn auch für mich hängt an der Sache einiges, wie du weißt. Floppt die Ausstellung, sind wir beide erledigt.«

»Vielen Dank«, erwiderte er trocken. »Ich weiß deine aufmunternden Worte zu schätzen.«

»Hör auf zu heulen. Ich will dich auf dem Cover von jedem Kunst- und Fotomagazin in diesem Land sehen, und ich will, dass deine Ausstellung in den nächsten fünf Jahren landesweit von mindestens einem Dutzend Museen und Galerien gebucht wird. Was dich aufmuntert, interessiert mich gerade nicht. Zieh das hier einfach nur durch.«

Wyatt musste sich ein Grinsen verkneifen. »Ist das alles?«

»Keineswegs. Ich will befördert werden. Meine Chefin überlegt, nach Manhattan zu ziehen. Ich will ihr Büro.«

»Es ist immer gut, Ziele im Leben zu haben«, kommentierte JP und deutete mit einer Kopfbewegung auf Wyatt. »Ich will seins.«

»Geh«, sagte Wyatt und zeigte mit dem Daumen in Richtung Garderobe. »Lass die Mädchen durch die Galerie raus.« Sein Studio befand sich auf zwei Etagen und verfügte sowohl über einen diskreten Ausgang auf die Gasse hinter dem Gebäude als auch über eine frisch renovierte Galerie mit einer großen Schaufensterfläche, die auf eine belebte Einkaufsstraße von Santa Monica hinausging.

»Du bist also wirklich fertig?«, hakte JP nach. »Das war's? Keine einzige Aufnahme?«

»Ich brauche nichts mehr zu sehen«, gab Wyatt zurück. »Wenn du zu den Mädchen gehst, bequatsch sie ein bisschen, damit sie nicht meinen, sie hätten hier ihre Zeit vergeudet. Wir sehen uns morgen.«

»Das ist dein subtiler Versuch, mich loszuwerden, nicht wahr?«

»Sei nicht albern. Von subtil kann keine Rede sein.«

JP grinste, sagte aber nichts. Mit einem letzten Winken zu Siobhan verschwand er im Flur nach hinten.

»Also? Was kann ich tun?«, fragte Siobhan, sobald er fort war. »Soll ich ein Casting organisieren? Du weißt, dass ich eine ganze Menge wirklich heißer Frauen kenne.«

Und ob sie das tat. Tatsächlich spielte Siobhans Freundin Cassidy in der Ausstellung eine wichtige Rolle. Und im Übrigen hatte Wyatt es Cass zu verdanken, dass er Siobhan überhaupt kennengelernt hatte, die nicht nur aus der Kunstszene kam, sondern auch noch einen prestigeträchtigen Job als Assistant Director am Stark Center for the Visual Arts in Los Angeles' Innenstadt hatte.

Ursprünglich hatte sich Wyatt eine bedeutend kleinere Ausstellung in seinem eigenen Studio vorgestellt. Die Örtlichkeit war schließlich gut, und er erhoffte sich Laufkundschaft, da viele Leute von der Third Street Promenade herüberkamen. Ungefähr vor acht Monaten hatte er Cass gebeten, für ihn Modell zu stehen, und das nicht nur, weil sie eine Schönheit war. Er kannte die schrille Tattoo-Künstlerin lange genug, um zu wissen, dass sie keine Pose, die er sich vorstellte, scheuen würde, und mochte sie noch so provokant sein. Cass war alles andere als schüchtern und liebte es zu schockieren … solange es nach ihren Bedingungen geschah.

Siobhan hatte sie begleitet, und Wyatt zeigte ihnen zunächst drei Werke, die er bereits vollendet hatte, damit Cass sich ein Bild von seiner Vision machen konnte. Es war das erste Mal, dass er sein Vorhaben en detail erklärte, und der Effekt war nahezu kathartisch, da Siobhan seine Sprache sprach und Cassidy selbst eine Künstlerin war, auch wenn sie auf Haut statt auf Leinwand arbeitete.

Er hatte ihnen erklärt, dass er ursprünglich nur eine Pause von den üblichen Porträts und Werbefotos gebraucht hatte, mit denen er seine Brötchen verdiente. Tatsächlich begann er bereits, sich mit Landschaften und Großstadtszenen auch auf künstlerischer Ebene einen Namen zu machen. Und obwohl er sich über solche Erfolge freute, blieb es letztendlich unbefriedigend, da sein Herz nicht daran hing. Ja, die Natur bot viel Schönheit, aber Wyatt wollte weibliche Erotik auf Film bannen.

Mehr noch, er wollte eine Geschichte erzählen. Von Schönheit. Unschuld. Verlangen. Ekstase. Er wollte die Welt durch die Augen dieser Frauen sehen und die Frauen durch die Augen der Welt.

Letztendlich wollte er die Erotik zur Kunst erheben und sie dazu verwenden, mehr über seine Modelle zu verraten, als sie sich selbst bewusst waren. Stärke und Sinnlichkeit, Leidenschaft und Zartheit. Er stellte sich vor, den Betrachter mit einer Reihe provokanter Bilder auf eine Reise von Unschuld über Wollust zu Zügellosigkeit und wieder zurück zu schicken – eine Reise, die ihm den Atem rauben und sein Verlangen wecken würde.

An jenem Nachmittag hatten sich Wyatt, Siobhan und Cass über eine Stunde lang unterhalten. Er zeigte ihnen Beispiele, beschrieb, welche Emotionen er wecken wollte, hörte sich ihre Vorschläge an und stellte zufrieden fest, dass sie offensichtlich von seinem Konzept begeistert waren. Eine weitere Stunde lang stand Cass für ihn Modell. Er verknipste drei ganze Filme und wusste, dass das, was er aufnahm, zu dem Besten gehörte, was er bisher vollbracht hatte.

Anschließend spazierten sie zum Q, ein Restaurant in Santa Monica, das für seine Martinis bekannt war, und stießen auf sein Projekt, Cass' Bilder und Siobhans Karriere an, und als der Abend endete, hatte er in Bezug auf sein kleines Projekt ein verdammt gutes Gefühl.

Am nächsten Morgen war es sogar noch besser gekommen. Siobhan stand nämlich mit einem offiziellen Angebot vom Stark Center auf seiner Matte, und er willigte umgehend ein, ohne darüber nachzudenken, dass dadurch noch eine Person von seinem Erfolg abhing – und durch potenzielles Scheitern in Schwierigkeiten geraten könnte.

»Ich meine es ernst«, sagte Siobhan nun, als das Schweigen sich in die Länge zog. »Was immer du brauchst.«

»Ich finde sie«, gab Wyatt zurück. »Ich habe noch Zeit.«

»Aber nicht mehr viel«, erwiderte sie. »Du weißt, dass ich die Drucke für den Katalog brauche; von der Gestaltung der Räumlichkeiten will ich erst gar nicht reden. Keisha wird langsam nervös.« Keisha war ihre Chefin. »Wir arbeiten normalerweise nicht in so engen Zeitfenstern.«

»Ich weiß. Es wird …«

»Siebenundzwanzig Tage bis zur Vernissage, Wyatt.« Er konnte die Anspannung in ihrer Stimme hören, und es gefiel ihm gar nicht, dass er die Ursache dafür war. »Aber nur noch ungefähr die Hälfte, bis du die Drucke abliefern musst. Uns läuft die Zeit weg. Wenn du nicht *die* eine finden kannst, dann musst du *irgend*eine nehmen. Es tut mir leid, aber …«

»Ich sagte ja schon, dass ich sie finde. Vertrau mir einfach, okay?«

Im Augenblick sah sie nicht so aus, als würde sie ihm auch nur ihren Goldfisch anvertrauen, aber Profi, der sie war, nickte sie. »Na schön. In diesem Fall brauchst du mir heute nur das neueste Bild zu zeigen, damit ich die PR-Kampagne besser planen kann. Und du mailst mir die Datei für den Katalog?«

»Na klar.« Er trat an eine verhängte Leinwand, die mittig an der Wand hing. »Hier ist es.« Er zog das Tuch herab und enthüllte eine lebensgroße Schwarz-Weiß-Aufnahme einer Frau, die sich anzog. Auf den ersten Blick schien es nicht das pikanteste seiner Werke, doch das täuschte, denn die Frau stand in einem Ankleidezimmer, in dem sich mindestens ein Dutzend Männer hinter den Kleidern und Mänteln verbarg und sie beobachtete.

Die Frau war sich dessen nicht bewusst. Sie hatte einen Fuß auf einen Hocker gestellt und beugte sich vor, um einen Straps zu befestigen. Der Betrachter hatte keine direkte Draufsicht; er sah zunächst nur den Rock, eine Andeutung des Strumpfhalters und ein Bein.

Dann erst entdeckte man den Spiegel hinter ihr. Ein Spiegel, der enthüllte, dass sie unter dem Strapsgürtel kein Höschen trug. Und obwohl nichts auf dem Foto der Fantasie überlassen wurde, war es noch immer kein besonders scharfes oder anzügliches Foto. *Dann* jedoch sah man die Reflektion eines anderen Spiegels im Spiegel. Und darin noch einen. Und noch einen. Und in jedem das Abbild derselben Frau, die jedes Mal etwas gewagter posierte, bis sie in der Ferne nackt zu sehen war – eine Hand zwischen den Beinen, die andere an der Kehle, den Kopf ekstatisch zurückgeworfen. Und die Männer, die im Schrank gelauert hatten, standen nun um sie herum, fassten sie an und liebkosten sie.

Der Clou an dem Bild aber war, dass die letzte Spiegelung sich tief im Bildhintergrund befand. Um das Wesentliche erkennen zu können, musste man schon so nah an das Foto herantreten, dass man fast mit der Nase dagegen stieß.

Wyatt freute sich schon jetzt darauf, Besucher der Ausstellung dabei zu beobachten.

»Das ist großartig«, sagte Siobhan ehrfürchtig.

»Es war eine Höllenarbeit, es zu inszenieren und zu entwickeln. Wir haben Stunden am Set und in der Dunkelkammer verbracht.«

»Du hättest es digital bearbeiten können.«

Er schnaubte. »Nein. Bei manchen Bildern – meinetwegen. Aber nicht bei dem.« Er wandte den Kopf und betrachtete es kritisch. »Das hier musste Handarbeit sein. Es geht genauso sehr um den Werdegang wie um das fertige Produkt.«

»Ja. Das verstehe ich.« Siobhans Blick begegnete seinem, und der Respekt, den er in ihren Augen sah, rief ihm wieder in Erinnerung, warum er nicht einfach nur für sich selbst fotografierte. »Ich würde es gerne jetzt sofort mitnehmen, um es Keisha zu zeigen.«

»Bald.« Siobhan und Keisha hätten am liebsten jeden Druck sofort von Wyatt ausgehändigt bekommen, aber er hatte sich gesträubt. Er müsse von seinen Werken umgeben sein, hatte er ihnen erklärt, damit die Kontinuität der Geschichte, wie sie schließlich in der Ausstellung erscheinen sollte, gewährleistet sei. Und aufgrund der Größe der Leinwand sowie Besonderheiten, die in der Dunkelkammer entstanden, konnten Duplikate einen falschen Eindruck erzeugen.

Was bedeutete, dass Siobhan zu ihm kam, wenn sie ein Bild sehen wollte. Und da sie zurzeit den Katalog zusammenstellte und Material für Werbezwecke brauchte, kam sie oft.

Wyatt hatte darauf bestanden, dass kein Foto vor der Ausstellungseröffnung gezeigt werden durfte, und Siobhans Team hatte ihm versprochen, dass der rasch anwachsende Katalog-Prototyp unter Verschluss gehalten werden würde. Darüber hinaus würde die Werbung im Vorfeld der Vernissage keines der Werke in seiner Gänze zeigen, sondern mit wohldosierten Einblicken in die spezielle provokante Sinnlichkeit locken.

Und das war ihnen gelungen; die Kampagne war schon jetzt ein Erfolg. Die Galerie hatte ein Bild pro Monat veröffentlicht – eins seiner Fotos, ja, aber nur ein sexy Ausschnitt, der mithilfe unterschiedlicher Mittel erreicht worden war. Clever und effektiv: Mal lag gelbes Absperrband über dem Foto, ein anderes Mal blickte man durch das Schlüsselloch einer Hotelzimmertür.

Wyatt war bereits interviewt worden, man hatte in nicht weniger als fünf lokalen Zeitungen und Zeitschriften über die kommende Ausstellung berichtet, und er war am Tag der Vernissage für zwei Sendungen im Frühstücksfernsehen gebucht worden.

Keine schlechte Bilanz bisher, und das sagte er Siobhan auch.

»Wenn du unserer Kampagne einen echten Schub verschaffen willst«, antwortete sie, »dann sollten wir deine Großmutter ins Boot holen.«

»Nein«, kam die Antwort prompt.

»Wyatt …«

»Ich sagte nein. Diese Ausstellung ist allein meine. Ich kann nicht verbergen, wer ich bin, aber ich muss damit nicht hausieren gehen. Wenn wir meine Großmutter hervorkramen, sie ins Frühstücksfernsehen schicken und sie ihr Loblied auf den kleinen Wyatt singen lassen, dann trudelt hier die ganze Welt ein, und das weißt du.«

»Ähm, ja, darum geht's doch. Die Leute auf deine Kunst aufmerksam zu machen.«

»Aber ich will, dass sie wegen meiner Kunst kommen. Nicht weil sie hoffen, ein Autogramm von Anika Segel zu kriegen.«

»Hauptsache ist doch, dass sie deine Bilder sehen und sich in sie verlieben. Wen kümmert es, was sie in die Ausstellung treibt?«

»Mich«, sagte er und war froh, dass sie dagegen kein Argument zu wissen schien.

Einen Moment lang stand sie still da, als suche sie nach Worten, dann schüttelte sie schließlich den Kopf und seufzte. »Du bist der Künstler«, sagte sie und schnitt ein Gesicht. »Dein Temperament passt jedenfalls dazu.«

»Siehst du? Genau so hast du mich bequatscht, diese Sache mit dir gemeinsam zu machen – mit peinlich sentimentaler Schmeichelei.«

»Manchmal kannst du wirklich lustig sein, Wyatt.« Sie rückte den Schulterriemen ihrer Tasche zurecht und deutete mit dem Finger auf ihn. »Verbock die Sache nicht.«

»Nie und nimmer.«

»Na gut.« Sie beugte sich vor, um ihn zu küssen, drückte ihn aber plötzlich an sich. »Es wird großartig werden«, flüsterte sie, und er war selbst erstaunt, wie gut diese schlichten Worte ihm taten.

»Das wird es«, erwiderte er. »Ich muss nur noch die Richtige finden.« Er blickte auf seine Uhr. »In etwa einer halben Stunde kommt noch ein Model. Nina. Mia. Irgendwie so was. Wer weiß – vielleicht ist sie es ja!«

»Ich drück' dir die Daumen.« Ihr Grinsen wurde anzüglich. »Falls nicht, sag Bescheid. Dann stürzen Cass und ich uns in die Suche.«

»Ein paar Tage wie heute und ich nehm dich beim Wort.«

»Ein paar Tage ist alles, was du hast«, entgegnete sie und warf abwehrend die Hände hoch. »Schon gut, schon gut, ich geh' ja schon.«

Sie steuerte auf den Ausgang zu, und er wandte sich wieder zu seinem Foto um und betrachtete es kritisch. Einen Moment später griff er nach den Tüchern, die über den Werken links und rechts von dem Bild hingen, zog auch sie herab und enthüllte die Farbabzüge darunter.

Er trat einen Schritt zurück, um die Inspektion fortzusetzen und sich zu vergewissern, dass keine weiteren Verfeinerungen nötig waren. Langsam wich er weiter zurück, um – wie ein Besucher seiner Ausstellung – alle drei Bilder gleichzeitig im Blickfeld zu haben. Einen Schritt, noch einen Schritt und noch einen.

Er blieb stehen, als er die Tür hinter sich gehen hörte, und verfluchte sich, dass er nicht hinter Siobhan zugesperrt hatte. »Hast du was vergessen?«, fragte er, als er sich umdrehte.

Aber es war nicht Siobhan.

Es war sie.

Das Mädchen aus seinem Kopf. Das nachts durch seine Träume geisterte.

Die Frau, die er brauchte, wenn diese Ausstellung das werden sollte, was er sich vorgestellt hatte.

Eine Frau mit einem großen sinnlichen Mund und einem starken, geschmeidigen Körper, der an den richtigen Stellen Kurven besaß. Augen, die geradewegs in die Seele der Männer blicken konnten, und eine Aura von Unschuld, die implizierte, dass sie das, was sie dort sah, nicht billigte. Die Andeutung eines Lächelns, das ein wenig ungezogen war, und ein sexy Hüftschwung, um das Ganze abzurunden.

Sie war ein wandelnder Widerspruch. Sinnlich, doch bescheiden. Sexy und doch lieb.

Eine Frau, die in einem Moment aussah wie ein Covergirl, im nächsten aber so, als hätte sie nie etwas Glamouröseres getan, als ihren Hund auszuführen.

Sie war schärfer als die Sünde und gleichzeitig kalt wie Eis.

Sie war Kelsey Draper, und er hatte seit dem Sommer vor seinem Abschluss nicht mehr mit ihr gesprochen. Und was ihn betraf, war das verdammt gut so.

Sie sah ihn an und riss die Augen auf, und auf ihren Lippen erschien ein kleines, zittriges Lächeln. »Oh«, war alles, was sie sagte.

Und in diesem Moment war Wyatt klar, dass er in fetten Schwierigkeiten steckte.

2

Oh.

Das Wort scheint über uns in einer Sprechblase zu hängen, und ich möchte in den Boden versinken. Zehn Jahre auf einer exklusiven Mädchenschule, ein Studium in Früherziehung mit den Nebenfächern Tanz und Englisch, und mir fällt nichts Besseres ein als »Oh«?

Natürlich sollte ich nicht so streng mit mir sein. Immerhin hat es mich eiskalt erwischt. Was nicht an der aufregend sinnlichen Fotokunst vor mir liegt, sondern an dem Mann, der sie erschaffen hat. Der dafür verantwortlich ist, dass meine Hände schwitzen, meine Brustwarzen sich aufrichten und mein Puls in meiner Halsschlagader Trommelwirbel verursacht.

Der Mann, den ich als Wyatt Segel kennengelernt habe.

Und mit dem ich jetzt und hier garantiert nicht gerechnet habe.

Was bedeutet, dass Nia mir eine Erklärung schuldig ist. *»Irgendein Fotograf, der Models sucht. Mein Agent hat gesagt, er zahlt verdammt gut, und in Anbetracht der Tatsache, dass du bis zum Ende des Monats einiges an Geld brauchst, würde ich es an deiner Stelle machen. Ein gewisser W. Royce. Noch nie von ihm gehört, aber wen interessiert's, solange er gut bezahlt?«*

Noch nie von ihm gehört? Oh, bitte! Nia ist Model, der Kerl

ist Fotograf. Sie muss doch gewusst haben, dass es sich um ein Pseudonym handelt. Sie hat mich reingelegt, das ist alles.

Ich fürchte, dafür muss ich sie erwürgen.

Zuerst muss ich allerdings diesen Job übernehmen. Mein Bruder Griffin hat in seiner Kindheit Verbrennungen vierten Grades erlitten, und ich habe nur noch weniger als einen Monat Zeit, um fünfzehntausend Dollar aufzubringen, damit ich ihn in der Versuchsreihe einer innovativen klinischen Studie unterbringen kann. Keine leichte Aufgabe mit meinem Lehrerinnengehalt, auch wenn ich jetzt im Sommer noch zusätzliche Tanzstunden gebe.

Weswegen mir die Idee meiner Freundin Nia gar nicht so abwegig erschien. Zugegeben, sie musste mich erst überzeugen. Mir war nicht ganz wohl bei dem Gedanken, mich zur Schau stellen zu müssen. Aber schließlich redete ich mir selbst gut zu. Harte Zeiten erfordern eben besondere Mittel.

»Mein Agent hat mich für einen Wäschegig gebucht«, erzählte sie mir, als wir gestern auf ihrem Balkon saßen. »Das Ganze ist sehr kurzfristig. Wahrscheinlich muss der Fotograf seine Deadline einhalten. Jedenfalls solltest du an meiner Stelle hingehen. Der Bursche heiß W. Royce, und Adresse und Zeit kann ich dir schicken.«

Allein der Gedanke bereitete mir ein flaues Gefühl im Bauch. »Bist du verrückt? Das kann ich doch nicht machen.«

Nia seufzte theatralisch. »Warum denn nicht? Weil es *falsch* wäre?« Beim vorletzten Wort zeichnete sie Gänsefüßchen in die Luft.

»Ja, genau deshalb«, gab ich vorwurfsvoll zurück. Nia zieht mich ständig mit dem auf, was sie »übersteigerte Skrupelbereitschaft« nennt. In ihren Augen bin ich viel zu steif und diszipliniert und müsste mich unbedingt ab und zu aus meiner sicheren Alltagsroutine hinausbewegen und fünf gerade sein lassen. Selbstverständlich irrt sie sich. Total.

Denn ich weiß besser als jeder andere, welchen Preis man zahlt, wenn man gegen die Regeln verstößt.

»Er wird eine atemberaubende Sexbombe erwarten, die die Sinnlichkeit nur so ausdünstet«, gab ich zu bedenken. »Und die bin ich ganz sicher nicht.«

»Ach, komm schon, Liebes, wir wissen beide, dass du umwerfend aussiehst. Und wo sonst kannst du so schnell so viel Geld verdienen? Zumal du zu stolz bist, um dir etwas von mir zu borgen.«

»Du kannst doch nicht einfach voraussetzen, dass er mich für den Job nimmt.« Anders als Nia, die modelt, seit sie sieben Jahre alt ist, habe ich in diesem Bereich null Erfahrung.

»Hab ich schon erwähnt, dass du umwerfend aussiehst? Und dass du dich nicht extra herausputzt, ändert daran auch nichts.«

Ich verschränke die Arme vor der Brust, als ich unwillkürlich schaudere. Wieder irrt sie sich. Nicht damit, dass ich hübsch bin. Das bin ich, und ich weiß es. Es ist ein Kreuz, das ich mein ganzes Leben mit mir herumschleppen werde.

Nein, sie irrt sich mit allem anderen. Ich habe mich eine Weile herausgeputzt. Nicht sehr, und auch nur eine wirklich kurze Weile, aber es reichte aus, um die Büchse der Pandora zu öffnen, die ich bis heute verzweifelt wieder zu schließen versuche.

Ich fuhr mir mit der Zunge über die Lippen, als meine Gedanken zu meinem Bruder wanderten. Diesem Fotografen mochte eine Deadline im Nacken sitzen, mir aber auch. Und wenn es auch nur eine geringe Chance gab, dass dieser Job mir das nötige Geld verschaffte, war ich es Griffin dann nicht wenigstens schuldig, es zu versuchen? Vielleicht wäre mir ein Wäsche-Shooting unter normalen Umständen zu gewagt gewesen, aber schließlich waren dies keine normalen Umstände.

»Ich kann nicht für sexy Fotos posieren. Ich wüsste überhaupt nicht, wie ich das machen sollte«, wandte ich ein, aber meinem Protest fehlte der Biss, und als Nias Augen aufleuchteten, war mir klar, dass sie Bescheid wusste: Ich hatte den Köder geschluckt, und sie musste mich nur noch an Land ziehen.

»Ach, das sind doch nur Werbefotos«, sagte sie mit einem Achselzucken, als sei das keine große Sache. »Du trägst einen Bikini und tust, als seist du am Strand.«

Einen Moment lang dachte ich darüber nach, dann nickte ich. Es ist ja nicht so, als hätte ich noch nie Haut gezeigt. Und einen Bikini besitze ich auch. Ich trage ihn sogar. Am Strand. Öffentlich. Manchmal jedenfalls.

Und nach allem, was damals geschehen war, kam es mir fast wie ausgleichende Gerechtigkeit vor, mich für einen guten Zweck in Unterwäsche ablichten zu lassen. Zumindest hörte es sich nach einer guten Rechtfertigung an.

»Im Übrigen wird er als Profifotograf schon wissen, wie er dich zu nehmen hat.«

»Nia!«

»Ach, verfickt und zugenäht. Das ist doch nur so eine Redensart.«

»Musst du immer fluchen?«

»Fick, fick, fick und noch mal fick!«, erwiderte sie prompt, und ich konnte nicht anders – ich brach in Gelächter aus. »Wenn du mich lieb hast, musst du auch mein vulgäres Mundwerk lieben«, sagte sie schmollend.

»Ich hab dich lieb«, gestand ich. »*Trotz* deines vulgären Mundwerks.«

»Weil ich so verfickt liebenswert bin.« Sie schenkte mir ein freches Grinsen und nippte an ihrem Weinglas, während ich Mühe hatte, nicht erneut loszuprusten. Es hatte ja keinen Sinn, sie noch zu bestärken.

»Aber jetzt mal im Ernst, Kels, das wird ein Spaziergang. Es ist dem Tanzen gar nicht so unähnlich. Gestalt, Position, Bewegung. Auch beim Modeln wird choreografiert. Und überleg doch mal, in was für Klamotten du trainierst. Da wird ja auch nicht viel der Fantasie überlassen, nicht wahr?«

»Das ist doch was ganz anderes.« Zum Tanzen trage ich Sachen, die bequem sind und nicht einengen. Und wenn ich tanze, bin ich ohnehin eine andere – eine Person, die ganz in der Bewegung aufgehen und loslassen kann, weil die Musik sie notfalls immer wieder in die sichere Existenz zurückholt.

»Jetzt hör auf, dich zu widersetzen, und probier's einfach. Glaub mir, der Job wird dir guttun. Du darfst ein kleines bisschen Verruchtheit üben und dir trotzdem die ganze Zeit über einreden, dass du es nur für Griffin tust. Perfekt.«

»*Hallo*? Ich tue das hier tatsächlich nur für Griffin. Ich brauche keine Ausreden, um mich im Bikini oder oben ohne zu zeigen. Ich mag mich. Ich mag mein Leben. Ich bin glücklich und zufrieden mit mir.«

»Na, na, na, wenn da einer mal nicht zu laut protestiert.«

»Oh, jetzt mach aber mal halblang«, fauchte ich. Es ärgerte mich, dass ich meinte, mich verteidigen zu müssen. »Ich hab's nicht nötig, mit einem Kerl schon beim ersten Date ins Bett zu hüpfen …«

»Beim ersten Date?« Sie schnaubte. »Wohl eher beim fünften. Oder gar nicht. Und wo wir gerade dabei sind – wann bist du eigentlich das letzte Mal ausgegangen?«

»Darum geht es hier doch gar nicht!« Und damit hatte ich recht! »Es gibt einfach nicht so viele Männer, die mich interessieren. Warum sollte ich mit irgendeinem Spinner Essen gehen – von ins Bett ganz zu schweigen? Außerdem kommst du vom Thema ab.«

Sie hielt die Hände hoch. »Du bist diejenige, die mit dem Thema Dates angefangen hat. Mir ging es nur darum, dass du den Job zwar wegen des Geldes annehmen sollst, aber doch auch versuchen kannst, ein bisschen Spaß dabei zu haben.«

Ich hob mein Glas an die Lippen und trank es aus. »Alles, was mich interessiert, ist das Geld. Damit ich Griffin in diese Testreihe kriege.«

»Okay. Dann eben so. Hauptsache, du gehst hin und stellst dich vor. Zumindest das bist du dir – und Griffin – schuldig.«

An dieses Gespräch denke ich also, während ich jetzt in Wyatts Studio stehe und auf schockierende Fotos im Großformat blicke. Sinnliche Fotos, die mich erschrecken, und ein Mann, der mich anmacht.

Am liebsten würde ich die Beine in die Hand nehmen.

Aber ich kann nicht. Nia hat recht. Ich muss das hier machen. Ich muss mir diesen Job an Land ziehen.

Was natürlich bedeutet, dass ich mich von meiner besten Seite zeigen muss, Wyatt hin oder her. Und ich könnte durchaus mehr Wirkung erzielen, wenn mir Wörter einfallen würden. Was sich, wenn man bedenkt, wie oft ich mir schon ausgemalt habe, ihm zufällig irgendwo zu begegnen, als schwieriger herausstellt, als es das eigentlich sein dürfte.

Jedenfalls bin ich bei unseren imaginären Begegnungen in Buchläden und Restaurants immer lustig und geistreich.

Und wenn wir zufällig bei Langstreckenflügen von Los Angeles nach Australien in der gleichen Reihe sitzen, verschlägt es mir selbstverständlich nie die Sprache.

Nicht, dass ich je nach Australien geflogen wäre. Aber welchen Sinn haben Fantasien und Tagträume, wenn man in ihnen nicht Fehler aus der Vergangenheit ausbügeln und ein wenig anders sein darf, als man es in der Realität ist? Vor allem, wenn man genau weiß, dass man dieses Ideal im wahren Leben niemals erreichen wird?

In den vergangenen zwölf Jahren hat meine Wyatt-Fantasie unzählige Variationen erfahren. Manchmal wechseln wir keine zwei Worte. Manchmal erlaube ich ihm, mir einen Drink auszugeben. Ein- oder zweimal habe ich zugelassen, dass es ein bisschen weiterging. Aber nicht einmal in meinen Fantasien kann ich mich dazu durchringen, uns endgültig zusammenzubringen.

Denn zwischen Wyatt und mir wird es keine Romanze geben – höchstens eine Tragödie. Bei allem, was geschehen ist, kann es einfach nicht anders sein.

Wyatt ist nun nichts mehr als eine Stecknadel auf der Karte meines Lebens. Eine Erinnerung daran, wie schlimm es werden kann und warum dumme Entscheidungen, nun ja … dumm sind. Mehr als dumm sogar.

Für mich ist Wyatt kein Mann, er ist ein Konzept. Ein Talisman. Fantasie, mit Erinnerungen verquirlt und mit Verlust bestreut.

Vielleicht keine gute Mischung, aber wenigstens eine, mit der ich umgehen kann.

Aber mit dem Wyatt hier?

Goldbraunes Haar und whiskyfarbene Augen, die bis tief hinein in meine Vergangenheit blicken. Die schlanke Gestalt, die ich noch immer an meinem Körper spüren kann, und starke Arme, die mir einst Geborgenheit vermittelten. Ich weiß noch, dass sein spitzbübisches Grinsen mein Herz zum Flattern brachte, auch wenn er mir im Moment todernst entgegensieht.

Der Junge, bei dessen Anblick es mir damals jedes Mal den Atem verschlug, ist zu einem selbstbewussten Mann geworden ist, der den Raum um uns herum allein durch seine Präsenz beherrscht.

Wegen ihm habe ich damals die Regeln gebrochen. Wegen ihm habe ich die Kontrolle verloren. Wegen ihm ist mein Leben aus den Fugen geraten.

Und leider kann ich ganz und gar nicht mit ihm umgehen.

Im Gegenteil: Er versetzt mich in Angst und Schrecken. Und ich fürchte, meine Entscheidung, zu diesem Vorsprechen zu kommen, war ein Irrtum phänomenalen Ausmaßes.

Yep. Ich werde Nia wohl doch erwürgen müssen. Was eigentlich schade wäre. Denn wer hat schon die Zeit, sich eine neue beste Freundin zu suchen?

Aber wichtiger noch: Wie soll ich bis zum Ende des Monats die fünfzehntausend Dollar zusammenkriegen?

Und während ich dastehe wie ein Depp, verschränkt er die Arme vor der Brust und legt den Kopf leicht schief. Und in diesem Moment wird mir bewusst, dass er mich schon die ganze Zeit beobachtet. Ohne ein Wort zu sagen. Einfach nur abzuwarten scheint. Als sei ich am Zug.

Und wahrscheinlich ist das auch so.

Ich schlucke und kämpfe gegen die Versuchung an, mir die verschwitzten Handflächen an meinem grauen Bleistiftrock abzuwischen, während ich ihm ein zögerliches Lächeln schenke. Ich beobachte sein Gesicht und hoffe auf ein Grinsen als Reaktion, auf einen kleinen Hinweis, dass er in den vergangenen zwölf Jahren vielleicht auch einmal an mich gedacht hat. Ein Zeichen, dass er sich daran erinnert, was wir zueinander gesagt, wie wir miteinander gelacht, wie wir einander berührt haben.

Irgendetwas.

Wie eine jämmerliche Bettlerin stehe ich da und hoffe auf eine klitzekleine Andeutung, dass ich genauso am Rand seines Bewusstseins gelauert habe, wie er stets am Rand von meinem.

Doch da ist nichts. Null.

Na schön.

Dann eben nicht.

Ich lasse meinen Blick über die Wände schweifen, doch das ist ein Fehler, da mich die drei großformatigen Fotos, die hinter ihm hängen, sofort in ihren Bann ziehen. Sie sind unverblümt und aufregend, verstörend und ehrlich. Sie erzeugen eine Schwingung, die in mir ein Minigewitter kurzer Elektroschocks auslöst, so prickelnd wie erschreckend.

Hastig wende ich mich ab und räuspere mich. »Tja«, sage ich und bemühe mich, normal zu klingen. »Eigentlich gehe ich zu Castings, bei denen es ums Tanzen geht, nichts ums Modeln. Was müsste ich tun?«

So flüchtig, dass ich es mir auch eingebildet haben mag, blitzt etwas in seinen Augen auf, doch schon zieht er die Brauen zusammen, und sein Kiefer verspannt sich. »Kelsey«, sagt er schließlich, und als ich meinen Namen von seinen Lippen höre, durchströmt mich Erleichterung. Wenigstens weiß ich jetzt, dass er sich an mich erinnert.

»Ja.« Ich schenke ihm ein strahlendes Lächeln, bis mir

wieder einfällt, dass es sich hier um ein Vorsprechen handelt und ich ein Porträtfoto mit meiner E-Mail-Adresse und der Handynummer in der Hand habe. Etwas steif halte ich es ihm hin. »Ich bin's.«

Er schaut nicht einmal auf das Foto.

»Lang ist's her.« Seine Stimme klingt tonlos. Gelassen.

»Das ist es«, stimme ich in einem munteren Singsang zu, der mir beinahe die Schamesröte in die Wangen treibt. Aber er scheint es gar nicht zu bemerken. Stattdessen mustert er mich von Kopf bis Fuß, und ich spüre seinen Blick wie Hände, die genüsslich über meinen Körper streichen. Ich hole tief Luft. Eine Gänsehaut überzieht meine Arme und Schweißperlen bilden sich in meinem Nacken, doch zum Glück trage ich mein braunes Haar schulterlang.

Ich muss mich zwingen, nicht unruhig von einem Fuß auf den anderen zu treten, doch es fällt mir schwer, da ich mich genauso nackt fühle wie die Models auf den Fotos an der Wand hinter uns. Und als Wyatt seine Musterung endlich beendet und sein Blick meinem begegnet, bin ich ziemlich sicher, dass die Hitze, die mir in den Kopf steigt, auch auf meinen Wangen erblüht und mich verrät.

In Erwartung seiner nächsten Worte, hole ich tief Luft. Ich gehe davon aus, dass er etwas zu unserer gemeinsamen Vergangenheit sagt. Zumindest aber, dass es schön ist, mich wiederzusehen.

Doch ich könnte nicht falscher liegen.

»Was zum Henker willst du hier?«, fragt er scharf, und es fühlt sich an wie ein kalter Guss.

Stammelnd ringe ich um Würde und Worte. »Ich ... also ich ... na ja, den Job!«

Sobald die Worte heraus sind, richte ich mich etwas gerader auf und kämpfe meine Verlegenheit nieder. Wyatt kann mir gefährlich werden, und das darf ich auf keinen Fall vergessen. »Ich bin wegen des Jobs hier«, wiederhole ich, und dieses Mal klingt meine Stimme deutlich und stabil.

Er holt sein Handy hervor, tippt ein paarmal aufs Display und blickt dann stirnrunzelnd zu mir auf. »Nia Hancock. Siebenundzwanzig Jahre, multiethnischer Herkunft. Ihr Agent hat mir den Termin gestern bestätigt.«

Ich fahre mir nervös mit der Zunge über die Lippen. »Sie, ähm, konnte nicht. Und da ich den Job gebrauchen kann, bin ich an ihrer Stelle gekommen.«

»Bist du an ihrer Stelle gekommen?«, wiederholt er. In seiner Miene zeigt sich eine Reihe von Regungen von Überraschung über Verwirrung bis zu etwas, das verdächtig nach Verärgerung aussieht. »Du«, sagt er so ausdruckslos, dass es schon beunruhigend ist.

Ich mache den Mund auf, um etwas zu erwidern, aber ehe ich noch ein Wort sagen kann, spricht er schon weiter.

»Erwartest du ernsthaft, dass ich dir das glaube? Dass Kelsey Draper ein Model sein will? Wie diese Models hier?« Er deutet hinter sich auf die Bilder, die in so vieler Hinsicht überlebensgroß sind.

Wieder lecke ich mir über die Lippen, bereue die reflexhafte Geste aber augenblicklich. Denn ich weiß es nicht. Ich weiß es wahrhaftig nicht.

Doch dann fällt mir wieder Griffin ein. Und das Geld. Und wie nötig ich es habe.

Und, ja, ich muss auch an das beängstigende und doch herrliche Prickeln denken, das in bunten Funken durch mein Nervensystem geschossen ist. Natürlich ist es falsch, dass ich es noch einmal spüren will. Eigentlich sollte ich den geordneten Rückzug antreten, ehe wieder alles um mich herum zusammenbricht.

Aber ich tu's nicht. Stattdessen blicke ich zu Boden und murmele: »Ja. Genau das will ich.«

Er schweigt, also hebe ich den Kopf, doch nichts in seinem Blick ermuntert mich. Ganz im Gegenteil. Seine Miene drückt immer mehr Verärgerung aus. »Was soll das?«, sagt er leise und mit drohendem Unterton, und ich begreife, dass ich einen Fehler begangen habe. »Was für ein Spiel treibst du diesmal mit mir?«

»Kein Spiel«, protestiere ich, doch meine Stimme zittert. »Du verstehst das falsch. Ich brauche einfach …«

»Was?«, unterbricht er mich. »Was kannst du schon von mir brauchen?«

Seine Stimme ist scharf wie ein Messer, das mich durchdringt. Ich setze an, um es ihm zu erklären, aber als zu meinem Entsetzen Tränen in meinen Augen brennen, weiß ich, dass ich keine Chance habe. »Es tut mir leid«, flüstere ich und weiche zurück. »Ich hätte nicht herkommen dürfen.«

3

Ich schaffe es gerade durch die Hintertür hinaus, als die Tränen auch schon zu laufen beginnen. Krachend fällt die Stahltür ins Schloss. Ich lehne mich gegen die Ziegelmauer und versuche, einfach nur ruhig zu atmen, während das Blut durch meine Adern pumpt und vor meinem inneren Auge abwechselnd die aufregenden Fotos und der Mann, der sie gemacht hat, aufblitzen.

Oh, verdammt. Ich bin doch selbst schuld. Was habe ich mir bloß dabei gedacht? Ich hätte auf dem Absatz kehrtmachen und fliehen sollen, sobald ich erkannte, dass es sich bei dem Auftraggeber um Wyatt handelte. Ich hätte sofort verschwinden müssen.

Tja. Stattdessen bin ich geblieben, weil ich jämmerlicherweise gehofft habe, mit offenen Armen von einem Mann willkommen geheißen zu werden, der eindeutig nichts mehr mit mir zu tun haben will.

Was mir eigentlich nur recht sein sollte. Denn wenn jemand mein sorgsam konstruiertes Alltagsleben durcheinanderbringen kann, dann Wyatt. Er ist die personifizierte Versuchung, und in seiner Nähe geht meine Selbstbeherrschung gegen null.

Daraus *kann* nichts Gutes entstehen.

Zumindest nichts, was dauerhaft wäre. Ja, natürlich, damals war es schön mit ihm. So schön, dass die Erinnerung an seine Berührungen in meiner Fantasie noch genauso stark ist wie vor über einem Jahrzehnt.

Doch diese Zärtlichkeiten waren verboten, unsere gemeinsamen Momente gestohlen. Ich wusste, dass ich gegen die Regeln verstieß, aber es war mir egal. Was hatte die Androhung von Strafe der Wirklichkeit seiner Küsse und seiner geschickten Hände schon entgegenzusetzen?

Bei ihm löste sich mein Widerstand in nichts auf, mein eigener Wille verschwand. Und obwohl ich ihm zu gerne die Schuld zuschieben würde, weiß ich doch, dass ich es gewesen bin. Ich allein.

Denn ich wollte nicht mehr die Gute sein. Ich wollte mit Wyatt böse sein.

Und schon damals wusste ich, dass ich dafür würde zahlen müssen. Was sonst? Die Regeln zu brechen hat immer seinen Preis. Bin nicht ausgerechnet ich mit diesem Mantra aufgewachsen? Hat man mir diese Wahrheit nicht nahezu eingebläut?

Doch vor Wyatt hatte ich es niemals ausprobiert.

Vielleicht glaubte ich es auch nicht wirklich.

Vielleicht glaubte ich, dass ich das Schicksal würde austricksen können. Aber das Karma ist ein hartnäckiger Buchmacher, und wenn man es übers Ohr zu hauen versucht, holt es sich erst recht, was ihm zusteht.

Seit Jahren nun lege ich mich krumm, um diese Schuld abzuzahlen. Und fünfzehntausend Dollar könnten viel dazu beitragen.

Oder hätten es gekonnt. Denn ich habe ja soeben das Handtuch geworfen und mir die Chance, schnell zu Geld zu kommen, vermasselt.

Mein Magen zieht sich zusammen, und bittere Galle steigt in meiner Kehle auf. Ich habe das Handtuch geworfen.

Ich habe das Vorhaben nicht einfach nur aufgegeben, ich bin regelrecht davor geflüchtet.

Bin ich wirklich ein solcher Jammerlappen? Derart empfindlich, dass ich mich von einem unterkühlten Tonfall und einem eisigen Blick verscheuchen lasse?

Herrgott, was hab ich denn erwartet? Dass wir uns überrascht anschauen und dann in Zeitlupe mit ausgebreiteten Armen durch eine Blumenwiese aufeinander zu hüpfen, während im Hintergrund ein Orchester hymnische Klänge anstimmt?

Dass unsere Vergangenheit wie durch Zauberei gelöscht wird und Fanfaren eine neue, glückliche Zeit verkünden?

Wohl kaum.

Ich hätte bleiben sollen. Ich hätte ihm fest in die Augen sehen und ihm versichern sollen, dass mich nur der Job interessiert und die Vergangenheit keine Rolle mehr spielt. Und das hätte ich am besten so lange wiederholt, bis er alles andere vergisst und mir endlich diesen gottverdammten Auftrag gibt.

Weil ich nicht nach Santa Monica gefahren bin, um mich mit Wyatt Segel oder W. Royce, oder wie auch immer er sich jetzt nennen mag, zu treffen. Ich bin nicht gekommen, weil ich ein heimliches Bedürfnis habe, mich vor der Kamera auszuziehen. Und ich bin ganz sicher auch nicht gekommen, weil ich so Lust auf die Blubberbläschen hatte, die Wyatts Nähe in meinem Inneren platzen lässt.

Ich bin wegen des Geldes hier. Und wegen Griffin.

Und ich denke ja gar nicht daran, mich von Wyatts arktischem Blick verjagen zu lassen.

Ich brauche den Job, und er braucht ein Model. Also werde ich das jetzt tun. Ich kann das, und ich will es.

Mit weiteren aufbauenden Sätzen im Ohr drücke ich mich von der Wand ab und ziehe die Stahltür wieder auf. Sie quietscht, und als ich eintrete, dreht Wyatt sich zu mir um.

Wie ein Wächter steht er vor einer Wand voller mit Tüchern verhängter Fotos. Ich weiß, was auf diesen Fotos ist – Frauen wie ich in provokanten Posen. Und einen winzigen Moment lang atme ich leichter. Ja, bald werden diese Frauen der Öffentlichkeit zur Schau gestellt, doch bis es so weit ist, deckt Wyatt sie zu. Schützt sie vor den Blicken anderer. Bewahrt ihre Würde.

Ein Mann, der so etwas tut, wird auch mir meine Würde lassen.

Ich räuspere mich und schenke ihm ein zögerndes Lächeln. »Ich hätte nicht weglaufen dürfen.«

Augenblicklich verblasst der misstrauische Ausdruck seiner Augen und wird durch etwas ersetzt, das beinahe nach Hoffnung aussieht.

Ermutigt fahre ich fort. »Ich brauche diesen Job wirklich, weißt du? Aber du hast mir das Gefühl gegeben, dass du mich nicht sehen willst, und da …«

»Aha.« Er hat ein paar Schritte auf mich zugemacht, bleibt nun aber stehen und schiebt die Hände in die Hosentaschen. Von Hoffnung ist in seinen Augen nichts mehr zu sehen. Wenn überhaupt, erkenne ich Feindseligkeit.

Und dann begreife ich. Meine Güte, wie peinlich. Am liebsten würde ich mich selbst in den Hintern treten. Ich habe mich gerade entschuldigt, weil ich ein paar Minuten zuvor hinausgestürmt bin. Aber Wyatt hat gedacht, ich hätte mich für das entschuldigt, was zwölf Jahre zuvor geschehen war!

Wahrscheinlich wird er mich jetzt rauswerfen. Abwartend stehe ich da.

Doch er sagt nichts. Er sieht mich nur so eindringlich an, als könne er geradewegs in meine Seele blicken.

Voller Unbehagen senke ich den Blick. Plötzlich fühle ich mich nackt und bloß und verletzlich. Ich würde es ihm nur allzu gerne erklären. Wie verwirrt ich damals war. Wie viel er mir bedeutet hat. Warum ich alles verbockt habe. Und wie viele Menschen darunter leiden mussten.

Aber ich kann nicht. Die Worte wollen einfach nicht aus meinem Mund. Stattdessen beginne ich zu stammeln. »Wyatt, ich …«

»Ich stelle dich nicht ein, Kelsey. Das hätte dir doch klar sein müssen.«

»Ich … ich wusste nicht, dass du es bist«, bringe ich hervor.

»Tja. Jetzt weißt du es«, sagt er und wendet sich um. Er wirft mich raus!

»Verdammt, Wyatt.«

Verblüfft erstarrt er. Wahrscheinlich hat er nicht damit gerechnet, dass ich jemals fluchen würde. Das Kind in mir zieht tatsächlich den Kopf ein, doch mein Vater ist schließlich nicht in der Nähe. Es ist nur Wyatt, und mein kleiner Ausbruch hat wenigstens seine Aufmerksamkeit geweckt.

»Du brauchst ein Model und ich Arbeit.«

»Das ist aber nichts für dich, Kelsey, das wissen wir beide.«

Ich hebe trotzig das Kinn. »Du kennst mich doch gar nicht.«

»Nein, da hast du recht. Das habe ich mir damals nur eingebildet.« Seine harschen Worte verletzen mich. »Aber ich weiß zumindest genug von dir, um beurteilen zu können, dass das hier keine Sache für dich ist.« Er deutet auf die drei enthüllten Fotos. »Oder das«, fügt er hinzu und zieht andere Tücher herab, unter denen splitterfasernackte Frauen zum Vorschein kommen, die vollkommen schamlos in die Kamera blicken, als gehöre ihnen die Welt.

»Und sie hier schon gar nicht«, fährt er fort und enthüllt ein weiteres Foto einer Frau mit ekstatischem Gesichtsausdruck, die zarte Wäsche in jungfräulichem Weiß trägt, während Hände und Fußgelenke mit roten Bändern gefesselt sind. »Oder irre ich mich? Ist es wirklich das, was du willst, Kelsey? Oder bist du nur gekommen, um dir noch ein Stück von mir zu holen?«

Noch ein Stück von mir? Ich habe keine Ahnung, wovon er spricht, aber ich frage nicht nach. Ich kann nicht. Mein Herz schlägt wild, und das nicht nur als Reaktion auf seine kaum verhohlene Wut, sondern auch wegen der Bilder, die er enthüllt hat. Bilder von wagemutigen Frauen. Dreisten Frauen.

Furchtlosen Frauen, die einfordern, was sie wollen, und es auch bekommen. Aber so bin ich nicht. Und so bin ich nie gewesen. Wie könnte ich, da ich nur allzu gut weiß, welchen Preis ich dafür zahlen muss?

»Also?«, fragt Wyatt herausfordernd, und als ich stumm bleibe, schnaubt er verächtlich. »Nicht wahr? Wie ich schon sagte, das bist du nicht.«

Jetzt langt's mir. »Sag mal, was soll das? Versuchst du mir gerade wirklich zu sagen, dass ich mich schämen sollte, für dich Modell stehen zu wollen? Dass diese Frauen sich für ihre Körper schämen sollten? Und ihre Gefühle?«

»Dass sie sich schämen sollten?« Er klingt ehrlich überrascht. »Nein! Ganz sicher nicht.«

»Worum geht es dann?«

Mit einem leisen Lachen schlendert er auf mich zu und bleibt dicht vor mir stehen. Seine plötzliche Nähe macht es mir schwer, mich zu konzentrieren.

Als er die Hand ausstreckt, will ich automatisch zurückweichen, reiße mich aber zusammen und bleibe absolut reglos stehen. Das ist ein Test, dessen bin ich mir sicher, und ich bin wild entschlossen, ihn zu bestehen.

Dennoch bin ich hochgradig angespannt, als er mir fast zärtlich das Haar aus dem Gesicht streicht. Ich spüre seine Berührung bis in mein Innerstes und muss die Lippen zusammenpressen, um nicht zu wimmern.

Langsam fährt er mir mit dem Finger über die Wange und den Kiefer, über den Hals und tiefer und tiefer, bis ich den Atem anhalte und es mich all meine Kraft kostet, still stehen zu bleiben und nicht davonzulaufen.

»Was ich damit sagen will«, murmelt er, als sein Finger den Ansatz meiner Brust erreicht, »ist, dass du damit nicht umgehen kannst.«

»Doch, kann ich wohl«, erwidere ich, obwohl meine Stimme zittrig klingt.

»Tatsächlich? Hat die Erzieherin aus der Vorschule inzwischen eine wilde Seite ausgebildet? Hat die Tänzerin plötzlich keine Lust mehr auf Anfängerballett und sucht aufregendere Herausforderungen?«

»Woher weißt du, was ich …«

Aber er fährt einfach fort, als hätte ich nichts gesagt. »Du willst das hier also wirklich machen?« Er legt mir die Hände auf die Schultern und tritt hinter mich, sodass wir beide nun vor der Wand mit den enthüllten Fotos stehen.

»Du willst dich tatsächlich vor der Kamera zeigen? Vor

mir?« Seine Hände streichen über meine Arme abwärts und lenken mich ab, obwohl das Blut in meinen Ohren ohnehin derart laut rauscht, dass ich ihn kaum hören kann.

»Und es ist ja nicht nur dein Körper, den du zur Schau stellst, sondern das, was du bist. Bist du gewillt zu zeigen, welches Feuer in dir steckt? Welche Glut? Dich auf diese Art zu entblößen, dich dem Betrachter auszuliefern – und letztendlich auch mir, Kelsey? Kannst du damit umgehen, dass ich dich so sehe? Und nicht nur sehe, denn falls es dir noch nicht klar ist: Ich werde derjenige sein, der dich an diesen Punkt der Hingabe bringt.«

Der Gedanke erschreckt mich, doch ich kann nicht leugnen, dass der Schrecken von etwas anderem durchzogen ist – etwas, das ebenso beängstigend, doch gleichzeitig aufregend ist. »Ich kann das«, zwinge ich die Worte durch meine trockenen Lippen. »Ich bin nicht mehr das Mädchen, das du damals kanntest.«

»Ach – nicht?« Seine Hände haben meine Hüften erreicht, rutschen nach vorne und bleiben oberhalb meines Schambeins liegen. Die Haut unter seinen Finger erwärmt sich, aber es ist die Hitze, die sich zwischen meinen Beinen sammelt, die sich ganz entschieden zu meinem Nachteil auswirkt, und obwohl ich mich zu konzentrieren versuche, weiß ich mit absoluter Sicherheit, dass ich jämmerlich scheitern werde, falls diese Szene hier durch Verstand und einen klaren Kopf entschieden werden muss.

Keine angenehme Vorstellung, und ich richte meine Gedanken auf Griffin. Auf die Vergangenheit. Auf das Geld, das ich mit diesem Job verdienen kann. Auf meine Einkaufsliste. Alles, damit ich nur nicht zu sehr wahrnehme, was Wyatts Berührung mit mir anstellt. Denn plötzlich fange ich an zu überlegen, ob zwischen uns nicht doch noch etwas bestehen könnte.

Und ob ich das nicht klammheimlich sogar ganz großartig finden würde.

Und das sind Gedanken, die ich ganz sicher nicht haben sollte.

»Meine Models müssen außergewöhnlich sein. Sie sollen Leidenschaft nicht nur darstellen, sie müssen sie auch *empfinden*. Und diese letzte Frau, die mir noch fehlt, muss unbedingt aufrichtig in ihren Gefühlen sein. In ihrem Verlangen. Diese letzte Arbeit ist das Herzstück der gesamten Ausstellung. Die stärkste und eindrucksvollste Aussage.«

»Ich komme mit allem klar, was gefordert ist«, erwidere ich und hoffe, dass ich mich zuversichtlicher anhöre, als ich mich fühle.

»Ja, das sagtest du gerade schon. Aber es überzeugt mich nicht.«

Er steht noch immer hinter mir, und verärgert fahre ich zu ihm herum.

»Sind deine Castings bisher immer so gelaufen?«, fauche ich ihn an. »Ist es normal, dass du die Frauen anfasst, ehe du sie engagierst? Streichelst du ihnen auch übers Haar und flüstert ihnen etwas ins Ohr? Komisch, aber irgendwie kann ich mir das nicht vorstellen.«

»Womit du wohl recht hast«, antwortet er und überrascht mich erneut.

»Also willst du es mir heimzahlen.«

Sein Blick fixiert mich. »Könnte sein.«

Mir wird es eng in der Brust, und ich bereue bereits, dass ich nachgehakt habe. Ich hätte nie erwartet, dass er es zugibt, und nun starre ich mitten hinein in eine Vergangenheit, an die ich nicht denken und über die ich ganz sicher nicht reden will!

Ich hole tief Luft. »Dann bist du ein echter Dummkopf. Ich brauche einen Job, du brauchst ein Model. Du schadest nur deiner Ausstellung, wenn du mich jetzt wegschickst.«

Er zieht die linke Augenbraue hoch, eine Angewohnheit, die ich früher unfassbar sexy fand. Doch jetzt empfinde ich nichts als aufsteigende Panik. Und es ist nicht nur die Angst, dass er mich abweist, obwohl ich diesen Job wirklich brauche. Nein, die eigentliche Quelle meiner Furcht sitzt tiefer. Dort, wo ich sie nicht vermutet hätte. Und wo sie mir echtes Entsetzen einjagen kann.

Denn die Quelle ist Wyatt selbst. Die Erotik seiner Fotos. Und der Strudel an wilden Emotionen, die in mir tosen und die ich weder verstehe noch wirklich analysieren will.

Ich straffe die Schultern und befehle mir, den Fokus strikt auf mein Ziel auszurichten. Auf den Job selbst. Die Bezahlung. »Okay. Zahl es mir heim, so viel du willst, aber gib mir eine Chance. Ich kann das hier.«

Er fährt sich mit den Fingern durchs Haar. Sein Ärger scheint verschwunden. Stattdessen wirkt er … niedergeschlagen. Nahezu besiegt. Und ich weiß, dass ich das zu verantworten habe. Weil er mir nämlich einst sein Herz zum Geschenk machte und ich es in Stücke gerissen habe.

»Ich kann das«, sage ich wieder, als könne Wiederholung ihn überzeugen. »Ich brauche nur …«

»Du kannst das, ja? Du – die liebe Kelsey Draper? Vor ein paar Minuten bist du fast im Boden versunken, weil du geflucht hast. Ich kann mir nicht vorstellen, dass du so aus dir herausgehen kannst, wie ich es brauche.«

»Ich kann das. Du musst mir einfach glauben.«

»Tue ich aber nicht.«

»Dann lass es mich dir beweisen.«

»Und wie?«

Das ist eine wirklich gute Frage, auf die ich keine Antwort weiß. Doch dann fällt mir ein Junggesellinnenabschied ein, zu dem eine Freundin mich vergangenes Jahr mitgeschleppt hat. »Kennst du X-tasy?«

»Den Strip-Club in Van Nuys?« Etwas wie Belustigung huscht über seine Züge. »Hab' schon mal davon gehört.«

»Heute Abend, neun Uhr.«

»Warum …«

»Sei einfach da. Und bring einen Kugelschreiber mit. Denn du wirst mir anschließend den Vertrag vorlegen.«

»Verlass dich lieber nicht drauf.« Er tritt einen Schritt auf mich zu, und eine angenehme, aber unwillkommene Wärme macht sich in mir breit.

In einem schwachen Versuch, meine Fassung zu wahren, weiche ich zurück, aber er kommt mir einfach nach. »Ich stehe ziemlich unter Druck, Kelsey«, sagt er. »Ich brauche jemanden, auf den ich mich verlassen kann.«

Ich muss mich anstrengen, um eine neutrale Miene aufzusetzen. Wenn er noch einen Schritt auf mich zukommt, stehe ich buchstäblich mit dem Rücken an der Wand.

»Ich bin zuverlässig«, sage ich, doch was fest und entschlossen klingen sollte, kommt atemlos und zittrig heraus.

»Die Geschichte lehrt uns da aber etwas ganz anderes.«

Seine harte Bemerkung landet wie ein Fausthieb in meinen Eingeweiden, und ich kämpfe gegen den Impuls an, den Kopf einzuziehen. Oder, schlimmer noch, erneut die Flucht zu ergreifen.

Dummerweise habe ich das schon einmal getan. Ich bin weggerannt. Hals über Kopf. Ohne zurückzusehen.

»Das ist zwölf Jahre her«, fahre ich ihn an. Keine Ahnung, ob ich auf ihn oder mich sauer bin. »Ich bin dir keine Erklärung schuldig.«

»Wie du meinst«, erwidert er kühl. »Und ich bin dir keinen Job schuldig.«

»Nein, bist du nicht. Aber du brauchst ein Model, und ich kann dir helfen. Du wärst dumm, wenn du mir nicht wenigstens die Chance gäbst, es dir zu beweisen.«

»Dann wäre ich eben dumm. Nicht zum ersten Mal.«

Ich hole tief Luft. »Bitte«, sage ich. »Heute Abend um neun. Ich lass dich nicht hängen.«

Er neigt den Kopf und mustert mich eine Weile schweigend. »Das hast du schon, Kelsey. Auch wenn es lange her ist.«

4

Zwölf Jahre zuvor

Der da«, flüsterte Grace. »Der Große in der dunkelgrünen Badehose. Ist der nicht einfach rattenscharf?«

»Oh, mein Gott, und ob! Und du hast ihn wirklich angesprochen?«

»Er hat mich in der Schlange vorgelassen, als ich mir eine Cola Light holen wollte«, antwortete Grace und klang so ehrfürchtig, als habe der Papst sie soeben gesegnet.

»Ist nicht wahr!«

»Doch.«

Zwei Tische weiter hielt Kelsey Draper eifrig den Kopf gesenkt und hoffte, dass Grace Farmer und Marsha Greene nicht bemerkten, dass sie lauschte, anstatt ordnungsgemäß die Tische rund um den Pool zu wischen.

Normalerweise kümmerte sie sich nicht um die Kinder der Mitglieder. Schließlich gehörte sie zum Personal, und in der Welt des Pacific View Country Clubs hatten Personal und Mitglieder nichts miteinander zu tun zu haben. Aber Grace redete über diesen neuen Jungen, der Kelsey an der Kaffeebar aufgefallen war, als sie am Morgen dort gearbeitet hatte. Na ja, eigentlich sprachen alle über diesen neuen Jungen und seine Familie, aber Kelsey war es noch nicht gelungen, etwas Substanzielles über ihn herauszufinden.

Dennoch hatte er etwas, das ließ sich nicht leugnen. Sie

war seinem Blick begegnet, als sie eine Thermoskanne für einen Golfer auffüllte und er am Fenster stand, wo er wahrscheinlich auf seinen Vater wartete. Sie sahen einander kaum eine Sekunde an, aber es durchfuhr Kelsey wie ein Stromstoß.

Die Empfindung hatte noch Stunden nachgewirkt – warm und tröstend wie ein frisch gebackenes Brot, aber auch scharf und exotisch wie das indische Essen, das ihre Stiefmutter liebte und das köstlich schmeckte, allerdings mit Vorsicht zu genießen war.

Alles in allem hatte dieser kurze Moment einen Sturm an Gefühlen in ihr ausgelöst, der ihr zwar gefiel, sie jedoch auch beunruhigte. Und wie.

Denn es war nichts, was ihr in irgendeiner Hinsicht vertraut gewesen wäre. Nicht einmal annähernd.

Also wollte sie es wissen. Und da Grace und Marsha immer alles über jeden wussten, würde Kelsey sich diese Chance, etwas über den Jungen herauszufinden, ganz sicher nicht entgehen lassen. Wer immer er war.

Sie hob den Kopf gerade weit genug, um ihm einen weiteren Blick zuzuwerfen. Er war eben aus dem Becken gestiegen und hatte sich nun in die Schlange zum Sprungturm gestellt. Seine gebräunte, nasse Haut glitzerte in der Sonne Santa Barbaras, und er fuhr sich mit einer Hand durchs Haar, das im trockenen Zustand goldbraun schimmerte, wie sie wusste. Sie schätzte ihn auf sechzehn oder siebzehn – ein Jahr älter als sie musste er mindestens sein.

Noch nie in ihrem Leben war ihr allein durch einen Blickkontakt ein solch süßer Schock in die Glieder gefahren.

Sie schloss für einen Moment die Augen, um die Erinnerung – süß und prickelnd, beunruhigend und wundervoll – noch einmal zu genießen. Sie wollte sie bis ins Letzte auskosten, weil sie mit absoluter Sicherheit wusste, dass dieser eine Blick über die Kaffeebar alles war, was sie mit diesem Jungen jemals verbinden würde.

»Draper!« Die Stimme ihrer Vorgesetzten durchdrang ihre Tagträumerei, und sie fuhr zusammen. Peinlich berührt wurde ihr bewusst, dass sie mitnichten Tische wischte, sondern einfach nur gedankenverloren ins Nichts starrte. »Du wirst hier nicht für Nickerchen bezahlt.«

»Tut mir leid, wirklich.« Sie sprühte den Tisch erneut ein und wienerte enthusiastisch, als habe sie es mit einem besonders hartnäckigen Fleck zu tun. Den Blick fest auf die Tischoberfläche geheftet, konzentrierte sie sich erneut auf das Geplapper der beiden Mädchen.

»Und du weißt echt nicht, wer er ist?«, fragte Grace gerade.

»Oh, jetzt mach's nicht so spannend. Sag schon.«

»Wyatt Segel! Wahnsinn, oder?«

Kelsey schaute gerade noch rechtzeitig auf, um zu sehen, wie Marsha den Kopf schüttelte und den Mund verzog. »Und wer ist das?«

»Oh, mein Gott! Wo lebst du eigentlich? Er ist doch total berühmt! Oder zumindest seine Familie ist es.«

Marsha zog die Nase kraus. »Er ist echt süß, ja, aber ich kann mich nicht erinnern, ihn mal irgendwo gesehen zu haben.«

»Ihn nicht, aber seine Großmutter. Seine Mutter auch. Sie schreibt, glaube ich, Drehbücher. Aber seine Großmutter ist der ganz große Star. Sie ist Anika Segel!«

»Aha?«

»Sag mal, du bist wirklich nicht von dieser Welt, oder? Weißt du echt nicht, wer das ist?«

Kelsey konnte Marshas Antwort nicht mehr hören, weil ein Pärchen weiter hinten im Restaurantbereich ihr winkte, damit sie verschütteten Wein aufwischte. Nicht, dass sie mehr hören musste. Sie wusste alles über Anika Segel, einer der größten Stars aus dem goldenen Zeitalter Hollywoods und die Lieblingsschauspielerin ihrer Stiefmutter. Kelsey hatte sie unzählige Male im Fernsehen gesehen, sich aber natürlich nie bewusst gemacht, dass es sich um einen echten Menschen handelte. Einen, der Familie und vielleicht sogar einen Hund hatte.

Noch immer in Gedanken bei Familien, brachte Kelsey den weingetränkten Lappen in den Servicebereich. Kelsey hatte keine ihrer Großmütter kennengelernt, und ihre Mutter war gestorben, als sie zwei gewesen war. Wie mochte es sein, berühmte Großeltern zu haben? Wahrscheinlich ganz schön hart, überlegte sie; nicht einmal den ersten Tag konnte der Junge im Club inkognito verbringen. Aber in gewisser Hinsicht war es auch einfacher, denn zumindest würden andere ihn von sich aus ansprechen, weil er interessant war.

Kelsey fand niemand interessant – wieso auch? Sie war ein ganz normales Mädchen im Teenie-Alter, wachte morgens auf, ging mit ihrem Vater zur Arbeit und kehrte abends wieder zurück. Dreimal in der Woche nahm sie Tanzstunden, aber sie war die Einzige dort, der es ernst war mit dem Tanzen. Die anderen taten nicht viel mehr als vor dem Spiegel zu posieren.

Kelsey begriff nicht, wie sie derart unbekümmert damit umgehen konnten. Sie selbst hatte hart dafür kämpfen müssen, überhaupt in den Kurs kommen zu dürfen, und obwohl sie ihren Vater inzwischen davon überzeugt hatte, dass die Leggings und Bodys zweckdienlich waren, hatte sie ihm versprechen müssen, zum Proben zusätzlich einen Rock überzuziehen, sonst hätte er sie niemals gehen lassen. »Keine Frau sollte sich so zur Schau stellen«, hatte er geschimpft. »Daraus kann nichts Gutes entstehen.«

»Dad, wir sind doch nur ein paar Mädchen, die tanzen wollen.«

»So fängt es an.«

»Wir tanzen nur, Daddy. An Tanzen ist doch nichts Schlechtes.«

»Siehst du, Schätzchen? Du beklagst dich immer, dass ich dich wie ein kleines Mädchen behandele, aber dass du solche Dinge sagst, beweist mir, wie jung du tatsächlich noch bist. An Tanzen ist jede Menge Schlechtes, aber das wirst du noch früh genug erfahren.«

»Warum lässt du mich dann überhaupt gehen?« Sobald die Worte heraus waren, hatte sie sie bereits bereut. Was, wenn er ihr die geliebten Tanzstunden nun ganz strich?

»Wie sonst kannst du lernen, was gut und was schlecht ist? Du musst es erfahren, du musst den Unterschied begreifen. Du darfst nicht werden wie deine Mutter. Eine solche Frau … nun, zu leicht kommen andere zu Schaden. Aber ich liebe dich, meine Kleine. Ich liebe dich über alles, und ich passe auf dich auf. Also hab keine Angst. Dein Daddy wird immer für dich da sein.«

Die dicke Träne, die ihr über die Wange kullerte, überraschte sie und riss sie aus ihrer Erinnerung. Ihr ganzes Leben lang hatte sie sich gewünscht, ihre echte Mutter gekannt zu haben, aber Kelsey war noch zu klein gewesen, als Annie Draper gestorben war, und in vielerlei Hinsicht war sie zu einem Mythos geworden, der sich stets in weiter Ferne befand und einfach nicht zu packen war.

Nur zwei Jahre später hatte Leonard Draper Tessa geheiratet, die ein Baby, einen kleinen Jungen, mit in die Ehe brachte. Leonard und Tessa hatten der damals vierjährigen Kelsey Griffin in die Arme gelegt und ihr erklärt, dass sie nun eine große Schwester sei und zwar mit allen Verantwortlichkeiten, die damit einhergingen.

Griffin!

Sie schaute hinauf zur Uhr, erkannte, dass sie zu spät kommen würde, und biss sich auf die Lippe, um nicht laut zu fluchen. Ihr Vater regte sich immer ungeheuer auf, wenn sie das tat, und obwohl sie schon fast sechzehn war, gab es Schimpfwörter, für die ihr Vater sie wahrscheinlich noch übers Knie legen würde.

»Ich mach' Feierabend«, rief sie, während sie sich gleichzeitig die Schürze vom Leib riss und sie einem verdutzten Hilfskellner in die Hand drückte. »Bis morgen.«

Ihr Vater arbeitete in diesem Sommer vorübergehend als Gärtner im Club, wodurch sie einen Job in der Gastronomie hatte ergattern können. Tessa arbeitete nicht – ihr Vater war der Ansicht, dass ein Mann seine Frau zu versorgen hatte –, aber obwohl sie zu Hause war, wollte Leonard nicht, dass das Kind den ganzen Sommer über untätig bei seiner Mutter herumsaß. »Er ist jetzt zwölf. Wir wollen doch nicht, dass er zu einem Weichling wird, der nur mit Mommy plappert. Nicht mein Sohn, damit das klar ist.«

Weswegen Griffin im Tennislager des Clubs angemeldet worden war, obwohl sie sich das eigentlich nicht leisten konnten. Und da Kelseys Schicht zwanzig Minuten vor Campschluss endete, war es ihre Aufgabe, Griffin abzuholen und ihn sicher nach Hause zu bringen.

Arbeit für sie. Camp für ihn.

Sie wusste, dass sie darüber zornig hätte werden sollen, aber auf diese Art kam sie wenigstens aus dem Haus. Und immerhin war das Geld, das sie verdiente, ihres – auch wenn sie nichts davon ausgab. Sie sparte, um auf die Tanzakademie in New York gehen zu können, sobald sie mit der Schule fertig war. Sie würde auf der Bühne stehen, und sie würde gut sein. Und dann würde ihr Vater endlich erkennen, dass sie etwas Schönes erschuf und Tanzen nichts Schlechtes war.

Da der Job ihr also sozusagen den Weg in die Zukunft ebnete, sah sie keinen Grund, sich über Griffins Tenniskurs zu ärgern. Und mochte er auch wie alle kleinen Brüder manchmal eine Nervensäge sein, so liebte sie ihn doch abgöttisch. Seinem begeisterten Geplapper zuzuhören, wenn sie ihn abholte, versüßte ihr jedes Mal den Tag.

Sie sprintete durch das kleine Tor, das den Poolbereich abgrenzte, und rannte am Sporttrakt entlang. Doch als sie um die Ecke bog, um auf den Weg zu den Tennisplätzen zu gelangen, stieß sie mit solch einer Wucht mit jemandem zusammen, dass sie zurücktaumelte und mit rudernden Armen zu Boden ging.

»Oh, Mann, tut mir leid, das wollte ich nicht!« Die tiefe melodische Stimme schwebte über ihr und war wie eine verbale Streicheleinheit. »Ist alles in Ordnung mit dir?«

Sie blickte auf und entdeckte zuerst eine Hand, die ihr entgegengestreckt wurde. Sie ergriff sie, und der Schock, der sie bei der Berührung durchfuhr, hätte sie direkt zu Boden geschickt, wenn sie nicht bereits auf ihrem Hinterteil gesessen hätte.

Er war es!

Sie wusste es schon, noch ehe sie den Kopf in den Nacken

legte, um in seine leuchtenden Augen zu sehen. Ein zögerndes Lächeln huschte über seine Lippen.

Mit einem Ruck zog er sie auf die Füße, und sie schnappte nach Luft, als er ihr die andere Hand auf die Taille legte, damit sie nicht wieder umkippte.

»Du arbeitest im Café, nicht wahr?«

»Ich, ähm … tut mir leid – was?«

Er verengte die Augen. »Sicher, dass du okay bist?«

Ich glaube nicht, dass ich je wieder okay sein werde.

»Ja, klar, keine Sorge. Mein Stolz hat mehr abbekommen als mein Allerwertester.« Sie wich zurück, um sich aus seiner Berührung zu lösen. Einerseits bereute sie es sofort, andererseits war sie froh, dass sie wieder klarer denken konnte. »Ich hab nicht aufgepasst. Ich war in Eile.«

»Das hat man gemerkt. Du musst irgendwo hin?«

»Ja. Meinen Bruder abholen.«

Er nickte. »Schade.«

»Schade?«

Sein Lächeln brachte ein Grübchen zutage. »Ja. Weil du dann offensichtlich keine Zeit hast, mit mir Pommes essen zu gehen.«

»Oh. Ich …« Sie schluckte, als Furcht in ihr aufstieg. Sie hatte keine Ahnung, wie sie mit ihm reden sollte. Sie wusste überhaupt nicht, wie man mit Jungs redete, schon gar nicht mit einem, der derartige Gefühle in ihr weckte. Gefühle, die nicht gut für sie waren und ihr gefährlich werden würden, wie ihr Vater sie immer warnte.

»Tut mir leid«, murmelte sie schließlich. »Ich muss jetzt echt los.«

Und dann stob sie davon, ohne sich noch einmal umzusehen.

Und obwohl sie sich bemühte, nicht mehr an ihn zu denken, konnte sie sein Lächeln – und das Grübchen – noch lange, lange vor ihrem inneren Auge sehen.

5

Das blecherne Plärren einer Hupe holt mich abrupt aus meiner Träumerei, und ich reiße das Lenkrad herum, um dem BMW auszuweichen, den ich bei dem Versuch, die Spur zu wechseln, übersehen habe.

Mein Herz pocht wild, als ich das Steuer fester umklammere und mein 69er Mustang-Cabrio übervorsichtig über die Spuren manövriere und auf den Parkplatz zum Supermarkt einbiege. Ich stelle den Wagen ab, mache den Motor aus und lasse mein Gesicht in meine Hände sinken.

Was zum Teufel ist denn los mit mir? Ich fahre normalerweise gut, vorausschauend und vorsichtig. Im Auto telefoniere ich nicht, schreibe keine Nachrichten und lasse mich auch nicht von Gedanken davontragen. Ich habe Theoriestunden abgeleistet. Ich habe die entsprechenden Videos gesehen. Ich weiß genau, was passieren kann, wenn man am Steuer unachtsam wird. Und ich gehöre ganz sicher nicht zu jenen Leuten, die meinen, dass das Unglück immer nur anderen zustößt. Schließlich weiß ich es besser. Ich bin dem Schicksal bereits auf die Zehen getreten, und ich gedenke nicht, das erneut zu riskieren.

Ganz zu schweigen von der Tatsache, dass Griffin diesen Wagen eigenhändig restauriert und mir zum Fünfundzwanzigsten geschenkt hat. Mit dem himmelblauen Lack, den blitzenden Chromleisten und den weißen Ledersitzen ist er so ziemlich das schönste Auto, das ich je gesehen habe, und es ist mir heilig. Ich habe es Blue getauft und verhätschele es regelrecht: Regelmäßige Inspektionen, monatliche Check-ups, Handwäsche, nur gemäßigtes Tempo … Solange ich es verhindern kann, kommt an diesen Wagen nicht der geringste Kratzer.

Griffin schimpft gerne, dass ich Blues Potenzial nicht ausschöpfe, aber meistens sagt er das mit einem bedeutungsschweren Blick aus verengten Augen, nachdem er schon einiges getrunken hat. Im Allgemeinen ignoriere ich diese Bemerkung und ihre nicht ganz so subtile Anspielung auf mein Leben, und obwohl er mich permanent drängt, ich solle den Wagen in die Wüste fahren, mir einen Tuch über das Haar binden und das Gaspedal durchtreten, damit der Motor endlich bekommt, was er braucht, bin ich der Meinung, dass Blue und ich auch in der gedrosselten Version ganz wunderbar miteinander zurecht kommen.

Zumindest dachte ich das, bis ich den silbernen BMW eben fast touchiert hätte. Aber das war nicht mein Fehler. Jedenfalls nicht gänzlich.

Eine Teilschuld trägt auch er.

Wyatt.

Wieder hat er sich in meinen Kopf gedrängt. Wieder raubt er mir die Selbstbeherrschung.

Er ist gefährlich. Für mich, mein Herz und die Menschen in meinem Umfeld.

Seufzend lasse ich meinen Kopf an die Lehne zurücksinken. Ich habe die Klimaanlage abgeschaltet, und die Sonne brennt auf mich herab wie damals in jenem wunderbaren Sommer vor meinem sechzehnten Geburtstag.

Ich war so glücklich – so unfassbar glücklich. Bis sich alles von einem Moment auf den anderen ins Gegenteil kehrte.

Und nun sitze ich hier und lege all meine Hoffnungen in die Hände eines Mannes, vor dem ich, wie ich nur allzu gut weiß, eigentlich davonlaufen sollte.

Aber ich kann nicht.

Und die schreckliche, beschämende, heimliche Wahrheit lautet, dass ich nicht einmal sicher bin, ob ich das überhaupt will.

»Kelsey«, sage ich in den Himmel hinein. »Du bist die totale Katastrophe.«

Ich ziehe die Brauen zusammen. Um es genau zu sagen, bin ich eine Katastrophe, die sich in Kürze vor einem Haufen gaffender Männer ausziehen wird.

Ich bin eindeutig nicht ganz dicht.

Wild entschlossen, aber nicht ganz dicht.

Ich setze mich wieder auf und hole mein Telefon hervor, um Nia anzurufen. Ich muss sie nicht nur um einen Kopf kürzer machen, weil sie es versäumt hat, mir zu erzählen, dass W. Royce Wyatt Segel ist, sondern brauche auch ihren Rat, was ich wohl anziehen soll. Denn trotz zahlloser Tanzdarbietungen, die ich in meinem Leben bereits auf die Bühne gebracht habe, habe ich noch nicht einmal den Hauch einer Ahnung, was man am besten trägt, wenn man seine Sachen wieder ablegen will.

Ärgerlicherweise lande ich in der Voicemail, und nachdem ich ihr eine Nachricht hinterlassen habe, stecke ich mein Telefon in meine Handtasche zurück.

Soll ich mir das wirklich antun?

Die Frage hallt laut in meinem Schädel wider, und die Antwort folgt erstaunlich schnell: Ja!

Und Wyatt tut gut daran aufzutauchen. Denn wenn er nicht im Publikum sitzt, weiß ich auch nicht mehr weiter.

Mit einer Grimasse greife ich nach dem Schlüssel, der noch in der Zündung steckt. Ab nach Hause, damit ich mir eine kleine Choreografie ausdenken, ein Kostüm auswählen und eine Weile hyperventilieren kann.

Wenn Daddy mich jetzt sehen würde …

Dieser unwillkommene Gedanke lauert, wie mir jetzt bewusst wird, am Rand meines Bewusstseins, seit ich Wyatt eben meinen völlig bescheuerten Vorschlag gemacht habe. Wie ein Steinchen im Schuh, das zwar immer drückt, aber je nachdem, wie man auftritt, richtig wehtut.

Doch Daddy kann mich nicht sehen. Daddy befindet sich in Georgia und arbeitet als Gärtner für dieselbe Baugesellschaft, für die er jetzt seit zehn Jahren tätig ist. Daher kann er nicht einmal ahnen, was ich mache. Und falls er es je herausfinden sollte …

Nun, bis dahin habe ich das Geld und Griffin nimmt an dem neuen Verfahren teil, und irgendwie werde ich sein Missfallen dann schon überstehen.

Nicht, dass ich gerne lüge – tatsächlich ist das eine Sache, die ich eigentlich nie tue, da ich den Biss von Daddys Gürtel noch sehr gut spüren kann. Aber in diesem Fall geht es ja gar nicht um Lügen. Ich sage einfach nur nichts.

Ich verdrehe die Augen, als mir klar wird, was ich da mache. Mein Vater befindet sich noch nicht einmal im gleichen Bundesstaat, und ich schustere mir schon Ausreden zurecht!

Nicht, dass mich das überrascht. Der Abend, der vor mir liegt, macht mich höllisch nervös, und mein Verstand springt hin und her, damit ich tunlichst nicht an meine kleine Strip-

Einlage denken muss – oder an den Mann, für den ich diese Einlage plane.

Ich will gerade Blue zurücksetzen und nach Hause fahren, als mein Telefon klingelt. Ich schiebe den Hebel wieder auf Parken und hole mein Handy aus der Tasche. Das muss Nia sein.

Ist sie aber nicht. Die angezeigte Nummer kenne ich nicht, aber da ich mich in den letzten Wochen bei drei verschiedenen Tanzstudios als Lehrerin beworben habe, verleihe ich meiner Stimme einen munteren Klang. »Kelsey Draper.«

»Ich weiß nicht, ob das eine gute Idee ist«, sagt Wyatt, als hätten wir unser Gespräch niemals unterbrochen.

»Nein, wahrscheinlich nicht«, gebe ich zu. »Aber ich brauche das Geld, und mir fällt nichts anderes ein.«

»Hm«, macht er, aber es klingt eher wie ein Seufzen, und wie ein trauriges Seufzen dazu.

Ich sollte warten, dass er weiterspricht, aber ich kann meinen Mund nicht halten. »Du kommst heute Abend doch, oder? Gibst du mir diese Chance?«

»Warum bist du abgehauen? Damals in Santa Barbara? Warum bist vor mir weggelaufen?«

Überrascht lasse ich mich gegen die Lehne zurücksinken. Einen Moment lang fehlen mir die Worte. »Was spielt das für eine Rolle?«, frage ich schließlich. »Ich habe mich schon entschuldigt.«

Er lacht, und es klingt rau. »Nicht einmal nach so langer Zeit kannst du dazu stehen? Oder spielst du immer noch dasselbe Spiel?«

»Was für ein Spiel?«, frage ich. Wieder fällt mir seine kryptische Bemerkung von vorhin ein. »Wovon redest du?«

»Nicht so, Kelsey. Wenn wir das hier hinkriegen wollen, dann lass uns zumindest aufrichtig miteinander sein.«

»Das hier hinkriegen?«, gebe ich zurück, als sich Verärgerung in mir breitmacht. »Heißt das, du engagierst mich? Denn wenn nicht, habe ich keine Ahnung, was dieses ›das hier‹ sein soll!«

Er antwortet nicht, und nun bin ich an der Reihe, ein verächtliches Schnauben auszustoßen.

»Weißt du was?«, fahre ich ihn an. »Du bist ein unfairer M… ein Blödmann!«, beende ich den Satz, ehe er etwas dazwischenquetschen kann. »Vielleicht habe ich damals Mist gebaut, aber da bin ich ja nicht die Einzige. Du hast dich in der Sache auch nicht mit Ruhm bekleckert.«

Am anderen Ende der Leitung herrscht totale Stille. Kein Laut des Unglaubens. Kein Lachen. Kein Atmen.

Ich nehme das Telefon vom Ohr und schaue aufs Display, weil ich mich einen Moment lang frage, ob die Verbindung überhaupt noch besteht, aber es sieht so aus. Und ich habe hier auch einen anständigen Empfang.

»Hallo?«, frage ich leise.

Er antwortet mit wenigen Silben, die sich in der Schwere dieser Unterhaltung fast zerbrechlich ausmachen. »Inwiefern?«

Ich sollte den Mund halten. Ich weiß das. Aber nun, da wir uns wiedergetroffen haben, ist alles wieder da. Auch der Schmerz.

Also flüstere ich wider besseres Wissen: »Als ich gegangen bin. Du hast nicht einmal versucht, mich zurückzuholen.«

Ich höre, wie er Luft holt, aber er sagt noch immer nichts.

»Wyatt?«

»Neun Uhr hast du gesagt?«
»Heißt das, du kommst?«
»Tja, das werden wir dann ja sehen«, erwidert er.
Dann ist die Leitung tot.

6

Das werden wir dann ja sehen.

Stunden später ertönen seine Worte immer noch in meinem Kopf, als ich in der beengten Garderobe hinter der Bühne des X-tasys unruhig von einem Fuß auf den anderen trete. Zu fünft befinden wir uns in dem kleinen, trüb ausgeleuchteten Raum, umgeben von getönten Spiegeln und dem abgestandenen Geruch von Ausdünstungen, Körperöl und Verzweiflung. Hinter dem schwarzen Vorhang plärrt Musik, während die erste Wettbewerberin alles gibt, um das Publikum zu überzeugen.

Ich war schon einmal hier, allerdings nicht hinter der Bühne. Nias Freundin Gerrie – eine aufstrebende Modedesignerin – wollte den Anwalt heiraten, der ihr einen Deal mit einem Homeshopping-Kanal ausgehandelt hatte. Und da Nia den Auftrag hatte, den Junggesellinnenabschied zu organisieren, landeten wir alle hier im X-tasy zur sogenannten Böse-Mädchen-Amateur-Stunde, wo Gerrie mithilfe von ungefähr fünf Cosmopolitans und drei Schnäpsen dazu verleitet wurde, sich anzumelden und aufzutreten.

Zuerst protestierte sie natürlich heftig, willigte aber schließlich ein, weil sie einsah, dass das eingenommene Trinkgeld ihr in den Flitterwochen in Monaco gut zupasskäme – und weil sie ihrem Zukünftigen versprochen hatte, einige der Darbietungen, die sie hier sehen würde, für ihn privat nachzutanzen. »Und vielleicht ist es auch einfach witzig«, hatte sie hinzugefügt, ehe sie in der Garderobe verschwand, um sich ein Outfit aus einer Tasche voller Spitzenwäsche zusammenzustellen, die Nia zu eben diesem Zweck mitgebracht hatte.

Ich war damals tatsächlich ein bisschen neidisch, redete mir aber ein, dass es mir lediglich ums Tanzen ging, da ich viel zu selten auf einer Bühne vor Publikum stehen konnte und außer im Sommer nicht einmal dazu kam, anständig zu trainieren.

Aber es war mehr als das. Es war auch, wie die Zuschauer reagierten, die Energie, die vom Publikum ausging. Es war das Gefühl, mit dem eigenen Körper den Raum zu beherrschen und etwas zu erschaffen, das andere sinnlich fanden oder anregend oder faszinierend oder einfach nur wunderschön.

Am meisten aber war ich neidisch auf die Tatsache, dass sie tat, was ich nicht zustande brachte. Dass sie aufstand und zugab, Spaß daran zu haben, sich auf der Bühne in Szene zu setzen. Ein bisschen betrunken zu sein, sich gehen zu lassen, sich zu spüren und einfach zu *sein*.

Und aus dem ganz speziellen Grund zu tanzen, einen ganz speziellen Mann anzumachen.

Die Musik verebbt, das Publikum klatscht und johlt. Die Stimme des Barkeepers, der die Moderation übernommen hat, ertönt und fordert die Zuschauer auf, ihr Votum in Form von Bargeld abzugeben, das die Hostessen, die mit Weinkühlern im Arm umhergehen, in diesem Moment einsammeln.

Normalerweise zeigen die Männer hier ihre Begeisterung,

indem sie Scheine in den String der Tänzerin stecken, aber das ist in der Amateur-Stunde nicht erlaubt. Jedem Mädchen wird ein Sektkühler zugewiesen, und die, die das meiste Geld bekommt, gewinnt am Ende alles.

Natürlich will ich gewinnen. Auch wenn ich eigentlich hergekommen bin, um Wyatt zu überzeugen, nehme ich jeden Penny, den ich kriegen kann, bis Griffin in der Versuchsreihe für die Studie untergebracht ist.

Außerdem bin ich, was das Tanzen angeht, möglicherweise ein winziges bisschen ehrgeizig.

Das Jingle der Amateur-Stunde – eine unschöne elektronische Melodie – ertönt, und die Kandidatin, die gerade auf der Bühne gewesen ist, huscht durch den Vorhang in die Garderobe zurück.

Ihre Haut glänzt schweißfeucht, aber sie lächelt, also scheint sie davon auszugehen, es gut gemacht zu haben. Sie hat lange, schlanke Beine und eine echte Tänzerfigur wie ich, und ich ziehe die Brauen zusammen, als mir klar wird, dass sie eine echte Konkurrenz für mich sein könnte.

Dummerweise entgeht mir auch nicht, dass sie förmlich nackt ist. Bis auf den schwarzen String hat sie sich komplett ausgezogen – und damit *meine* ich komplett.

Die Schmetterlinge, die seit mindestens einer Stunde in meinem Bauch träge Kreise ziehen, verwandeln sich in wild flatternde Bestien.

Ich glaube nicht, dass ich das kann. *Wie zum Henker soll ich das hinkriegen?*

Ich hole tief Luft. Einmal, zweimal. Ich kann das. Ich kann das, und ich werde es tun. Für Griffin. Wegen des Geldes. Ich muss mich einfach nur auf die Belohnung konzentrieren.

Der Moderator kündigt das nächste Mädchen an, und es

stolziert zu Madonnas *Like a Virgin* auf die Bühne. Ich spähe durch den Spalt im Vorhang und halte nach Wyatt Ausschau.

Falls er da ist, kann ich ihn nicht entdecken, und ein neuer Schub Emotionen durchströmt mich.

Enttäuschung.

Sie sickert in meine Adern und setzt sich in meiner Magengrube fest. Ich beuge mich vor, um den hinteren Oberschenkelmuskel zu dehnen. Ich bin natürlich nur enttäuscht, weil sein Nicht-Erscheinen bedeuten könnte, dass ich den Job nicht bekomme. Dadurch entgeht mir das Geld, und ich kann Griffin nicht in dem innovativen Verfahren unterbringen. Mein verzweifelter Plan, ihm zu helfen, wäre gescheitert, und genau das ist die Ursache meiner Enttäuschung.

Das jedenfalls rede ich mir ein.

Ich weiß sehr gut, dass ich mich selbst belüge.

In Wirklichkeit bin ich enttäuscht, weil ich seine Blicke nicht spüren werde. Weil mir das Prickeln entgeht, das ich damals, als zwischen uns noch alles in Ordnung war, immer spüren konnte, sobald er in meiner Nähe war.

Ich blicke mich nach einem halbwegs sauberen Fleckchen auf dem Boden um und setze mich, spreize die Beine und neige mich zu einer Seite, bis meine Stirn mein Knie berührt und ich meine Ferse umfassen kann. Ich halte die Dehnung und genieße das leichte Brennen, als die Muskeln langsam zum Leben erwachen.

Natürlich habe ich mich schon aufgewärmt, aber im Augenblick brauche ich die Ablenkung. Denn so sehr ich auch vorgebe, dass es hier nur um das Geld und das Tanzen geht, hat es doch vor allem mit Wyatt zu tun. Und anstatt vor dieser kleinen unangenehmen Wahrheit davonzulaufen, muss ich mehr wie Gerrie sein. Ich muss dazu stehen.

Und zugeben, dass es aufregend ist, in seiner Nähe zu sein. Dass mir gefehlt hat, was er in mir weckt. Dass es schön war, mit ihm zu lachen.

Vielleicht ist es nie mehr gewesen, als eine Teenie-Sommerliebe, aber damals kam es mir nicht so vor. Und heute genauso wenig.

Also tanze ich heute Abend für ihn. Für den Wyatt, den ich einst kannte. Für den Jungen, den ich hätte lieben können.

Ich tanze für die Erinnerung. Wie er mich mit einer Mischung aus Verlangen und Zärtlichkeit ansah, als ich langsam mein Kleid aufknöpfte. Wie er mir das Gefühl gab, selbst in schlichter Baumwollwäsche ungeheuer begehrenswert und schön zu sein.

Gib's zu, Kelsey. Du bist genauso sehr um seinetwillen hier wie wegen des Geldes.

Ja, so ist es. Das ist die ungeschminkte Wahrheit.

Und das ist ganz und gar nicht gut.

Nia hat ungefähr dasselbe gesagt, als sie mich schließlich zurückrief und ich sofort begann, sie um einen Kopf kürzer zu machen, weil sie mir nicht gesagt hatte, dass W. Royce und Wyatt Segel ein und dieselbe Person waren.

»Der Junge aus dem Country Club in Santa Barbara? Mit dem du an dem Abend zusammen warst, als …?«

»Ja, genau der! Wie konntest du das nur für dich behalten?«

»Hooo, Pferdchen, reg dich wieder ab. Ich wusste nichts davon, das schwöre ich. Du glaubst doch nicht wirklich, dass ich dich bewusst auszutricksen versucht hätte!«

Frustriert zog ich die Brauen zusammen, denn natürlich hatte sie recht – das glaubte ich nicht wirklich. Von allen

Menschen in meinem Leben ist Nia neben Griffin die Person, der ich am meisten vertraue.

Nia und ich lernten uns auf dem College kennen; wir teilten uns ein Zimmer im Wohnheim. Zwar brach sie noch im ersten Semester ihr Studium ab, als ihre Modelkarriere Fahrt aufnahm, doch es spielte keine Rolle mehr. Wir hatten uns schon in zu vielen durchquatschten Nächten die wüstesten Geheimnisse erzählt, als dass unsere Freundschaft noch durch räumliche Trennung einen Knacks hätte bekommen können.

Nia ist übrigens auch die Einzige, die weiß, was wirklich zwischen mir und Wyatt geschah. Ich erzählte es ihr, nachdem sie den dritten Versuch startete, mich mit irgendeinem Kerl aus ihrem Seminar zu verkuppeln.

»Wow«, sagte sie, als ich meine kleine Geschichte beendet hatte. »Kein Wunder, dass du eine solche Neurotikerin bist.«

Womit sie recht hat. Aber wenigstens hat sie immer verstanden, warum ich mich zurückhalte, mich praktisch nie gehen lasse und keine Risiken eingehe.

Und ehrlich gesagt gefällt mir mein Leben so. Es ist unkompliziert und geordnet, und ich weiß, worauf ich mich einzustellen habe.

Oder zumindest wusste ich das bisher. Ehe ich mir in den Kopf gesetzt hatte, fünfzehntausend Dollar zu beschaffen. Und ehe ich in das Fotostudio marschierte und prompt ein zweites Mal im Universum Wyatt Segels landete.

»Ernsthaft jetzt, Kels«, fuhr Nia vorhin am Telefon fort. »Nur weil ich denke, dass du ein bis zwei ausgewachsene Zwangsstörungen hast, die behandelt gehören, heißt das noch lange nicht, dass ich dich ins offene Messer laufen lassen würde.«

»Nein, ich weiß, tut mir leid. Es war einfach nur ein vollkommen verrückter Tag.«

»Kann ich mir denken«, sagte sie. »Aber die wirklich wichtige Frage ist doch: Hast du den Job bekommen?«

»Steht noch nicht fest«, antwortete ich und erklärte ihr, wie die Dinge standen.

»X-tasy? Ich weiß, dass ich dich gerne ermahne, du solltest ein bisschen lockerer werden, aber – bist du sicher?« Ich konnte echte Sorge in ihrer Stimme hören. »Ich meine, überleg doch mal, Kelsey. Was für eine Tür stößt du da auf? Kannst du mit dem, was auf der anderen Seite ist, wirklich umgehen?«

Ich wusste die Antwort auf die Frage sofort, und ich weiß sie jetzt: Ich stoße eine Tür auf, die besser geschlossen bleiben sollte. Aber habe ich eine Wahl?

Ich brauche das Geld. Ich muss meinem Bruder helfen.

Im Übrigen habe ich die Tür doch schon mit Schwung aufgetreten, als ich einwilligte, an Nias Stelle zu dem Casting zu gehen. Natürlich wusste ich das bei meiner Entscheidung noch nicht, und ich hatte es nicht vor, aber nun ist es geschehen, und nun ist es zu spät.

Ich kann nur hoffen, dass er mir helfen will.

Ich kann nur versuchen, mein Herz zu schützen.

Langsam atme ich aus, richte mich auf und neige meinen Oberkörper nach links, um die andere Seite zu dehnen und mich auf meinen Körper zu konzentrieren statt auf meine sprunghaften Gedanken. Das klappt ungefähr sieben Sekunden lang, bis Madonnas Musik verebbt und das Publikum auf der anderen Seite des Vorhangs zu klatschen beginnt. Einen Augenblick später kommt das Mädchen beschwingt zurück. Ich habe zwar nicht zugesehen, aber es strahlt, scheint seine Sache also ebenfalls gut gemacht zu haben.

Mist. Das wären schon zwei, die es zu schlagen gilt.

Die Frau, die vor mir an der Reihe ist, stellt sich nun an den Vorhang. Sie ringt die Hände, und als sie mir einen Blick zuwirft, sind ihre Pupillen vor Furcht geweitet.

Ich lächele ihr mitfühlend zu, aber in Wahrheit kann ich diese Art von Lampenfieber nicht nachvollziehen. Die Angst, Fehler zu machen – ja. Doch für mich ist die Bühne die perfekte Welt: Nirgends fühle ich mich lebendiger, nirgends sicherer, nirgends lässt sich für mich Schönheit und Kontrolle so wunderbar in Einklang bringen wie auf der Bühne.

Der nächste Song setzt ein. Das Mädchen stößt einen kleinen erschreckten Laut aus, als ihr Name aufgerufen wird, und stiebt durch den Vorhang davon. Ich erhebe mich und setze mich an den klebrigen, fleckigen Schminktisch, den ich bei meiner Ankunft belegt habe. Man hat uns eben informiert, dass es nach der dritten Teilnehmerin eine Pause von zehn Minuten geben wird, damit die Gäste in Ruhe bestellen können. Anschließend bin ich an der Reihe, dann kommen die anderen Mädchen.

Ich krame in meiner Tasche nach meinem Lipgloss, als das Display meines Telefons aufleuchtet – ein Anruf. Ich hatte es stumm gestellt und überlege, nicht dranzugehen, doch es ist Griffin.

Ich tippe auf *Annehmen*. »Hey. Mach schnell. Ich bin gerade beschäftigt.«

»Okay, sorry. Wollte nur fragen, ob du vielleicht nachher noch rüberkommen kannst. Bei der Verfolgungsszene sind Geräusche auf der Spur.«

»Ernsthaft jetzt? Verdammt. Dabei hatten wir die Szene echt im Kasten.« Griff ist Synchronsprecher. Oder sagen wir vielmehr, er ist ein aufstrebender Synchronschauspieler. Er macht sich langsam einen Namen und bekommt immer mehr Aufträge. Aber weil er außerdem vielseitig begabt ist, hat er einen eigenen Podcast geschrieben, den er auch produziert: Eine Kreuzung von *Die Schöne und das Biest* mit *Der Graf von Monte Christo*, in die Moderne übertragen. Ich habe die Skripte alle gelesen und finde sie genial.

Bisher hat er noch keine Episode veröffentlicht; er will erst eine ganze Staffel fertig haben, ehe er sie herausbringt. Auf diese Weise läuft er nicht Gefahr, die Lust zu verlieren, falls sich nicht genügend Leute für sein Werk interessieren. Sagt er. Ich halte es aus anderen Gründen für clever: Nach den ersten Episoden wird er so viele Interviews geben und Auftragsangebote prüfen müssen, dass ihm nicht mehr viel Zeit fürs Studio bleibt.

Realisiert wird sein Podcast hauptsächlich mit anderen Sprechern, die er im Laufe der Jahre kennengelernt hat, aber er will unbedingt auch mich dabeihaben. Deshalb habe ich in jeder einzelnen Folge eine kleine Rolle, und in der, von der er nun spricht, spiele ich in drei Szenen ein obdachloses Mädchen. Ich bin keine Schauspielerin, aber es macht richtig Spaß, und ich finde es großartig, Teil von etwas zu sein, was meinen Bruder, dessen bin ich mir sicher, groß rausbringen wird.

»Ach, dann wird es beim zweiten Mal eben noch besser«, erwidert er fröhlich, weil Griffin sich durch nichts und niemand die Stimmung verderben lässt. »Aber ich würde es gerne heute noch machen, damit ich morgen nach der Cocktailparty mit der Bearbeitung anfangen kann. Es bleibt doch dabei, dass du mit mir gehst, oder?«

»Ehrlich, Griffin, ich sollte nicht. Verabrede dich lieber.«

Er seufzt. »Es bleibt doch dabei, dass du mitgehst, oder?«, wiederholt er die Frage.

Ich verdrehe die Augen und ahme sein Seufzen nach. »Klar. Glaubst du ernsthaft, ich lasse mir einen Anlass entgehen, kostenlos essen und trinken zu können? Ich bin dabei!«

Das war natürlich als Witz gemeint. Zumindest größtenteils. Mit dem Lohn einer Vorschullehrerin kommt man nicht besonders weit, und viel besser wird es auch nicht mit dem kleinen Extra, das ich für die Tanzkurse in den Sommerferien bekomme. Was bedeutet, dass ich auf Alltagsbasis jeden einzelnen Penny rumdrehe. Seitdem ich für Griffins Behandlung spare, drehe ich ihn allerdings so oft um, dass dem kleinen Kupferding eigentlich kotzübel sein müsste.

»Jedenfalls kann ich heute Abend nicht vorbeikommen«, fahre ich fort. »Ich habe noch einiges zu tun. Aber wenn du willst, komme ich morgen nach dem Zumba-Kurs. Ich bringe einfach Sachen zum Umziehen mit, dann gehen wir auf die Party, nachdem wir die Szene neu aufgenommen haben.«

»Oder so.«

»Schön. Bis morgen dann. Es sei denn, du überlegst dir bis dahin, dir doch eine andere Begleitung zu suchen.«

»Lass gut sein, Kels.«

Ich weiß, ich sollte die Klappe halten, aber mein Bruder ist fantastisch, und wenn er nur ein bisschen öfter in die Öffentlichkeit gehen würde, dann würde er auch schnell jemanden kennenlernen. »In meinem Ballettkurs vom Mittwoch sind zwei Mädchen, die dir echt gefallen würden.«

Er murmelt etwas, das ich nicht verstehe, und vermutlich ist das auch gut so. »Ich sag dir was, Kels. Wenn du zu mir kommst, bringst du mir eine Liste von all den Tänzerinnen mit, die du für ideal hältst, und ich erkläre dir detailliert, warum sie es nicht sind. Weil es nur den einen Grund gibt. Und den kennen wir beide.«

Weil ich genau weiß, dass ich einen wunden Punkt berühren werde, schneide ich schon im Vorfeld eine Grimasse, aber ich kann mich nicht zurückhalten. »Griffin …«

»Fang gar nicht erst an!«

Ich will etwas einwenden, aber in diesem Augenblick setzt die Musik wieder ein, was bedeutet, dass die Pause sich dem Ende nähert. »Na gut. Du hast Glück, weil ich jetzt nicht kann. Ich muss Schluss machen. Ich versuche nämlich …«

Ich verstumme. Dieser Moment ist denkbar ungeeignet, ihm etwas zu erklären.

»Was?!«

»Nichts. Ich muss auflegen. Bis morgen.«

»Höre ich da Musik? Bist du bei einem Casting? Für eine Show? Um diese Zeit?«

»Nein, ich … spielt jetzt keine Rolle. Ich muss Schluss machen. Ernsthaft. Man ruft mich.«

»Schon gut, schon gut. Erzähl's mir morgen. Hals- und Beinbruch, okay?«

Ich grinse, als ich auflege. Griffin hat mich immer schon ermutigt, mich häufiger bei Shows zu bewerben und aus dem Lehrer-/Trainerinnen-Trott auszubrechen. Aber irgendwie habe ich das dumpfe Gefühl, dass er sich dabei kein Strip-Lokal vorgestellt hat.

Ich hole tief Luft und trete an den Vorhang, als der Moderator mich auch schon ankündigt. Die ersten Klänge von Def Leppards *Pour some sugar on me* ertönen. Die Musik steigt in mir auf, und ich bewege mich rasch und im Takt über die Bühne, springe an die Stange, hake ein Bein darum und halte mich mit einer Hand locker daran fest. Mit durchgedrücktem Rücken und nach vorne gereckten Brüsten schwinge ich herum.

Eine solche Figur ist dazu da, die Aufmerksamkeit der Zuschauer zu erregen, und nach dem Applaus zu urteilen, der ertönt, ist es mir anscheinend gelungen. Ich halte die Pose einen Moment, dann ziehe ich mich hoch, bis meine Füße fest auf der Bühne stehen und meine Brüste sich an die Stange schmiegen. Breitbeinig gehe ich in die tiefe Hocke, sodass sich die Stange zwischen meinen Beinen reibt, und garniere die fließende Bewegung auf dem Weg nach unten mit zwei, drei Hüftrotationen.

Die Männer applaudieren; vermutlich stellen sie sich vor, anstelle der Stange vor mir zu stehen. Aber es sind nicht diese Fremden, die mich interessieren. Nicht einmal ihre Bewertung oder das Geld, das sie hoffentlich in den Weinkühler stecken, damit ich gewinne.

Mich interessiert nur Wyatt. Nicht der Auftrag, nicht das Geld, nur der Mann.

Die schlichte Wahrheit durchfährt mich mit derselben wilden Triebkraft wie die Hardrock-Musik, zu der ich tanze, und ich richte mich wieder auf und halte mich fest, während ich ein Bein langsam die Stange hinaufschiebe, bis ich mich stehend im Spagat befinde. Ich blicke über die Köpfe der Männer und biege meinen Oberkörper durch, als gehöre das zu meiner Choreografie, doch tatsächlich versuche ich nur, in der Menschenmenge Wyatt ausfindig zu machen.

Aber er ist nirgendwo zu sehen, und die Enttäuschung, die sich in mir breitmacht, ist gewaltig. Er ist der Grund, warum ich hier bin. Der Grund, warum ich einen hauchdünnen Rock aus vier unterschiedlich farbigen Schals trage, die in groben Stichen an ein breites Band um meine Taille geheftet sind. Der Grund, warum ich eine hauchdünne Seidenbluse trage, die ich als Teil dieser Choreografie zu opfern gedenke.

Ich bin willens gewesen, mich und meinen Körper all den fremden Blicken zur Schau zu stellen, um ihm zu beweisen, dass ich genügend Mumm habe, um für ihn Modell zu stehen.

Und er? Er kreuzt nicht einmal auf!

Er ist nicht gekommen!

Doch noch pulst die Musik durch meinen Körper, noch bin ich mit Haut und Haar in meiner Darbietung präsent – denn eine echte Tänzerin lässt sich nicht von Gefühlen beeinträchtigen. Ein Profi lässt niemals zu, dass die Wirklichkeit sich in die Fantasie der getanzten Welt einmischt.

Er ist nicht gekommen, denke ich erneut. *Und es ist mir egal!*

Die Erkenntnis ist berauschend – und erschreckend. Doch in diesem Augenblick, hier und jetzt, bin ich exakt da, wo ich sein will. Ich tanze. Wild und ausgelassen. Provokant und verrucht.

Ich tanze, um zu verführen.

Der Gedanke schlägt in seiner Wahrheit über mir zusammen wie eine Woge, und ich schnappe unwillkürlich nach Luft. Um meine Reaktion zu überspielen, lasse ich mich zu Boden sinken, um verfrüht mit dem zweiten Teil meiner Darbietung zu beginnen. Im Rhythmus der Musik vollführe ich eine Reihe eindeutig sexueller Bewegungen am Boden, biege mit Blick zur Decke schließlich den Rücken durch und reiße mir die Bluse auf, sodass die Knöpfe durch die Luft davonspringen. Die Seide rutscht von meinen Schultern, doch die Arme bleiben in den Ärmeln.

Noch auf dem Rücken liegend, stemme ich meinen Oberkörper hoch und biege erneut den Rücken durch. Meine Arme sind durch die Bluse hinter mir gefesselt, und einen Moment lang bin ich hilflos und verwundbar – sowohl hier auf der Bühne als auch in der Fantasiewelt des Tanzes, in der ich meinem Geliebten ausgeliefert bin.

Ich rolle meinen Kopf hin und her, um meiner ausgedachten Story entsprechend Gegenwehr zu simulieren.

Und in diesem Moment entdecke ich ihn.

Er steht ganz hinten und lehnt an einer Säule. Das diffuse Licht einer Lampe über ihm beleuchtet sein Gesicht, sodass mir die Intensität seines Blicks nicht entgeht. Er beobachtet mich.

Er scheint wie verzaubert.

Plötzlich durchströmt mich das Gefühl der Macht. Ich habe ihn in meinen Bann gezogen. Wenigstens vorübergehend gehört er mir. Mir allein.

In diesem Moment geschieht etwas mit mir. Plötzlich tanze ich nicht mehr zu meinem eigenen Vergnügen. Und ganz sicher tanze ich nicht für die unbekannten Männer im Publikum.

Nun tanze ich für Wyatt. Und nur für Wyatt.

Ich drehe mich zur Seite auf die Knie und ziehe dabei meine Arme aus der Bluse. Dann lege ich meine ausgestreckten Arme vor mich und mache mich klein. In fließenden Bewegungen strecke ich die Beine, bis mein Hinterteil nach oben ragt und mein Körper ein Dreieck darstellt. Ich halte diese Stellung einen Augenblick, dann komme ich wieder hoch, und stets bin ich dabei im Einklang mit der Musik.

Bis auf den hautfarbenen BH ist mein Oberkörper nun entblößt, was dem Publikum erst jetzt, da ich stehe, wirklich bewusst werden kann. Mit einem kleinen Kick leite ich die erste Drehung ein, und während ich herumwirbele, zupfe ich bei jeder Rotation eins der Tücher ab, aus denen mein

Rock besteht, und lasse es einen Moment lang um des Effektes willen hinter mir herflattern, ehe ich es loslasse.

Und dann trage ich nur noch das rosafarbene Band um meine Taille und einen String, der farblich zu meinem BH passt. Mit einem Ruck zupfe ich das Band ab und lasse es auf die Tücher plumpsen.

Der Song geht in die Schlussphase, und ich hole tief Luft. Noch immer bin ich eins mit der Musik, doch tief in meinem Inneren weiß ich, dass ich nervös sein müsste. Schließlich ziehe ich mich vor anderen aus. Was ich tue, ist unanständig und sündig, und das sollte mir eigentlich Angst machen … nur tut es das einfach nicht.

Im Gegenteil. Ich könnte ewig so weitertanzen. Ich stehe auf der Bühne – einer echten Bühne! – und tanze nicht nur für ein echtes Publikum, sondern explizit für einen Mann!

Gerne würde ich mir einreden, dass ich all das nur deswegen tun kann, weil ich einen edlen Beweggrund habe, aber das ist einfach nicht wahr.

Es ist alles zusammen. Die Musik, die mich erfüllt. Das Publikum, das mich nicht aus den Augen lässt.

Und vor allem die Glut in Wyatts Blick. Das Verlangen, das ich in seiner Miene sehe. Die Erinnerung an seine Berührungen.

Ich weiß noch ganz genau, wie es damals war – und ich träume von mehr. Ich will nicht, dass diese Empfindungen aufhören. Ich will mehr. Den Thrill. Die Erfahrung. Den Kick und die Gänsehaut.

Ich schaue hinaus in den verdunkelten Zuschauerraum, und die Männer an den Tischen verblassen. Ich sehe jetzt nur noch Wyatt.

Langsam fahre ich mir mit den Händen über meine Hüften, meine Taille, meine Brüste, und stelle mir vor, dass er es ist, der das tut.

Ich tanze für ihn, und nur für ihn.

Ich kriege den Job. Dessen bin ich mir sicher.

Aber als ich ihm nun über die Köpfe der anderen hinweg in die Augen sehe, frage ich mich unwillkürlich, ob das wirklich gut ist. Denn dann werde ich ihn jeden Tag sehen.

Wodurch der Schmerz am Ende umso größer wird.

7

Sie würde ihn noch in den Wahnsinn treiben!

Wie sie seinen Blick festhielt, während sie sich so aufreizend und sinnlich bewegte, als wolle sie ihn dazu verführen, sie jetzt und hier in die Arme zu reißen und zu küssen, bis ihr die Sinne schwanden …

Obwohl – verführen? Nein, vollkommen falsches Wort. Sie versuchte ihn nicht zu verführen oder zu locken, sie warf ihm verdammt noch mal den Fehdehandschuh hin! Aber worum ging es ihr? Wollte sie ihn provozieren? Oder ihm bloß zeigen, was er nicht bekommen konnte?

Tja, wenn er das gewusst hätte! Im Augenblick war Wyatt sich nur einer Sache sicher: Jeder Muskel in seinem Körper war angespannt, sein Schwanz steinhart, und er wollte woanders sein. Mit ihr. Irgendwo, wo niemand sonst war.

Und wo es ein Bett gab.

Natürlich lag es daran, dass sie tanzte. Eine Kelsey Draper, die tanzte, war schon immer sein Untergang gewesen. Schließlich hatte es damit vor vielen, vielen Jahren angefangen. Sie hatte zu einem Popsong getanzt, und ihre Interpretation hatte Musik und Text veredelt. Das stille, zurückhaltende Mädchen hatte eine solche Leidenschaft an den Tag gelegt, dass er rettungslos verloren gewesen war. Sie hatte ihn mit ihrer Magie verzaubert.

Und dann sein Herz gebrochen.

Das würde er kein zweites Mal zulassen.

Ja, er mochte sie begehren … verdammt, er *begehrte* sie. Für seine Ausstellung. In seinem Bett.

Aber er würde ihr gewiss kein Vertrauen mehr schenken. Er hatte seine Lektion schon vor vielen Jahren gelernt, und einen Auffrischungskurs hatte er ganz bestimmt nicht nötig.

Auf der Bühne sank sie gerade zu Boden. Mit einer Hand riss sie ihre Bluse auf und ließ sie an ihren Armen hinabgleiten. Nun begann sie sich auf dem Boden zu winden, und Sehnsucht packte ihn, zumal bereits Bilder in seinem Kopf zu entstehen begannen. Ihre Handgelenke gefesselt, aber nicht mit einer zerrissenen Bluse, sondern mit einem Strick aus Seide. Nicht nur ihre Hände, sondern auch ihre Füße. Rote Seide als einzige Farbe in einer ansonsten schwarz-weißen Aufnahme. Ihr sich windender Körper, ohne dass der Betrachter wusste, ob sie sich wehrte oder in ihrer Leidenschaft schwelgte.

Sie war genau die Frau, die er für die Ausstellung brauchte. Sie und alles, was dazugehörte. Er wusste es, seit sie in sein Studio marschiert war.

Warum also zögerte er?

Weil er sie begehrte?

Oder weil er sie bestrafen wollte?

Vielleicht hatte es auch auf viel vertracktere Weise mit ihm selbst zu tun. Vielleicht hatte es damit zu tun, wie viel von dieser Ausstellung abhing. Immerhin arbeitete er seit Monaten auf dieses Ziel hin, und er hatte alles gegeben. Das hier war seine Chance, endlich unter der düsteren Wolke hervorzutreten, die sein Vater über ihn geschoben hatte.

Die Chance, sich seiner Familie gegenüber zu beweisen.

Endlich dem gottverdammten Namen Segel Ehre zu machen.

Was aber nur geschehen konnte, wenn die Ausstellung ein Erfolg würde.

Ja, vielleicht war das der Grund für sein Zögern. Denn sobald er sich festlegte, würde der Augenblick der Wahrheit auf leisen Pfoten auf ihn zuzukriechen beginnen, um ihm dann entweder schnurrend um die Beine zu streichen oder die Krallen auszufahren und ihm das Herz herauszukratzen.

Inzwischen hatte sich Kelsey auf der Bühne wieder erhoben und begann mit einer Art Pirouette, bei der sie eins der Tücher abzupfte, aus dem ihr Hauch von Rock bestand. Wyatt stellte sich vor, ihr seine Hände um die Taille zu legen, während sie sich weiterdrehte. Er konnte ihre Wärme spüren, die Reibung ihrer Haut, ihr Schaudern …

Gott, das wollte er. Und er wollte ihr Stöhnen hören. Er wollte diese schönen kleinen Laute hören, an die er sich noch so gut erinnern konnte.

Das nächste Tuch flatterte zu Boden, und er drückte sich von der Säule ab und richtete sich auf. Unruhig trat er von einem Fuß auf den anderen, um seine wachsende Lust einzudämmen. Verdammt, sein Verlangen war stark.

Er wollte sie, ja. Aber sie war ein Luxus, den er vor sich selbst nicht rechtfertigen konnte. Ein Luxus und ein Risiko, denn er wusste doch im Grunde genommen genau, dass sie Reißaus nehmen würde, sobald die Gefühle zu intensiv zu werden drohten.

Doch Intensität zu erzeugen war das Ziel seiner Ausstellung!

Er konnte es einfach nicht riskieren, so sehr er es sich auch wünschte. Er durfte sie nicht einmal zu Probeaufnahmen bitten. Nicht bei seinem engen Terminplan. Nicht, solange er sich nicht sicher sein konnte, dass sie ihn letztlich nicht doch im Stich ließ.

Er konnte sich Kelsey nicht leisten, so einfach war das. Er *musste* alles richtig machen. Zu viel hing für ihn davon ab.

Das letzte Tuch fiel zu Boden, und Wyatts Puls pochte wild in seiner Kehle. Er trat näher an die Bühne heran, und sein Mund wurde knochentrocken, als sie nach ihrem BH griff, ihn sich über den Kopf zog und achtlos zur Seite warf.

Die Musik verebbte, und im ausgeblendeten Licht der getönten Scheinwerfer verschmolz die Farbe des G-Strings mit ihrer Haut und hinterließ den Eindruck, als stünde sie nicht nur oben ohne, sondern splitterfasernackt vor all diesen Männern auf der Bühne.

Mit einer kleinen Verbeugung war die Show vorbei. Das Licht ging an, und die Männer im Zuschauerraum brachen in begeisterten Applaus aus. Kelsey hatte ihre Konkurrentinnen locker ausgestochen, und obwohl Wyatt am liebsten auf die Bühne gestürmt wäre, um ihr sein Jackett umzulegen, konnte er nicht leugnen, dass er stolz auf sie war. Es mochte sein, dass ihr noch zwei Kandidatinnen folgten, doch schon jetzt stand fest, dass ihre Darbietung nicht zu toppen war. Ihr gebührte der Sieg.

»Du hast es echt drauf, Püppchen«, rief irgendein Kerl.

Prompt verschränkte sie die Arme vor der Brust und senkte hastig den Blick.

Plötzlich wirkte sie genauso unschuldig wie damals, und in Wyatt wallte ein mächtiger Beschützerdrang auf.

Ohne nachzudenken, trat er einen Schritt vor. Der Kerl war inzwischen aufgestanden und wedelte mit einem Zwanzig-Dollar-Schein.

Vor ihm stand eine Kellnerin und hielt ihm den Weinkühler entgegen, in dem das Geld gesammelt wurde. »Sir, tun Sie das bitte hier hinein. Wir zählen nachher und ermitteln die Siegerin.«

»Vergiss den Wettbewerb, Mädchen«, sagte der Mistkerl, während Kelsey sich hastig ihre aufgerissene Bluse überzog. »Das hier will ich dem kleinen Knackarsch persönlich geben.«

»Wie hast du sie gerade genannt?«, fragte Wyatt und trat noch einen Schritt näher.

Aber entweder hörte der Mann ihn nicht oder ignorierte ihn absichtlich. Obwohl er offensichtlich betrunken war, kletterte er erstaunlich behände auf die Bühne, war mit einem Schritt bei Kelsey, packte sie am Handgelenk und zog sie zu sich. Trotz ihrer Gegenwehr steckte er ihr die Dollarnote in den String, und ehe sie sich aus seinem Griff winden konnte, schlang er ihr einen Arm um die Taille.

Mit zwei Sätzen war Wyatt auf der Bühne, während der Barkeeper aus der anderen Richtung herbeieilte. Wyatt packte den Betrunkenen an der Schulter und stieß ihn zurück, sodass ihm nichts übrig blieb, als seine schmutzigen Pfoten von Kelsey zu nehmen.

»Was zum Henker ist dein Problem, Mann?«

»Ich hab kein Problem«, gab Wyatt zurück. »Lass die Finger von der Lady, dann hast du auch keins.«

»Die Schlampe ist doch keine Lady. Ich hab ihr zwanzig Dollar gegeben.« Er sah über Wyatts Schulter. »Ich will 'n Lapdance, Baby. Wenn du's gut machst, kriegst du noch mal zwanzig.«

Wyatt drehte sich nicht um, um Kelsey einen Blick zuzuwerfen, ja, er dachte nicht einmal nach. Er holte einfach aus und verpasste dem Betrunkenen einen rechten Haken, der alles sagte, was er nicht mit Worten formulieren konnte. Sofort ging der Kerl zu Boden.

Überrascht starrte er Wyatt von unten her an; Blut sickerte ihm aus der aufgeplatzten Lippe.

»Was soll der Scheiß, Mann?«, fragte er und versuchte sich aufzurappeln. »Du schlägst mich wegen 'ner verdammten Nutte?«

Nutte?

Das war der Tropfen, der das Fass zum Überlaufen brachte. Wyatt stürzte sich auf den Kerl, der mit schreckgeweiteten Augen hastig rückwärts wegzurutschen versuchte. Wyatt packte seinen Arm, drehte ihn ihm auf den Rücken und zog ihn hoch, bis der andere vor Schmerz zu quieken begann.

»Entschuldige dich bei der Lady«, befahl er barsch, während Kelsey ihn anschrie aufzuhören, und der Barkeeper brüllte, er würde sie beide rauswerfen lassen.

Wyatt ließ sich nicht beirren. »Ich sagte, du sollst dich bei der Lady entschuldigen, du mieses Stück Scheiße.«

»Verdammt, Wyatt, lass das!«, schrie Kelsey. »Du brichst ihm den Arm!«

Was Wyatt in diesem Augenblick ziemlich egal war. Aber ein Blick ins Gesicht des Mannes sagte ihm, dass sein Kreislauf zusammenklappte, also ließ er locker. Der Kerl sog scharf die Luft ein, und sofort stieg ihm Zornesröte in die Wangen.

Wyatt kam auf die Füße und zerrte den Kerl hoch. Er taumelte und wankte, aber auch das war Wyatt ziemlich egal. »Sieh zu, dass du Land gewinnst«, zischte er und versetzte dem anderen einen Stoß. Einen Moment lang schien der Betrunkene zurückschlagen zu wollen, doch dann ließ er die Fäuste sinken und wich zurück, nicht ohne Wyatt aus sicherer Entfernung wenigstens noch den Mittelfinger zu zeigen.

»Und du«, sagte Wyatt und fuhr zu Kelsey herum, »kommst mit mir.«

Sie riss die Augen auf. »Den Teufel werd' ich tun.« Entschlossen hob sie das Kinn.

Herrgott. Er war derart frustriert, dass er einen kurzen Augenblick lang tatsächlich in Erwägung zog, sie sich über die Schulter zu werfen und hinauszuschleppen.

Doch nun war auch der Türsteher auf der Bühne und baute sich vor ihm auf. »Sir, Sie sollten jetzt besser gehen.«

»Kein Problem. Die Lady geht mit mir.« Er blickte an dem Mann vorbei und bedachte Kelsey mit einem harten Blick. »Und zwar jetzt.«

Der Rausschmeißer wandte sich Kelsey zu. »Ist das Ihre Begleitung?«, fragte er und sah Kelsey abwartend an. Wyatt hielt die Luft an. Kelsey sah aus, als würde sie gleich vor Wut platzen, und als sie den Mund öffnete, war Wyatt sich nicht sicher, ob sie einen Schrei ausstoßen oder die Frage tatsächlich beantworten würde.

»Ich muss noch meine Sachen aus der Garderobe holen«, sagte sie schließlich.

»Dann mach das. Wir treffen uns am Auto.«

»Ich hab mein eigenes Auto.«

»Verdammt, Kelsey, lass die Widerworte.«

Der Rausschmeißer trat drohend einen Schritt auf ihn zu. »Die Lady sagte, sie hat ihren eigenen Wagen.«

Wyatt ignorierte den Mann. »Kelsey, bitte. Könntest du das für mich tun?«

Eine Sekunde lang glaubte er, sie würde den Kopf schütteln, doch schließlich nickte sie, und er war so erleichtert, dass ihm die Knie weich wurden.

»Schön«, sagte er und schluckte. »Danke«, fügte er etwas leiser hinzu.

Sie sah ihn an, nickte und wandte sich zum Gehen. Er sah ihr noch einen Moment lang nach.

Er konnte nur hoffen, dass sie diesmal, anders als damals, zu ihm zurückkommen würde.

8

Zwölf Jahre zuvor

Wyatt sah dem hübschen Mädchen hinterher. Sein dunkelbraunes Haar schimmerte in der Sonne rötlich.

Sie war ihm vorhin am Pool aufgefallen, wo sie die Tische abgewischt hatte. Er hatte getan, als würde er den Jugendlichen zusehen, die vom Turm sprangen, während er in Wirklichkeit heimlich sie beobachtet hatte.

Etwas an ihr fesselte seine Aufmerksamkeit. Ihr Aussehen natürlich, aber das war es nicht allein. Sie hatte etwas nahezu Liebliches, etwas Reines an sich, obwohl er in ihrer adretten Erscheinung auch etwas Zurückgehaltenes wahrzunehmen glaubte, wie bei einem kleinen Mädchen im weißen Konfirmationskleidchen, das nur darauf wartete, in eine Pfütze zu springen.

Mit anderen Worten: Sie war ein wandelnder Widerspruch und ganz anders als die Mädchen, mit denen er üblicherweise zusammentraf. Und in diesem Moment auf der von der Sonne gebleichten Poolterrasse hatte er den Entschluss gefasst, sie um eine Verabredung zu bitten.

Daher kam es ihm vor wie ein Geschenk, als er sie hinter dem Sportcenter buchstäblich umrannte. Dummerweise entwickelten sich die Dinge nicht, wie er es sich erhofft hatte; sein Angebot, sie zu einer Portion Pommes Frites einzuladen, hatte sie rundheraus abgelehnt.

Die gute Nachricht dabei aber war, dass sie ihm den Korb offenbar nur gegeben hatte, weil sie ihren Bruder abholen musste. Er hatte also noch eine Chance. Und in Anbetracht der Tatsache, dass er den ganzen Sommer hier festsaß und die Mädchen alle aussahen wie Klone von denen in L. A., war das nicht die schlechteste Aussicht.

Ein paar Tage lang versuchte er, sie auf sich aufmerksam zu machen, aber es schien ihm nicht gelingen zu wollen. Er sprach sie an, als sie erneut Tische wischte, doch sie wurde rot und murmelte, dass sie nach Stechuhr arbeitete. Ein anderes Mal ging er einfach neben ihr her und fragte sie, wohin sie wollte, und sie antwortete erst brav, zog aber dann den Kopf ein, entschuldigte sich, sie habe es eilig, und stob davon.

Beide Male hatte er das dumpfe Gefühl, dass sie vor *ihm* floh.

Der Gedanke beunruhigte ihn. Er war siebzehn Jahre alt und würde in Kürze nach New England gehen, um dort an einer der prestigeträchtigsten privaten Fotoschulen des Landes zu studieren. Den Platz hatte er aufgrund eines Leistungsstipendiums bekommen und nicht etwa, weil seine Eltern dem Vorstand einen Scheck geschickt hatten.

Er konnte sich über Themen der Popkultur unterhalten, mochte aber auch Sport. Er wusste sich in jedem großen Museum alter oder neuer Meister zu bewegen und kannte sich ausreichend in Ballett und Tanz aus, um Mädchen zu beeindrucken, die sich dafür begeisterten. Er war ein halbwegs anständiger Surfer und hatte, seit er elf Jahre alt war, immer eine Freundin gehabt, weil die Mädchen auf ihn standen und diese Tatsache ihn in den Augen seiner Freunde auszeichnete. Es war eben cool.

Und obwohl er den Verdacht hatte, dass sich ihm einige Mädchen vor allem wegen seines Nachnamens an den Hals geworfen hatten, wusste er durchaus, dass er kein totaler Vollpfosten war.

Warum also rannte Kelsey vor ihm weg?

»Das Mädchen da«, sagte er eines Tages zu seinem Freund Patrick, dessen Vater Manager des Clubs war, und deutete auf sie. »Was weißt du über sie?«

Sie saßen an einem Tisch am Pool und aßen Burger mit Pommes. Direkt gegenüber arbeitete Kelsey in einem abgetrennten Bereich nur für Erwachsene und brachte einer Gruppe von Frauen, die täglich kamen, um sich im Club zu sonnen, Cocktails zu trinken und Klatsch auszutauschen, Handtücher und Zeitschriften. Kelsey bewegte sich mit bezaubernder Anmut, und ihre Mundwinkel waren immer nach oben gerichtet, als amüsierte sie sich insgeheim über einen köstlichen, kleinen Spaß, von dem niemand etwas ahnte.

»Nicht viel«, antwortete Patrick.

Wyatt strich geistesabwesend mit dem Daumen über die Ricoh-Kamera, die sein ständiger Begleiter war. Zu gerne hätte er sie zur Hand genommen und Fotos von ihr gemacht, doch auch wenn es ihm schwerfiel, sich zu beherrschen: Ganz sicher wollte er kein übergriffiger Mistkerl sein, der andere ohne ihre Erlaubnis ablichtete. Im Umfeld seiner Großmutter, Schwester und zu einem gewissen Grad auch seiner Mutter gab es von diesem Pack genug, und er musste sich dort wirklich nicht einreihen.

Was allerdings nichts an seinem Verlangen änderte, und anstatt sie auf Film oder Speicherkarte zu bannen, versuchte er, ihr Bild in sein Gedächtnis einzubrennen. Ein mentales

Foto von Schönheit und Anmut, das er für immer in seiner Erinnerung speichern konnte.

»… Gärtnerarbeiten.«

Wyatt schüttelte den Kopf. Verdammt. Er hatte überhaupt nicht zugehört.

»Entschuldige. Was hast du gesagt?«

Patrick betrachtete ihn mit einer Mischung aus Verärgerung und Belustigung. »Ich sagte, ihr Vater ist in diesem Sommer zuständig für die Gärtnerarbeiten.«

»Nur diesen Sommer?«

»Der Gärtner, den wir vorher hatten, hat gekündigt, und der neue kann erst im September anfangen. Draper stand offenbar gerade zur Verfügung. Mein Vater hat irgendwas davon gesagt, dass auch er erst im Herbst in L. A. etwas Neues anfangen wird.«

»Ja, aber was ist mit ihr?«

»Sie ist ziemlich schüchtern. Ich hab sie bei einer Personalbesprechung kennengelernt und sie gegrüßt, aber sie hat nur auf ihre Schuhe gestarrt. Ich bin natürlich auch extrem einschüchternd.«

»Absolut«, erwiderte Wyatt grinsend. Er kannte niemanden, auf den das Adjektiv weniger gepasst hätte als auf Patrick, weswegen er auch dreimal die Woche als Mitgliederbeauftragter arbeitete, obwohl er noch keine achtzehn war. »Aber wieso arbeitet sie überhaupt hier? Und wann genau tut sie das? Weißt du, was sie sonst so macht – oder mag?«

Patrick hob die Hand und zählte die Antworten an den Fingern ab. »Sie arbeitet hier, weil ihr Vater darauf bestanden hat, dass meiner ihr hier auch einen Job gibt. Die Arbeitszeiten sind im Grunde die klassischen – von neun bis fünf. Und was sie macht oder mag? Keine Ahnung.« Er neigte nachdenklich den Kopf. »Obwohl … ich habe schon gesehen, wie sie in ihrer freien Zeit ihrem Bruder beim Tennis zusieht. Entweder mag sie also ihren Bruder besonders oder sie steht auf Tennis.«

»Tennis«, murmelte Wyatt und nickte. »Okay, gut zu wissen.«

»Gut?«, fragte Patrick. »Also, ich weiß nicht. Wenn ›gut‹ heißt, dass du dich mit ihr verabreden willst, dann würde ich es an deiner Stelle lassen. Das bringt doch nichts.«

»Wieso denn nicht?«

Patrick zuckte die Achseln. »Du hast sie doch erlebt. Die Kleine ist viel zu schüchtern. Es ist Sommer, Kumpel. Du kommst kaum bis zur ersten Base, ehe sie schon wieder nach Hause fährt und du nach Boston gehst.«

»Hier geht es nicht nur um Sex.«

»Nicht? Dann machst du was falsch.«

Wyatt verdrehte die Augen. Patricks Sprüche waren eher heiße Luft als alles andere; was er sagte und tat, waren zwei verschiedene Paar Schuhe.

»Außerdem ist ihr Dad ziemlich streng«, fuhr Patrick fort. »Der scheint irgendwo im letzten Jahrtausend festzuhängen. Wahrscheinlich redet sie deswegen kaum mit Jungs. Und mit den Mädchen auch nicht. Ehrlich, lass es lieber sein.«

Das war ein guter Rat, und Wyatt versuchte in den nächsten Tagen sogar, ihn zu beherzigen, indem er sie bewusst aus seinen Gedanken verdrängte und darauf achtete, nie dort zu sein, wo sie gerade arbeitete. Und es funktionierte. Sozusagen. Doch dann erhaschte er aus dem Augenwinkel einen Blick auf sie und war aufs Neue bezaubert.

Bald ertappte er sich dabei, dass er in der Nähe herumlungerte, wenn ihre Schicht dem Ende entgegenging. Immer wieder bot er ihr an, sie zu fahren, und immer wieder lehnte sie ab. Höflich und nett, aber sehr entschieden.

Also fand er Gelegenheiten, anwesend zu sein, wenn sie zur Arbeit kam. Er bot ihr an, ihr Kaffee zu holen. Wieder lehnte sie freundlich dankend ab.

Er gab nicht auf. Immer wieder tauchte er in ihrer Nähe auf, und einmal fragte er sie sogar, ob sie nach der Arbeit mit ihm eine Runde Tennis spielen wollte. »Ich kann nicht«, erwiderte sie. »Ich muss nach Hause. Im Übrigen bin ich absolut mies im Tennis.«

»Ach so«, sagte er. »Na ja, ich auch.« Das war eine glatte Lüge – er war sogar ein ziemlich guter Spieler –, aber nun konnte er Tennis von der Liste streichen.

Nachdem er es eine ganze Woche jeden Tag versucht hatte, begann er sich mit dem Gedanken abzufinden, dass er wohl tatsächlich keine Chance hatte. Sie hatte es zwar nicht explizit gesagt, aber wenn es stimmte, was Patrick ihm erzählt hatte, erlaubte ihr Vater ihr wahrscheinlich nicht, sich mit Jungs zu verabreden. Möglich war natürlich auch, dass sie einfach nichts von ihm wollte. Vielleicht war es sogar das, was ihn an ihr besonders reizte: Sie schien nicht einmal annähernd interessiert an seiner Familie.

Der Tag, an dem sie schon »Danke, nein, wirklich nicht«, sagte, ehe er noch gefragt hatte, ob er ihr einen Kaffee holen sollte, war der, an dem er sich Sorgen zu machen begann, ob er womöglich zu einem Stalker mutierte. Was so ziemlich das Letzte war, was er sein wollte. Also riss er sich zusammen und trat den Rückzug an.

Er verbrachte mehr Zeit mit Patrick. Grace gesellte sich immer öfter zu ihnen, und *sie* wollte definitiv etwas von ihm.

Sie saß immer etwas näher bei ihm, als man es gewöhnlich tat. Sie berührte ihn am Arm oder an der Schulter, wenn sie über seine Scherze lachte.

Sie redete außerdem unablässig über seine Familie. Über seine Schwester und ihre Kochshow. Seine Mutter mit den Drehbüchern und Romanen. Seine Großmutter mit der Aura des glamourösen Hollywoods und den vielen tollen Oscars. Über das Familienanwesen in Beverly Hills. Das riesige Sommerhaus in Santa Barbara. Das Chalet in St. Moritz. Das Familienerbe. Das Studio, das Wyatts Urgroßvater gegründet hatte. Und so weiter und so fort.

All das, was überhaupt nichts mit ihm zu tun hatte.

All das, worüber er überhaupt nicht reden wollte.

Aber auf der anderen Seite war er auch nur ein Kerl, oder? Ein siebzehnjähriger Heranwachsender im üblichen Hormonchaos. Und auch wenn er vielleicht über mehr Disziplin verfügte als seine Altersgenossen, war er dennoch kein Heiliger und wollte es auch gar nicht sein.

Als also Grace am Freitagabend zu ihm kam und ihm sagte, dass ihr Wagen nicht ansprang, tat er das, was ein Gentleman eben tat: Er fuhr sie nach Hause. Als sie ihm zum Dank anbot, mit einem gefälschten Ausweis Bier zu besorgen, war das nur höflich. Und als sie ihm dann schließlich anbot, ihm einen zu blasen … na ja, schließlich *war* er ein Kerl, nicht wahr?

Oder besser ausgedrückt: Er war Kerl genug, um den Augenblick zu genießen, doch nachher fühlte er sich wie ein elender Schuft. Er wollte überhaupt nichts von Grace, und im Grunde genommen hatte er ihr etwas vorgespielt. Und als sie immer öfter seine Gesellschaft suchte und zu glauben schien, dass aus ihnen beiden ein Paar werden könnte, nahm er all seinen Mut zusammen, sagte ihr, dass sie beide nicht recht zusammenpassten, und bereitete der Sache ein Ende.

Zu behaupten, dass sie es nicht gut aufnahm, wäre die Untertreibung des Jahrhunderts gewesen. Sie schimpfte ihn einen arroganten Schnösel, der glaubte, sich wegen seines berühmten Namens alles erlauben zu können und sie nur ausgenutzt hätte. Was absolut unfair war, da er immer schon gefunden hatte, dass sein Familienname eher eine Last war. Aber unfair oder nicht – der Vorwurf tat weh.

»Das ist der Preis, den wir zahlen müssen«, sagte sein Vater, nachdem Wyatt seinen Stolz heruntergeschluckt und ihn um Rat gefragt hatte. Er hatte ein recht gutes Verhältnis zu Carlton Royce, doch in letzter Zeit wirkte sein Vater oft geistesabwesend. Carlton, seines Zeichens Wirtschaftsprüfer, hatte Wyatts Mutter, Lorelei, bei einer Wohltätigkeitsveranstaltung kennengelernt. Sie waren mit jeweils anderen Partnern zu dem Ereignis gekommen, hatten am Dessertbüfett nebeneinander gestanden und waren vier Monate später verheiratet gewesen.

»Preis? Welcher Preis?«, fragte Wyatt.

»Der Preis der Berühmtheit.«

»Aber ich bin nicht berühmt. Grandma, ja, und Jenna natürlich.« Seine Schwester besaß drei Restaurants und war der Star einer Promi-Kochshow, die in Manhattan gedreht wurde. »Und Mom ja irgendwie auch.« Da seine Mutter größtenteils hinter der Kamera wirkte, war ihr Bekanntheitsgrad geringer, doch sie war in Studios und auf Premieren zu Hause, wodurch sie unbedingt der Prominenten-Sparte zugeordnet werden musste.

Aber Wyatt ging all dem normalerweise aus dem Weg. Nicht, weil er bescheiden oder zurückhaltend war, sondern weil er es nicht begriff. Wenn der Scheinwerfer nicht wirklich auf ihn gerichtet war, was hatte er dann in seinem Licht zu suchen?

»So ist das nun einmal, mein Junge«, sagte sein Vater. »Nur weil du deine Mutter noch nie über den roten Teppich begleitet hast, heißt das nicht, dass die Welt dich nicht in dieselbe Schublade steckt. Du und ich, wir sind Hollywood-Adel – ob wir das nun wollen oder nicht. Ob wir es verdient haben oder nicht. Und die meisten Leute interessiert gar nichts anderes. Nur diese strahlende Zugehörigkeit, diese Fassade. Du selbst wirst nicht gesehen. Du selbst zählst nicht.«

Wyatt sah seinen Vater verblüfft an. Solche Worte war er von ihm nicht gewohnt. Doch noch ehe er nachfragen konnte, fuhr sein Vater schon fort.

»Und dieses Wissen macht dich fertig. Es geht in die Tiefe. Es ist wie eine Fäulnis, die dich innerlich verrotten lässt.«

»Dad? Was erzählst du da?«

Carlton holte tief Luft und schüttelte den Kopf. »Tut mir leid. Ich rede dummes Zeug, hör nicht auf mich.« Er seufzte tief. »Du weißt, dass ich dich lieb habe, nicht wahr?«

»Ähm, klar.« Auch eine solche Sentimentalität war Wyatt neu. Irgendwie gefiel ihm das Gespräch gar nicht. »Ich hab dich auch lieb.«

»Und deine Großmutter hält dich weiß Gott für den Größten.«

»Na ja.« Anika Segel war eine Naturgewalt, und obwohl sie in Wyatts Augen eine der erstaunlichsten Frauen war, die auf dieser Erde wandelten, hatte er nicht die geringste Ahnung, was sie von ihm hielt. Oder von irgendeinem anderen, was das betraf, außer vielleicht von seiner Mutter und seiner Schwester. Oft steckten die drei die Köpfe zusammen und redeten über ihre Karrieren, wie man sich am besten inszenierte, und so weiter und so fort.

Es gab Zeiten, in denen Wyatt sich nahezu unsichtbar fühlte.

Weswegen er sich jetzt zwar über die Worte seines Vaters freute, sie aber noch lange nicht glauben konnte.

Sein Vater klopfte ihm auf die Schulter. »Vergiss Grace, Junge. Sie wird's verschmerzen. Und du wirst bald einer anderen begegnen.«

Er dachte sofort an Kelsey. Prompt stieg ihm das Blut in die Wangen, und am liebsten hätte er den Kopf eingezogen. *Hallo?* Wurde er etwa ernsthaft rot?

Sein Dad lachte leise. »Ach, schau an. Du bist schon einer anderen begegnet, was? Okay. Erzähl mir von ihr.«

»Ich weiß nicht. Sie ist hübsch. Sie ist anders.« Er hob eine Schulter. »Und sie will überhaupt nichts von mir.«

»Bist du dir da sicher?«

Wyatt zuckte erneut die Achseln.

»Aber sie gefällt dir?«

»Ja. Sehr sogar.«

»Dann sag ihr das.«

»Hab ich schon versucht.«

Sein Vater nickte bedächtig. »Hm. Vielleicht musst du dich etwas mehr anstrengen. So anders ist eigentlich niemand.«

»Sie doch«, sagte Wyatt im Brustton der Überzeugung. Kelsey *war* anders mit ihrer scheuen, stillen Art und dem Licht, das in ihr glomm. Bisher hatte er es immer nur kurz aufflackern sehen, aber er wollte mehr davon. Er wollte dieses Licht zum Strahlen bringen und darin schwelgen.

Sein Vater zog nachdenklich die Mundwinkel herab. »Tja,

mag sein. Aber lass dich nicht von einem hübschen Gesicht blenden. Klar, es sind nicht alle wie Grace, aber letztendlich fühlt sich jeder von Ruhm und Glamour angezogen. Die Menschen sind so. Selbst Leute, die sagen, sie selbst wollten nicht berühmt sein, können sich dem nicht entziehen. Wir sind eine Kultur von Motten, Wyatt, wir fliegen auf Licht, und du tust gut daran, das nie zu vergessen.«

Verstörende Worte, wie er fand, doch er verdrängte sie, um sich stattdessen auf das zu konzentrieren, was sein Vater noch gesagt hatte: *Streng dich mehr an*. Denn irgendwie hatte er das Gefühl, dass Kelsey die Mühe wert war. Sie war ein wunderbares Mädchen, und statt zu versuchen, sie näher kennenzulernen, hatte er aufgegeben und sich mit Grace zufriedengegeben.

Gott, was war er doch für ein Idiot.

Die folgenden Tage ging er Grace aus dem Weg und versuchte, Kelsey näherzukommen, aber es wollte ihm einfach nicht gelingen. Sie wechselten hin und wieder ein paar Worte, aber nicht mehr, doch jedes Mal erkannte er einen Funken Interesse in ihren Augen. Ja, sie mochte ihn, dessen war er sich sicher. Aber sie kam nicht hinter ihrer Barriere hervor.

Und das frustrierte Wyatt ungeheuer. Er wollte so gerne die andere Kelsey kennenlernen, die sich, wie er zu wissen glaubte, hinter der Wand der liebreizenden Schüchternheit verbarg, doch nie gelang es ihm, mehr als nur ein Aufleuchten dieser Person zu sehen, und er hatte keine Ahnung, wie er diese Wand umgehen oder niederreißen sollte.

Streng dich mehr an, hatte sein Vater geraten, aber tat er das nicht schon? Was sollte er denn noch versuchen? War es nicht verrückt, einfach immer stur weiterzumachen in der Hoffnung, dass sie ihm vielleicht irgendwann ein strahlendes

Lächeln schenken und ihm in die Arme sinken würde? War das nicht eigentlich die Definition von Irrsinn? Immer dasselbe zu tun und dennoch jedes Mal ein anderes Ergebnis zu erwarten?

Tja, offenbar war Wyatt also nicht ganz dicht. Denn er blieb dabei. Immer wieder versuchte er, Kelsey auf sich aufmerksam zu machen, während er gleichzeitig Grace aus dem Weg ging. Was gar nicht so einfach war, da diese entschlossen zu sein schien, ihn sich erneut zu angeln, auch wenn er ihr nicht nur einmal sagte, dass es zwischen ihnen ein für alle Mal aus war.

Leider war Grace kein Mensch, der ein Nein akzeptierte. Vielleicht war das sogar gut so. Denn letztendlich war es Grace, die ihm eine Möglichkeit verschaffte, Kelseys Schutzmauer zu überwinden.

Eines Tages lungerte er vor dem Sporttrakt herum, weil er hoffte, Kelsey abfangen zu können, wenn sie herauskam. Doch dann hörte er Grace mit ihren Freundinnen nahen, und da er nun wirklich nicht in der Stimmung war, sich mit ihr auseinanderzusetzen, huschte er hinein, drückte sich innen gegen die Wand und hielt den Atem an. Blieb nur zu hoffen, dass die Mädchen nicht planten reinzugehen.

Er spähte durchs Fenster, sah zu, wie das Grüppchen vorbeiging, und als sie zwischen den Bäumen verschwanden, atmete er erleichtert aus. Er wollte gerade wieder hinausgehen, als die Musik, die im Hintergrund lief, plötzlich lauter wurde. Verwirrt hielt er inne, bis ihm einfiel, dass vermutlich jemand die Tür zu einem der Trainingsräume geöffnet hatte.

Der Popsong, der in den Flur drang, war ein echter Chart-Hit, sexy und provokant, und neugierig ging er auf den Raum zu, in dem normalerweise der Ballettkurs für Kinder stattfand. Ob das die geeignete Musik für kleine Mädchen war?

Nur dass es sich gar nicht um einen Kurs für kleine Mädchen handelte, so viel wurde rasch klar, als er näher kam. Die Musik drang aus dem größeren Tanzraum, und Sarah Hinson lehnte lässig am Türrahmen. Die ehemalige Broadway-Tänzerin war nach Santa Barbara gezogen, um ihr eigenes Studio zu eröffnen, dann aber hier im Club hängengeblieben, wo sie vom Kleinkinderballett bis zu Standardtänzen für Senioren so ziemlich alles unterrichtete.

Wyatt blieb vor der Tür der Herrentoilette stehen, die ein Stück offen war und ihm so Schutz bieten würde, sollte sie sich umdrehen und in seine Richtung blicken.

»Schätzchen, du bist zu gut, um hier die Tische zu wischen«, sagte Mrs. Hinson gerade. »Du solltest nach New York gehen und dein Glück bei Castings versuchen. Ich habe noch immer ein paar Kontakte. Zumindest aber solltest du mehr tanzen. Ich könnte deine Hilfe unbedingt gebrauchen. Und zwischen den Kursen kannst du hier trainieren so oft und so viel du willst.«

Wyatt legte den Kopf schief, um die Antwort der Person im Raum zu hören, doch die Stimme war zu leise und die Musik übertönte sie, auch wenn die Lautstärke inzwischen beträchtlich gedimmt worden war.

»Mag ja sein«, antwortete Mrs. Hinson, »aber das heißt nicht, dass dein Vater recht hat. Ich bezweifle nicht, dass der Mann dich liebt und nur das Beste für dich will, aber *das* ist es nicht.«

Wyatt trat näher, ohne zu wissen, was ihn derart neugierig machte.

»Na schön.« Mrs. Hinson warf theatralisch die Hände in

die Luft. »Ich will dich ganz sicher zu nichts überreden. Hauptsache, du vergisst nicht, dass mein Angebot steht. Und falls du je ein Empfehlungsschreiben brauchst, werde ich … Natürlich meine ich das ernst!«, fügte sie nach einer Pause hinzu, in der ihre Gesprächspartnerin offensichtlich eine Bemerkung gemacht hatte. »Aber jetzt muss ich mich beeilen. Nein, nein, du kannst noch bleiben. Heute finden keine Kurse mehr statt. Amüsier dich ein bisschen. Schließ einfach nur ab, wenn du genug hast.«

Das Mädchen musste eingewilligt haben, denn Mrs. Hinson winkte, wandte sich zum Gehen und kam durch den Flur auf Wyatt zu. Doch sie wühlte mit gesenktem Kopf in ihrer Tasche, und er huschte ins Männerklo und wartete, bis ihre Schritte verklungen waren.

Er zählte bis zehn, dann noch einmal, nur um sicherzugehen. Schließlich schlüpfte er wieder hinaus in den Flur, der nun wie ausgestorben dalag. Die Musik war wieder etwas aufgedreht worden, und er bewegte sich leise auf die noch immer offene Tür zu. Er war gespannt, wen er im Raum sehen würde, obwohl er sich später im Rückblick sicher sein würde, dass er es schon von Anfang an gewusst hatte.

Natürlich war sie es. Natürlich war es Kelsey.

Sie trug eine Strumpfhose und den unteren Teil eines Bodys, der aussah, als hätte man ihn mit der Heckenschere abgeschnitten. Über dem Sportbustier hatte sie ein kurzes, kastig geschnittenes T-Shirt gezogen, das den Blick auf die straffe Rücken- und Bauchmuskulatur freiließ, als sie durch den Raum wirbelte. Anders konnte man es nicht bezeichnen. Sie tanzte nicht, sie flog, schwebte, glitt und segelte – und ihre wunderbaren Bewegungen und die Kraft, die sie ausstrahlte, machten aus dem simplen Lied etwas absolut Magisches.

Das ist sie also, dachte er. Das war Kelsey. So war sie echt, und so sah er sie zum ersten Mal.

Bisher hatte er immer nur eine Andeutung davon erhascht. Von diesem Funkeln. Dieser unglaublichen Vitalität.

Doch jetzt hatte er sie gesehen. Jetzt wusste er es.

Sie war nicht schüchtern. Sie war außergewöhnlich. Lebendig. Strahlend.

Echt.

Und mehr noch, sie würde seine Freundin sein.

Irgendwie musste er dieses Mädchen für sich gewinnen.

9

Irgendwie musste er dieses Mädchen für sich gewinnen.

Wyatt war klar, dass das als Plan ein wenig vage war. Es war vielmehr eine Hoffnung. Eine Absichtserklärung.

Dennoch würde er es durchziehen. Wenigstens wusste er nun mehr über sie als vorher. Und er begann ihr den Hof zu machen, wie er es bei noch keinem Mädchen zuvor getan hatte: Blumen im Spind, Komplimente, wann immer er ihr begegnete. Milchkaffee am Morgen, auch wenn sie Nein gesagt hatte. Und dann noch die Karten für das Finale eines Tanzturniers, das ausgerechnet in Santa Barbara stattfinden würde.

»Ich weiß nicht, ob du auf Tanzen stehst«, log er, als er ihr vor der Tennisanlage die Karten in die Hand drückte. »Aber ich hab diese Tickets hier bekommen und dachte, du hättest vielleicht Lust hinzugehen. Mit mir, meine ich.« In Gedanken verpasste er sich einen Tritt in den Hintern. Er hörte sich an wie ein Volldepp und nicht wie ein selbstbewusster Siebzehnjähriger.

Doch anscheinend fand sie ihn nicht blöd. Denn das Lächeln, das nun auf ihren Lippen erschien, ließ ihr gesamtes Gesicht aufleuchten.

»Ich liebe Tanzen«, gab sie zu. »Tanzen ist das, was … na ja, was ich später einmal machen möchte. Unbedingt.«

»Na, dann passt es doch«, erwiderte er, plötzlich ausgesprochen zufrieden mit sich.

»Nur dass ich …« Sie reichte ihm die Tickets zurück, und es fühlte sich an wie ein Hieb in die Eingeweide. »Nur dass ich das nicht annehmen kann.«

»Ist ja auch nicht nötig.« Die Wörter purzelten aus seinem Mund. »Ich hab sie doch schon angenommen. Die Karten waren ein Geschenk für mich.« Was nicht wirklich gelogen war, denn er hatte sie von seiner Großmutter. »Ich brauche jemanden, der mit mir kommt, damit ich nicht allein dort sitze. Das sieht nämlich blöd aus, findest du nicht?«

Sie biss sich auf die Unterlippe. »Ehrlich?«

»Du würdest mir echt einen Gefallen tun.«

»Am Donnerstag?«

»Ja, am Nachmittag. Da musst du doch nicht arbeiten, oder?« Er wusste, dass sie nicht arbeiten musste; er hatte auf den Plan gesehen.

Sie schüttelte den Kopf. »Donnerstag habe ich frei.«

»Super. Und deine Eltern haben nichts dagegen?«

»Ich werde nichts …« Sie unterbrach sich und hob das Kinn. Zum ersten Mal sah sie ihm direkt in die Augen, und er spürte die Schwingungen bis in sein Innerstes. »Ich meine, das wird kein Problem sein. Danke.« Sie holte tief Luft, dann fügte sie hinzu: »Ich freu mich sehr.«

In vielerlei Hinsicht waren die Tickets pure Magie: Sie stellten alles auf den Kopf. Seine Welt, eben noch »ganz okay«, hatte nun das Etikett »absolut perfekt« verdient. Von nun an spazierten er und Kelsey oft von der Snack-Bar zum Tenniscenter. Und sie versuchten, noch mehr gemeinsame Zeit herauszuschinden. Kleine Pausen am Golfkurs. Heimliche Treffen am Wochenende.

Er erfuhr, dass sie tanzte, wann immer sie ein wenig Zeit erübrigen konnte, und dass sie ihren Bruder abgöttisch liebte. »Manchmal bin ich stocksauer auf ihn«, gab sie zu. »Aber dann erfindet er irgendeine verrückte Geschichte und spricht mit verschiedenen Stimmen, und ich muss so furchtbar lachen, dass ich einfach nicht mehr böse sein kann. Griffin ist großartig.«

»Ich würde ihn gerne kennenlernen.« Sie blieben an der Stelle stehen, an der der Weg zur Tennisanlage abzweigte und sie sich jeden Tag trennten. »Kann ich nicht mitkommen?« Er wollte einfach nicht, dass ihre gemeinsame Zeit schon vorbei war.

»Ein andermal, okay?«

»Bin ich dir peinlich?«, scherzte er.

Sie biss sich auf die Unterlippe und wirkte plötzlich jünger als fünfzehn. »Griffin ist doch erst zwölf, und vielleicht verplappert er sich. Ich darf mich eigentlich nicht mit Jungs treffen, das weißt du.«

»Wir sind doch schon zusammen bei dem Tanzturnier gewesen.«

»Ja, aber das war ja kein echtes Date. Ich bin mit dir gegangen, weil es dir unangenehm war, allein dort zu sitzen, weißt du noch? Und, ähm, meine Eltern waren nicht in der Stadt. Sie sind mit meinem Bruder zu Bekannten gefahren, und ich wusste, dass sie erst spät zurückkommen würden.«

»Du hast ihnen gar nichts gesagt?«

Sie wurde rot. »Also, ich … ich mach so etwas normalerweise nicht«, sagte sie leise. »Aber dann … na ja.« Sie begegnete seinem Blick und sah wieder zu Boden. Er fand ihre Verlegenheit ungeheuer sympathisch. Sie war einfach zum Anbeißen.

Sie holte tief Luft. »Na ja, irgendwie habe ich mir eingeredet, es sei ja wie Kino. Nur mit Live-Tanz. Aber, Wyatt, wenn mein Dad erfahren würde …«

Er hob eine Hand und legte ihr einen Finger auf die Lippen. »Schon okay, wirklich. Ich hab's verstanden.« Er grinste. »Dann lerne ich Griffin eben ein andermal kennen. Falls dein Dad mich irgendwann akzeptiert«, fügte er mit einem Augenzwinkern hinzu.

»Ehrlich?« Ihr Gesicht leuchtete auf. »Du bist nicht böse?«

»Ich will mit dir zusammen sein. Der Rest ist mir eigentlich egal.«

Mit jedem Tag, der verstrich, schaufelten sie sich ein bisschen mehr gemeinsame Zeit frei. Am Pool, hinter dem Sportcenter, überall, wo es möglich war. Sie plauderten unablässig und lernten sich besser kennen. Er erfuhr, dass sie Schokolade mit Salz mochte, aber keine mit Nüssen. Dass Rosa als Farbe für ihre Tanzklamotten okay war, nicht aber für normale Kleidung. Dass ihr Lieblingsschriftsteller Mark Twain war, sie aber auch eine Schwäche für Nancy-Drew-Romane hatte und dass sie sie zwar schon seit Jahren nicht mehr las, sie aber in Plastikkisten im Schrank aufbewahrte.

Er gestand ihr, dass er eigentlich nicht auf Fast Food stand, aber bei In-N-Out-Burger nicht widerstehen konnte. Dass er bei der Vorbereitung zu einem wissenschaftlichen Experiment für eine Projektwoche versehentlich das Gartenhäuschen in die Luft gesprengt hatte und dass er einmal an dem Spielautomat, den seine Großmutter besaß, zwölf Stunden am Stück Pac Man gespielt hatte.

Die letzte Enthüllung führte zu einer weiteren, sehr viel wichtigeren, denn nun fragte sie ihn geradeheraus, ob es schwer gewesen wäre, inmitten solcher Berühmtheiten aufzuwachsen.

Die Frage warf ihn regelrecht aus der Bahn. »Wow«, sagte er. »Mir war nicht klar, dass du über meine Familie Bescheid wusstest.«

»Ich hatte Grace und Marsha darüber reden hören, als du am ersten Tag am Pool warst.«

»Ehrlich?« Eine Weile starrte er sie nur an, und es dauerte eine Weile, bis ihm bewusst wurde, dass er von einem Ohr zum anderen grinste.

Und offenbar wie ein Idiot aussah, denn sie musste lachen. »Wieso guckst du mich so an?«

»Nur so«, gab er zurück. Was natürlich nicht stimmte. Der Gedanke daran, dass er nun schon seit Wochen bei ihr zu landen versuchte und sie gewusst hatte, wer er war, erzeugte in seinem Bauch eine wunderbare Wärme.

»Nur so?«, wiederholte sie und lachte wieder. »Komm schon, das glaub ich dir nicht.«

»Vielleicht mag ich dich einfach«, sagte er, obwohl die Worte der Euphorie, die er in ihrer Nähe empfand, nicht gerecht werden konnten. Denn sie wollte mit ihm zusammen sein und nicht mit dem Segel-Jungen. Er griff nach ihrer Hand und schob seine Finger durch ihre.

Sie zog die Nase kraus, dann stieß sie ihn sanft mit der Hüfte an. »Vielleicht mag ich dich ja auch.«

Sie gingen mit schwingenden Händen auf die kleine Baumgruppe zwischen dem achten und neunten Grün zu. Wyatt hatte sie entdeckt, als er mit der Kamera auf Motivsuche gewesen war, und nun freute er sich darauf, Fotos von Kelsey auf dem dicken niedrigen Ast zu machen.

»An dem Tag hast du mir irgendwie leidgetan«, erzählte

sie. »An deinem ersten Tag im Club, meine ich.« Sie schaute zu ihm auf und fast augenblicklich wieder zu Boden.

»Ehrlich?« Er konnte sich gar nicht erinnern, wann jemand zum letzten Mal zu ihm gesagt hatte, er würde ihm leidtun. Oh, Moment, doch, er wusste es noch. Nämlich nie! »Wieso das denn?«

»Na ja, weil es ganz schön schwer sein muss. Und einsam macht. Du weißt nie, wann jemand einfach nur dein Freund sein will, oder?«

Sie gingen noch immer nebeneinander her, aber nun zog er an ihrer Hand, damit sie stehen blieb. Er wollte ihr sagen, dass sie recht hatte. Und dass es normalerweise niemand verstehen konnte, der nicht auch in eine berühmte Familie hineingeboren worden war. Aber vor allem wollte er sie ansehen. Und spüren, wie sich die Wärme in ihm zu einem lodernden Feuer der Sehnsucht verwandelte, die nur das Mädchen vor ihm stillen konnte. Das Mädchen, das ihn verstand. Das ihn wirklich und wahrhaft verstand.

»Wyatt?«

Er blinzelte, als ihm bewusst wurde, dass er sie stumm anglotzte. »Entschuldigung. Entschuldigung, ich wollte nur … ich wollte nur sagen, dass du recht hast. Es ist oft nicht schön.«

Sie nickte, zog jedoch die Brauen zusammen.

»Was ist?«

»Ich dachte eben, dass dein Nachname es dir noch schwerer macht, weil er so bekannt ist. Aber dann fiel mir ein – ist denn das überhaupt dein Nachname? Hat man nicht meistens den Namen des Vaters?«

»Du bist offenbar noch nie Anika Segel begegnet. Meine Großmutter ist das Oberhaupt eines echten Matriarchats. Mein Vater hatte nie eine Chance.«

Ihre Lippen zuckten. »Für ihn ist es wohl auch ziemlich hart, was?«

Er nickte und dachte an das Gespräch mit seinem Vater vor ein paar Wochen zurück, als er noch versucht hatte, Kelsey überhaupt erst für sich zu gewinnen. »Ja«, gab er zu. »Das ist es.«

Sie nahm seine Hand, und sie gingen weiter. Sie hatten den Weg verlassen und wanderten nun auf dem Rasen auf das Wäldchen zu. »Jedenfalls nehmen die Leute dich wahr und sprechen dich an«, sagte sie. »Zunächst nur, weil sie deinen Namen und deine Familie kennen, aber immerhin. Mich nicht. Ich bin unsichtbar.«

Wieder blieb er abrupt stehen und zog sie zu sich herum. Er sah ihr ins Gesicht, und es tat ihm in der Seele weh, als er erkannte, dass sie das wirklich glaubte. Und er konnte es überhaupt nicht begreifen. Sie war schön und klug und lustig und so talentiert. Er hätte tagelang mit ihr reden, bei ihr sein oder einfach nur stumm ihre Hand halten mögen. Mögen, ja, aber er durfte nicht, weil ihre Eltern ihr so wenig erlaubten.

»Für mich bist du nicht unsichtbar«, sagte er, und fast hätte er sie geküsst. Doch stattdessen strich er ihr nur mit dem Finger über die Lippen.

Ihr Seufzen klang sehnsüchtiger, als er es je bei einem Mädchen gehört hatte.

Und in diesem Augenblick verstand er. Er war nicht mehr einfach nur Wyatt. Er war Wyatt und Kelsey. Und der Gedanke fühlte sich verdammt gut an!

»Bist du schon mal geküsst worden?«

Ihr Blick schoss zu ihm auf, und er war sich nicht sicher, ob er Aufregung in ihren Augen erkannte oder Entsetzen.

Sie schluckte, dann schüttelte sie den Kopf. »Nein.«

Das kleine Wörtchen machte ihn glücklicher, als es sollte. »Dann werde ich dein Erster sein, Kelsey Draper.«

»Oh.« Ihre Wangen färbten sich rosa. »Okay.«

»Aber nicht heute.«

»Oh.« Nun hörte sie sich regelrecht enttäuscht an, was ihm wieder ein ganz wunderbares Gefühl verschaffte. »Wann denn?«, fragte sie.

Aber er lächelte nur, ließ ihre Hand los und sagte: »Wer zuerst an den Bäumen ist!«

Am nächsten Tag brachte er ihr Karten fürs Ballett. Er zog sie um das Sportcenter herum bis zu den Toiletten, weil nie jemand dorthin ging, und reichte ihr eine flache Schachtel. Er musste sich anstrengen, nicht wie ein Blödmann zu grinsen, als sie voller Ehrfurcht die Tickets herausholte.

»Wyatt! Das ist ja wunderbar. Du hast Karten für *Schwanensee*?«

»Magst du das?«

»Das ist mein absolutes Lieblingsstück. Oh, das ist ja Wahnsinn!«

»*Du* bist Wahnsinn«, sagte er und sah überrascht, wie sie plötzlich die Brauen zusammenzog.

»Das ist in Los Angeles«, sagte sie. »Das erlaubt mein Vater nie im Leben.«

»Warum denn nicht? Ballett ist doch etwas vollkommen Seriöses. Ein kulturelles Ereignis.«

Sie zog die Schultern hoch und sank förmlich in sich zusammen. Er hatte ihren Vater noch nicht kennengelernt, aber sie hatte ihm genug erzählt. Außerdem hatte Wyatt den Mann bereits gesehen. Leonard Draper war zehn Stunden täglich auf der Anlage beschäftigt, und obwohl er sich meistens auf dem Golfplatz befand oder die Arbeiten an Hecken und Beeten überwachte, war er doch präsent genug, dass Wyatt ihn leicht hatte identifizieren können. Er war ein schlanker, schlaksiger Mann mit hartem Gesichtsausdruck und der ledrigen Haut eines Menschen, der sein ganzes Leben lang draußen gearbeitet hatte.

Nur seine Augen erinnerten Wyatt an Kelsey. Doch während ihre blau wie das karibische Meer waren, waren seine kalt wie Gletschereis.

Wyatt musterte Kelseys Gesicht, aus dem all die Freude, die es gerade noch zum Leuchten gebracht hatte, verschwunden war. *Mistkerl.* Er hatte keine Ahnung, was Leonard Drapers Problem war, aber er konnte den Mann schon jetzt nicht leiden. Denn wenn die Regeln, die er aufstellte, Kelsey all die Dinge verwehrten, die sie liebte, dann waren diese Regeln dumm.

Und Wyatt hatte keinerlei Probleme damit, dumme Regeln zu brechen.

»Dein Vater braucht es ja nicht zu erfahren«, schlug er vor.

Entsetzt weiteten sich ihre Augen. »Aber wenn er es je herausfindet … Ich meine, das Tanzturnier war hier. Und ich hätte zur Not behaupten können, ich hätte mir die Karte selbst gekauft. Dann hätte ich zwar immer noch Ärger bekommen, aber immerhin nicht, weil ich mit einem Jungen unterwegs gewesen war. Aber ihm gar nichts zu sagen?« Sie schauderte. »Das wäre im Prinzip genau so schlimm, wie überhaupt zum Ballett zu gehen.«

»Aber was hat er denn gegen das Ballett?«

»Er … er findet, dass es nichts für mich ist. Doch ich darf schon zusehen. Aber nicht gemeinsam mit einem Jungen, und dann noch in Los Angeles.«

»Hast du vielleicht eine Freundin hier?«

Einen Moment lang blickte sie ihn mit leerer Miene an. Dann weiteten ihre Augen sich, und sie schlang sich die Arme um den Oberkörper. »Ich muss los«, sagte sie mit einem Blick auf die Uhr. »Griffin wartet bestimmt schon.«

»Nein, das tut er nicht«, wandte er mit einem Blick auf seine eigene Uhr ein. »Du hast doch mindestens fünf Minuten.« Aber er sprach nur noch mit sich selbst; Kelsey war bereits davongestoben.

Verdammt.

Er hätte sich selbst treten können, dass er diesen Vorschlag überhaupt gemacht hatte. Er hätte wissen müssen, dass sie nicht gegen ihre Eltern rebellierte, auch wenn es sich um echte Tyrannen zu handeln schien.

Er beschloss, sich am nächsten Morgen sofort bei ihr zu entschuldigen. Doch als es ihr gelang, ihm den gesamten Tag aus dem Weg zu gehen, hätte er sich am liebsten noch fester getreten.

Du hast es versemmelt. Total verpatzt.

Zwei ganze Tage später hatte er sie immer noch nicht wiedergesehen. Er verbrachte den Nachmittag im Pool, bis ihm klar wurde, dass sie die Schichten getauscht haben musste, da sie keinen einzigen Tisch wischte, während er dort war.

Irgendwann gab er auf und machte sich auf den Weg zu seinem Wagen, während er grübelte, wie er ihre Gunst zurückgewinnen konnte. Aber als er sich dem Parkplatz näherte, sah er sie an dem BMW lehnen, den er sich aus dem Fuhrpark seiner Großmutter in Santa Barbara geliehen hatte, und sein Herz setzte vor Freude ein paar Schläge aus. Frische Hoffnung stieg in ihm auf.

Vielleicht – nur vielleicht! – hatte er es ja doch nicht derart gründlich verpatzt.

»Hi«, sagte er zögernd. Fast fürchtete er, dass er halluzinierte.

»Meine Freundin Joy ist im Sommer immer hier.« Sie holte tief Luft, als müsse sie Mut sammeln. »Ich könnte sagen, dass ich nächsten Freitag bei ihr übernachte.«

»Und das wäre okay für dich?« Sein Herz hämmerte so laut, dass er sicher war, sie könne es hören. »Du bist nicht gerade die Rebellion in Person, Kelsey Draper. Und ich will nicht, dass …«

»Was?«

Nun musste er tief Luft holen. »Ich will nicht, dass du mich nachher verabscheust, weil ich dich dazu verleitet habe. Oder dass du auch nur ein schlechtes Gewissen hast.«

Sie schob die Hände in die Taschen ihrer Shorts und nickte. »Das ist lieb von dir.« Sie blickte auf ihre Füße hinab. »Aber … na ja, ich werde bestimmt ein schlechtes Gewissen haben. Trotzdem. Ich glaube, dass du es wert bist.« Sie legte den Kopf schief und schaute von unten zu ihm auf.

»Ja?«

Sie nickte, und ihr Gesicht leuchtete auf, als sie lächelte.

»Und du vertraust deiner Freundin?«

»Absolut. Wir gehen in die gleiche Schule. Brighton.« Eine exklusive Mädchenschule in Los Angeles. »Ich habe ein Stipendium bekommen.«

»Wow, ich bin beeindruckt. Brighton hat einen Wahnsinnsruf.«

»Scheint so, ja. Ich bin über Naturwissenschaften reingekommen, hab mich aber in erster Linie dort beworben, weil sie Tanz im Sportunterricht haben. Es ist keine echte

Tanzakademie, aber ich kann da wenigstens was lernen, verstehst du?«

»Und dein Vater hat nichts dagegen?«

»Offiziell ist meine Tanz-AG eine normale Sportstunde. Also kommt er damit klar. Hauptsache, er kann sagen, dass seine kleine Tochter ein Stipendium bekommen hat. Außerdem …« Sie unterbrach sich selbst und schüttelte den Kopf.

»Was denn?«

»Ach, nichts. Blöd eigentlich«, fügte sie hinzu, als er nur eine Braue hochzog und sie prüfend ansah.

»Nun erzähl schon. Ich werde dich schon nicht auslachen.«

»Er erlaubt mir das Tanzen nicht … nicht in einem echten Studio, meine ich. Und er weiß genau, dass mich das ärgert. Ich glaube, dass ich in seinen Augen daher dankbar sein sollte, dass ich nach Brighton gehen darf.«

Wyatt nickte und hoffte, dass ihr entging, wie fest er die Fäuste ballen musste, um seinen wachsenden Zorn niederzukämpfen. Ihr Vater war ein echter Mistkerl, und je eher sie ihren Abschluss machte und von zu Hause ausziehen konnte, umso besser.

»Ich habe dich noch nie gefragt, in welche Schule du gehst.«

»Beverly Hills High School«, antwortete er und schnitt eine Grimasse. »Ich bin mit Haut und Haar ein Hollywood-Klischee, aber meine Schwester und meine Mutter sind ebenfalls dorthin gegangen, deshalb wurde ich gar nicht erst gefragt. Mein Abschlussjahr mache ich allerdings in Boston. Ich bin an einer bedeutenden Fotoakademie angenommen worden.«

»Das wundert mich nicht. Du bist bestimmt einer der Besten in deinem Jahrgang. Deine Bilder sind großartig.«

Er hatte die Kamera einmal an Patricks Computer angeschlossen und ihr einige der Fotos, die er noch auf der Karte hatte, gezeigt. Es waren nicht seine besten Aufnahmen, und sie waren vollkommen unbearbeitet gewesen, doch er freute sich dennoch über ihr Kompliment, das sie im Brustton der Überzeugung hervorgebracht hatte.

»Geht es dann nur noch um Fotografie? Oder musst du den üblichen Schulkram auch noch machen?«

»Ein paar Fächer vermutlich, aber die Anforderungen für den Abschluss habe ich zum größten Teil schon erfüllt.«

Sie seufzte sehnsüchtig. »Ich wünschte, ich dürfte auch auf die Tanz-Akademie.«

Er setzte zu einer Bemerkung an, aber sie schüttelte den Kopf, um ihn daran zu hindern. Er kannte ihre Lage ja: Selbst wenn sie ein Stipendium bekäme, würde ihr Vater es ihr nicht erlauben. »Na ja, wenigstens bist du auf der Brighton«, versuchte er es. »Ich kann kaum glauben, dass du die ganze Zeit nur ein paar Meilen von mir entfernt zur Schule gegangen bist.«

»Und jetzt gehst du nach Boston.« Sie räusperte sich. »Ich werde dich vermissen.«

»Hätte ich gewusst, dass es dich gibt, hätte ich mich vielleicht gar nicht erst dort beworben. Es gibt auch in L. A. großartige Fotoschulen.«

»Wirklich? Aber warum hast du dich dann ausgerechnet dort beworben? Weiter weg als Boston ist ja kaum möglich.«

Er überlegte einen Moment, ob er das übliche Geschwafel über das innovative Programm, die Vielfalt des Angebots und das beste Stipendium ablassen sollte, denn natürlich waren das alles Gründe, die in seine Entscheidung hineingespielt hatten. Nur waren sie nicht der Hauptgrund.

Kelsey aber sollte die Wahrheit wissen.

»Ich wollte weg von meiner Familie«, sagte er also schlicht.

»Ja? Aber du liebst deine Familie doch. Deine Großmutter ist großartig, hast du selbst gesagt…«

»Das stimmt, ich liebe meine Familie. Aber – ach, verdammt! Ich will Fotograf werden. Und zwar einer, der Erfolg hat. Ich will kein Schauspieler werden, der verzweifelt versucht, Fuß zu fassen. Ich will mein eigenes Geld verdienen.«

Sie zog die Brauen zusammen. »Aber du …«

»Aber ich was?«, fuhr er sie an und hätte sich am liebsten getreten, als sie zusammenzuckte. Aber verstand sie es denn nicht? Nach all den vielen langen Gesprächen, die sie geführt hatten, nachdem sie einander schon so gut kannten? »Willst du damit sagen, dass es mit dem Vermögen, das ich im Rücken habe, keine Rolle spielt? Dass ich so oder so ein eigenes Unternehmen gründen kann, da ich meine Miete immer werde bezahlen können, auch wenn ich keinen einzigen Penny selbst verdiene?«

Sie verschränkte die Arme vor der Brust und sah ihn halb entrüstet, halb mitfühlend an. »Eigentlich wollte ich nur sagen, dass der Erfolg nicht davon abhängt, auf welche Schule du gehst. Du wirst auch Erfolg haben, wenn du dir alles selbst beibringst. Du hast Talent, Wyatt! Natürlich wirst du groß rauskommen!«

Die enorme Anspannung, die sich in den letzten Minuten aufgebaut hatte, ließ mit einem Mal wieder nach, und er schwelgte einen Augenblick lang in dem rückhaltlosen Vertrauen, das sie offenbar in ihn setzte. Wie hatte er auch nur einen Moment annehmen können, sie würde schlecht von ihm denken?

Frustriert fuhr er sich mit der Hand durchs Haar. »Tut mir leid. Ich wollte nicht … Es ist bloß so, dass es in meiner Familie schwer ist, wenn man künstlerisch tätig werden will. Meine Großmutter würde mir sofort am Rodeo Drive eine Galerie einrichten.« Er machte eine Pause. »Sollen wir uns nicht in den Wagen setzen?«

Sie schüttelte den Kopf. »Wenn mein Vater mich in deinem Auto sieht, kriegt er einen Anfall. Hier draußen kann ich immer behaupten, du hättest mich nur irgendwas über den Club oder meine Arbeit gefragt. Soll ja vorkommen.«

»Dann setzen wir uns eben auf die Haube.«

Sie lachte. »Alles gut so, und du wechselst das Thema. Selbst wenn deine Großmutter dir eine Galerie einrichten würde, kämen die Kunden auf Dauer nur, wenn du etwas zu bieten hättest. Und das hast du.«

»Nur dass ich es niemals mit Sicherheit wüsste. In den Kreisen, in denen meine Familie sich bewegt, kann man es sich leisten, jeden Schwachsinn zu kaufen, auch wenn der nur dazu dient, später sagen zu können, man würde einen Segel-Druck besitzen.«

»Sie könnten aber auch wirklich mögen, was sie kaufen.«

»Vielleicht. Aber wie kann ich das wissen?« Er zuckte die Achseln, dann schob er die Fäuste tief in die Taschen seiner Shorts. »Ich will mir meinen Erfolg selbst verdienen, Kelsey. Ich seh's doch bei meinem Vater, der plötzlich eine Berühmtheit ist, nur weil er meine Mutter geheiratet hat. Und es nervt ihn ungeheuer. Er ist Wirtschaftsprüfer, aber nicht einmal in der Unterhaltungsbranche. Trotzdem sind ihm die Paparazzi ständig auf den Fersen. Er kommt sich vor wie ein Blender.«

»Und woher weißt du das?«

»Weil er es gesagt hat. Nicht mir, aber ich habe es mitbekommen, als er einmal mit meiner Mutter gesprochen hat. Niemand sieht ihn als das, was er ist, und jeder erwartet von ihm, dass er mehr darstellt – sogar die eigene Familie. Er hasst das. Natürlich liebt er meine Mutter, aber neben ihr ist er wirklich unsichtbar. Die Öffentlichkeit sieht immer nur den Namen. Nicht ihn selbst.«

Sie nickte nachdenklich. »Kann ich nachvollziehen.«

»Du bist nicht unsichtbar, das habe ich dir schon gesagt.«

»Nicht für dich.« Ihr Lächeln erfüllte ihn. »Aber ich kann verstehen, wieso er so denkt. Und du auch. Du willst dir als Fotograf genauso einen Namen machen, wie ich auf der Bühne tanzen will.«

»Und du könntest das tun, das weißt du. Vielleicht nicht sofort«, setzte er hinzu, als sie den Kopf zu schütteln begann. »Aber nach deinem Schulabschluss. Wenn du ausziehst.«

»Kann sein. Ich weiß noch nicht.«

Er hätte gerne weiter darüber gesprochen und ihr gesagt, dass sie die merkwürdig verzerrten Ansichten ihres Vaters in Bezug auf Tanzen und Jungs schließlich nicht teilen musste. Er war Leonard Draper noch nicht wirklich begegnet, aber es war klar zu erkennen, dass der Mann seiner Tochter das Leuchten nahm. Er wollte ihr sagen, dass sie sich von niemandem davon abhalten lassen durfte, ihren Träumen nachzugehen, doch ehe er noch etwas sagen konnte, trat sie vor und küsste ihn auf die Wange.

»Wofür war das denn?«, fragte er verdutzt und sehr erfreut.

»Für *Schwanensee*.«

Er zögerte, weil er wusste, dass nun *sie* versuchte, das

Thema zu wechseln. Aber dann ließ er es einfach gut sein. »Sehr gerne«, erwiderte er. »Und wir beide stehen in Joys Schuld.«

»Oh ja«, sagte sie und lachte. »Du kannst sicher sein, dass sie das nie und nimmer vergisst. Du sollst mich bei ihr abholen und später einfach wieder dort absetzen. Sie fährt mich dann morgen früh nach Hause, damit mein Vater sieht, dass ich in ihrem Auto sitze.«

»Und sie verrät dich auch nicht?«

»Ganz sicher nicht.«

»Dann sind wir verabredet.«

»Mein erstes richtiges Date.«

Stolz schwoll in seiner Brust, und er schwor sich, dass er alles geben würde, um diesen Freitagabend nicht nur zum schönsten ersten Date zu machen, das man sich vorstellen konnte, sondern am besten gleich zum schönsten Date aller Zeiten. Zwar hatte er nur noch zwei Tage Zeit, aber ihm würde schon etwas einfallen.

Als der Freitagabend kam, war er ausgesprochen zufrieden mit sich. In einem Lincoln Towncar mit Chauffeur fuhr er bei Joy vor und fühlte sich verdammt weltgewandt, als er zur Tür ging und klingelte. Sie erschien atemberaubend schön in einem schlichten schwarzen Kleid mit Perlenkette, das üppige Haar in sanfte Locken gedreht, und er wusste, dass er die richtige Entscheidung getroffen hatte.

Daher war er nicht darauf vorbereitet, dass sie beim Anblick des Wagens alles andere als begeistert wirkte.

»Dann haben wir mehr voneinander«, erklärte er ihr, als er sie zur Straße führte. »Wir können uns unterhalten, müssen nicht erst lange einen Parkplatz suchen, und ich kann dich nicht versehentlich in die Flucht schlagen, weil ich wie ein

Bierkutscher zu fluchen beginne, sobald wir im Verkehr von L. A. feststecken.«

»Oh. Okay. Ist vielleicht gar nicht dumm«, gab sie zurück, obwohl die Falte zwischen ihren Brauen darauf hinwies, dass sie etwas anderes dachte. »Aber weißt du, ich … ach, egal!« Sie drückte seine Hand. »Ich freu mich auf heute Abend.«

»Und ich erst«, erwiderte er. Doch ihre Reaktion hatte ihm einen Dämpfer verpasst, und weil es ihm viel zu wichtig war und er die Ungewissheit nicht ertragen konnte, blieb er stehen. »Kelsey, warte«, sagte er und zog an ihrer Hand, damit auch sie stehen blieb. »Was ist los?«

Sie zögerte einen Moment, antwortete dann jedoch. »Na ja, ich dachte, du magst das da alles gar nicht.« Sie deutete vage auf den Wagen. »Dicke Autos, Privatfahrer, all das Zeug von deiner berühmten Großmutter.«

Er lachte, weil er so erleichtert war, dass es einfach in ihm aufstieg. »Doch, ich mag das alles. Was ich gesagt habe, war, dass ich es mir selbst verdienen wollte.«

»Aber …«

»Und das habe ich. Ich habe natürlich das Geld meiner Familie. Aber ich habe auch ein eigenes Konto. Seit ich mit zwölf auf einer Kunstmesse in Laguna Beach mein erstes Foto verkauft habe.«

»Du hast mit dem Geld, das du seit deiner Kindheit gespart hast, einen Wagen für uns gemietet?« Ihr Lächeln war so strahlend, dass es in eine Zahnpastawerbung gepasst hätte.

»Der Abend sollte etwas ganz Besonderes werden.«

Sie nahm den Arm, den er ihr anbot. »Das ist er bereits.«

Sie hatte recht. Der Abend begann perfekt und wurde sogar noch besser. Sie hatte noch nie eine professionelle Ballettaufführung live gesehen, und er fühlte sich wie ein Superheld, weil er es ihr möglich gemacht hatte. Sie hatten keine Zeit, vorher essen zu gehen, also fuhren sie zu seinem Lieblingsfastfoodrestaurant In-N-Out-Burger, und obwohl er gefürchtet hatte, sie könnte es zu schäbig finden, hatte sie solchen Spaß dabei, in der edlen Luxus-Limousine Burger zu essen, dass er die ganze Fahrt über breit grinste.

Das Beste aber war, dass sie sich einen Schoko-Milchshake teilten.

Sie war lustig und klug und unkompliziert, und je länger sie zusammen waren, desto mehr öffnete sie sich ihm. Der einzige Wermutstropfen an diesem Abend bestand darin, dass er nichts von dem Ballett mitbekam. Weil er sie ständig beobachten musste. Wie sie sich bewegte. Wie das Kleid ihre Figur betonte. Er hätte sie so gerne angefasst. Hätte sie so gerne sanft geküsst. Nun … erst sanft, aber dann auch mehr und stürmischer, denn das war es, was er sich wünschte, wonach er sich sehnte, was er sich in seinen Tagträumen auszumalen begann. Seine Sehnsucht wuchs zu einem drängenden Verlangen, das schließlich in einen mächtigen Ständer mündete, und wie er den vor ihr verbergen sollte, machte ihm nicht unbeträchtliche Sorgen.

Den letzten Akt der Aufführung verbrachte er damit, sich vorzustellen, wie er die Bühne fotografieren würde, wenn man ihn für die PR-Arbeit engagiert hätte. Wie er die Tänzer platzieren, welche Blende, welche Belichtungszeit er wählen würde. Und ob er Filter verwenden sollte, um der Szenerie etwas Magisches zu verleihen.

Bald war er so vertieft in diese fachlichen Fragen, dass er sich körperlich wieder entspannte. Und als der Vorhang fiel, konnte er aufstehen und applaudieren, ohne sich selbst der Lächerlichkeit preiszugeben.

Aber, Herrgott, wie sehr er dieses Mädchen wollte.

»Das war so toll!«, sagte sie und nahm seine beiden Hände. »Du bist toll. Vielen, vielen Dank.«

Sie hatten in einer Loge gesessen, und die anderen beiden Paare gingen zuerst hinaus. Als auch sie sich in Bewegung setzen wollte, hielt er sie fest. »Warte noch«, sagte er. Sie zog fragend eine Braue hoch. »Ich bin dir noch etwas schuldig.«

Zunächst sah sie ihn verwirrt an, doch als er sie um die Taille fasste, weiteten ihre Augen sich. Seine Hände blieben auf ihrem unteren Rücken liegen, und er spürte ihre Wärme und ein leichtes Beben. »Ich habe dir einen Kuss versprochen, weißt du noch?«

Sie öffnete leicht die Lippen, als wollte sie etwas sagen, nickte dann jedoch nur. Er beugte sich vor, legte seine Lippen auf ihre und küsste sie so sanft und zart wie ein Atemhauch, weil er wusste, dass es ihr erster war. Doch als er ein ganz leises Seufzen hörte, war es, als hätte man Öl auf ein Feuer gegossen. Das Verlangen in ihm explodierte, und er zog sie an sich, und ohne zu zögern schmiegte sie sich an ihn und schlang ihre Arme um seinen Nacken.

Mit einer Hand hielt er ihren Hinterkopf, und als sie die Lippen öffnete, schob er vorsichtig seine Zunge dazwischen, um sie zu kosten und zu necken und den Kuss behutsam zu vertiefen. Es fühlte sich himmlisch an, und ihm kam in den Sinn, dass er nun auch hätte sterben können, da es in seinem Leben wohl keinen wunderbareren Augenblick mehr geben konnte.

Als sie sich endlich voneinander lösten, war sie erhitzt, ein bisschen atemlos und schöner denn je.

»Dein erster Kuss«, sagte er mit einem Augenzwinkern in der Stimme. »Wie fandest du ihn?«

»Ich weiß nicht genau«, erwiderte sie, obwohl das Funkeln in ihren Augen etwas anderes besagte. »Ich bräuchte einen zweiten als Vergleichsmöglichkeit.«

Sie bekam ihn und auf der viel zu kurzen Heimfahrt sogar noch viele, viele mehr, und als sie vor Joys Haus hielten, waren ihre Lippen geschwollen, die Haare leicht zerzaust, und ihre Augen leuchteten.

Sie sah fantastisch aus. Und sie gab ihm das Gefühl, selbst fantastisch zu sein.

»Danke«, sagte sie, als der Fahrer ihre Tür öffnete. »Du hast mir eine neue Welt eröffnet.« Und er war sicher, dass sie damit nicht nur das Ballett meinte.

Als er sie vor Joys Tür zum Abschied küsste, fühlte er sich großartig.

Von da an waren sie unzertrennlich, wenn sie auch darauf achteten, nicht aufzufallen. Keiner von beiden wollte riskieren, dass ihr Vater etwas erfuhr. Also gingen sie dort spazieren, wo wenig los war. Sie verbrachten viel Zeit in dem Wäldchen, wo er Foto um Foto von ihr machte, bis sie die Hand hochhielt und sagte, dass sie sich mit ihm unterhalten wolle, nicht mit der Kamera.

Und die Küsse. Die vielen, vielen Küsse, die ein Versprechen auf mehr zu sein schienen, doch wohl niemals in mehr münden konnten, auch wenn beide es wollten. Denn wie hätten sie zueinanderfinden sollen, wenn sie sich nicht einmal ganz harmlos verabreden durften?

Als das Ende kam, traf es ihn dennoch vollkommen unerwartet.

Natürlich hatte er sich durchaus gefragt, wie sie den Kontakt halten sollten, wenn er in Boston und sie hier in L. A. war, doch er hatte keinen Zweifel, dass ihnen schon etwas einfallen würde, denn dass er sie nicht aufgeben würde, stand für ihn fest.

Eines Abends veranstaltete Patrick eine Party, und er wusste, dass Kelseys Eltern nicht zu Hause waren. Also rief er sie an und fragte, ob sie nicht vorbeikommen wollte. Ein paar Leute aus dem Club, ein paar aus der Stadt … bestimmt würde es ganz lustig werden.

»Ich kann nicht. Ich muss auf Griffin aufpassen.«

»Du hast gesagt, er ist schon fast dreizehn. Kann er nicht zwei, drei Stündchen allein bleiben?«

»Na ja, ich kann aber …«

»Und wenn ich zu dir komme?«

»Und dann? Dann müssten wir uns drauf verlassen, dass er dicht hält. Das würde er für mich tun, das weiß ich, aber er ist noch so jung, und vielleicht verplappert er sich ja doch. Wir haben doch schon drüber gesprochen, Wyatt, das weißt du.«

»Ja, klar, schon gut, tut mir leid.« Aber es gelang ihm nicht, die Enttäuschung aus seiner Stimme zu verbannen. »Aber weißt du, Patrick wohnt in einem Riesenhaus. Wir könnten uns da zurückziehen, ohne Angst haben zu müssen, dass uns irgendeiner erwischt.«

»Und das möchte ich auch unbedingt«, sagte sie so aufrichtig, dass er sich wie ein Mistkerl vorkam. Mit welchem Recht ärgerte er sich, dass sie nicht sofort angerannt kam? »Aber selbst wenn Griffin keine Rolle spielen würde – sollten wir denn wirklich gemeinsam auftreten? Und dann auf einer Party? Wir waren bis jetzt so vorsichtig. Wenn mein Vater Wind davon bekommt …«

»Es wird viel los sein. Und keine Erwachsenen. Im schlimmsten Fall findet er heraus, dass du deinen Bruder zwei Stunden allein gelassen hast, um auf eine Party zu gehen. Dass ich etwas damit zu tun habe, erfährt er gar nicht.«

Noch während er sprach, konnte er es kaum selbst fassen. Versuchte er sie wirklich dazu zu bringen, alle möglichen Regeln zu brechen? Oh ja, das versuchte er. Weil er ein egoistischer Mistkerl war, der sie unbedingt sehen wollte. Nur für ein, zwei Stunden. Was konnte das schaden?

Sie hatten nur noch so wenig Zeit miteinander.

»Der Sommer ist bald vorbei«, sagte er. »In weniger als zwei Wochen bin ich weg.«

»Wyatt, bitte …«

»Schreib dir wenigstens die Adresse auf, ja? Ich übernachte bei Patrick, falls du es dir also noch anders überlegst, kannst du kommen, wann immer dir danach ist.«

Sie zögerte, gab jedoch schließlich nach. »Na gut. Aber eher komme ich nicht.«

Er gab ihr die Adresse durch. »Und Kelsey? Ich warte auf dich.«

»Bitte tu das nicht«, flüsterte sie so leise, dass er es kaum hören konnte. Es klickte in der Leitung, und er war plötzlich seltsam traurig.

»Oje, dich hat es aber erwischt«, sagte Patrick. »Ist der kleine Wyatt verknallt?«

Wyatt boxte ihm auf den Arm. »Du bist ein Arschloch, weißt du das?«

»Quatsch. Ich bin ein toller Kerl! Sagt jeder.«

Wyatt lachte, aber die Frage wollte ihm nicht aus dem Sinn. Es war das erste Mal, dass er darüber nachdachte, und er wusste mit hundertprozentiger Sicherheit, dass die Antwort Ja lautete.

Das hätte ihm eigentlich Sorgen machen müssen, aber das

tat es nicht. Im Gegenteil – er fühlte sich plötzlich wieder großartig. Dummerweise führte das dazu, dass er Kelsey noch dringender bei sich haben wollte.

Weswegen die Party für ihn stinklangweilig war. Ziellos schlenderte er durch die Räume, plauderte hier und da mit den Leuten und trank das Bier wie Wasser, bis das Wohnzimmer ein wenig zu schwanken begann.

Was erklärte, warum er zunächst zu halluzinieren glaubte, als er sie neben dem großen Flachbildschirm entdeckte. Sie hielt einen Plastikbecher wie einen Zaubertrank in beiden Händen und nippte daran, während sie auf ihn zukam, bis sie den Becher mit einem letzten Zug leerte und direkt vor ihm stehen blieb.

»Hi«, sagte sie und küsste ihn, und von dem Whiskygehalt in ihrem Atem schloss er, dass sie auf der Suche nach ihm schon mehr als einen Becher getrunken hatte.

»Selber hi«, sagte er und schob sie ein Stück von sich. »Wie war das noch gleich mit der Diskretion?«

Sie zuckte die Achseln. »Du hast mir gefehlt.«

»Hier sind zu viele Leute«, sagte er und nahm ihre Hand. »Komm mit. Ich hab was für dich.«

»Echt?«

Er führte sie ins Gästezimmer, wo er auf Patricks Anweisung hin seine Sachen deponiert hatte, und schloss die Tür. »Setz dich«, sagte er und deutete aufs Bett, weil es keinen Stuhl im Zimmer gab.

Sie gab einen kleinen, merkwürdigen Laut von sich, ließ sich aber verlegen auf die Bettkante nieder, und er begann, in seiner Sporttasche herumzuwühlen, bis er das silbern verpackte Geschenk fand und hervorholte.

»Für mich?«, fragte sie, als er es ihr reichte.

»Mach es auf.«

Sie fuhr sich mit der Zunge über die Lippen, dann schob sie vorsichtig den Finger unter das Klebeband, um das Geschenkpapier nicht zu beschädigen. Schließlich kam ein eckiges Schmuckkästchen zum Vorschein.

»Mach weiter«, drängte er sie, da sie erneut zögerte.

Sie hob den Deckel ab und schnappte nach Luft, als sie den Armreifen darin sah. Er war aus gebürstetem Silber und hatte die Form des Unendlichkeitszeichens – die liegende Acht. Das Schmuckstück schimmerte im dämmrigen Licht, und sie fuhr ehrfürchtig mit dem Finger darüber, als sei es das Wertvollste, das sie je gesehen hatte.

»Das habe ich entdeckt, als ich neulich mit meiner Großmutter unterwegs war. Ich musste sofort an dich denken. Und an für immer.«

Vielleicht hätte er die Formulierung als peinlich empfunden, wenn sie nicht so verdammt wahr gewesen wäre.

»Für immer«, flüsterte sie, stand auf und hielt es ihm hin, damit er es ihr ums Handgelenk legen konnte. Er tat es, fasste dann ihren Arm und zog sie zu sich, um sie zu küssen, und diesmal fragte er nicht und wartete nicht, sondern nahm sich einfach nur, was er wollte und brauchte, und anders als im Theater war dieser Kuss wild und tief und hungrig.

Sie hatten sich seitdem oft geküsst, doch nicht so wie jetzt. Dieser Kuss war … voller. Aufgeladener. Sinnlich, verlangend und überbordend.

»Kelsey«, murmelte er, als sie sich voneinander trennten, sich jedoch noch an den Händen hielten. »Ich will …«

»Ich weiß. Aber ich …«

Er brachte sie mit einem weiteren Kuss zum Schweigen,

weil er nicht hören wollte, warum er sie nicht so haben durfte, wie er es sich wünschte. Nämlich ganz und gar.

Er begehrte sie. Brauchte sie. Glaubte sich zu verlieren, wenn er seine Seele nicht in ihrer finden konnte. Er schwamm in poetischem Unsinn, der ihm mit jedem anderen Mädchen kitschig und dämlich vorgekommen wäre, bei Kelsey aber wahr und richtig zu sein schien.

Und da ihm klar war, dass er sie niemals mit Worten würde überzeugen können, machte er sich daran, es mit Taten zu tun. Er berührte sie, neckte sie, streichelte und küsste sie, liebkoste ihren Mund, ihr Ohr, ihren Hals. Er legte ihr eine Hand in den Nacken und tastete nach ihren Brüsten, und sein Mund wanderte zu dem winzigen Stück Brustansatz, den der züchtige Ausschnitt ihres schlichten Sommerkleids enthüllte.

Ihr Herz hämmerte wild, er spürte es an seiner Hand und seinen Lippen.

Inzwischen war er steinhart.

Er hatte sie begehrt, seit er sie zum ersten Mal gesehen hatte, aber sein Verlangen nach ihr war mit jeder Minute, die sie gemeinsam verbracht hatten, stärker geworden. Sie hatte ihn vollständig verzaubert, und so, wie sie sich in seinen Armen an ihn drängte, schien sie etwas Ähnliches zu empfinden. Sie war bereit für ihn.

Doch plötzlich schob sie ihn von sich, und seine Hoffnung zersprang wie dünnes Glas.

»Kelsey?«

Schwer atmend wich sie zurück. »Ich will es auch – wirklich. Aber ich kann nicht. Ich darf nicht!«

»Und ob du darfst! Du sollst sogar unbedingt«, sagte er, obwohl er wusste, wie mies er sich verhielt. Er hätte ihr versichern müssen, dass es in Ordnung war und er es verstehen konnte. Aber er wollte sie doch so sehr! »Kelsey. Ich liebe dich.«

Die Worte waren heraus, ehe er darüber hatte nachdenken können, und obwohl sie wahr waren, hasste er sich, dass er sie ausgerechnet jetzt ausgesprochen hatte. Er wollte sie nicht zwingen, wollte sie nicht emotional erpressen. Und er wollte verdammt noch mal am allerwenigsten, dass sie meinte, die süßen Worte seien für ihn nur Mittel zum Zweck, um sie ins Bett zu kriegen.

Aber es war zu spät.

Der Satz hallte noch nach, als sie sich von ihm abwandte und zur Wand drehte.

Verdammt. Er hatte es geschafft! Er hatte das Beste, was ihm je passiert war, kaputt gemacht.

Er war bereits dabei, sich innerlich zu zerfleischen, als sie sich ihm wieder zuwandte. In ihren Augen lag grimmige Entschlossenheit.

Und als sie begann, ihr Kleid aufzuknöpfen, konnte er es kaum fassen. Sein Mund wurde trocken, sein Sichtfeld schrumpfte, und er sah nur noch sie. Konnte kaum erwarten, ihre Haut an seiner zu spüren.

Sie wollte ihn auch!

Sie liebte ihn!

Natürlich war er ein dämlicher Vollidiot. Ein verfluchter Narr, und ein jämmerlicher dazu.

Denn er hatte nicht den Hauch einer Ahnung, dass sich das, was ihm wie der Himmel vorkam, in die Hölle verwandeln würde.

10

Ich entdecke ihn, sobald ich den Club verlasse. Er lehnt mit vor der Brust verschränkten Armen an einem Lincoln Navigator und sieht mir entgegen. Seine Haare bewegen sich im Wind und schimmern golden im gelblichen Licht der Parkplatzbeleuchtung, und seiner Haltung ist anzusehen, dass er noch immer hochgradig angespannt ist. Es sieht aus, als stünde er kurz vor der Explosion.

Als ich näher komme, erkenne ich die Verärgerung in seiner Miene. Ich weiß, dass sie sich gegen mich richtet, und dieses Wissen erzeugt ein nervöses Flattern in meiner Magengrube. Doch auch wenn ich einen Wutausbruch fürchte, wäre ich doch froh, überhaupt eine Reaktion von ihm zu erhalten. Schließlich ist das der Mann, der offenbar nie zurückgeblickt hat, während ich jahrelang an dem Verlust zu knabbern hatte.

Und obwohl mir sein Angriff auf den Betrunkenen eben peinlich war, muss ich doch zugeben, dass ich es auch irgendwie aufregend fand.

Allerdings begreife ich nicht, warum er überhaupt wütend auf mich sein sollte. Weil ich gestrippt habe? Oder weil er so lange auf dem Parkplatz auf mich hat warten müssen?

Letzteres würde mich nicht überraschen. Denn tatsächlich habe ich mir Zeit gelassen. Ich hatte sogar überlegt zu warten, bis der Wettbewerb vorbei war, und zwar nicht nur deshalb, weil ich durchaus Lust hatte, es Wyatt heimzuzahlen, sondern auch, weil ich scharf auf das Geld war.

Von dem, was backstage geplappert wurde, während ich mich anzog und meine Sachen zusammenpackte, weiß ich, dass ich mit Abstand vorne lag. Man spekulierte bereits, wer wohl gewinnen würde, wenn ich tatsächlich mit Wyatt den Club verließ. Denn das ist eine der festgeschriebenen Regeln hier: Die Siegerin muss anwesend sein.

Doch hier stehe ich nun draußen.

Und entferne mich von einem Betrag, der, wie ich schätze, mindestens ein Tausender gewesen wäre, wenn nicht mehr.

Und wofür? Ich habe keine Ahnung, ob er mir den Modeljob gibt. Oder ob er sich zumindest pro forma dafür entschuldigt, dass er mir eine unfassbar peinliche Szene gemacht hat, indem er einen Besoffenen umgehauen und mich anschließend barsch nach draußen zitiert hat, als sei ich ein renitenter Teenie.

Meine wachsende Verärgerung beschleunigt meine Schritte, und als ich ihn erreiche, stößt er sich vom Auto ab und richtet sich auf. Er öffnet den Mund, als wolle er etwas sagen, aber ich lasse ihn nicht. Stattdessen piekse ich ihm meinen Zeigefinger in die Brust. »Du schuldest mir tausend Dollar. Wahrscheinlich eher mehr, aber ich gebe mich mit tausend zufrieden. Und ich will sie jetzt.«

Ich hätte erwartet, dass er lacht oder mich zumindest fragt, wovon ich überhaupt rede, aber stattdessen hebt er die Hand und umfasst meine. Die Hand ist warm, und obwohl das nicht einmal ansatzweise eine zärtliche oder intime Berührung ist, reagiert mein verräterischer Körper mit einer lächerlichen Hormonausschüttung, die in keinem Verhältnis zur Tat steht. Als wären wir beide noch das ehemalige Pärchen, Kelsey und Wyatt, die unter dem großen Baum am Golfplatz stehen, wo niemand uns sehen und an meinen Vater verraten kann.

Mit einem Ruck befreie ich meine Hand aus seiner. »Tausend Dollar«, wiederhole ich.

»Steig ins Auto«, befiehlt er.

Ich lege den Kopf schief und verschränke trotzig die Arme vor dem Körper. Er sieht mir zu, und plötzlich zuckt sein Mundwinkel und seine Züge werden weicher. Mir steigt das Blut in die Wangen. Unverfroren betrachtet er meine Brüste.

Doch dann werden meine Wangen erst recht heiß. Denn ich begreife, dass er mich mitnichten bewundernd anstarrt, sondern liest, was auf meinem T-Shirt steht.

»'Tanz, als wärest du allein'«, murmelt er, dann sieht er mir wieder ins Gesicht. Sein Blick hat jene Intensität, an die ich mich nur allzu gut erinnern kann, und unwillkürlich schaudere ich. »War es das, was du da eben getan hast?«, fragt er. »Hast du für dich allein getanzt?«

Ich zwinge mich, vor ihm stehen zu bleiben. Am liebsten würde ich weglaufen, denn die Glut, die ich in seinen Augen erkenne, ist mir nur allzu vertraut. Ich weiß, wie gefährlich sie mir werden kann. Und doch brauche ich ihn, und wenn ich davonlaufe, schade ich nur meinem Bruder.

Ich hole tief Luft, fixiere das Neonschild der Tankstelle hinter ihm und antworte sehr leise: »Nein.«

»Kelsey. Sieh mich an.«

Ich presse die Kiefer zusammen und tue es.

»Sag's mir.«

»Du kennst die Antwort.« Ich bin stolz auf mich, dass es mir gelingt, das Beben in meiner Stimme zu unterdrücken.

»Das hier war als Casting gedacht, richtig? Für wen werde ich also wohl getanzt haben?«

Sein Kehlkopf hüpft, als er schluckt. »Steig in den Wagen.«

»Bezahl mich.«

»Ich habe dich noch nicht eingestellt.«

»Tausend Dollar«, wiederhole ich. »Wir beide wissen, dass ich gewonnen hätte. Und wir beide wissen, dass du es mir versaut hast.«

Wieder verschränke ich die Arme vor der Brust. Ich bin wild entschlossen, mich diesmal nicht ablenken zu lassen, was immer er als Nächstes sagen wird. Doch zu meiner Überraschung sagt er gar nichts. Stattdessen zieht er sein Portemonnaie aus der Hosentasche und zählt zehn Hundert-Dollar-Noten ab.

»Stimmt ja«, sage ich, weil ich tatsächlich vergessen hatte, wie locker in seiner Familie mit Geld umgegangen werden kann. »So was nimmst du ja aus der Portokasse.«

Ich erwarte eine sarkastische Bemerkung, aber er hält mir das Geld nur hin. Ich greife danach, um es zu nehmen, doch er packt zu und hält meine Hand fest. »Ich bezahle meine Schulden, Kelsey«, sagt er ernst. »Immer.«

Einen Moment lang bin ich verunsichert, aber ich weiß nicht, ob durch seine Berührung, seine Worte oder seinen Tonfall. Wie auch immer – ich winde meine Hand aus seinem Griff, und er lässt die Scheine los. Rasch stopfe ich sie in meine Tasche, während die Rechenmaschine in meinem Kopf mit einem Kassenklingeln zu arbeiten beginnt.

Nur noch lächerliche vierzehntausend bis zum Ziel.

Der Gedanke hat die Wirkung eines Defibrillators und holt mich jäh in die Wirklichkeit zurück. Und die Wirklichkeit lautet, dass ich viel Geld brauche. Sehr viel Geld.

Die tausend Dollar, um die er mich gebracht hat, sind nicht der Preis, um den es mir ging. Ich fische das Geld aus meiner Handtasche und drücke sie ihm wieder in die Hand. »Wenn ich so darüber nachdenke – vergiss den Tausender. Ich will den Job bei dir.« Ich deute mit dem Kopf zum Club. »Und ich denke, ich habe dir gezeigt, was ich drauf habe.«

»Glaubst du?«

Ich erstarre. Die Schärfe in seiner Stimme ist wie eine Klinge, die jede schöne gemeinsame Erinnerung, die wir noch gehabt haben mochten, durchtrennt. Und sie wirft mich aus der Bahn. »Du hast mich doch tanzen sehen«, sage ich trotzig. »Ich kann posieren. Und sexy aussehen!« Ich schlucke, und meine Wangen brennen. »Und ich kann mich ausziehen, ohne mich vor Scham von der Kamera wegzudrehen. Das alles hast du gesehen.«

Seine Miene verhärtet sich. »Und wenn ich nach einer Frau gesucht hätte, die ihre Titten zur Schau stellt, damit irgendein armer Säufer davon träumen kann, dass sie ihn mit nach Hause nimmt und wie ein Pornostar vögelt, dann wärst du auch meine erste Wahl.«

Ohne auch nur darüber nachzudenken, hole ich aus und verpasse ihm eine Ohrfeige.

Entsetzt schlage ich mir die Hand vor den Mund. Herrgott, was tue ich denn da? Hastig weiche ich zurück, weil ich irgendeine Form von Vergeltung erwarte. Dass er mich an den Schultern packt, an den Wagen rammt, eine Entschuldigung verlangt.

Doch er tut nichts dergleichen.

Stattdessen fällt er förmlich in sich zusammen, seufzt tief und fährt sich mit der Hand durchs Haar. »Ach, verdammt, tut mir leid, Kelsey. Das war echt mies von mir.«

Ich bin so überrascht von seinen Worten, dass ich unwillkürlich einen Schritt auf ihn zumache und plötzlich *ihn* trösten will. Was für eine Ironie. »Ich weiß, dass du nicht nach einer solchen Frau gesucht hast«, versichere ich ihm und meine es absolut aufrichtig. Was immer wir sonst für Differenzen haben – ich würde ihn niemals anlügen, was die Wirkung seiner spektakulären Fotos betrifft. »Deine Bilder, Wyatt … sie sind einfach großartig. Aufrichtig und echt, und die Frauen, die du fotografiert hast …« Ich zucke die Achseln und lasse den Satz verklingen, denn soll ich ihm wirklich sagen, dass ich gerne wie sie sein würde? »Vielleicht war die Idee mit der Strip-Bar wirklich keine besonders gute. Aber du hast mich dermaßen wütend gemacht. Ich wollte dir bloß beweisen, dass ich das hinkriege.«

»Und du hast gedacht, dass mich das überzeugen kann?«

»Na ja. Ja.«

»Hm.« Er beginnt, mich zu umkreisen, und instinktiv drehe ich mich mit, um seinen massigen SUV im Rücken zu haben.

»Du kannst tanzen, ja, aber ich suche keine Tänzerin.« Seine Stimme ist leise und nachdenklich, als würde er eigentlich mit sich selbst sprechen, doch er lässt mich nicht aus den Augen. »Dennoch hast du genau das Aussehen, das ich mir vorgestellt habe, von der Haltung und der Einstellung ganz zu schweigen.«

»Ich hab dir doch gesagt, dass ich das hinkriege.«

»Du hast definitiv bewiesen, dass du in der Lage bist, deine Komfortzone zu verlassen. Ja, ich kann nicht leugnen, dass du die ideale Wahl bist, und tatsächlich konnte keines der Models, die bisher für mich gearbeitet haben, an dich heranreichen.«

Seine Worte haben eine bittere Schärfe. Eine, die ganz sicher zwölf Jahre zurückreicht.

»Aber weißt du, was mein Problem dabei ist?« Er hört auf, mich zu umkreisen, und kommt stattdessen direkt auf mich zu. Ich weiche zurück, bis ich gegen das kühle Blech der Autotür stoße. »Was ist denn, wenn es so ist? Wenn du die Richtige bist? Denn wenn ich mich einmal darauf einlasse – woher weiß ich, dass du das Ding durchziehst? Ich habe nur wenige Wochen, um alles fertigzustellen, und kann mir keinen Fehler erlauben. Sag's mir, Kelsey! Wie soll ich dir vertrauen? Wie kann ich sicher sein, dass du nicht mitten in den Aufnahmen einfach abhaust? Und mich sitzenlässt?«

Und mir mein Herz brichst?

Er hat den letzten Satz nicht gesagt, aber ich kann die Worte in meinem Kopf hören. Ich schlucke den Klumpen in meinem Hals und blinzele hektisch, um die nach oben drängenden Tränen in Schach zu halten. Gott. Was habe ich damals nur getan! So viele Leute mussten leiden, nur weil ich nach etwas gegriffen habe, was mir nicht zustand.

Und vielleicht sollte ich es einfach gut sein lassen und gehen. Irgendwie komme ich schon an das Geld. Wenn es sein muss, verkaufe ich eben den Mustang, auch wenn es mich umbringen würde. Schließlich hat Griffin viel Zeit und Energie investiert, um den Wagen zu restaurieren, und wenn ich mich davon trennen würde, wäre er mit Sicherheit zutiefst gekränkt. Selbst wenn ich den Wagen nur verkaufen würde, um ihm zu helfen.

Dennoch kann ich gar keinen Rückzieher mehr machen. Denn nun geht es nicht mehr nur um mich. Sondern auch um Wyatt. Und das, was er mir gesagt hat.

Er braucht mich.

Und auch, wenn ich vielleicht nie wiedergutmachen kann, dass ich ihn vor zwölf Jahren so verletzt habe, kann ich vielleicht einen kleinen Ausgleich schaffen, indem ich ihm jetzt helfe.

»Ich laufe nicht weg«, sage ich. »Ich weiß nur nicht, wie ich dich dazu bringen soll, mir zu vertrauen. Ich kann dir nur versichern, dass ich es ernst meine, und hoffen, dass du mir glaubst.«

Einen Moment lang starrt er mich an, als versuche er, in mich hineinzublicken, dann rollt er plötzlich die Schultern und beginnt, angespannt vor mir auf und ab zu gehen wie eine Wildkatze, die nur darauf wartet, ihre Beute anzuspringen.

Doch obwohl ich diesen Eindruck bereits habe, bin ich nicht darauf vorbereitet, als er genau das tut, indem er plötzlich herumfährt, mich gegen das Auto drängt und seine Arme links und rechts von mir abstützt. Er ist mir gefährlich nah.

»Warum?«, fragt er.

Sein Mund befindet sich so dicht vor mir, dass ich die Wärme seines Atems spüre, und der Whiskyduft ist stark genug, um mich zu berauschen. Unwillkürlich frage ich mich, wie lange er schon in dem Club war, ehe ich ihn bemerkt habe. Hat er an einem Tisch gesessen und getrunken, während die anderen Mädchen tanzten? Haben sie ihm gefallen? Oder ist er allein wegen mir gekommen?

»Antworte mir«, befiehlt er, und die Glut in seinen Worten holt mich aus meinen Überlegungen.

»Das hab ich dir schon gesagt. Ich brauche das Geld. Bitte, Wyatt. Lass mir Luft.«

»Warum?«

»Weil ich Beklemmungen bekomme, wenn ich mich nicht bewegen kann.« Das ist gelogen. Ich fühle mich zwar ganz und gar nicht wohl in meiner Haut, aber nicht deshalb. Es ist die Reaktion meines Körpers, die mir Angst macht. Weil ich trotz allem nur möchte, dass er mir noch näher kommt.

»Ich meinte, warum du das Geld so brauchst.«

»Oh.« Scham überflutet mich. »Das geht dich eigentlich nichts an.« Ich stütze mich am Auto ab, als wolle ich mich an ihm vorbeidrängen. »Würdest du mir jetzt bitte aus dem Weg gehen?«

Er setzt seinen ganzen Körper ein, um mich zurückzudrängen, sodass wir Brust an Brust an seinem Wagen lehnen. Mein Puls beschleunigt augenblicklich, und ich muss die Fäuste ballen, um den Drang niederzukämpfen, mich ihm entgegenzurecken und ihn zu küssen.

»Es geht mich sehr wohl etwas an, wenn du für mich arbeiten willst«, sagt er, nimmt eine Hand vom Auto und streicht mir mit zwei Fingern durch eine Haarsträhne. »Sag's mir, Kelsey. Warum bist du in meinem Studio aufgetaucht? Was hast du angestellt, dass du so schnell Geld brauchst?«

»Es ist einfach so. Wen interessiert das Warum? Ich brauche fünfzehntausend Dollar, und das noch ehe dieser Monat zu Ende geht.«

»Darum geht es hier also nur?« Sein Finger zeichnet meine Ohrmuschel nach, und ich kann ein Schaudern nicht unterdrücken.

»Das kitzelt«, sage ich, als sei das alles, worauf mein Körper reagiert. Als würde die Berührung mich nicht weiter beeindrucken.

»Es geht alles nur um Kohle?« Sein Finger verlässt mein

Ohr und streicht stattdessen über mein Schlüsselbein oberhalb des Ausschnitts. »Du bist nicht auf die Publicity aus?«

»Publicity? Wie kommst du denn darauf? Wieso sollte ich …?«

»Ich könnte dir das Geld ja leihen«, unterbricht er mich und stützt seine Hand wieder gegen das Auto, sodass ich einmal mehr gefangen bin.

»Machst du aber nicht«, entgegne ich. »Und wenn doch, würde ich es nicht annehmen. Ich möchte bei niemandem in der Schuld stehen, in deiner am wenigsten.«

»Und warum das?«

Ich sehe ihm direkt in die Augen. »Weil du mich hasst.«

Er blinzelt und verharrt einen Moment lang vollkommen still. Dann nimmt er behutsam die Hände von seinem Auto, tritt zurück und lässt mich frei.

»Ich hasse dich nicht, Kelsey. Wahrscheinlich wäre vieles leichter, wenn ich es täte.«

»Oh.« Ich senke den Blick, damit er nicht sieht, dass Tränen in meinen Augen brennen, blinzele ein paarmal und hole tief Luft, um mich zu stabilisieren. Erst als ich sicher bin, wieder ganz bei mir zu sein, schaue ich wieder auf. »Soll das heißen, dass du mir den Job gibst?«

Laut stößt er die Luft aus. »Na schön. Du willst den Job? Du hast ihn.« Er tritt noch einen Schritt zurück und betrachtet mich von Kopf bis Fuß. »Wir fangen noch heute Abend an.«

Ich drücke mich vom Wagen ab und erstarre. »Heute Abend.«

»Musst du noch woanders hin?«

»Ich … nein. Also heute Abend.«

Er nickt, offenbar zufrieden. »Ich kann mir in dieser Hinsicht keinen Fehler mehr erlauben, Kelsey. Ich stelle also ein paar Bedingungen, und die sind nicht verhandelbar. Wenn du nicht einwilligen willst, dann gehst du besser jetzt. Haben wir uns verstanden?«

Ich nicke und hoffe, dass ich selbstbewusster wirke, als ich mich fühle.

»Du hast die Drucke in meinem Studio gesehen. Du weißt, was für Fotos es sind.« Er deutet mit dem Daumen hinter sich auf das Gebäude, in dem sich das X-tasy befindet. »Es ist keine Pornografie, und es sind keine Werbefotos für einen Strip-Club. Doch sie besitzen eine rohe Sinnlichkeit, die einen besonderen Thrill erzeugen soll. Verstehst du, was ich meine?«

Wieder nicke ich.

»Was wiederum bedeutet, dass du trägst, was ich will und so posierst, wie ich es dir sage. Einverstanden?«

»Sicher«, erwidere ich, inzwischen etwas verwirrt. Denn wie sonst soll das hier funktionieren?

»Gut. Du tust also, was ich sage, Kelsey. Nicht verhandelbar.«

»Na ja, schon klar. Das liegt doch auf der Hand, oder nicht?«

»Vor der Kamera«, fährt er fort, als hätte ich nichts gesagt. »Und in meinem Bett.«

Mir fällt die Kinnlade herab. »Machst du Witze?«

»Keinesfalls.«

»Aber … was soll das?« Mir fällt keine bessere Frage ein. Und schlimmer noch – ich weiß nicht, was ich denken, was ich fühlen soll. Ich weiß, dass ich ihm erneut eine Ohrfeige verpassen und davonstolzieren sollte, aber irgendwie will mir das nicht gelingen.

»Was das soll?«, wiederholt er. »Das weißt du doch schon.« Er macht einen einzigen Schritt auf mich zu. »Ich will mich rächen, indem ich dich bestrafe. Genau wie du vorhin in meinem Studio gesagt hast.« Stumm starre ich ihn an, und er fährt fort. »Aber du kannst ja immer noch gehen. Die Entscheidung bleibt ganz und gar deine. Du kennst meine Bedingungen jetzt, also solltest du dich fragen, was du willst. Und wie sehr du es willst.«

Er geht um sein Auto herum und öffnet die Fahrertür, hält aber inne, ehe er einsteigt. »Ich kehre ins Studio zurück. Du hast eine Stunde Zeit, dir darüber klar zu werden.«

Er steigt ein, zieht die Tür zu, startet den Wagen und fährt davon.

Und ich stehe da wie eine dumme Gans, sehe ihm hinterher und frage mich, was hier gerade eben eigentlich geschehen ist.

Und was in aller Welt ich nun tun soll.

11

Zwölf Jahre zuvor

Vor Aufregung und Nervosität zog sich jeder Muskel in Wyatts Körper zusammen, während er zusah, wie sie Knopf um Knopf ihres Kleids öffnete. Das Ding erinnerte ihn an die alten Hollywoodfilme, in denen seine Großmutter aufgetreten war: Es hatte ein enges corsagenähnliches Oberteil, das sich bis zur Taille an ihre Figur schmiegte, und lief in einem weiten, schwingenden Rock aus.

Und es stand Kelsey ungeheuer gut. Es war niedlich und weiblich, aber auch frech und sexy. Aber was Wyatt gerade am besten gefiel, war die Knopfleiste, die sich vom Ausschnitt bis zum Saum herabzog, denn ihr dabei zuzusehen, wie sie sich langsam abwärts arbeitete, war, als würde sich ein ersehntes Weihnachtsgeschenk selbst auspacken.

Ihre Finger waren inzwischen an der Taille angelangt, sodass ihr Oberteil aufklaffte und es ihm prompt zu eng in der Jeans wurde. Sie trug einen schlichten, weißen BH, der so ungefähr das aufregendste Kleidungsstück war, das er je gesehen hatte, und er kannte den Victoria's-Secret-Katalog mit den mit Photoshop veredelten Models sehr gut.

Aber was ihm wirklich den Mund austrocknete, war der Augenblick, als sie den Saum erreichte, denn nun sah er ihren makellosen Tänzerinnenkörper zum ersten Mal in seiner ganzen Pracht.

»Du bist atemberaubend«, flüsterte er, als sie ihr Kleid zu Boden fallen ließ und die Arme verlegen vor dem Körper kreuzte. Langsam ging er auf sie zu, umfasste ihre Handgelenke und zog sie sanft von ihrem Körper weg.

Sie stieß einen kleinen wimmernden Laut aus, und er beugte sich vor und brachte sie mit einem Kuss zum Verstummen. Er hatte befürchtet, dass sie zu nervös sein könnte, doch sobald seine Lippen ihre berührten, spürte er das Feuer in ihr. Sie öffnete den Mund für ihn und ließ ihn ein, und als sie ihre Hand aus seinem Griff zog, um ihre Arme um seinen Nacken zu schlingen, wusste er, dass er gewonnen hatte.

Er küsste sie lang und tief und hielt sie an den Schultern dicht an sich gepresst, und ihre Nähe und das Gefühl ihres Körpers an seinem drohte ihm den Verstand zu rauben. »Kelsey.« Ihr Name war so schön. Er wollte ihn immer wieder sagen. »Kelsey, bitte.«

»Ich …« Sie brach ab, weil sie schlucken musste, und einen Augenblick glaubte er, dass sein Herz stehen bliebe. Doch dann nickte sie, und er begriff, dass für ihn heute nicht nur Weihnachten war, sondern auch sein Geburtstag und Valentinstag zugleich.

»Du bist so wunderschön«, flüsterte er, als er an ihrem Rücken nach dem BH-Verschluss tastete. Sie versteifte sich, entspannte sich jedoch wieder, als er sie streichelte, den Verschluss aufhakte, einen Träger über ihren Arm herabschob und sie dann von dem BH befreite.

Er ließ ihn fallen und umfasste vorsichtig eine Brust, und als sie ein leises Stöhnen ausstieß und sich in seine Hand schmiegte, war es beinahe um ihn geschehen. »Wyatt«, flüsterte sie. »Ich will das so unbedingt, wirklich, aber ich bin nicht …«

Er wollte die Worte nicht hören, also verschloss er ihren Mund mit seinem, um sie erneut mit Taten, statt mit Worten zu überzeugen. Er wollte, dass sie sich ihm hingab, dass er sie erforschen, kosten, *erleben* durfte, er wollte sie in den Wahnsinn treiben und die Macht spüren, die damit einherging.

Und, ja, er wollte der Erste für sie sein!

»Bitte«, sagte er. »Bitte, Kelsey, wir wollen das beide.«

Sie klammerte sich an ihn, so weich und sanft und süß, und er konnte kaum glauben, dass dieses perfekte Mädchen tatsächlich in seinen Armen lag. »Okay«, sagte sie leise, und fast hätte er sein T-Shirt zerrissen, so eilig hatte er es, sich auszuziehen.

Er trat die Schuhe von den Füßen und schälte sich aus der Jeans, dann nahm er ihre Hand und führte sie zum Bett. Er trug noch seine Boxershorts, denn er war so verdammt hart, dass er befürchtete, sofort zu kommen, wenn er sie abstreifte, und das wollte er ganz bestimmt nicht.

Er legte sich aufs Bett und hielt ihr einladend die Hand hin. Schnell atmend, die Wangen gerötet, streckte sie sich neben ihm aus und stützte sich auf einen Ellenbogen, während er sie streichelte, seine Finger über sie gleiten ließ, sie langsam erforschen, sich Zeit nehmen wollte.

Aber es gelang ihm nicht. Sobald sie »Küss mich« flüsterte, war er verloren. Er schloss seinen Mund über ihren, umfasste vorsichtig eine Brust und wanderte dann tiefer und tiefer, bis seine Finger den Bund ihres Höschens erreichten. Er schob seine Hand hinein und explodierte fast, als er fühlte, wie nass sie war. Und explodierte beinahe ein zweites Mal, als sie stöhnte und ihre Beine spreizte und ihre Hüften sich ihm entgegendrängten.

Er löste seine Lippen von ihr, um sie anzusehen, und sie nickte. »Bitte«, sagte sie. »Ich will.«

Er schluckte, weil er plötzlich selbst nervös war, dann zog er die Shorts herunter und befreite seine Erektion. Sie blickte herab und biss sich auf die Lippe.

»Ich versuche, dir nicht wehzutun.«

»Schon gut. Es wird wehtun, das weiß ich. Hast du ein Kondom?«

»Oh. Ja. Ja, hab ich.« Er rutschte hastig vom Bett und holte eins, dann streifte er es über, während sie zusah. Er begegnete ihrem Blick, und sie nickte. Langsam, rief er sich in Erinnerung. Und er versuchte es. Aber sie reagierte so prompt, war so weich und warm. Doch als er sich nicht mehr zurückhalten konnte, schrie sie auf und bat ihn aufzuhören.

Oh, nein! Kannst du nicht aufpassen, du Vollidiot?

Sofort begann er, sich aus ihr herauszuziehen, doch sie legte ihre Hand auf seinen Rücken. »Nein, bitte nicht. Gib mir nur einen Moment, ja?« Und so hielt er still, bis sie ihm sagte, dass er sich wieder bewegen solle, und dieses Mal fiel sie in seinen Rhythmus ein, und es fühlte sich so großartig an, dass er verloren war und kam und dem Ganzen viel zu schnell ein Ende machte.

»Es tut mir leid«, flüsterte er. »Ich hab gar nicht … du bist so … oh, verflixt noch mal. Ich wollte dich einfach zu sehr.«

»Es war schön«, versicherte sie ihm. »Können wir das noch mal machen?«

Er grinste und nickte. Aber da er ein bisschen Zeit brauchte, begann er, jeden Zentimeter von ihr zu küssen und zu kosen, bis er wieder steinhart und sie nur allzu bereit für ihn war.

Sie taten es anschließend noch einmal, dann zog er sie

erschöpft und zufrieden an seine Brust, und sie plauderten ein wenig.

»Hast du Durst?«, fragte er nach einer Weile. »Soll ich uns was holen?«

»Mein Held«, sagte sie. »Ich könnte literweise Limo trinken.«

»Dein Wunsch ist mir Befehl.« Er zog sich hastig Jeans und T-Shirt über, trat hinaus in den Flur und blickte noch einmal zurück, ehe er die Tür hinter sich zuzog und nach unten ging.

Da er nicht gefragt hatte, was genau sie wollte, nahm er eine Cola Light und eine Sprite Zero aus der riesigen Kühltruhe draußen auf der Veranda. Als er gerade zurückkehren wollte, hielt Patrick ihn auf.

»Wo bist du gewesen? Grace hat dich gesucht.«

»Dann bin ich bloß froh, dass sie mich nicht gefunden hat.«

Patrick verdrehte die Augen. »Meine Güte, warum kommt ihr nicht wieder zusammen? Sie steht immer noch auf dich, und es ist ja nicht so, als seist du anderweitig gebunden.«

»Stimmt«, sagte er. Denn obwohl es ihm vorkam, als sei er permanent mit Kelsey zusammen, ließen sie sich in der Öffentlichkeit noch immer nichts anmerken, damit ihr Vater keinen Wind davon bekommen konnte. »Nur stehe ich leider gar nicht auf sie.«

Patrick legte den Kopf schief und musterte ihn, als sei er ein seltener Käfer unter der Lupe. »Es liegt an der Tochter des Gärtners, richtig?«

»Wie kommst du darauf?«, fragte er, verfluchte sich aber augenblicklich, weil er selbst hören konnte, wie schuldbewusst er klang. Als Geheimagent wäre er eine absolute Niete gewesen.

»Och, nur eine Vermutung. Ist sie auch hier? Hast du dich deswegen versteckt?«

»Sei kein Arschloch.«

»Mit anderen Worten: Du hast einfach nur Durst wie ein Kamel!« Patrick grinste und deutete mit dem Kopf auf die zwei Limoflaschen.

»Ich würde dir ja den Stinkefinger zeigen, wenn ich eine Hand frei hätte.«

»Wie du meinst, Kumpel. Viel Spaß da allein in deinem Zimmer.«

Wyatt verdrehte die Augen. Und weil es so schön war, klemmte er sich eine Flasche unter den Arm und hielt Patrick den hochgereckten Mittelfinger doch entgegen.

»Böser Junge«, sagte Patrick und lachte.

Wyatt lachte auch und grinste noch immer, als er die Treppe hinaufstieg und zum Gästezimmer zurückkehrte. Er klopfte an die Tür und war überrascht, als sie aufging. Anscheinend hatte er sie vorhin nicht richtig zugemacht, was natürlich absolut blöd und unachtsam von ihm gewesen war, weil sie ja schließlich nackt im Bett lag.

Vollidiot.

»Hey, hat ein bisschen gedauert, entschuldige«, sagte er, trat ein und drückte die Tür fest hinter sich zu. Er blickte zum Bett hinüber und sah sofort, dass sie dort nicht mehr lag. Und ihre Kleider waren auch weg.

Was zum …?

Vom Zimmer ging ein Bad ab, und diese Tür stand einen Spalt offen. Er sah Licht hindurchscheinen, also ging er hastig darauf zu, während sich in seinem Bauch ein dicker Klumpen zu bilden begann. »Kelsey?« Er spähte durch den Spalt, dann drückte er die Tür ganz auf.

Niemand da.

Was zum Teufel war hier los?

Furcht packte ihn. Er eilte hinaus und stieß beinahe mit einem Jungen zusammen, den er aus dem Club kannte. »Hast du ein Mädchen hier gesehen? Sie war eben dort drin. Weißt du, wohin sie gegangen ist?«

»Dunkle Haare, hübsches Ding? Sie ist vor ungefähr fünf Minuten abgehauen.« Er stieß einen Pfiff aus. »Ihr Kleid war nur zur Hälfte zugeknöpft. Habt ihr euch gezankt oder was?«

»So ungefähr«, murmelte Wyatt. Seine Angst verwandelte sich in Verwirrung, und, ja, langsam packte ihn auch der Ärger.

War sie wirklich einfach abgehauen? Aber warum denn?

Tja, nun, jedenfalls war sie weg. Nur wenige Minuten später war er sich dessen sicher. Mindestens vier Leute hatten sie aus dem Haus laufen sehen, und zwei davon sagten, ihre Augen wären rot und verquollen gewesen.

Warum hatte er sie nur allein gelassen? Vermutlich war ihr plötzlich bewusst geworden, was sie getan hatten, und sie hatte zu weinen begonnen, weil sie sich dafür schämte. Sie war noch so unschuldig gewesen, aber er hatte sie ja drängen müssen! Er hatte sie überredet! Wie hatte er das nur tun können?

Er war ein Mistkerl. Ein Arschloch. Ein totaler Loser!

Und weil er nicht Manns genug gewesen war zu warten, bis sie wirklich so weit war und aus eigenem freien Willen zu ihm kam, hatte er sie nicht nur zutiefst verletzt, sondern auch noch verloren!

Verdammt!

Er versuchte sie anzurufen – immer wieder –, aber weder ging sie ran noch rief sie ihn zurück. Er wollte zu ihr fahren, aber er hatte keine Ahnung, wo sie wohnte, und als er endlich jemandem im Club überredet hatte, in die Personalakte ihres Vaters zu sehen und ihm die Adresse weiterzugeben, fand er dort nur ein leer stehendes Haus vor.

»Ja, mein Vater war schwer genervt«, erzählte Patrick. »Wahrscheinlich hat der gute alte Draper irgendwo einen besseren Job bekommen und vergessen, sich ordnungsgemäß abzumelden. Hat sich jedenfalls einfach aus dem Staub gemacht, der Bursche.«

»Aber das kann doch nicht sein. Ich denke, er hatte nach dieser Anstellung hier eine Stelle in L. A. Das hast du mir selbst gesagt.«

Patrick zuckte die Achseln. »Vielleicht brauchten sie ihn dort auch einfach früher. Oder es war von Anfang an nicht wahr. Ich weiß bloß, dass er weg ist.«

Das war nicht gut, aber wenn es sich um denselben Job handelte, dann war er wenigstens noch in L. A. Und Kelsey auch. Er musste sie finden, ehe er nach Boston ging. Er musste wissen, was geschehen war.

Und er musste sich dafür entschuldigen, dass er sie dermaßen gedrängt hatte.

Doch so sehr er sich auch anstrengte, er erreichte sie nicht. Und als er ein paar Tage später erneut versuchte, sie anzurufen, weil er fand, dass niemand derart lange sauer sein konnte, sagte ihm eine elektronische Stimme, dass dieser Anschluss nicht vergeben sei. Was bedeutete, dass sie sich eine neue Nummer besorgt haben musste.

Er verstand die Welt nicht mehr und hätte gerne mit seinem Vater darüber gesprochen, aber er und seine Mutter waren zur Premiere von einem ihrer neuen Filme nach L. A. gefahren. Obwohl Wyatt mit solchen Sachen normalerweise nichts zu tun haben wollte, fehlten ihm seine Eltern im Moment genug, dass er sich ins Fernsehzimmer setzte und die Übertragung der Premiere auf einem der Entertainment-Kanäle ansah.

Seine Mutter sah wunderschön aus in ihrem auf Figur geschnittenen Paillettenkleid, sein Vater neben ihr in seinem Smoking attraktiv und weltgewandt. Als sie über den roten Teppich gingen, wurde er von den Paparazzi jedoch fast zur Seite geschubst; man wollte seine Mutter Lorelei lieber gemeinsam mit dem muskelbepackten Action-Star ablichten, der in ihrem nächsten Film, einem Familiendrama, die Hauptrolle übernehmen würde und sich vermutlich erhoffte, dadurch zu einem Oscarkandidaten zu werden und aus der leidigen Helden-Outlaw-Geheimagent-Tretmühle ausbrechen zu können.

Ein Arschloch von Reporter hatte sogar die Dreistigkeit, Carlton Royce explizit zu bitten, aus dem Bild zu gehen, weil er ja nur der Ehemann war. So wie die Kamera stand, konnte Wyatt am Rand des Bildes das Gesicht seines Vaters sehen, auf dem sich der Zorn und die Demütigung deutlich abzeichneten.

Wyatt verzog das Gesicht und schaltete den Fernseher aus, sobald seine Eltern den roten Teppich verließen und im Theater verschwanden. Er überlegte, Jenna um Rat zu bitten, aber seine Schwester war elf Jahre älter als er und siebenundzwanzig Stunden am Tag beschäftigt, und er ahnte, was sie ihm raten würde: Ein Mädchen, das auf keine Nachricht reagierte, wolle vermutlich damit sagen, er solle es gefälligst in Frieden lassen, und er täte gut daran, diese Botschaft ein für alle Mal zu kapieren.

Da er das im Augenblick nicht auch noch zu hören

brauchte, beschloss er, ein, zwei Tage zu warten. Schlimmer konnte es schließlich nicht werden.

Dachte er.

Als er am nächsten Tag in den Club ging, um sich im Schwimmbecken ein bisschen auszutoben, musste er feststellen, dass er sich geirrt hatte.

»Ich wusste ja schon immer, dass sie eine kleine Schlampe ist, aber dass sie mich beim Wort nehmen würde, hätte ich dann doch nicht gedacht.« Die Stimme war die von Grace, und obwohl er sich etwas Besseres vorstellen konnte, als wieder auf Graces Radarschirm zu erscheinen, konnte er sich einfach nicht verkneifen, die Ohren zu spitzen.

Sie saß auf der Kante einer Liege und plauderte angeregt mit Marsha und einem Mädchen, das er nicht kannte. Sie schaute auf, als er sich an einen Tisch setzte, um Pfannkuchen zu essen und sich mit dem Krimi, den er mitgebracht hatte, von den Gedanken an Kelsey abzulenken, und zunächst glaubte er, dass sie ihm zulächelte. Doch als sie sich wieder ihren Freundinnen widmete, als sei er gar nicht anwesend, nahm er an, dass sie nur zufällig in seine Richtung geblickt und ihn gar nicht wahrgenommen hatte.

»Wieso? Was hast du denn gesagt?«, fragte Marsha.

»Dass jedes Mädchen, das hier mit einer Berühmtheit oder dem Ableger einer Berühmtheit ins Bett springt, hundert Dollar und unseren ewigen Respekt bekommt. Und wer es zuerst schafft, kriegt einen Bonus.«

»Wie bitte?«, fragte Marsha. »Meinst du das ernst?«

»Oh, bitte. Mit einem Star zu schlafen ist *absolut* ernst. Wenn du hier im Süden von Kalifornien irgendwas erreichen willst, musst du entweder selbst berühmt sein oder mit einem Promi in die Kiste gehen.«

»Hast du denn schon?«

Grace kicherte, und ihre Hand flog geziert zu ihren Lippen – ganz im Stil der kalifornischen Klischee-Schönheit. »Eine Lady genießt und schweigt. Allerdings macht es mehr Spaß, keine Lady zu sein. Na klar, hab ich schon. Aber ich hätte nie gedacht, dass sie es täte.«

»Aber woher wusste sie das denn? Sie hat doch bloß die Tische gewischt.« Marsha zog die Nase kraus.

»Sie hat mich und Amy belauscht«, sagte Grace und nickte in Richtung der Dritten im Bunde, eine Blondine mit Pixie.

Amy nickte ebenfalls. »Das konnte man sehen«, bestätigte sie.

»Und später ist sie zu mir gekommen«, fuhr Grace fort. »Ganz schüchtern zuerst. Sie sagte, es müsste doch toll sein, Clubmitglied zu sein – als Personal sei man ja regelrecht unsichtbar, was sie schrecklich fände.«

Wyatts Eingeweide zogen sich zusammen. Nur allzu gut konnte er sich erinnern, wie Kelsey am Anfang zu ihm gesagt hatte, sie könne zwar verstehen, dass er seinen Status als Berühmtheit nicht leiden könne, aber wenigstens sei er im Gegensatz zu ihr nicht unsichtbar.

»Jedenfalls wollte sie gerne etwas mit mir zusammen machen und fragte, ob wir mal ins Kino gehen wollten oder so was.« Grace hob die Schultern. »Als ich meinte, das ginge nicht, wollte sie wissen, ob es etwas gäbe, was meine Meinung ändern würde.«

»Und? Was hast du gesagt?«, wollte Marsha wissen.

»Mir fiel nichts ein, aber sie hat mich immer weiter genervt, also habe ich ihr das von dem inoffiziellen Wettbewerb erzählt. Tja, das scheint ihr gut gefallen zu haben. Ihr wisst ja, was auf Patricks Party gelaufen ist.«

»Nein!« Marsha beugte sich eifrig vor. »Was denn?«

»Sie hat mit Wyatt Segel gevögelt!«

Ann und Marsha rissen die Augen. »Im Ernst?«

»Hmm-hmm.« Wieder glaubte Wyatt, sie würde ihm einen verstohlenen Blick zuwerfen, aber er war sich nicht sicher, weil er hastig auf seinen Teller sah, ehe sie begriff, dass er lauschte. »Ich bin ihr begegnet, als sie abgehauen ist. Sie kam runtergerannt und meinte, sie hätte es getan, und ob sie jetzt einen Preis oder etwas in der Art bekäme. Ehrlich gesagt war ich zu schockiert, um etwas zu erwidern. Ich sah ihr bloß nach, als sie durch die Tür hinausstürmte. Ich schätze, sie hat im Nachhinein wohl doch Skrupel gekriegt. Der arme Wyatt kann einem fast leidtun.«

»Der sitzt da drüben«, flüsterte Amy.

»Oh, Mist«, sagte Grace, schien aber nicht im Geringsten betroffen.

»Aber er guckt nicht rüber. Und hat ein Buch auf dem Tablett. Er hat bestimmt nichts gehört.«

»Oh.« Grace verstummte. »Na, umso besser. Wir sollten jetzt los. Ich habe für neun einen Platz reserviert.«

Sie standen kollektiv auf und verschwanden durch das Tor, und ihr Geplapper war wie weißes Rauschen in seinem Kopf.

Wie vom Donner gerührt saß er da.

Ich fass es nicht!

Er wartete, bis er sicher war, dass die Mädchen fort waren, dann erhob er sich, um ebenfalls zu gehen. Doch er war zu durcheinander, also ließ er sich wieder auf den Stuhl zurückfallen. Patrick entdeckte ihn und steuerte auf ihn zu, aber Wyatt machte eine abwehrende Handbewegung, weil er fürchtete, aggressiv zu werden, wenn ihm jemand zu nahe kam, oder, schlimmer noch, in Tränen auszubrechen.

Sie hatte ihm etwas vorgespielt. Sie war genau wie die Mädchen, vor denen sein Vater ihn gewarnt hatte. Mädchen, die nur seinen Promi-Status sahen und sich nicht für ihn als Menschen interessierten.

Aber – nein! Ernsthaft? Doch nicht Kelsey.

Das konnte er nicht glauben. Das *wollte* er nicht glauben.

Und doch deutete vieles daraufhin. Sie war einfach verschwunden und gab sich nicht die geringste Mühe, ihn wissen zu lassen, wo sie war.

Er schloss die Augen und atmete durch die Nase aus. Er war siebzehn Jahre alt und würde in etwas über einer Woche nach Boston ziehen. Er war praktisch erwachsen. Doch statt wie ein Erwachsener mit der Sache umzugehen, wünschte er sich im Moment nichts lieber, als dass seine Mutter ihn in den Arm nahm und sein Vater ihm sagte, dass alles wieder gut werden würde.

Tja – na und? Dann würde er eben nach L. A. fahren.

»Oh, das freut mich sehr«, sagte seine Mutter, als er sie anrief und sein Kommen ankündigte. »Wir sitzen hier noch mindestens drei Tage fest, und ich hatte schon Angst, dass wir kaum noch Zeit miteinander haben würden, ehe du nach Massachusetts gehst.«

»Ich hole nur meinen Rucksack und fahre dann los. Am frühen Nachmittag bin ich da. Könnten wir zum Lunch ins Gladstones gehen?« Das Restaurant in Malibu war sehr touristisch, aber ihm war nach einem Platz am Meer.

»Wie wär's, wenn du mit deinem Vater hingingst und wir uns später irgendwo zu dritt treffen? Ich komme nicht vor heute Abend aus dem Studio. Die Produzenten haben diverse Änderungsvorschläge.« Sie klang alles andere als begeistert, und er konnte es ihr nicht verübeln. Sie liebte das

Schreiben, aber ihre Bücher zu überarbeiten, nur weil die besserwisserischen Studioleute es so wollten, ging ihr mächtig auf die Nerven.

»Kein Problem«, gab er zurück und hoffte, dass man ihm seine Enttäuschung nicht anmerken konnte. »Dad und ich werden dann einfach ein bisschen über dich herziehen.«

»Macht das, das wird ihm guttun. Er ist in letzter Zeit ziemlich niedergeschlagen, und es ist furchtbar, dass ich so wenig Zeit für ihn habe.«

»Er weiß ja, dass du es nicht ändern kannst, Mom. Ich bau ihn ein bisschen auf. Vielleicht krieg ich ihn ja sogar an die frische Luft.«

»Du bist großartig, Wyatt. Hab dich lieb.«

»Ich dich auch, Mom.«

Als Nächstes rief er seinen Dad an, erreichte ihn jedoch nicht. Er hinterließ eine Nachricht, denn er wusste, dass sein Vater nie ans Telefon ging, wenn er las oder gerade an einer Tabellenkalkulation saß. Anschließend ging er nach Hause, sagte seiner Großmutter, er werde ein paar Tage in L. A. verbringen und machte sich auf den Weg.

Die ganze Fahrt über versuchte er, nicht zu denken, und es gelang ihm recht gut, indem er eine CD nach der anderen in den Player schob und jeden Song sofort übersprang, der auch nur ansatzweise etwas mit Beziehungen oder Trennungen oder gebrochenen Herzen zu tun hatte.

Und als er schließlich in Beverly Hills ankam, hatte sich seine Laune tatsächlich gebessert.

Er ließ seinen Wagen direkt hinter dem Tor auf der Auffahrt stehen und ging zur Haustür. Im Vergleich zum Hollywoodstandard war ihr Haus relativ klein. Seine Mutter hatte es lieber überschaubar, was niemand wunderte, da sie auf einem Anwesen aufgewachsen war, auf dem man sich nur mit Kompass und Karte zurechtfinden konnte. Sie hatten auch kein Personal, das im Haus wohnte, obwohl ein Koch auf Abruf bereitstand und jeden Morgen geputzt wurde, während die Familie in Beverly Hills war.

Er betrat das Haus durch die Küche und entdeckte als Erstes eine Nachricht von der Haushälterin Tilda, die notiert hatte, was getan worden war und wann sie am nächsten Tag käme. »Hey, Dad, ich bin's«, rief er, als er den Code eingab, der den inzwischen piependen Alarm wieder ausstellte. »Viel zu tun?«

Keine Antwort, aber manchmal trug sein Vater Kopfhörer beim Arbeiten, also verließ Wyatt die Küche und durchquerte den Wohnbereich bis zu dem dunkel getäfelten Arbeitszimmer, das sein Vater für sich beansprucht hatte, als sie das Haus sechs Jahre zuvor gekauft hatten.

Es war geschlossen, was ungewöhnlich war, da Carlton, wenn er allein war, gerne alle Türen offen ließ. Wyatt klopfte zweimal, bekam keine Antwort und öffnete die Tür.

Oder versuchte es zumindest. Sie ließ sich nur ein paar Zentimeter aufdrücken, dann blockierte etwas.

Verärgert drückte er fester. Die Tür gab nach, und er verlor das Gleichgewicht, stolperte hinein und stieß sich dabei den Kopf.

Es gelang ihm nur knapp, seinen Sturz mit den Händen abzufangen, und hastig drehte er sich um, um zu sehen, was ihn da am Schädel getroffen hatte.

Die Füße seines Vaters.

Mit einem Satz sprang er auf, und sein Schrei zerriss die Stille.

Er hatte sich an den Füßen seines Vaters gestoßen.

Carlton Royce hatte sich erhängt.

Wyatts Vater war tot. Ganz und gar tot.

Und hinter ihm klebte ein Zettel auf der Tür, auf dem in großen schwarzen Buchstaben eine Nachricht stand.

Es tut mir leid. Ich kann nicht mehr.

12

Wyatt schaut von dem Stativ auf, auf dem er soeben eine Kamera justiert. Das Objektiv ist auf einen Bereich gerichtet, der mit weißem, fließendem Stoff abgehängt ist und durch Lampen verschiedener Intensität ausgeleuchtet wird.

Die mittlere Stoffbahn ist lang und ergießt sich über den Boden, wie ein seidiger Teppich. Darauf steht ein großes Bett, das mit dunkelroter Bettwäsche und einer Menge Kissen gemacht ist. Neben dem Bett steht ein passendes Nachttischchen mit zwei halb vollen Weingläsern und einer geöffneten Flasche.

Die Szenerie sieht aus wie aus einem teuren Hotel. Wie in einer Hochzeitssuite. Alles ist auf Romantik ausgelegt, und mein Herz setzt einen Schlag aus, als ich dem Mann hinter der Kamera einen Blick zuwerfe.

»Sieh an. Du bist da.«

Ich schlucke. »Hast du gedacht, ich würde nicht kommen?«

»Ehrlich gesagt hatte ich keine Ahnung, was du tun oder lassen würdest, Kelsey. So gut kenne ich dich nicht.«

Er hat tonlos gesprochen, aber ich kann tief verborgenen Ärger aus seiner Stimme heraushören, und ich straffe beinahe trotzig den Rücken und nehme die Schultern zurück. Es spielt keine Rolle, was er denkt oder von mir hält. Ich habe einen Job zu erledigen. Je mehr Distanz wir zueinander haben, umso leichter wird es mir fallen, ihm den Rücken zu kehren, wenn alles erledigt ist und er mich ausgezahlt hat.

»Na ja, du hast mir keine große Wahl gelassen. Ich brauche das Geld, also werde ich mich wohl auf deine Bedingungen einlassen müssen.« Ich gebe mir Mühe, ebenfalls emotionslos zu sprechen, aber ich kann nicht verhindern, dass mein Blick immer wieder zum Bett huscht. Es prickelt in meinen Eingeweiden, als ich überlege, was ich dort wohl tun soll.

Hör auf damit, Kelsey, rufe ich mich im Stillen zur Ordnung. *Fang gar nicht erst an.*

Ich schiebe meine Hände in die Taschen und trockne mir dabei den Schweiß ab. »Da soll ich also hin?«, frage ich so beiläufig wie möglich und deute mit dem Kopf zum Bett.

Er lässt sich Zeit mit einer Antwort. Zweimal atme ich tief ein und aus, ehe er reagiert. »Ja«, sagt er schließlich und sieht mir dabei in die Augen. Dieses eine Wort ist dermaßen aufgeladen, wie es ein einzelnes Wort nur sein kann.

Einen Moment lang verliere ich mich in der Vergangenheit – in einer Zeit, als es zwischen uns noch keine Feindseligkeit gab, sondern nur Verlangen und Zuwendung, Gespräche und Lust. Als alles neu und voller Möglichkeiten war. Und wir einander noch nicht verletzt hatten.

Als ich noch niemandem Schaden zugefügt hatte.

Ich hole tief Luft, um Mut zu sammeln, und setze mich in Richtung Bett in Bewegung, doch er hält mich auf, indem er die Hand hebt. »Noch nicht.« Er tritt von dem Stativ zurück, winkt mir, ihm zu folgen, und geht nach hinten.

Er ist jetzt ganz Geschäftsmann. Jegliche Glut, die ich eben noch in seiner Stimme zu hören geglaubt habe, ist verschwunden. Aber vielleicht hatte ich sie mir ohnehin nur eingebildet. »Ich will, dass du wirklich verstehst, was ich hier mache«, beginnt er. »Diese Bilder sind genauso wenig auf einen Schockeffekt aus, wie sie den Betrachter aufgeilen sollen.« Während er spricht, zieht er ein Tuch nach dem anderen von den verhängten Bildern. »Ich will nicht nur eine Geschichte erzählen, sondern Stellung beziehen.«

»Was für eine denn?«

»Es geht um weibliche Stärke. Um Schönheit und Sinnlichkeit. Wie Frauen gesehen werden, und wie sie sich selbst sehen. Und …« – er macht eine effektvolle Pause, in der er das Tuch vom letzten Bild herunterzieht – »… es geht um die Freiheit und die Macht, die die Anerkennung sexueller Verlockung mit sich bringt.«

Ich beiße mir auf die Unterlippe, als ich die Fotos betrachte. Ich bin nicht sicher, ob ich verstehe, was genau er damit aussagen will, aber ich muss zugeben, dass mir die Bilder gefallen. Nirgendwo ist Scham zu erkennen, nirgendwo Furcht, etwas Unanständiges zu tun oder Regeln zu brechen.

Keine dieser Frauen scheint insgeheim Angst zu haben, dass die Welt sie strafen wird, weil sie ihre Sexualität offen auslebt, und bei längerer Betrachtung kann vielleicht sogar ich es glauben.

Ich will es glauben. Und meistens tue ich das eigentlich auch. Aber alte Ängste halten sich hartnäckig, und immer wieder höre ich in meinem Verstand die Stimme meines Vaters, die mir sagt, dass schlechte Mädchen das kriegen, was sie verdienen … und darüber hinaus wie ein wandelnder Fluch alle anderen mit ins Verderben ziehen. Schlechte Mädchen schaden sich selbst. Und der Familie. Und allen Menschen, die sie lieben.

Hastig schaue ich zur Seite, als ich Tränen in den Augen spüre.

»Kelsey?«

Ich blinzele ein paarmal, wende mich wieder zu ihm um und setze ein Lächeln auf. »Sie sind wunderschön, deine Bilder. Wirklich. Ich habe dir ja schon gesagt, wie gut mir die drei von vorhin gefielen. Doch jetzt, da ich noch mehr gesehen habe, bin ich umso beeindruckter.« Ich möchte mich am liebsten treten, weil ich so furchtbar gestelzt klinge, aber ich kann schließlich nicht tun, was mir am liebsten wäre, nämlich zu ihm gehen, seine Hände ergreifen und ihn spüren lassen, was ich empfinde.

»Ich bin mit großartigen Frauen aufgewachsen, und ich habe Frauen kennengelernt, die mein Herz mit einer Mischung aus Unschuld und Sinnlichkeit erobert haben.« Er wendet sich von den Bildern ab und mir zu. »Das möchte ich feiern. Aber ich gehe nicht auf Kuschelkurs; der Betrachter soll die ganze Bandbreite erleben. Es gibt Frauen, die Sex als Waffe einsetzen, und auch das will ich zeigen. Letztlich dreht sich alles um die Macht der Verführung.« Sein Mund verzieht sich zu einem kleinen Lächeln. »Ich will das Publikum verführen, Kelsey. Und dazu brauche ich dich.«

»Ja, das hast du schon einmal gesagt. Aber, na ja …« Ich fahre mir mit der Zunge über die Lippen und probiere es erneut. »Wie denn genau?« Augenblicklich durchfährt mich ein Schaudern, denn eigentlich fürchte ich mich vor einer detaillierten Antwort.

Wyatt dagegen ist noch immer ganz im Profi-Modus. »Diese Bilder hier sind der Prolog. Sie sollen den Betrachter, der nicht weiß, was auf ihn zukommt, mit dem Thema vertraut machen. Du jedoch bist das Kernstück. Die Attraktion. Eine

Frau, acht Bilder, die das Sujet in seiner Tiefe ausloten, während sie das übergreifende Thema der Ausstellung bedienen. Unschuld. Sinnlichkeit. Verführung. Erotik. Ausschweifung. Selbstvertrauen. All das und mehr.«

Ich lausche fasziniert seiner leidenschaftlichen Ausführung, der Selbstsicherheit, mit der er mir seine Vision darlegt. Noch immer kann ich hören, wie er vor zwölf Jahren erklärte, als Fotograf aus eigener Kraft berühmt werden zu wollen – und nicht, weil seine Familie ihm den Weg ebnete. Und nach allem, was ich bisher von dem Werk und dem Mann selbst gesehen habe, bin ich sicher, dass dieses Projekt ihn ganz groß herausbringen wird.

»Und deswegen nennst du dich W. Royce«, murmele ich.

»Bitte?«

Ich schüttele den Kopf. »Nichts. Aber ich denke, es wird spektakulär.«

»Du verstehst also, was ich vorhabe?«

Ich schaue mich um, betrachte die Fotos erneut und versuche mir vorzustellen, wie sie in einer Galerie wirken. »Ja, ich glaube schon«, sage ich schließlich. »Zumindest den Grundgedanken. Allerdings bin ich nicht sicher, was du mit meinen Aufnahmen vorhast.«

Sein verschmitztes Grinsen erinnert mich an den alten Wyatt, und als sein Grübchen aufblitzt, flattern in meiner Magengrube Schmetterlinge auf. »Keine Sorge«, sagt er. »Du wirst schon sehen.«

Ich nicke und gebe mir größte Mühe, nicht besorgt zu wirken.

»Obwohl deine Mitarbeit sich nicht nur auf Fotos beschränkt«, fügt er beiläufig hinzu.

Ich verschränke die Arme und neige den Kopf zur Seite. »Ja, schon kapiert. Da wäre auch noch dein Bett. Nicht gerade ein akzeptables Einstellungskriterium, aber ich habe mich darauf eingelassen und damit sozusagen in deine Hände begeben.«

Langsam kommt er auf mich zu und betrachtet mich dabei unverhohlen von Kopf bis Fuß, und mein Körper reagiert auf eine Art, die ich einerseits aufregend, andererseits aber auch erschreckend finde.

»Hm, ich finde, das klingt ziemlich attraktiv«, sagt er, und das Timbre seiner Stimme verursacht mir Gänsehaut. »Und ich gedenke, von diesem Arrangement in vollem Umfang Gebrauch zu machen.«

Ich schlucke. Schweißperlen bilden sich in meinem Nacken. Am liebsten würde ich zurückweichen, um etwas Abstand zwischen ihn und mich zu bringen, aber ich weiß, dass es seine Absicht ist, mich aus der Bahn zu werfen, und diese Befriedigung gönne ich ihm nicht.

»Meinetwegen«, sage ich. »Wir werden sehen. Aber eigentlich meintest du etwas anderes, als du sagtest, dass ich nicht nur für Fotos Modell stehen soll, richtig?«

Er zögert, wie um abzuschätzen, wie ich darauf reagieren könnte. Doch dann beginnt er gestikulierend zu erklären. »Stell dir einen langen breiten Gang vor. Vier Bilder auf jeder Seite, und auf allen bist du.«

»Okay«, sage ich. »Aber wo sind die anderen? Die da meine ich.« Ich deute auf die Abzüge um uns herum.

»Im Eingangsbereich. Durch den muss der Betrachter hindurch. Das ist der Prolog, du erinnerst dich? Er ist als Einstimmung gedacht. Anschließend betritt man den breiten Gang und sieht dich.«

»Mich auf Fotos. Aber du sagtest, es seien nicht nur Fotos.«

»Der Betrachter geht also den Gang entlang«, fährt er fort und setzt sich zur Demonstration in Bewegung, »und gelangt am Ende in diesen Saal, an einen Vorhang. Semitransparent. Geschickt ausgeleuchtet. Dahinter befindet sich eine Bühne. Und dort wirst du sein. Die Frau von den Fotos, zum Leben erwacht. Provokant in Szene gesetzt, selbstbewusst, lasziv, gelassen.«

»Aber … *was*? Ich dachte, die Ausstellung ist eine permanente. Ich kann doch nicht …?«

»Nur zur Eröffnung. Eigentlich auch nur für einen Teil der Eröffnung. Danach kannst du von der Bühne gehen, und wir lassen ein Video laufen.«

Wieder wendet er sich mir zu, und ich kann ihm ansehen, dass Visionen der Ausstellungen durch seinen Verstand schwirren. »Was hältst du davon?«

»Ich …« Ich schüttele den Kopf, weil ich Mühe habe mitzuhalten. »Ich glaube, das ist im Augenblick ein bisschen viel für mich.«

Er lacht verlegen und nickt. »Klar, tut mir leid. Ich bin jetzt seit fast zwei Jahren mit diesem Projekt beschäftigt. Manchmal reißt es mich einfach mit.«

»Macht nichts. Ich mag das.« Die Worte sind ausgesprochen, ehe ich noch darüber nachdenken kann, und sie überraschen uns beide. Er begegnet meinem Blick und verengt nachdenklich die Augen.

»Die Ausstellung heißt *Eine Frau im Sinn*.«

Ich lausche dem Klang in meinem Kopf. »Auch das gefällt mir.« Lächelnd zeichne ich Gänsefüßchen in die Luft. »›W. Royce präsentiert *Eine Frau im Sinn*.‹ Hat dich eine bestimmte Frau auf diese Idee gebracht?«

Er schaut mich überrascht an. »Ja, tatsächlich gab es eine Inspiration.«

»Das dachte ich mir irgendwie. Du hast vorhin über starke Frauen gesprochen, und ich weiß ja, wie nah du deiner Großmutter stehst. Ihre Geschichte ist weiß Gott erstaunlich. Sie hat derart viel erlebt!«

»Mir war nicht klar, dass du so viel über sie weißt. Du hast mir damals zwar erzählt, dass du ihre Filme kennst, aber …«

Er bricht ab. Ich nehme an, ihm ist gerade aufgefallen, dass wir überhaupt noch nicht über »damals« gesprochen haben.

»Ich habe viel über Hollywoods goldenes Zeitalter gelesen«, sage ich schnell, um die unbehagliche Stille zu füllen. »Weil … na ja, weil ich hier wohne und klassisches Kino liebe.« Ich könnte mich selbst treten. Ich hatte keinerlei Absicht, ihn wissen zu lassen, dass ich vor zwölf Jahren regelrecht in die Geschichte des Kinos abtauchte, um alles über seine Großmutter und ihre Filme zu erfahren, als könne mir das Wyatt irgendwie zurückbringen – und sei es nur in meiner Fantasie. »Was ist daran schlimm?«

»Nichts. Nichts ist daran schlimm. Und – nein. Sie ist natürlich eine Inspiration, aber sie ist ganz sicher nicht die Frau, die ich ›im Sinn‹ hatte.«

Ich warte, dass er weiterspricht, aber er tut es nicht. Und irgendwie traue ich mich nicht recht nachzufragen, weil ich tief in meinem Inneren die Antwort fürchte.

»Na schön«, sagt er einen Moment darauf und reibt sich die Hände. »Legen wir los.«

»Aber es ist fast zwei Uhr morgens«, wende ich ein. »Du hast es tatsächlich ernst damit gemeint, als du sagtest, wir würden noch heute anfangen?«

Er deutet auf das Bett. »Ich habe das Bild vor Augen. Du auf dem Bett ausgestreckt, zerzaust, schläfrig. Betrachte es als eine Form vom Method Acting.«

»Schläfrig?« Ich ziehe eine Braue hoch. »Klingt nicht gerade sexy.«

»Warte ab«, gibt er zurück. »Ah, und zieh dich aus, ja?«

13

Beinahe musste Wyatt über Kelseys entsetzte Miene lachen.

»Es geht um erotische Fotos, weißt du noch? Dachtest du, wir machen ein Lingerie-Shooting für einen Wäschekatalog?«

Sie rümpfte die Nase und sah plötzlich viel zu bezaubernd aus, als gut für ihn war. »Na ja, irgendwie wohl schon.«

Er wusste nicht, ob er sie für ihre Naivität auslachen oder sie zur Beruhigung in den Arm nehmen sollte. Er wählte den goldenen Mittelweg, schwieg und presste seine Arme fest an die Seiten. Seit sie durch seine Tür marschiert war, kämpfte er gegen den Drang, sie anzufassen, sie zu trösten, sie an sich zu ziehen. Gott, einfach in alte Muster zu verfallen und sich mit ihr zu unterhalten.

Er hatte sie vermisst.

Doch natürlich war das, was er vermisst hatte, nur eine Fantasie. Eine Kelsey, die sie ihm vor vielen Jahren vorgespielt hatte, eine sexuell gefärbte Täuschung, auf die er als verliebter Teenager im Hormonstau hereingefallen war.

Und selbst wenn etwas von der Person, für die er sie gehalten hatte, echt gewesen war, konnte nicht mehr viel davon übrig sein, denn die Zeit musste sie härter gemacht haben. Ein Mädchen, das in der Lage war, eine derart perfekte Show abzuziehen wie sie damals, konnte unmöglich an einem Hauch süßer Unschuld festhalten.

Er hatte eine Kelsey geliebt, die klug und lieb und sinnlich und aufregend gewesen war. Aber dieses Mädchen hatte nie existiert. Sie war eine Illusion gewesen.

Ein Ideal, das ihn seitdem nie wieder losgelassen hatte. Und das er mit seiner Kamera neu zu erschaffen versuchte.

Da! Jetzt hatte er es ausgesprochen. Zumindest in seinem Kopf.

Kelsey war nicht nur irgendeine Frau, sie war *die* Frau! Die Frau, die immer schon am Rand seines Bewusstseins gelauert hatte. Die Frau, von deren Einfluss er nicht einmal etwas geahnt hatte, bis sie heute durch die Tür seines Studios getreten war. Die ganze Zeit über war sie seine Muse gewesen, ohne dass er sich dessen bewusst gewesen war.

Und nun, da sie wunderschön, verlockend und erwachsen vor ihm stand, konnte er nur daran denken, dass es ein Fehler gewesen war, sie überhaupt heraufzubeschwören. Denn ihr gegenüber sein Herz zu verhärten kostete ihn ungeheure Kraft.

»Ist das dein Ernst?«, fragte sie nun. »So willst du die Sache also angehen? Ich reiße mir einfach die Klamotten vom Leib und stelle mich dir zur Schau? Ohne dass du mir wenigstens die Chance gibst, mich ein wenig an die Kamera zu gewöhnen?«

Er zog in Erwägung, genau das von ihr zu verlangen, besann sich dann aber. Sie sah so beunruhigt aus, dass er Mitleid hatte. Er deutete mit dem Daumen auf eine Tür weiter hinten. »Darin sollte eigentlich ein Bademantel hängen. Zieh dich aus, nimm ihn dir und komm wieder.« Er warf einen Blick auf die Uhr. »Wir sollten jetzt wirklich loslegen.«

Er konnte den Kampf, der in ihr tobte, förmlich in ihrer Miene sehen – diskutieren oder gehorchen! Und beinahe war er enttäuscht, als sie das Haar zurückwarf und schweigend in Richtung Badezimmer ging.

Er wartete ungeduldig, versuchte aber wieder professionell ausdruckslos zu wirken, als sie zurückkehrte. Sie hatte den Gürtel des dicken weißen Bademantels so festgezogen, dass sie vermutlich kaum noch Luft bekam.

Fragend zog sie eine Braue hoch, und er deutete als Antwort auf das Himmelbett. Sie tappte hin und setzte sich auf die Kante, und weil das Bett sehr hoch war, baumelten ihre Beine wie bei einem kleinen Kind herab. Ihr Unbehagen war spür- und sichtbar.

Mit jeder anderen Frau hätte er sich unterhalten, um für eine entspannte Atmosphäre zu sorgen und es ihr zu erleichtern, in ihre Rolle zu schlüpfen. Und er wusste, dass er das auch für Kelsey tun sollte. Immerhin war sie das Model, das er gesucht hatte.

Doch irgendwie konnte er sich nicht dazu durchringen. Vielleicht morgen. Jetzt wollte er sehen, wie sie sich vor Unbehagen wand. Jämmerlich, ja. Aber er hatte es ernst gemeint, als er ihr gesagt hatte, er wolle sich rächen. Ja, verdammt, das wollte er schon seit Jahren. Das Verlangen, sie zu bestrafen, war fast so intensiv wie das simple, unbeirrbare Verlangen, sie wieder in seine Arme zu ziehen.

Doch ihm war klar, dass er in dieser Angelegenheit mit seinem Schwanz dachte, nicht mit dem Kopf. Denn Kelsey Draper bedeutete nichts Gutes. Das hatte er auf die harte Tour lernen müssen, und Wyatt war nicht der Typ, der denselben Fehler zweimal machte.

Obwohl er nicht die Absicht hatte, das Stativ für diese

Art von Aufnahmen zu nutzen, beugte er sich darüber und tat, als würde er Einstellungen vornehmen; er brauchte Zeit, um seine Gedanken zu ordnen. Denn auch wenn er es nur äußerst ungern zugab, machte sie ihn mehr als nur ein wenig nervös. Allein wie sie dort kerzengerade saß, eine zarte Röte auf den Wangen, die Miene eine Mischung aus Furcht und Erwartung … Er war sich nicht sicher, ob er sie küssen wollte oder übers Knie legen oder vielleicht beides zugleich.

Sicher wusste er nur, dass er Antworten brauchte.

Gleichzeitig jedoch hatte er kein Verlangen, alte vernarbte Wunden wieder aufzureißen.

Dummerweise hatte sie das natürlich allein schon dadurch getan, dass sie in sein Studio gekommen war.

Verflucht!

Er tauschte das Objektiv aus, tauschte es erneut aus und machte sich schließlich klar, dass er es nicht länger vor sich herschieben konnte. Er nahm die Kamera vom Stativ, ging auf sie zu und hockte sich vors Bett, während er bereits die ersten Aufnahmen machte.

»Die werden vermutlich nicht in der Ausstellung auftauchen«, erklärte er. Nun, da er sie durch die Linse betrachtete, fühlte er sich wieder in seinem Element. »Aber ich mag so was. Du siehst frisch aus, unschuldig.« Er richtete sich auf. »Es wird eine Studie der Kontraste«, fuhr er fort und senkte den Kopf, sodass er eher in die Kamera sprach als zu ihr. »Wir wissen ja beide, dass Schein und Sein zwei verschiedene Paar Schuhe sind.«

Selbst mit gesenktem Kopf sah er, wie ihre Hände die Matratzenkante fester packten. Gut. Es hatte ja keinen Sinn, nicht anzusprechen, was zwischen ihnen stand. Sie hatte ihn getäuscht. Sie hatte ein gemeines Spiel getrieben. Das verfluchte Hollywood-Spiel um die Faszination des Ruhms!

Genau das waren die Zutaten gewesen, die seinen Vater in den Tod getrieben hatten. Und sie war eine konstante Erinnerung daran.

Nicht, dass er eine nötig gehabt hätte. Sein ganzes Leben war eine! War es nicht das, worum es ihm ging? Warum sonst war er jetzt Wyatt Royce und nicht mehr Wyatt Segel? Weil er seiner Familie das beweisen wollte, was sein Vater sich und ihr niemals hatte beweisen können! Dass er auch ohne den Namen zu ihnen gehörte!

»Wyatt?«

»Leg dich hin«, befahl er und war fast erstaunt, dass sie einfach gehorchte. Aber sie legte sich nicht so hin, wie er es brauchte, also hängte er sich die Kamera über die Schulter, trat wieder ans Bett und betrachtete sie kritisch.

Während er überlegte, gähnte sie plötzlich verhalten.

»Ist dir langweilig?«

»Ich bin müde«, fuhr sie ihn an. »Normalerweise schlafe ich längst.«

»Schön. Streck dich aus. Tu so, als wolltest du einschlafen.«

Sie zog die Brauen zusammen, als überlegte sie, ob er es ernst meinte. Doch dann tat sie wie geheißen, rutschte hoch und schlug die Tagesdecke auf.

Er wollte sie gerade daran hindern, als er eine Vision von ihr in zerwühlten Laken hatte. »Gut«, sagte er und beugte sich über das Bett, um die Decke ganz wegzunehmen. »Aber du hast noch zu viel an.«

Also wand und drehte sie sich unter dem Laken, bis sie den Bademantel ausgezogen hatte, dann ließ sie ihn an einer Bettseite zu Boden fallen.

»Du bist noch immer zu bedeckt.«

Das dünne rote Laken reichte bis unter ihr Kinn, und sie biss sich auf die Unterlippe und versteifte sich unwillkürlich, als er das Laken langsam von ihr zog und nacheinander Hals, Schultern und Brüste entblößte. Dabei strich er mit seinen Fingern hauchzart über ihre Haut, und selbstverständlich tat er das nur, um sie ein bisschen anzuheizen. Schließlich ging es hier um Sinnlichkeit, und das Bild sollte ihre Erregung zeigen.

Aber wenn er ehrlich zu sich war, wollte er sie auch einfach anfassen. Er wollte ihre Wärme spüren, ihr Schaudern, wollte spüren, dass sie auf ihn reagierte. Und ihn begehrte.

»Gut«, sagte er wieder. Als er aufschaute, wandte sie rasch den Blick ab. Ihre Wangen hatten zu glühen begonnen, ihre Nippel waren verhärtet. Langsam senkte er seine Hand und umfasste eine Brust, und dass sie unwillkürlich aufkeuchte, machte ihn augenblicklich hart wie Stein.

Mit dem Daumen fuhr er über die Brustwarze und beobachtete amüsiert, wie sie die Augen zukniff. Doch schneller, als ihm lieb war, verwandelte sich sein Vergnügen in etwas anderes, denn als sie die Augen wieder aufschlug und er das Verlangen darin erkannte, wusste er, dass sie sein Untergang sein würde.

»Ist das die Strafe?«, flüsterte sie, und er wäre beinahe durch spontane Selbstentzündung in Flammen aufgegangen.

»Tja, das kannst wohl nur du beurteilen.«

Sie fuhr sich mit der Zunge über die Lippen, und sein Puls beschleunigte sich. »Ich dachte, du wolltest Fotos von mir machen.«

»Das ist definitiv der Plan. Aber zuerst muss ich die Bühne bereiten.« Er flüsterte ihr die Worte ins Ohr, während er das Laken über ihr Bein schob, bis nur noch wenig Stoff sie bedeckte.

Dann trat er zurück und betrachtete sein Werk. Perfekt.

Sie lag auf der Seite, den Kopf auf dem angewinkelten Arm, den anderen Arm locker auf der Taille. Der Zipfel des Lakens hing über ihrer Hüfte gerade so weit herab, dass ihre Scham züchtig verborgen war, und ihm gefiel der Gedanke, dass sie zwar grundsätzlich nackt vor ihm lag, er aber nicht hätte sagen können, ob sie gewachst war oder nicht. Dass nur eben diese Stelle verhüllt war, verlieh der Gesamtkomposition etwas besonders Verlockendes.

»Genau so!«, sagte er, hob die Kamera vors Gesicht und fotografierte aus verschiedenen Winkeln und mit unterschiedlicher Belichtung. »Jetzt schieb das Laken ganz weg und bedecke dich mit der Hand. Oder warte.« Ihm war eine Idee gekommen. »Du bedeckst dich nicht nur. Spreiz die Beine und leg dir die Hand auf die Muschi. Und mach die Augen zu, Kelsey. Ich will sehen, wie du kommst. Das ist es, was ich auf Film bannen will.«

Diesmal ging es ihm nicht darum, an ihrem Käfig zu rütteln – nicht mehr. Sie war so verflucht schön. So reif und stark und verlockend, und er wollte diese Aufnahme unbedingt haben. Eine Frau, die ihren Körper erforschte … Das *musste* er in die Ausstellung einbringen. Unbedingt.

Er war so zufrieden über die Perfektion der Szene, die er vor seinem inneren Auge sah, dass es einen Moment dauerte, bis er ihre Erstarrung bemerkte. Mit schreckgeweiteten Augen starrte sie ins Leere. Er unterdrückte ein frustriertes Seufzen. Er wusste verdammt gut, dass er zu schnell vorgeprescht war. Was immer er in puncto Rache oder Strafe gesagt hatte – er hatte es nicht so gemeint. Nicht wirklich.

Schon gar nicht, wenn seine Ausstellung auf dem Spiel stand.

»Tut mir leid«, sagte er. Ihr Blick flatterte nervös zu ihm. »Das war nicht richtig von mir.«

»Ich muss das also nicht machen?«

»Nicht jetzt. Mir ist schon klar, dass es zu viel auf einmal ist. Wir tasten uns ran. Morgen. Oder meinetwegen übermorgen.«

»Aber du willst so ein Foto.«

»Oh ja! Das wird atemberaubend. Schau dir nur an, was wir schon haben, und es ist ja erst der erste Tag.« Er wandte sich um und ging zu dem Monitor, der an der gegenüberliegenden Wand stand, und blickte kurz über die Schulter, um zu sehen, ob sie ihm folgte.

Ihm stockte der Atem, als er zusah, wie sie wieder in den Bademantel schlüpfte und hinter ihm herkam. Ihre Wangen glühten rot. »Hier, schau«, sagte er, als sie bei ihm war.

Er trat zur Seite, sodass sie besser sehen konnte, denn die Fotos, die er von ihr gemacht hatte, waren tatsächlich unglaublich sinnlich, schön und aufregend.

Sie holte tief Luft und flüsterte dann so leise, dass er sie fast nicht gehört hätte: »Verzeih mir.«

»Machst du Witze? Sieh doch nur, wie toll die Bilder sind. Und wir machen morgen noch mehr. Du hast recht, es ist spät.« Er schob eine Hand in die Hosentasche und fühlte sich einen Augenblick lang wieder fast wie ein Teenager. »Tut mir leid, dass ich mich so blöd benommen habe.« Eigentlich tat es ihm nur ein bisschen leid, und trauen mochte er ihr immer noch nicht. Aber jetzt war er absolut sicher, dass die Ausstellung mit ihrer Beteiligung seinen kühnsten Visionen entsprechen würde. Die Medien würden sich überschlagen!

»Wyatt«, begann sie.

»Es wird mit jedem Mal leichter, glaub mir.«

»*Wyatt*«, wiederholte sie. »Es tut mir wirklich leid.«

Er erstarrte. Gefror innerlich zu Eis. »Was genau tut dir denn leid?«

»Ich dachte, ich könnte das. Aber ich hab mich geirrt. Es … es tut mir furchtbar leid. Mir war einfach nicht klar, dass es so sein würde.«

»Wie? Wie sein würde?«, fragte er barsch, aber sie schüttelte den Kopf.

»Es tut mir leid«, sagte sie erneut. »Aber ich kann das nicht machen.«

14

Ich schaffe es einen Block weit, ehe die Tränen zu laufen beginnen. Schnell fahre ich rechts ran und umklammere das Lenkrad, während heftige Schluchzer meinen Körper schütteln.

Wie dumm ich gewesen bin! Wie konnte ich nur glauben, dass ich das fertigbrächte – dass ich mich tatsächlich derart frei und ungehemmt vor einem Mann zur Schau stellen könnte. Und dann noch ausgerechnet vor Wyatt, der mich schon damals im Handumdrehen aus der Fassung hatte bringen können.

Ein Mann, der mich einst auf Händen trug, mich nun aber ganz offensichtlich nicht mehr leiden kann.

Schlimmer noch, er scheint mich regelrecht zu verachten, und das darf mich natürlich nicht wundern, schließlich bin ich diejenige, die ihn sitzengelassen hat, nicht umgekehrt. Ich bin gegangen und habe keinen Versuch gemacht, je wieder Kontakt aufzunehmen. Und selbst wenn ich immer wieder davon geträumt habe, dass er mich ausfindig macht und rettet, wusste ich doch, dass dieser Wunsch nicht wahr werden würde.

Zum einen, weil es nach dem, was ich getan habe, keinen Grund für ihn gegeben hätte, nach mir zu suchen.

Zum anderen, weil er mich ohnehin nicht hätte finden können.

Ich weiß, dass wir damals noch Kinder waren, aber das ändert nichts an der Tatsache, dass ich ihn zutiefst verletzt habe. Obwohl ich ihn liebte.

Oh ja, ich liebte ihn.

Aber die Liebe konnte nichts daran ändern. Ich habe damals eine Riesendummheit begangen und dadurch alles verdorben.

Ich dachte, ich könnte das heute Abend schaffen, weil allein meine Geldnot mir die notwendige Kraft verleihen würde, aber es geht nicht. Es geht einfach nicht. Denn wenn er mich anfasst, kommt sofort wieder alles zurück. Verliebtheit. Verlangen. *Begierde.*

Ich wollte ihn sofort.

Mehr noch, ich wollte, dass er mich begehrt. Mag sein, dass ich verlegen, dass ich angespannt war, aber Angst hatte ich keine. Im Gegenteil – ich war verdammt scharf.

Er hat mich kaum angefasst, und doch sehnte ich mich sofort nach mehr. Wollte seine Hände auf mir spüren, seine Lippen. Überall.

Bei jeder winzigen Änderung, die er vornahm, bei jedem Zupfen am Laken, stellte ich mir vor, wie seine Finger sich über meinen ganzen Körper bewegten und zwar nicht, um mich in Positur zu bringen, sondern zu seinem Vergnügen. Und meinem.

Ich weiß, dass ich diesen Mann nicht haben kann – und er zu Recht nichts mehr von mir wissen will –, und doch wäre ich heute Nacht willig mit ihm ins Bett gegangen, nur um mich am nächsten Morgen voller Selbsthass davonzuschleichen.

Natürlich hat er mich mit Absicht anzumachen versucht. Aber nicht, weil er noch etwas für mich empfindet. Er hatte mich ja bereits vorgewarnt, dass er sich rächen wollte, und das war offenbar seine Bestrafung für alles, was ich ihm damals angetan habe.

Tja, oder auch nicht.

Denn statt dass ich diese Stunden als etwas erlebt habe, das ausgehalten werden musste, kommen sie mir nun wie eine Erfahrung vor, die ich in meiner Erinnerung wie einen Schatz hüten werde. Okay, doch, ich hatte Angst. Aber ich war auch wie elektrisiert. Und nicht nur, weil er mich angefasst hat, sondern auch, weil ich plötzlich eine Möglichkeit sah, mich selbst an meine Grenzen zu bringen. Verwegen hatte ich plötzlich den Gedanken, aus meinem Käfig ausbrechen zu können. Mich ein bisschen gehen zu lassen, wie ich es eine Ewigkeit nicht mehr gewagt habe. Oder wie ich es bis auf das eine Mal vor zwölf Jahren eigentlich noch nie gewagt habe.

Und es hat sich gut angefühlt. Mutig und aufregend. Als sei ich ein Schmetterling, der sich aus seinem Kokon befreit.

Aber dann hat er mir die Bilder auf dem Monitor gezeigt, und die Realität dessen, was ich getan hatte, stürmte mit aller Macht auf mich ein. Es war genau wie damals vor zwölf Jahren. Eine ungeheuer dumme Entscheidung. Falsch und gefährlich.

Während ich vor dem Bildschirm stand und die atemberaubenden, vor Lebenskraft strotzenden Bilder einer sinnlichen Frau mit meinem Gesicht und meinem Körper betrachtete, hörte ich die Stimme meines Vaters wieder laut und deutlich in meinem Kopf: *Was habe ich nicht alles für dich getan! Alles,* alles *habe ich für dich geopfert, doch du bist eine Hure geworden wie deine Mutter! Du wirst noch genauso enden wie sie. Mach so weiter, und du wirst schon sehen.*

Ich konnte es einfach nicht.

Ich hasse mich dafür, dass ich ihn hängenlasse – und mich und Griffin ebenfalls –, aber ich kann es einfach nicht.

Und ich weiß natürlich, dass mein Vater keinesfalls recht hat. Dass niemand für meine Taten bestraft wird. Dass die Affäre meiner Mutter nicht der Grund dafür war, dass sie und ihr Freund einen tödlichen Autounfall hatten.

Ich weiß das.

Ich weiß sogar, dass für Wyatt Modell zu stehen mich nicht zu einem schlechten oder verderbten Menschen macht oder was immer mein Vater mir garantiert entgegenschleudern würde.

Das tut es nicht, und das ist mir vollkommen klar.

Aber wissen und es wirklich empfinden sind zwei verschiedene Dinge, und manchmal ist es vielleicht besser, sich solchen Situationen gar nicht erst auszusetzen.

Im Übrigen habe ich bei Wyatt auch schon damals nicht gerade Weitsicht bewiesen. Er war wie ein Wirbelsturm, der mein kleines, ordentliches Leben durcheinanderbrachte und nur Chaos hinterließ.

Und das wird jetzt nicht anders sein.

Besser, mich gar nicht erst auf ihn einzulassen. Irgendwie wird mir schon einfallen, wie ich dennoch an das Geld komme.

Das Geld.

Ich verziehe das Gesicht, als ich an Griffin denke. Ich muss zu ihm. Ich muss ihm wenigstens sagen, dass ich den Mustang verkaufen werde. Allerdings wird er es mir garantiert auszureden versuchen, also sage ich es ihm vielleicht doch besser nicht. Erst, wenn es schon getan ist. Dann kann er auch nichts mehr daran ändern.

Ich wische mir die Tränen ab und starte den Motor. Jetzt, da Griffin in meinem Kopf ist, sehne ich mich nach seiner Nähe, und statt nach Hause zu fahren, biege ich auf die Straße nach Silver Lake ein, wo sich die Wohnung meines Bruders befindet. Ich weiß, dass ich mich dumm benehme, aber ich will jetzt einfach nicht allein sein.

Da er bestimmt schon schläft, schließe ich mir selbst auf und stelle meine Tasche auf dem Couchtisch ab, ohne Licht zu machen. Griffins Wohnung ist – wie meine – ziemlich klein. Keine Extravaganzen, nur der übliche Wohnbereich, der in einen Essbereich übergeht, der in einen Flur übergeht, an dessen Ende das wandschrankgroße Bad liegt. An einer Seite des Flurs befindet sich Griffins Schlafzimmer, auf der anderen Seite ein zweites, das Griffin als Tonstudio nutzt.

Die Küche schließt sich an den winzigen Essbereich an, und dorthin gehe ich jetzt und nehme mir eine Dose Cold-Brew-Kaffee, nach dem mein Bruder süchtig ist. Ich will gerade die Lasche aufziehen, als mir bewusst wird, wie dumm das wäre. Da mir Wyatt im Kopf herumgeistert, werde ich ohnehin nicht besonders gut einschlafen können, und wenn ich Koffein zu mir nehme, starre ich bestimmt die ganze Nacht an die Wand.

Na schön.

Da muss Alkohol her.

Ich trinke normalerweise nicht besonders viel. Als ich mit fünfzehn zum ersten und einzigen Mal in meinem Leben Whisky getrunken hatte, ging danach alles den Bach runter, weswegen ich dem Schnaps bereits abschwor, noch ehe ich überhaupt vom Gesetz her trinken durfte.

Gegen Weißwein habe ich allerdings nie etwas einzuwenden, und weil Griffin das weiß, hat er meistens eine Flasche für mich kalt gestellt.

Ich öffne die Kühlschranktür und blinzele im hellen Licht. Mit halb zusammengekniffenen Augen spähe ich hinein und entdecke nicht nur einen wunderbaren Chardonnay, sondern auch eine Schachtel Cupcakes von Love Bites, die meine absolute Lieblingsbäckerei ist. Und leider unpraktisch weit weg, nämlich in Beverly Hills. Griffin muss dort einen Termin gehabt haben, denn normalerweise meidet er den Ort wie die Pest, und wann immer er doch dorthin muss, belohnt er sich mit Leckereien. Und mich sozusagen gleich mit.

Ich hadere kurz mit mir, versichere mir dann, dass Griffin es mir schon vergeben wird, und nehme mir eines der Gebäckstücke mit gelbem Zuckerguss und Blumendekor.

»Kuchendieb!«

Ich stoße ein erschrecktes Quieken aus, als das Licht angeht, und fahre herum. Mein Bruder trägt eine locker sitzende, graue Sweathose und ein T-Shirt mit Stehkragen. Sein langes tiefschwarzes Haar ist locker auf eine Seite gekämmt, sodass eine Gesichtshälfte fast verborgen ist und das eine sichtbare Auge besonders intensiv grün wirkt.

Ich nenne den Look gerne den sexy Rockerstyle, und wenn ich ihn so sehe, kann ich mir beinahe einreden, dass ich sein Leben nicht ruiniert hätte.

»Kels?«

Ich schüttele den Kopf, als mir bewusst wird, dass ich vor dem offenen Kühlschrank stehe und ihn wie eine Idiotin anstarre.

»Tut mir leid. Es ist schon spät. Ich war kurz weggetreten.« Ich verziehe das Gesicht. »Ich wollte dich nicht wecken.«

»Hast du nicht«, versichert er mir und gähnt prompt. »Ich habe noch gearbeitet und nicht auf die Zeit geachtet.«

Er gähnt wieder, wie um seine Aussage zu unterstreichen, reibt sich die Hände über das Gesicht und fährt sich durchs Haar, sodass die dichte Mähne einen Moment lang zurückweicht und die eben noch halb verborgene Gesichtshälfte enthüllt. Aber natürlich ist es ohnehin nicht möglich, nur mit einem Vorhang aus Haar die furchtbar vernarbte Haut und die verstümmelte Ohrmuschel zu überdecken.

Es ist zwölf Jahre her, und noch immer quält mich die Schuld. Und obwohl ich längst an seine Narben gewöhnt bin, hat es wohl noch keinen einzigen Moment gegeben, an dem ich mir bei seinem Anblick nicht innig gewünscht hätte, dass alles nur ein böser Traum gewesen wäre.

»Ich dachte, du wolltest morgen nach deinem Zumba-Kurs kommen.«

Seine Frage holt mich wieder in die Gegenwart zurück. Er mustert mich nachdenklich, während ich versuche, die verdammte Melancholie abzuschütteln.

»Schwesterherz, sagst du mir, warum du hier bist, oder muss ich zu raten anfangen?«

Ich halte die belastenden Beweise hoch. »Cupcakes und Wein. Warum sonst?«

»Hast du den Job nicht gekriegt?«

Ich ziehe die Brauen zusammen. Verdammt, ich hatte vergessen, dass ich ihm von einem Casting erzählt habe. Unser Telefonat vor meinem Auftritt im X-tasy erscheint mir schon tausend Jahre her.

»Ach, Mist.« Er kommt zu mir, und während ich eine Umarmung erwarte, greift er an mir vorbei in den Kühlschrank und nimmt die Cupcakes heraus. »Nimm den Wein mit«, befiehlt er. »Ich schätze, hier ist mehr als nur Kuchen gefordert.«

Ich lache und gehorche.

Wir setzen uns an den wackeligen Resopaltisch, den wir einen Samstag auf dem Rose-Bowl-Flohmarkt erstanden haben, und ich hole Haushaltspapier, das wir als Teller nutzen, ein Weinglas für mich und ein Longdrinkglas für ihn. Griffin und ich brauchen beide nichts Schickes – unsere Wohnungen sind fast ausschließlich mit ganz einfachen Möbeln eingerichtet –, aber nie im Leben würde ich Wein aus einem Plastikbecher trinken.

»Das tut mir echt leid für dich«, sagt er, nachdem er den ersten Cupcake vertilgt hat. »Ich weiß, dass du die beste Tänzerin im Saal gewesen bist.«

»Das war ich auch«, stimme ich ihm zu. Ich bin in den meisten Bereichen des Lebens bescheiden, aber nicht, was das Tanzen angeht.

»Und warum hast du das Engagement dann nicht bekommen?«

Ich zucke die Achseln. »Theoretisch habe ich es bekommen. Aber dann wieder verloren.«

Er lehnt sich im Stuhl zurück. In seinem Mundwinkel klebt ein bisschen Schokoguss. »Magst du mir das näher erläutern?«

»Manchmal geht es eben nicht nur ums Tanzen.«

»Hatte der Produzent mehr im Sinn?«

»Kann man so sagen.«

Er bemerkt die Schokolade, leckt sie ab und beugt sich vor. »Komm schon, raus damit. Was verschweigst du mir?«

»Eine Menge«, gebe ich zu. »Ich habe dir noch gar nicht von meinem Ausschlag letzte Woche erzählt, aber jetzt ist alles wieder gut. Und Mr. Kingman hat eine Affäre mit der Frau, die hin und wieder in der Bibliothek aushilft.«

»Der Konrektor an deiner Schule?«

»Genau der.« Wir haben jetzt Sommer, der Klatsch ist schon alt. Ich muss mir erst in zwei Monaten wieder Gedanken machen, wie man sich als Vorschullehrerin benimmt.

»Tolle Geschichte, sehr pikant, aber das meinte ich nicht.«

»Ach, nicht?« Ich strahle ihn an. »Sollen wir jetzt die Szene neu aufnehmen, wegen der du mich vorhin angerufen hast?«

»Du willst mir also partout nichts über diesen Job erzählen?«

»Nope.«

»Hast du nicht morgen früh um acht einen Kurs? Kannst du mit weniger als fünf Stunden Schlaf noch ordnungsgemäß durch den Übungsraum hüpfen?«

»Erstens muss ich nicht durch den Übungsraum hüpfen, weil es ein Kurs für Dreijährige war, und zweitens gibt es ihn nicht mehr, daher habe ich inzwischen Freitagmorgen frei.«

»Den Kurs gibt es nicht mehr? Einfach so?«

Ich schneide eine Grimasse. »Willkommen in meiner aufregenden, wenn auch unbeständigen Welt. Ja, einfach so. Aber das ist okay. Ich habe mich bei einer Menge anderer Studios beworben. Es gibt viele kleine Kinder da draußen. Und noch mehr Mütter, die ihre Kinder zum Tanzen schicken wollen.«

»Du solltest unbedingt für Shows vorsprechen.«

Ich seufze und stemme mich vom Tisch hoch. Darüber haben wir schon einmal zu oft gesprochen. »Die Szene. Komm schon. An die Arbeit.«

»Na gut.« Auch er schiebt den Stuhl zurück und erhebt sich. »Aber du weißt sehr gut, dass ich recht habe. Du solltest den Sommer dazu nutzen, professionell zu tanzen, nicht Kinder zu unterrichten. Und eigentlich solltest du sowieso hauptberuflich tanzen und gar keine Kinder unterrichten.«

»Ja, Griff, ich weiß. Und wenn der freundliche Talentscout mich aus der Anonymität zerrt, dann tu ich das auch. Bis dahin aber kann es wohl kaum schaden, einer geregelten Arbeit nachzugehen. Lass uns also loslegen, okay? Auch wenn ich nicht früh aufstehen muss, bin ich mit Nia zum Lunch verabredet, gebe danach Stepptanz für Anfänger und Fortgeschrittene und schließlich noch einen Zumba-Kurs, deshalb ergibt Schlafen durchaus Sinn.«

»Du schläfst bei mir«, sagt er. »Ich nehme die Couch.«

»Ich schlafe bei dir«, bestätige ich ihm. »Aber ich schmeiß dich nicht aus deinem Bett.«

»Na gut.«

»Ernsthaft jetzt?« Er gibt nie so schnell nach.

»Wir streiten uns darüber, wenn wir mit der Szene fertig sind. Komm.«

Das kleine Zimmer ist gesteckt voll mit Computer- und Tontechnik, und ich setze mich an den behelfsmäßigen Tisch. Er besteht aus einer alten Tür, die auf zwei Böcken liegt, und ist so groß, dass wir weit genug auseinander sitzen können, damit unsere Mikrofone sich nicht gegenseitig stören, aber auch nah genug beisammen, dass unsere Rollen noch glaubhaft miteinander kommunizieren können.

Griff stimmt die Geräte ab und macht den Soundcheck, und ich bekämpfe den mir nun schon vertrauten Schmetterlingsschwarm, der sich wie immer fröhlich flatternd in meinem Bauch breitmacht.

Schon merkwürdig, dass ich in diesem Fall Lampenfieber bekomme. Vor dem Tanzen bin ich nie so nervös – es sei denn, mein Vater sieht zu. Aber er und Tessa, meine Stiefmutter, wohnen schon seit gut einem Jahrzehnt in der Gegend von Atlanta, daher muss ich mir deswegen keine Sorgen mehr machen.

Doch sobald ich für Griffs Podcast sprechen soll, bin ich regelmäßig fix und fertig.

Und Griffin liebt es natürlich, mich damit aufzuziehen. »Du bist etwas grün um die Nase«, sagt er und reicht mir eine Flasche Wasser. »Aber nicht mehr ganz so grün wie beim letzten Mal. Noch zehn, fünfzehn Jahre, und du fühlst dich im Studio genauso zu Hause wie beim Tanzen auf der Bühne.«

»Blödmann«, sage ich freundlich. »Vor anderen zu sprechen ist eben nicht meins. Ist mir ein Rätsel, wie du dermaßen locker damit umgehen kannst.«

Sobald ich die Worte gesagt habe, könnte ich mich schon dafür in den Hintern treten. Er kann locker damit umgehen, weil ihm keine große Wahl bleibt. Wer so vernarbt ist wie er, hat es nicht leicht in der Öffentlichkeit. Klar behauptet er, dass er diese Arbeit liebt, aber manchmal frage ich mich doch, ob er nicht etwas anderes lieber gemacht hätte. Ob er diese Art von Karriere nicht nur deshalb eingeschlagen hat, weil ihm durch meine falsche Entscheidung damals nicht viel anderes übrig geblieben ist.

»Wann gehst du damit auf Sendung?«, frage ich hastig, um das Thema zu wechseln.

»Hoffentlich in den kommenden zwei Monaten.«

»So lange dauert das noch? Du hast doch mindestens schon ein Dutzend Episoden fertig.«

»Aber ich will die gesamte erste Staffel sendefähig haben. Wenn es ein Flop wird, möchte ich nicht meine vier Fans hängen lassen, nur weil ich die Lust an einer Geschichte verloren habe, der nur vier Leute zuhören wollen.«

Ich verdrehe die Augen. Das hatten wir schon. Und nicht nur einmal. »Das wird kein Flop, sondern ein durchschlagender Erfolg!«

»Danke, Frau Nostradamus. Und noch mal danke, denn wenn du recht hast und es wirklich ein Renner wird, hast du keinen geringen Anteil daran.«

»Ja, na klar, so bin ich halt. Steter Quell der Inspiration für Künstler diesseits und jenseits des Ozeans.« Ich grinse, aber tatsächlich denke ich an Wyatt. An einen schier endlosen Sonnenuntergang vor langer, langer Zeit, als er mich unter dem Blätterdach der mächtigen Eiche fotografierte und mir versicherte, ich sei seine Muse.

»Wenigstens hast du den leichteren Teil des Jobs«, erwidert Griffin trocken. »Zu inspirieren ist nicht ganz so eine Plackerei, wie die inspirierte Arbeit dann auch zu leisten.«

»Also ehrlich!«, protestiere ich pro forma, aber natürlich hat er recht. Als er noch viel jünger war, fing ich damit an, mir Anfänge für Geschichten auszudenken, und meistens ging es um einen Jungen mit vernarbtem Gesicht aus den Slums einer imaginären Stadt, der sich heimlich für Unschuldige und Arme einsetzte und als Detektiv ermittelte.

Nicht sehr originell, ich weiß, aber ich war ja auch nur ein junges Ding, das versuchte, seinen Bruder im Krankenhaus aufzumuntern. Ich lieferte also die Idee, er jedoch spann die Geschichte weiter, und ich übernahm erst dann wieder, wenn die Medikamente ihm so stark zusetzten, dass er nicht mehr klar denken konnte.

Bald schon erzählten wir uns nur noch Geschichten über die Abenteuer unseres Detektivs, und so konnten wir uns auch dann noch die Zeit vertreiben, wenn das Nachmittagsprogramm im Fernsehen einmal mehr unerträglich war.

Natürlich liegt Griffins Podcast diese ursprüngliche Idee zu Grunde. Seine Bücher sind großartig, und Edmond, der Held – eine Verneigung vor *Der Graf von Monte Christo* – ist brillant, ruppig, gepeinigt und zutiefst ehrenhaft.

Griffin hat seit unserer letzten Aufnahme mindestens fünf neue Folgen geschrieben, und ich blättere durch die Inhaltsangaben, um nachzulesen, wie es weitergeht.

»Ha! Ich wusste doch, dass Detective Wilson nicht ganz koscher war!«

»Du bist halt ziemlich clever. Also – bist du so weit?«

Ich trinke einen Schluck Wein und nicke, und er schaltet unsere Mikrofone ein.

Mir fällt es im Alltag meistens nicht auf, aber mein Bruder hat eine unglaubliche Stimme. Tief, melodisch, sexy. Was ebenfalls ein Grund für meine Überzeugung ist, dass dieser Podcast das Potenzial zu etwas ganz Großem hat.

»Du brauchst noch immer einen Titel für die Serie«, sage ich, als wir die erste Szene aufgenommen haben und er irgendetwas am Mischpult einstellt.

»Ich weiß, die Aufgabe steht auf der Liste. Aber die Liste ist lang.«

»Du solltest wirklich besser organisiert sein«, beklage ich mich. Ich selbst mag nichts dem Zufall überlassen und bin in meiner Planung stets äußerst penibel, womit ich mich natürlich selbst stark unter Druck setze. Griffin dagegen *macht* einfach. Manchmal bin ich ziemlich neidisch auf seine Gelassenheit. Meistens allerdings macht mich allein der Gedanke daran schon kirre.

»Können wir wieder?«, fragt er, wartet auf mein Nicken und bedeutet mir mit einer Geste, dass er die Aufnahme startet. Ich stürze mich in meinen Text und gebe alles, was ganz und gar nicht schwer ist, weil die Geschichte so gut geschrieben ist. Und diese Folge macht besonders Spaß, weil ich eine Detektivin spreche, die Edmond ordentlich auf die Nerven geht, und obwohl ich meinen Bruder liebe, ist mir diese Rolle durchaus vertraut.

Als wir schließlich alles im Kasten haben und er die Mikrofone abschaltet, applaudiere ich spontan und von Herzen. »Keine Ahnung, wie du das machst. Ich habe den Eindruck, dass jede Folge noch besser wird.«

»Tja, wahrscheinlich schwimme ich einfach in Talent«, kontert er, und ich verdrehe erneut die Augen. Nicht weil er übertreibt, sondern weil es – im Gegenteil – wahr ist! Und wann immer ich darüber nachdenke, möchte ich weinen, denn in Hollywood geht es doch immer nur um Äußerlichkeiten, und ich habe furchtbare Angst, dass sein Talent allein nicht ausreicht.

»Irgendwelche neuen Aufträge?«, frage ich ihn.

»Ich nehme gerade ein Hörbuch auf, das macht echt Spaß, und ich kann von hier aus arbeiten, was ein Plus ist. Und die Aufnahmen für den Film fangen nächste Woche an. Das wird der absolute Wahnsinn. Nicht lukrativ, aber man kann nicht alles haben.«

Er ist vor Kurzem für einen Indie-Film gecastet worden; er spricht die erwachsene Stimme einer Kinderrolle. Was er damit verdient, ist wirklich nicht die Welt, aber er wird sich einen Namen machen, und darauf kommt es an.

»Die Abschlagszahlung für die Vertragsunterzeichnung kam übrigens im richtigen Moment«, fügt er hinzu. »Ich musste nämlich noch die letzten beiden Praxisrechnungen bezahlen.«

»Verdammt noch mal. Ich finde es schrecklich, dass du immer nur für die nächste Rechnung arbeitest«, sage ich. Dass ich mit meinem Gehalt nicht für seine Physiotherapie aufkommen kann, ist die bittere Wahrheit.

Er zuckt die Achseln. »So sieht's nun mal aus in Amerika.«

Ich lege die Stirn in finstere Falten. Dieses Thema ist mir verhasst. Ich wünschte, ich hätte die Mittel und Wege, um all seine Narben, seine Nervenschäden und die Bewegungseinschränkungen, die damit einhergehen, wegzuzaubern, aber mein einziger Zauber war diese klinische Studie, und das Geld, das ich dafür brauche, habe ich gerade, um es freundlich auszudrücken, freiwillig liegen lassen.

»Übrigens hat mich jemand wegen des ersten Termins für die Devinger-Studie angerufen«, sagt er, als hätte er meine Gedanken gelesen. »Du weißt, dass du die beste Schwester der Welt bist, nicht wahr?«

Mein Inneres zieht sich zusammen, so wie es immer geschieht, wenn wir über seine Behandlung sprechen. »Quatsch.«

»Doch.« Er geht vor meinem Stuhl in die Hocke und umfasst mein Kinn, damit ich nicht wegsehen kann. »Dass du mich in diesem Programm untergebracht hast, ist der Wahnsinn.«

Ich zucke schwach mit den Schultern und entziehe mich behutsam seinem Griff. Ich habe bereits die ersten Fünftausend bezahlt, was ungefähr mein komplettes Gespartes war. Damit sind die Kosten für die Eingangsuntersuchungen gedeckt, wodurch sein Platz erst einmal gesichert ist. Die fünfzehntausend Dollar, an die ich jetzt zu kommen versuche, werden für die Untersuchungen, Behandlungen und Medikamente der Phase I benötigt. Stimmen die Ergebnisse mit den Erwartungen überein, wird er zur – dann kostenlosen – Phase II eingeladen, die die wirklich entscheidenden Verbesserungen bringen wird.

»Ich kann noch immer nicht glauben, dass du dir das leisten kannst«, sagt er.

»So teuer ist das gar nicht«, lüge ich. »Wirklich schwierig war es, sich durch den ganzen Papierkram zu kämpfen.« Das jedenfalls ist nicht gelogen. Es war ein Albtraum, an alle nötigen Unterlagen und Unterschriften zu kommen, um überhaupt erst den Antrag zur Aufnahme ins Programm stellen zu können. »Außerdem habe ich es dir doch schon erklärt. Als du zwölf warst, habe ich ein Sparkonto für dich eingerichtet.« Auch das ist nicht gelogen. Allerdings habe ich ihm nie erzählt, dass mein Vater damals als Konto-Inhaber eingesetzt werden musste, da ich noch nicht volljährig war, und er es in dem Jahr, in dem ich zum College ging, leerräumte, ohne mir etwas davon zu sagen.

»In meinen Augen bist du jedenfalls eine Göttin. Und eine unfassbar verantwortungsbewusste und hyperorganisierte dazu. Und das meine ich positiv.«

»OC Draper«, sage ich und zitiere damit Nias Spitznamen für mich.

»Drück sie kräftig von mir, wenn du sie morgen triffst.«

»Mach ich.« Ungefähr fünf Minuten in meiner Collegezeit glaubte ich tatsächlich, dass aus meinem Bruder und meiner besten Freundin ein Paar werden würde. Aber sie wurden »nur« dicke Freunde. Was vermutlich auch gut so war, weil ich niemals hätte aushalten können, hätten sie sich je wieder getrennt.

Dennoch mache ich mir so meine Gedanken deswegen.

Hauptsächlich weil Griffin sich nie verabredet. Aber wenn ich ihm das vor die Nase halte, kehrt er den Spieß immer direkt um.

»Aber ich habe andere Gründe«, kontere ich dann jedes Mal.

»Quatsch«, sagt er. »*Ich* mag es nicht, wie Frauen mich ansehen. *Du* willst nicht gesehen werden. Dasselbe Thema, nur unterschiedliche Vorzeichen. Wenigstens kannst du Dad und seiner völlig verdrehten Moralvorstellung die Schuld geben, mit der er dich und Mom immer wieder auf Spur gebracht hat. Ich dagegen kann nur den Spiegel und meinen Stolz verfluchen.«

Und mich, denke ich. *Du kannst mich verfluchen.*

Natürlich tut er das nicht.

Ich dafür so sehr, dass es für uns beide reicht.

15

Zwölf Jahre zuvor

Kelsey tappte mit dem Radiergummiende des Stiftes auf den Zettelblock neben dem Telefon. Sie hatte die Adresse aufgeschrieben, weil Wyatt es ihr gesagt hatte, aber sie wusste, dass sie nicht zu der Party gehen konnte. Ihre Eltern gingen davon aus, dass sie auf Griffin aufpasste. Sie *konnte* nicht einfach abhauen.

Was eigentlich lächerlich war, weil sie auf ihn aufpasste, seit sie elf und er neun gewesen war, und nun war er bereits zwölf – fast dreizehn! –, also schon älter als sie damals. Konnte er nicht endlich einmal allein bleiben? Warum musste sie immer noch den Babysitter spielen?

Das war so unfair!

Aber schließlich war vieles in ihrem Leben unfair, wie sie in letzter Zeit immer öfter feststellte.

»Gucken wir später noch einen Film?«, brüllte Griffin, als er die Treppe hinunterpolterte.

»Ja, mal sehen.«

Er kam halb rutschend vor ihr zum Stehen. Das Haus hatte Hartholzböden, und sobald die Eltern fort waren, bewegte Griffin sich nur noch auf dicken Socken schliddernd vorwärts. »Was ist los?«

»Nichts.« Sie zwang sich zu einem Lächeln. Dann riss sie den Zettel vom Block ab und stopfte ihn in die Jeanstasche. »Ich habe nur überlegt, ob wir Popcorn im Haus haben.«

Er verdrehte die Augen. »Ernsthaft jetzt?«

»Och, komm schon, Griff.«

Er riss die Augen auf. »Was ist los mit dir?«

»Nichts. Ich bin nur – ach, nichts.« Wieder rang sie sich ein Lächeln ab. »Wenn wir kein Popcorn haben, was sollen wir denn dann zum Film machen?«

»Muss ja nicht zum Film sein, aber als Mom und Dad das letzte Mal weg waren, hatten wir doch überlegt, Marshmallows zu rösten.«

»Ja, aber das machen wir heute Abend nicht.« Sie wollte bloß irgendeinen schwachsinnigen Actionfilm sehen, damit sie nicht mehr daran denken musste, dass sie in diesem Haus eingesperrt war und nicht zu Wyatt konnte und wohl niemals eine Chance haben würde, das zu tun, worauf sie spontan Lust hatte.

»Mensch, was ist denn heute Abend bloß los mit dir?«, hakte Griffin nach.

»Herrgott noch mal, Griff«, fuhr sie ihn an. »Ich sagte Nein. Jetzt lass es gut sein. Also – willst du Popcorn oder nicht?«

»Mannomann. Was ist dir denn über die Leber gelaufen?«

Sie sah ihn finster an, und schließlich hob er ergeben die Hände. »Tut mir echt leid, aber, ehrlich jetzt, Kels. Nie willst du was machen, was Spaß macht.«

Was, wie sie dachte, dem Fass den Boden ausschlug. Sie wollte immer tun, was Spaß machte, sie durfte bloß nie.

»Weiß du was? Du guckst jetzt einfach, was immer du willst, okay? Ich geh noch ein bisschen raus.«

»Du willst mich allein lassen?«

»Herrgott im Himmel, Griffin! Du brauchst doch keinen Babysitter mehr. In ein paar Wochen bist du dreizehn. Nur Mom und Dad meinen noch, dass du ein Baby bist, auf das ich ständig aufpassen muss.«

»Ich bin kein Baby mehr.«

»Sag ich ja. Ich geh jetzt. Und du verrätst nichts, okay?«

»Aber wir wollten doch den Film sehen. Und Marshmallows rösten.«

»Schau dir den Film einfach ohne mich an. Und das mit den Marshmallows machen wir ein andermal.«

»Und wann?«

»Was meinst du damit?«

»Wann ist ein andermal?«

»Was weiß ich. Ein andermal halt!«

Wütend starrte er sie an. »Dann sag ich es Mom und Dad!«

»Das tust du nicht.«

Er fiel förmlich in sich zusammen und senkte den Kopf. »Nein. Mach ich nicht, das weißt du genau. Aber ich hatte mich echt auf die Marshmallows gefreut.«

»Schau, ich kaufe uns morgen noch Schokolade und Cracker, okay? Wir verstecken sie in der Vorratskammer, und wenn Mom und Dad das nächste Mal weg sind, gibt es sogar die aufwendige Variante und wir machen uns S'mores, versprochen.«

»Das kann ja noch ewig dauern«, brummelte er.

»Ach, komm, Griffin, *bitte*.«

»Na gut. Wo willst du überhaupt hin?«

»Auf eine Party. Ich bin eingeladen.«

»Ooooh.« Er machte Kussgeräusche. »Wie heißt er denn?«

»Wyatt, und jetzt halt die Klappe.«

»Wyatt, oh, ich lieb dich ja so. Hm, schmatz, schmatz!«

Ihre Wangen glühten. »Sei nicht so blöd.«

Er grinste und zeigte seine frisch begradigten Zähne, die erst seit zwei Wochen von der Zahnklammer befreit waren. »Entschuldigung. Ich konnte nicht anders. Geh schon. Ich komm schon klar.«

Sie zögerte. Nun, da der Weg plötzlich geebnet zu sein schien, kamen ihr Zweifel, ob es wirklich klug war zu gehen.

»Was ist denn jetzt schon wieder?«, fragte ihr Bruder, trat an den Kühlschrank, machte ihn weit auf und starrte hinein, sodass die ganze Kälte entweichen konnte.

Sie ging ihm nach und drückte den Kühlschrank zu. »Vielleicht bleibe ich doch besser hier.«

»Hallo? Ich bin kein Baby mehr. Das hast du selbst gesagt. Und du bist ja wieder da, ehe Mom und Dad zurückkommen, oder?«

»Na klar. Sonst wüssten sie ja, dass ich weg war.«

»Wo liegt dann das Problem?«

»Du hast ja recht.« Und das war etwas, das sie nicht allzu oft sagte. Sie liebte ihren Bruder, aber er konnte eine furchtbare Nervensäge sein. »Okay, aber hier.« Sie schrieb eine Telefonnummer auf den Notizblock, riss den Zettel ab und gab ihn ihm.

»Soll ich mir die einprägen und den Zettel aufessen?«

Sie verdrehte die Augen. »Ich weiß nicht, wie die Telefonnummer auf der Party ist, aber das da ist Wyatts Handy.« Gerade jetzt hätte sie gerne ein eigenes Handy gehabt, aber ihre Eltern fanden, dass Kinder keine so teuren Geräte brauchten.

»Holt er dich ab?«

»Nein, ich gehe zu Fuß. Es ist nicht weit von hier.« Noch

ein paar Monate, und sie konnte ihren Führerschein machen, aber noch war sie auf Schusters Rappen unterwegs.

Sie lief schnell nach oben, zog sich ein Kleid und Sandalen an, rannte wieder hinunter, winkte Griffin und war durch die Tür. Nach ein paar Schritten fiel ihr ein, dass sie den Zettel in der Jeanstasche vergessen hatte, aber das spielte keine Rolle. Sie wusste, wo Patrick wohnte. Sie war einmal mit ihrem Vater dort gewesen, weil er für Patricks Vater privat diverse Gärtnerarbeiten beaufsichtigen sollte.

Auf dem Weg ließ sie ihre Gedanken wandern – oder besser, ihre Fantasie. Sie stellte sich vor, wie Wyatt sie in irgendeine ruhige Ecke entführen würde, wo sie sich an ihn schmiegen und sich in seinen wunderbaren Küssen verlieren konnte … oder vielleicht sogar in mehr.

Obwohl sie eigentlich gar nicht mehr wollte.

Oder vielleicht ja doch. Er hatte sie auf dem Rücksitz des gemieteten Autos geküsst, als sie vom Ballett zurückgekehrt waren, und da hatte sie definitiv mehr gewollt. Und ehrlich gesagt war »Küssen« auch nicht der richtige Ausdruck dafür. Es war schon deutlich heftiger gewesen.

Oh ja, das war es.

Sie biss sich bei der Erinnerung auf die Daumenkuppe und war froh, dass sie noch ein Stück Weg vor sich hatte, denn so würde sie wenigstens nicht feuerrot bei der Party auftauchen.

Anfangs war es ihr enorm peinlich gewesen in diesem Auto, aber dann hatte Wyatt irgendeinen Knopf gedrückt, wodurch im Innenraum eine getönte Scheibe hochfuhr und ihnen die Sicht auf den Fahrer nahm. Und dem Fahrer die Sicht auf sie, wie sie annahm.

Beinahe hätte sie Wyatt danach gefragt, nur um sicher sein zu können, aber dann küsste er sie, und kurz darauf war ihr alles andere egal. Er zog sie auf seinen Schoß und schlang die Arme um sie, und seine Hände und seine Lippen taten wundervolle Dinge.

An jenem Abend strömte ihr Blut heiß durch ihre Adern und pochte in ihren Ohren. In ihren Brüsten. Und zwischen ihren Beinen.

Sie hatte sich verloren gefühlt. Und unruhig. Und auch wieder nicht, weil Wyatt bei ihr gewesen war. Und sie nur ihn gewollt hatte.

Und, ja, sie wollte mehr. Heute noch.

Unwillkürlich ging sie schneller.

Doch als sie ankam, war sie vor lauter Nervosität ein zittriges Wrack. Weswegen sie auch nicht zögerte, als ihr in der Küche jemand ein Glas mit einer goldfarbenen Flüssigkeit hinhielt, und es in einem Zug leerte, auch wenn das Zeug höllisch in ihrer Kehle brannte.

Der Effekt jedoch gefiel ihr. Sie fühlte sich leicht benebelt und ein bisschen selbstbewusster, und als der Junge sie fragte, ob sie noch einen Drink wollte, sagte sie Ja. Etwas unsicher auf den Beinen, aber mit einer Extra-Portion Mut ausgestattet, zog sie los, um sich im Haus auf die Suche nach dem Jungen zu machen, um dessentwillen sie gekommen war.

Sie brauchte nicht lange, um ihn zu finden. Sie stand an einem riesigen Fernseher, als sich plötzlich etwas in ihr zu regen begann und sie wusste, dass er sie beobachtete. Sie blickte sich um und entdeckte ihn sofort. Nach einem weiteren Schluck Whisky für ein klitzekleines bisschen mehr Mut – und den Rest auf gutes Gelingen – durchquerte sie den Raum, begrüßte ihn und küsste ihn. Lang, hart und tief.

Sie wusste nicht so recht, wie ihr geschah, aber irgendwann

stand sie mit ihm in einem Zimmer, in dem sich ein Bett befand. Sie hatte Angst, ja, aber als sie sich auf der Matratze niederließ, wusste sie auch mit absoluter Sicherheit, dass sie *alles* wollte. Was immer er ihr zu geben gewillt war, sie würde es nehmen wie eine Bettlerin.

Niemals hätte sie gedacht, dass er ein Geschenk für sie haben könnte, doch als sie die kleine Schachtel öffnete und den silbernen Armreif, der Unendlichkeit darstellte, sah, glaubte sie, dass ihr Herz bersten müsse. Unmöglich, dass noch mehr Gefühle hineingepasst hätten.

Doch dann lag sie in seinen Armen und wusste, dass sie sich geirrt hatte. Es gab noch viel Raum für Gefühle. So viel mehr Raum!

Und als er ihr sagte, dass er sie liebte, glaubte sie ihm ohne den geringsten Zweifel. Genauso wie sie ohne den geringsten Zweifel wusste, dass auch sie ihn liebte.

Er wollte mehr als nur Küsse, auch das wir ihr klar. Aber das wollte sie schließlich auch.

Das Problem war nur, dass sie es nicht wollen durfte. Sie musste Nein sagen und gehen, am besten so rasch wie möglich. Sie sollte nach Hause laufen und sich in Sicherheit bringen, ehe sie noch eine Riesendummheit beging.

Ehe sie etwas Verbotenes tat.

Ehe sie tat, was sie so unbedingt wollte.

Sie stand auf und war einen Moment lang hin- und hergerissen zwischen bleiben und flüchten. Dann sah sie Wyatt an, und ihre Ängste lösten sich auf. *Wyatt!* Wie konnte sie sich nur vor ihm fürchten?

Sie hatte keine Ahnung, woher sie den Mut nahm, doch sie fasste einen Entschluss. Er saß noch immer auf dem Bett und sah zu ihr auf. Natürlich würde sie bleiben – wie hatte sie das nur infrage stellen können? Sie gehörte mit Haut und Haaren ihm.

Mit zitternden Händen begann sie, ihr Kleid aufzuknöpfen, doch als sie bemerkte, wie sich sein Blick veränderte, wurde sie sicherer, forscher.

Und dann fasste er sie an, und alles verschwamm in einem seligen Dunst. Seine Hände, die sie überall berührten, seine zärtlichen, gemurmelten Worte … es hätte ewig so weitergehen können. Aber gleichzeitig wollte sie auch mehr.

Sie hatte Angst, aber sie wollte es dennoch. Und ihr Verlangen wurde immer stärker, je mehr er sie streichelte, bis sie endlich ganz sicher war. Er war der Richtige, und jetzt sollte es passieren!

Es tat weh, aber das hatte sie erwartet. Er war lieb und vorsichtig, und bald ebbte der Schmerz ab. Und dann wurde es schön. Richtig schön. Sie bekam keinen Orgasmus, aber sie hatte genug darüber gelesen, um zu wissen, dass das völlig normal war. Außerdem stellte sie fest, dass es keine große Rolle spielte, denn sie fühlte sich auch ohne Orgasmus wunderbar. Einfach nur in seinen Armen zu liegen war herrlich.

So herrlich, dass sie es gleich noch einmal taten.

Sie schmiegte sich ins Kissen und seufzte tief, als Wyatt ihr Haar streichelte. Er gab ihr das Gefühl, etwas ganz Besonderes zu sein. Als sei sie eine Prinzessin. Als sei sie das Schönste, was er je gesehen hatte.

Sie blickten einander lange in die Augen. So lange, dass sie schließlich lachen musste. Er stimmte ein.

»Wir sollten wohl aufstehen und zur Party zurückgehen.«

»Müssen wir?« Die Party war ihr vollkommen egal. Viel lieber wollte sie mit ihm hierbleiben und ihn spüren.

Er zog nachdenklich die Mundwinkel herab. »Eigentlich nicht. Ich übernachte heute in diesem Zimmer, wir können also bleiben, so lange du willst.«

»Wirklich?« Laut Uhr auf dem Nachttisch war es erst kurz nach neun. Ihre Eltern waren nach Los Angeles gefahren und würden nicht vor Mitternacht zurückkehren. »Das hört sich himmlisch an.«

»Ja?«, fragte er mit einem Grinsen. »Aber was um alles in der Welt sollen wir hier denn machen?«

Er küsste sie wieder, und es fühlte sich so an, als ob ihr Inneres in Brand geriet, und als sie sich schließlich wieder voneinander lösten, ließ sie sich auf den Rücken sinken und seufzte erneut selig. »Wow.«

»Das einzig Blöde ist, dass wir hier nichts anderes zu trinken haben als Wasser«, sagte er schließlich und deutete mit einer Kopfbewegung auf das angeschlossene Bad. »Hast du Durst? Soll ich uns was holen?«

»Mein Held«, sagte sie. »Ich könnte literweise Limo trinken.«

»Dein Wunsch ist mir Befehl.« Er stieg aus dem Bett und zog sich an. Wahrscheinlich guckte man nicht einfach schamlos zu, aber er sah so gut aus, und er mochte sie wirklich. Er. Mochte. Sie. Lieber Gott, besser ging es einfach nicht.

»Bin gleich wieder da«, sagte er, zwinkerte ihr zu und ging hinaus in den Flur. Sie ließ sich auf die Kissen zurückfallen und zog sich dann eins aufs Gesicht, damit niemand ihren Freudenschrei hören konnte.

Die Tür öffnete sich wieder, und überrascht, dass er schon zurück war, schleuderte sie das Kissen zur Seite.

Nur war es nicht Wyatt.

Sondern ihr Vater.

Mit einem Ruck setzte sie sich auf, zerrte das Laken vor ihren Körper und rutschte instinktiv zurück, bis das Kopfende sie stoppte.

Er stand in der Tür, den Zettel mit der Adresse zerknüllt in der Hand, die Augen weit aufgerissen, das Gesicht rot vor Zorn.

»Du kleine Hure.« Er brüllte nicht. Sprach nicht einmal lauter. Und irgendwie machte das alles noch schlimmer. »Zieh dich an und komm. Sofort.«

»Daddy, ich …«

»Halt dein schmutziges Mundwerk. Draußen steht der Wagen. Dein Bruder ist im Krankenhaus. Und das ist nur deine Schuld.«

Das ist nur deine Schuld.

Er hatte es nur einmal gesagt, doch es hallte in ihrem Kopf wieder, als sie sich hastig anzog. Mit tränenüberströmtem Gesicht rannte sie hinaus, stieg in den Wagen ihres Vaters und machte sich ganz klein, während sie ins Schwerstbrandverletztenzentrum der L. A.-Region rasten, wohin man Griffin von Santa Barbara mit dem Hubschrauber gebracht hatte.

Und dann stand sie in der Intensivstation, die Hände an die Scheibe gepresst, starrte auf ihren entstellten, verbrannten Bruder, den man in ein künstliches Koma versetzt hatte, und durfte nicht einmal zu ihm. Niemand durfte hinter die Glasscheibe. Nicht bei Verbrennungen vierten Grades auf Rücken und Gesicht und extrem hoher Infektionsgefahr.

Stunde um Stunde, Tag um Tag blieb sie in seiner Nähe und ließ ihn nicht aus den Augen. Innig wünschte sie sich, sie hätte niemals das Haus verlassen, niemals auch nur mit Wyatt telefoniert.

Denn ihr Vater hatte recht. Sie hatte etwas Schlimmes getan, und ihr kleiner Bruder hatte dafür büßen müssen.

Sie wusste es. Tief in ihrem Inneren war sie davon überzeugt, dass es so gewesen war.

Und sie wusste auch, dass sie sich das niemals würde verzeihen können.

16

»*Und sie ist echt* einfach gegangen?«, fragte Lyle. »Mitten im Shooting?« Er warf Wyatt, der neben ihm herschnaufte, einen Seitenblick zu.

»So ungefähr.« Sie trabten schon fast eine halbe Stunde am Strand entlang, und zunächst hatte ihm die frische Morgenluft gutgetan. Inzwischen fiel es Wyatt zunehmend schwer, mit seinem Freund mitzuhalten. Er war die ganze Nacht aufgeblieben, und der Schlafmangel machte sich bemerkbar.

Der Schlafmangel und die Sorge um sein Projekt. Siobhan hatte ihm am Morgen telefonisch mitgeteilt, dass Roger Jensen, Kunst- und Kulturkolumnist beim *Pacific Shore Examiner*, einem Lokalmagazin, das aus einer Mischung aus Nachrichten und Klatsch bestand, sie hartnäckig zu beschwatzen versuchte, ihm Vorabeindrücke der Ausstellung zu gewähren. »Ich habe natürlich abgelehnt, aber du solltest darüber nachdenken. Seine Kolumne verbreitet sich im Netz rasant. Ein bisschen Extrawerbung könnte schön sein.«

»Vergiss es«, hatte er geantwortet. »Es gibt keine Bilder vorab. Du weißt, wie ich dazu stehe.«

»Ja, das tu ich. Aber es ist mein Job, solche Anfragen an dich weiterzutragen und mit dir zu besprechen.« Nach einer kurzen Pause fügte sie hinzu: »Es ist übrigens auch mein Job, mich nach deinem Befinden zu erkundigen.« Und dann fragte sie ihn, wie weit seine Suche nach der perfekten Frau gediehen war. Wyatt überlegte, der Frage auszuweichen, aber Siobhan war nicht nur eine Freundin, sondern hatte ebenfalls in diese Ausstellung investiert.

»Ich hab sie gefunden«, gab er zu, »und wieder verloren.«

»Tja. Das ist nicht gut«, stellte Siobhan fest. Und als Wyatt ihrer erkenntnisreichen Einschätzung der Lage zustimmte, schlug sie einmal mehr vor, aus Cass diejenige welche zu machen.

»Cass ist atemberaubend«, sagte Wyatt. »Aber sie ist nicht diejenige welche.«

»Wie ich schon sagte. Bei dem Termindruck, unter dem wir langsam, aber sicher stehen, kannst du nicht mehr allzu wählerisch sein. Du brauchst ein erstklassiges Model. Hübsch, sexy, fotogen. Und eins, das dich nicht im Stich lässt.«

»Vielleicht.« Er wusste, dass ihm die Optionen ausgingen. Aber er wusste auch, dass Cass die letzte Option für ihn war. Und Kelsey die erste.

Mehr hatte er allerdings auch nicht.

Lyle war ihm inzwischen ein paar Schritte voraus, drosselte aber nun sein Tempo, damit Wyatt aufschließen konnte. »Ich versteh es nicht. Du hattest doch gesagt, dass sie das Geld dringend brauchte. Wieso dann einfach abhauen?«

»Es *könnte* etwas damit zu tun haben, dass ich mich wie ein komplettes Arschloch benommen habe.«

»Du?« Lyle drehte sich um und trabte rückwärts vor ihm her. »Ich bin schockiert.«

»Blödmann. Und falls du jetzt stolperst und fällst, mach ich ein Foto und poste es auf Instagram.«

Lyle zeigte ihm den Stinkefinger, drehte sich aber wieder um und lief normal weiter. »Falls ich fragen würde, in welcher Hinsicht du dich wie ein Arschloch benommen hast, trittst du mir dann noch Sand ins Gesicht?«

»Sagen wir doch einfach, ich hab's ihr extra schwer gemacht. Ich habe mir selbst eingeredet, dass sie unlautere Motive hat. Dass sie mir etwas vormacht. Oder dass sie glaubt, das Shooting sei so eine Art Freifahrtschein nach Hollywood.«

»Ernsthaft? Du hast gedacht, sie wollte sich den Job nur angeln, weil du du bist?«

»Tu nicht so überrascht. Gerade du kennst das doch.« Er schüttelte den Kopf. »Du wirst damit doch viel öfter konfrontiert. Der Enkel eines Hollywoodstars ist nicht annähernd so spannend wie ein tatsächlicher Star.«

Lyle verzog das Gesicht. »Wohl wahr. In letzter Zeit habe ich eine ziemlich große Auswahl, was weibliche Begleitung angeht. Mehr als mir lieb ist.«

»Was du nicht sagst.« Wyatts Stimme triefte vor Ironie. Nach mehreren Jahren bei einer erfolgreichen Sitcom war Lyle Tarpins Stern mit zwei Filmen, die beide ein Überraschungshit geworden waren, supernovagleich am Kinohimmel aufgestiegen. Das war einer der Gründe, warum sie sich zum Laufen verabredet hatten: Lyle hatte soeben einen Vertrag für eine bereits bestehende Actionreihe unterzeichnet, und der Regisseur verlangte mehr Muskeln.

»Ich lebe momentan von Grünkohl und harten Eiern«, hatte Lyle sich neulich beschwert. »Und da heißt es immer, Hollywood sei glamourös.«

»Jemand Besonderes in der großen Auswahl dabei?«, fragte Wyatt ihn jetzt.

»Schön wär's. Außerdem kennen wir beide uns jetzt seit – wann? Seit zwei Jahren? Du weißt, dass ich keine Lust auf solche Dates habe.«

»Nicht einmal, wenn es Rip ist?«, fragte Wyatt und bezog sich auf Lyles ehemaligen Co-Star in der Fernsehserie.

»Ist das dein Ernst? Komm schon. Du müsstest doch eigentlich der Letzte sein, der auf Gerüchte hört«, antwortete Lyle. »Nein, ich bin *nicht* schwul. Und wäre ich es, wäre er der Allerletzte, mit dem ich ins Bett gehen würde.«

»Schon gut.« Wyatt erinnerte sich noch gut an die brodelnde Gerüchteküche zu der Zeit, als die Serie besonders heiß gehandelt wurde. »Pass einfach auf dich auf. Mag sein, dass die Frauen dich schon jetzt umschwärmen, aber das wird noch viel stärker, glaub mir das. Du befindest dich gerade auf der Überholspur.«

Wyatt hatte keine Ahnung, warum er Lyle gegenüber den abgeklärten, klugen Beziehungsratgeber mimte. Er hatte weiß Gott keine nennenswerte Erfahrung, die ihn dafür qualifizierte. Zwar schubste er keine Frauen von der Bettkante, hatte aber auch seit, na ja, einer Ewigkeit keine ernstere Beziehung mehr gehabt. Nicht, seit er sich als erwachsen bezeichnen durfte.

Und die eine Frau, die sein Interesse wirklich geweckt hatte, war eine, der er nicht über den Weg traute. Ganz abgesehen von der Kleinigkeit, dass er sie in die Flucht geschlagen hatte.

Tolle Leistung.

»Ich komm schon klar«, versicherte Lyle ihm. »Im Augenblick interessiert mich ohnehin nur die Arbeit.«

Und normalerweise hätte Wyatt das ohne Weiteres hingenommen, hätte er nicht das Gefühl gehabt, dass sein Freund ihm etwas verschwieg.

»Du hast mir noch nicht geantwortet«, fuhr Lyle jedoch fort, ehe Wyatt nachhaken konnte. »Wieso glaubst du, dass diese Frau – Kelsey, richtig? – unlautere Motive hatte?«

»Beziehst du dich auf die Gegenwart oder auf das, was vor zwölf Jahren war? Warte mal eben.« Er blieb stehen, beugte sich vor und stützte sich auf den Knien ab, um wieder zu Atem zu kommen. Lyle blieb neben ihm und joggte auf der Stelle weiter.

Wyatt bewunderte sein Durchhaltevermögen.

»Fangen wir mit dem an, was vor zwölf Jahren war«, sagte Lyle, und Wyatt erzählte, was er damals erfahren hatte, als er Grace und ihre Freundinnen belauscht hatte. Eine Unterhaltung, an die er sich bis ins kleinste, gemeinste Detail erinnerte.

»Okay, ich kann nachvollziehen, dass du angefressen warst. Wäre ich auch gewesen. Aber sie war damals noch ein Kind. Meinst du wirklich, dass sie heute dasselbe versuchen würde? Nicht um Punkte zu sammeln, natürlich, sondern um Jobs oder Rollen oder sonst was zu bekommen? Also, ich weiß nicht. Was hätte sie denn davon, mit dir oder deiner Familie zusammen zu sein? Was hast du gesagt, was sie ist – Vorschullehrerin?«

»Und Tänzerin«, fügte Wyatt hinzu.

»Das ändert nichts. Du weißt schon noch, dass deine Familie mit Film zu tun hat, ja? Ihr habt zumindest keine Tanztruppe, oder?«

»Ha ha. Aber meine Mutter arbeitet schließlich gerade an der Adaption von diesem Musical, das letztes Jahr den Tony gewonnen hat. Vielleicht hat Kelsey gehofft, dass sie durch mich einen Fuß in die Tür bekommt.«

»Klingt ziemlich weit hergeholt, wenn du mich fragst.«

»Kann sein, aber ehrgeizige Möchtegernschauspieler und -tänzer tun nahezu alles für eine Chance. Das bringt die Branche mit sich. Mein Vater hat das klar gesehen.« Er warf Lyle einen Blick zu. »Und du wirst es auch noch feststellen.«

»Ja, vermutlich«, gab Lyle zurück. »Aber das heißt nicht, dass jeder ein finsteres Ziel haben muss. Und, hör zu, Kumpel, was deinen Vater angeht …«

»Was?« Das Wort kam schroffer heraus, als Wyatt eigentlich beabsichtigt hatte. Er hatte noch mit niemandem über den Tod seines Vaters oder das, was er vorher zu seinem Sohn gesagt hatte, gesprochen. Bis Lyle gekommen war.

Sie waren irgendwann zusammen um die Häuser gezogen, und bei einem Drink hatte Lyle ihm von seiner Kindheit und Jugend in Iowa erzählt, nicht viel zwar, aber genug, um Wyatt klarzumachen, dass Lyle ebenfalls sein Päckchen zu tragen hatte. Und als er sich schließlich beschwerte, dass neunzig Prozent der Leute, die er in L. A. kennenlernte, nur daran interessiert waren, wie sein Ruhm als Schauspieler ihnen nutzen konnte, hatte Wyatt ebenfalls von sich zu erzählen begonnen.

Er hätte gedacht, dass er es anschließend bereuen würde, aber dem war nicht so gewesen. Er bezeichnete nur eine Handvoll Menschen als wirklich gute Freunde, und er freute sich, Lyle dazuzählen zu dürfen.

Was jedoch keinesfalls bedeutete, dass er jetzt über besagtes Thema sprechen wollte. Und Lyle schien es zu merken, denn er fiel förmlich in sich zusammen.

»Glaub mir, ich weiß, wie es sich anfühlt. Jemanden zu

verlieren, meine ich.« Lyles Stimme klang plötzlich rau. »Man will die Erinnerung stets in Ehren halten, vor allem wenn man die Person geliebt hat. Das bedeutet aber nicht, dass der Tod ihr automatisch recht gibt.«

»Wie bitte? Ich verstehe gerade kein Wort von dem, was du sagst.«

»Ich will damit nur sagen, dass das, was dein Vater geglaubt hat, nicht unbedingt stimmen muss. Vielleicht *hat* ihn die Familie wertgeschätzt. Und vielleicht *haben* sich andere für ihn als Menschen interessiert. Und selbst wenn nicht – das muss doch nicht auch für dich gelten.« Lyle hörte endlich auf, auf der Stelle zu laufen, trocknete sich den Nacken mit dem Handtuch ab, ließ es in den Sand fallen und setzte sich. »Oder für Kelsey.«

Wyatt blieb noch einen Moment lang stehen, dann setzte er sich ebenfalls. Er sagte nichts, sondern blickte nur stumm aufs Meer hinaus und dachte an Kelsey, die er absolut nicht begehren sollte, die ihm aber partout nicht aus dem Kopf gehen wollte.

Tatsächlich hatte er nie glauben wollen, dass sie nur an seiner Verbindung zu Hollywood interessiert war. Und ganz sicher hatte er es in diesem einen Sommer, in dem sie heimlich zusammen waren, nicht geglaubt. Dennoch waren die Worte seines Vaters in seinem Kopf noch immer klar zu hören. Und als er am gleichen Tag, an dem Grace ihr Gift verspritzt hatte, auf die Leiche seines Vaters gestoßen war …

Mein Gott, da war er so wütend gewesen.

Wütend und vielleicht auch noch ein bisschen jung.

Er legte den Kopf zurück und blickte in den klaren kalifornischen Himmel hinauf, während er sich in Erinnerung rief, was Kelsey am Tag zuvor gesagt hatte.

Du hast nicht einmal versucht, mich zurückzuholen.

Die Bemerkung hatte ihn überrascht. Denn wenn sie ihn wirklich mit Absicht getäuscht hatte, aus welchem Grund hätte sie dann wollen können, dass er sie suchte?

Tatsächlich stimmte ihr Vorwurf auch nicht ganz. Als die Beisetzung seines Vaters vorbei gewesen war und er sich einige Wochen später in Boston ein wenig eingewöhnt hatte, *hatte* er versucht, sie zu finden. Aber es war ihm nicht gelungen.

Zuerst hatte er es an ihrer Schule versucht. Man sagte ihm, sie habe gewechselt und man wisse nicht, wohin sie gegangen sei, aber vielleicht wollte man es ihm auch einfach nur nicht sagen.

Nicht mehr Glück hatte er dabei, die Spur ihres Vaters zu verfolgen. Patrick fand zwar tatsächlich heraus, wohin Leonard Draper nach diesem Auftrag im Club hatte gehen wollen, doch als Wyatt versuchte, dort mit ihm Kontakt aufzunehmen, hieß es, er sei niemals aufgetaucht.

Was ihn natürlich stutzig machte. Vielleicht war doch etwas Größeres geschehen, etwas Entscheidendes, das mit ihrer Familie zusammenhing.

Vielleicht hatte es einen Notfall gegeben.

Aber immer wieder kehrten Grace' gehässige Worte in seinen Verstand zurück. Denn selbst wenn es einen Notfall gegeben hatte – warum hatte Kelsey ihn nicht irgendwann angerufen? Aber sie war von der Party verschwunden, ohne sich je wieder zu melden.

Zuerst hatte er Angst gehabt, dass er sie zu sehr bedrängt hatte. Aber nachdem er Grace belauscht hatte, war es einfacher gewesen, an Kelseys Betrug zu glauben. Und diese Schlussfolgerung hatte sich tief in ihm festgesetzt und zwölf Jahren lang Zeit gehabt zu gären.

Er war ein hirnverbrannter Idiot gewesen.

Er hatte Grace mehr geglaubt als seinem Herzen. Denn sein Herz hatte Kelsey in- und auswendig gekannt. Sie wollte höchstens im Rampenlicht stehen, wenn sie tanzte. Warum also hatte er auf Gerüchte gehört anstatt auf sein Gefühl? Und seinen Verstand?

Weil er ein verunsicherter Jugendlicher gewesen war.

Was also konnte er daraus für die jetzige Situation schließen? Dass er ein verunsicherter Mann geworden war?

Er seufzte und wandte sich wieder Lyle zu. »Sie bringt mich völlig durcheinander. Das hat sie immer schon geschafft. Als sie in mein Studio marschiert ist, wollte ich sie einerseits sofort rauswerfen, andererseits aber küssen, bis ihr Hören und Sehen vergeht.«

Er nahm eine Handvoll Sand und ließ ihn durch die Finger rieseln. »Jedenfalls hat mich die ganze Sache damals wohl ziemlich mitgenommen. Und wirkt bis heute nach.«

»Und warum wirkt sie bis heute nach? Weil du sauer auf sie warst oder weil sie dich verletzt hat?«

»Was spielt das für eine Rolle?«

»Wut kannst du auf jeden haben. Um den Kerl, der dir die Vorfahrt nimmt, wenn du abbiegen willst, musst du dir keine Sorgen machen, richtig?« Er schraubte seine Wasserflasche auf und nahm einen tiefen Zug. »Aber Verletzungen … Na ja, wenn dich jemand nicht weiter kümmert, kann er dich auch nicht verletzen.«

»Dann war es beides«, erwiderte Wyatt. Und vielleicht war das das Problem. Er war lange wütend auf sie gewesen, aber sie hatte ihn auch verletzt. Zutiefst sogar. So tief, dass es Narben auf seinem Herzen hinterlassen hatte.

Nun war sie in sein Leben zurückgekehrt, und einerseits

wollte er sich für die Vergangenheit rächen. Und auch für die Gegenwart und ihr Talent, ihn aus der Bahn zu werfen.

Aber andererseits brauchte er sie für die Ausstellung.

Und es sollte ihn nicht wundern, wenn es genau diese Mischung war, die sie in die Flucht geschlagen hatte.

»Ich muss sie zurückgewinnen«, sagte er und dreht den Kopf, um seinen Freund anzusehen. »Ich traue ihr nicht – jedenfalls nicht gänzlich –, aber ich brauche sie.«

»Dann hol sie zurück. Sie braucht das Geld doch immer noch, oder?«

»Vermutlich ja.«

Lyle nickte. »Das spielt dir jedenfalls in die Hände. Hast du sie schon anzurufen versucht?«

»Dreimal. Sie hat nicht zurückgerufen.«

»Kannst du nicht bei ihrer Arbeit vorbeischauen? Sie hat doch Bewerbungsunterlagen hinterlassen, oder?«

»Dummerweise nicht. Nur ein Porträtfoto und ihre Telefonnummer. Aber ich weiß, dass sie als Lehrerin arbeitet und Tanzkurse gibt.«

Lyle sah ihn mit schief gelegtem Kopf an. »Und woher weißt du das?«

»Vor ein paar Jahren sah ich sie im Beverly Center, deshalb fing ich an zu recherchieren. Ein Freund von mir, Ryan, ist ziemlich gut darin, an Informationen zu gelangen. Er hat sie in einer Vorschule ausfindig gemacht. Allerdings war es Sommer, also kein Schulbetrieb, und nur das Sekretariat hatte geöffnet. Ihre Adresse wollte man nicht rausrücken, ich erfuhr aber, dass sie im Sommer Tanzkurse für kleine Kinder geben würde, und den Namen des Tanzstudios.«

»Und?«

»Und ich bin hingegangen. Leider arbeitete sie zu dem Zeitpunkt schon nicht mehr dort, und niemand wusste, wohin sie gegangen war.«

»Also hast du dich wieder an Ryan gewandt«, riet Lyle.

»Nein, ich habe aufgegeben. Sie ist diejenige, die wieder nach L. A. gezogen ist. Sie wusste, wie sie mich finden konnte. Aber sie hat es nie versucht. Also beschloss ich, sie zu vergessen.«

»Das hat ja ganz wunderbar geklappt.«

Wyatt blickte ihn finster an, und Lyle lachte.

»Na ja, mach dir keine Gedanken. Diese Stadt ist ein Dorf. Und Evelyn kommt auch heute Abend zur Party.« Evelyn war seine Agentin. »Sie und deine Großmutter dürften so ziemlich jeden in der Branche kennen. Irgendjemand wird das Mädchen schon überreden, dir nicht aus dem Weg zu gehen.«

Wyatt lachte verbittert. »Tja, mag sein, aber ich muss sie noch immer dazu überreden, ins Studio zurückzukommen.«

Und wie er das tun sollte, war ihm ein Rätsel.

17

Ich kann ja verstehen, warum du einfach abgehauen bist«, sagt Nia, während sie ihre Gabel in den Ei-Avocado-Käse-Nuss-Salat ohne Ei, Avocado, Käse, Nuss und Dressing sticht. »Aber dir ist durchaus klar, dass du damit auch vor fünfzehntausend Dollar weggelaufen bist?«

»Sechzehn«, sage ich und verziehe das Gesicht. »Wyatt wollte mir das Preisgeld aus dem Strip-Club bezahlen, aber ich habe ihm gesagt, er solle es behalten.«

Der Blick, mit dem sie mich bedenkt, ist so überlegen, wie ihn nur jemand hinkriegt, der so gnadenlos perfekt ist wie sie. »Hast du deinen gesunden Menschenverstand im Klo runtergespült oder was ist mit dir los?«

»Er bringt mich total durcheinander«, gebe ich zu, weil es einfach keine andere Erklärung gibt. »Das war schon immer so.«

Sie greift über den Tisch und spießt drei von meinen Pommes auf.

»Hey!«, protestiere ich. »Wenn du Hunger hast, dann bestell dir doch bitte Salat, in dem tatsächlich etwas Nahrhaftes drin ist.«

»Ich hab demnächst ein Bikini-Shooting. Ich bin auf Diät.«

Ich blicke streng auf die Pommes Frites.

»Nein, ich umgehe die Diät keinesfalls. Das war meine heutige Kohlehydratration.«

Ich überlege, ob ich sie frage, was sie denn mit *ihrem* gesunden Menschenverstand gemacht hat, entscheide mich aber dagegen. Das ist es nicht wert. Stattdessen schiebe ich mir gleich vier Fritten auf einmal in den Mund, damit ich wenigstens etwas abbekommen habe, falls sie beschließt, noch ein paar mehr Kohlehydrate zu benötigen.

»Ich kann noch immer nicht fassen, dass W. Royce dein Wyatt ist.«

»Er ist nicht *mein* Wyatt«, erwidere ich und male Gänsefüßchen in die Luft. »Und ich konnte es ja auch nicht glauben.«

»Trotzdem kapiere ich nicht, warum du Reißaus genommen hast. Ich meine, komm schon, Kels. Du hast einen Strip-Club gerockt. Einen Strip-Club! Da solltest du doch wirklich für die Hauptsendezeit bereit sein.«

Ich stippe eine Fritte ins Ketchup. »Kann sein. Aber ich weiß nicht, ob ich für Wyatt bereit bin. Er …«

»Er was?«

Wie soll ich es ihr erklären? Diese Gewissheit, dass ich die Wyatt-Tür nicht zaghaft öffnen, sondern nur mit Wucht über die Schwelle stürmen kann? Ich weiß, dass Nia sofort sagen wird, das sei doch gut, aber das ist es nicht. Es ist beängstigend. Und mir gefielen seine Hände auf meiner Haut ein wenig zu sehr.

Dieser Mann ist gefährlich. Seinetwegen war mein Herz schon einmal gebrochen. Ich weiß nicht, ob ich das ein zweites Mal überleben könnte.

»Kelsey?«

»Er macht mir Angst«, sage ich und bereite mich auf eine Standpauke ihrerseits vor, aber die kommt nicht. Stattdessen blickt sie mich nur traurig an und pickt an ihrem mitleiderregend nackten Salat.

»Und das ist nicht der einzige Grund«, füge ich hastig hinzu, weil ich plötzlich das Gefühl habe, mein Herz zu schützen sei ein albernes Motiv, das ich rechtfertigen müsste. »Es sind zwar gerade große Ferien, aber ich habe eine Stelle als Lehrerin, wie du dich vielleicht erinnerst. Ich kann nicht einfach für solche Fotos posieren. Wenn die Schule Wind davon bekommt, stehe ich im null Komma nichts auf der Straße.«

Ich arbeite an einer öffentlichen Schule in einem Bezirk, der sehr konservativ ist. Und selbst wenn die Schule nichts unternähme, würden die Eltern mir mein Leben zur Hölle machen.

Nias Miene verrät mir, dass sie diesen Punkt gelten lässt. »So scharf waren die Fotos?«

»Nicht einmal du kannst dir diese Bilder vorstellen«, sage ich trocken, woraufhin sie interessiert die Augenbrauen hochzieht.

»Dann ist die Sache klar. Ob du mitmachst oder nicht – wir gehen zur Vernissage.«

»Nia!«

»Ich will dich ja nur aufmuntern.« Sie schiebt den nicht einmal zur Hälfte aufgegessenen Salat von sich und lehnt sich zurück. »Vielleicht solltest du es einfach trotzdem wagen. Ich könnte mir vorstellen, dass es dir guttut.«

»Nein«, erwidere ich prompt. Ich verschweige ihr, dass ich gestern Nacht dasselbe dachte, als ich mich in Griffins Bett herumwälzte, in dem zu schlafen er mich trotz meiner Proteste genötigt hatte. Erst redete ich mir ein, dass ich nie im Leben einfach so Modell stehen könnte, und schon gar nicht für Wyatt. Aber dann wurde mir klar, dass ich im Grunde genommen nichts lieber täte als genau das, denn so, wie ich mich gestern Nacht gefühlt habe, als er mich berührte, würde ich mich schrecklich gerne wieder fühlen.

Mit anderen Worten: Ich bin völlig durch den Wind, und der Kerl ist noch nicht einmal in meiner Nähe.

»Hast du mal in Erwägung gezogen, dich mit ihm zu treffen, ohne für ihn Modell zu stehen?«

»Du meinst, ich soll mich mit ihm verabreden?« Der Gedanke wärmt mich innerlich auf sehr, sehr angenehme Weise. »Das kann ich unmöglich machen.«

Sie senkt den Blick auf mein Handgelenk. »Cooler Schmuck«, sagte sie und deutet mit dem Kopf auf den Armreif im Unendlichkeitsdesign. »Ist der neu?«

»Oh.« Mir steigt das Blut in die Wangen, denn ich bin mir ganz sicher, dass Nia genauestens Bescheid weiß. »Nein, den habe ich schon lange.«

»Aha.«

Ich lege den Arm in meinen Schoß und nehme mein Eistee-Glas mit der anderen Hand. Ich bin von Griffins Wohnung aus nach Hause gegangen, um mich umzuziehen, aber ich habe keine Ahnung, was mich geritten hat, den Armreif aus der Schachtel mit Erinnerungsschätzen, die ich ganz oben in meinem Kleiderschrank lagere, zu holen und anzulegen.

Aber vielleicht weiß ich das doch. Denn der Armreif ist ein Symbol für etwas, das ich unbedingt haben möchte – aber nicht haben kann.

Nia hebt den Blick wieder und sieht mir in die Augen. »Warum noch mal kannst du dich mit diesem Mann unmöglich verabreden?«

»Nia, verdammt!«, fahre ich sie an, und sie lacht.

»Ts-ts, nicht fluchen, Schätzchen.«

Ich lasse mich an die Lehne zurückfallen. »Du provozierst mich mit Absicht.«

»Schade, dass du viel lieber von einem anderen provoziert werden möchtest.«

Ich bedenke sie mit einem düsteren Blick, schweige aber stur.

»Ich sag's ja nur«, fügt sie im heiteren Singsang hinzu.

»Na schön«, fauche ich. »Du hast gewonnen. Ich will mich aus verschiedenen Gründen nicht mit ihm verabreden. Und nicht der unbedeutendste ist die Tatsache, dass er überhaupt kein Interesse an mir hat. Er ist mir immer noch böse. Und will sich bloß an mir rächen. Das hat er selbst gesagt.«

»Oh, bitte! Er will sich angeblich rächen, macht dich aber vor allem scharf? Nein. Glaub mir, der will dich. Er ist sauer auf dich, das glaube ich dir, aber er will dich trotzdem.«

»Tja, dann hat er Pech, denn er kriegt mich nicht. Weil es immer noch Grund Nummer zwei gibt: Er tut mir nämlich nicht gut.«

»Dessen bin ich mir aber keineswegs sicher«, sagt Nia. »Heute bist du ein wandelndes Nervenbündel, das stimmt. Aber gleichzeitig scheinst du auch von innen heraus zu leuchten.«

»Tu ich nicht!«, maule ich wie ein Kleinkind, aber nicht zu laut, denn eigentlich muss ich zugeben, dass sie recht hat. Ja, ich habe Reißaus genommen. Aber es hatte auch jede Menge mit den Empfindungen zu tun, die er in mir ausgelöst hat. Ich fühlte mich entflammt. Nahezu in Brand gesetzt.

Und, ja, es mag durchaus sein, dass dieser Brand noch gewisse Nachwirkungen hat.

Aber das ist hier gar nicht der Punkt.

»Mit ihm zusammen zu sein tut mir nicht gut«, wiederhole ich fest. »Und ganz sicher ist es nicht gut für andere.«

Ihre Schultern sacken ab, als sie ausatmet und dann nach meiner Hand greift. »Süße, was Griffin passiert ist, war nicht deine Schuld.«

»Doch«, antworte ich und entziehe ihr meine Hand. »Das war es.«

»Na schön. Ich habe keine Lust mehr, mich deswegen mit dir zu streiten. Wenn du der Ansicht bist, es sei deine Schuld gewesen, dann ist das eben so. Geh Wyatt aus dem Weg. Aber geh nicht dem Leben aus dem Weg. Du bist viel zu angespannt, Schätzchen. Dein Vater ist ein Arschloch, und das weißt du – wir haben darüber gesprochen, du hast es längst anerkannt. Du musst unbedingt anfangen, dich ein bisschen gehen zu lassen. Tust du es nicht, wirst du innerlich ersticken. Dann läufst du vielleicht noch durch die Gegend und tust, was alle Welt von dir verlangt, bist aber nur noch eine leere Kelseyhülle, ein verhärteter Panzer, in dem du keine Luft mehr zum Atmen bekommst. Und du weißt ganz genau, dass ich recht habe, auch wenn du es mir gegenüber nicht zugeben willst.«

Heftig blinzele ich gegen die plötzlich aufsteigenden Tränen an. Denn sie *hat* recht, obwohl ich fürchte, dass es nichts ändert.

»Ich hab Angst«, flüstere ich, und sie sackt ein wenig in sich zusammen. Ihr Blick wird sanfter.

»Ich weiß«, murmelt sie und nimmt wieder meine Hand, und diesmal entziehe ich sie ihr nicht. »Aber ich verspreche dir, dass ich dir Rückendeckung gebe. Was immer geschieht.«

Nias Worte hallen in meinem Bewusstsein nach wie eine

ominöse Drohung, als ich im Tanzstudio ankomme und meine Ballettkombo, die aus lauter Zwergen besteht, begrüße.

Ich betrachte die Mädchen in ihren rosafarbenen Turnanzügen und den rosafarbenen Schleifchen im Haar und hoffe inständig, dass ihre Eltern sie liebhaben und niemand sie später warnen muss, dass sie in ihrer eigenen Hülle ersticken könnten, wenn sie sich noch länger vor ihrem Leben verstecken.

Diese kleinen Mädchen sollen tanzen, sich verabreden und sein dürfen, wie sie sind, ohne dass ein gekränktes Elternteil ihnen ständig mit Katastrophen droht.

Das Dumme an der ganzen Geschichte ist ja, dass ich Bescheid weiß. Ich bin mir absolut bewusst, dass mein Vater für den »Panzer«, den Nia mir vorhält, verantwortlich ist, aber Panzer sind von Natur aus hart, und ich versuche schon seit Jahren ohne Erfolg, aus meinem herauszubrechen.

Ich schüttele meine Melancholie ab und klatsche in die Hände. »Okay, Mädels. An den Spiegel zum Aufwärmen.«

Sie trippeln davon, manche anmutig, manche eher tapsig. Ich glaube nicht, dass eine hier aus diesem Kurs je wirklich auf der Bühne stehen wird, aber mir ist es vor allem wichtig, dass sie ihre Liebe zum Tanzen entdecken und sich wohl in ihrem Körper fühlen. Sie sollen merken, dass dieser wirklich nur eine Hülle ist, doch natürlich keine erstarrte, wie ein Panzer es wäre. Die Kinder sollen lernen, sich gut um ihren Körper zu kümmern, selbst wenn sie ihm durchs Tanzen zu entkommen versuchen. Denn kein echter Tänzer bleibt je in seinem Körper verhaftet. Darum geht es doch: Sich mit der Musik zu erheben, aufzusteigen und der Seele nachzujagen. Der Körper darf nur zufällig mitreisen.

»Dürfen wir springen, Miss Draper?«, fragt Amanda nach dem Aufwärmen, und die anderen Mädchen hüpfen sofort begeistert auf und ab und stimmen ein. »Bitte, bitte.«

Und obwohl ich eigentlich etwas anderes geplant habe, willige ich ein. Ich weise die Mädchen an, sich ganz hinten im Raum in eine Reihe zu stellen, wiederhole noch einmal, auf was sie achten müssen, nehme einen stabilen Stand ein und nicke dem ersten zu. Eins nach dem anderen kommt auf mich zugerannt, nimmt seinen Mut zusammen und springt vertrauensvoll hoch, damit ich es so fange, wie Johnny es mit Baby gemacht hat, in *Dirty Dancing*, meinem absoluten Lieblingsfilm, den ich schon so oft gesehen habe, dass ich ihn längst auswendig mitsprechen kann.

Jedes der Mädchen darf dreimal springen, dann proben wir für die Aufführung, die in vier Wochen stattfinden wird. Danach sind wir fertig. Die Zeit ist buchstäblich verflogen.

Ich lasse mich von den Kleinen drücken und herzen, verspreche, dass wir uns nächste Woche wiedersehen und winke ihnen zum Abschied. Dann schließe ich die Tür hinter ihnen ab und kann mich zum ersten Mal seit Tagen wirklich entspannen. Bis zum Zumba-Kurs ist noch viel Zeit, und niemand sonst benutzt bis dahin diesen Raum.

Ich gehe zur Musikanlage, schalte die Musik ein und tanze einfach. Manchmal übe ich gewisse Figuren oder denke mir eine neue Choreografie aus, aber nicht heute. Heute will ich mich nur verlieren. Und als die Musik mich packt und mitnimmt, lasse ich los und gebe mich hin und genieße die Freiheit, die durch mich hindurchströmt, und die Kraft und die Energie, die meine Glieder stärkt und meine Gefühle befreit.

Es ist, als würde ich schweben. Als gelte für mich die Schwerkraft nicht. Und es fühlt sich so wunderbar, so frei, so aufregend und so glückselig an.

Ich lasse vollkommen los, was ich sonst niemals tue. Nur hier, beim Tanzen, mit der Musik in mir, bin ich ich selbst.

Nur hier. Niemals sonst.

Doch als ich mich zu den letzten Tönen des Songs atemlos zu Boden fallen lasse, wird mir bewusst, dass das nicht ganz stimmt.

Genauso fühlte ich mich auch vor zwölf Jahren in Wyatts Armen.

Und gestern Nacht wieder.

Und ich bin mir nicht sicher, ob ich die Kraft haben werde, mich ausgerechnet von dem Mann fernzuhalten, der mich tatsächlich wieder zum Leben erwecken kann.

18

»Griff«, rufe ich alarmiert, klammere mich mit einer Hand an die Tür und stütze mich mit der anderen am Armaturenbrett ab. »Wenn wir sterben, ehe wir bei der Party ankommen, bring ich dich um, das schwöre ich dir. Und wenn du Blue auch nur einen Kratzer verpasst, enterbe ich dich.«

»Reg dich ab«, antwortet er. »Ich mache nur das, was du nie tust.«

»Wenn du damit meinst, wie ein Irrer Serpentinen entlangzurasen, dann hast du völlig recht. So etwas mache ich tatsächlich nie!«

Wir sind noch immer ein gutes Stück oberhalb der Stadt in den Bergen zwischen dem Valley und der West Side, aber er drosselt endlich das Tempo, vielleicht weil die Straßenführung langweiliger wird, vielleicht aber auch wegen meines Gezeters.

»Ich hätte dich niemals fahren lassen sollen«, brummele ich.

»Quatsch. Blue steht drauf, nicht wahr, Mädchen?« Er tätschelt das Lenkrad des Mustangs, und ich muss grinsen.

Mir wird allerdings auch klar, dass ich den Wagen doch nicht verkaufen kann. Ja, es wäre die einfachste Möglichkeit, schnell zu viel Geld zu kommen, aber ich kann es nicht tun. Ich hänge zu sehr daran.

Wichtiger noch – Griffin tut das auch.

Was bedeutet, dass ich entweder doch für Wyatt Modell stehen, mir sehr schnell etwas anderes ausdenken oder Griffin sagen muss, dass ich das Geld nicht habe.

Dass ich den Model-Job nicht übernehmen kann, weiß ich ja schon. Ich bekäme zwar das Geld, das ich bräuchte, wäre bei Ausstellungseröffnung allerdings arbeitslos.

Nun habe ich aber keine andere Möglichkeit, schnell an Geld zu kommen. Ich habe nirgendwo Geld angelegt oder investiert. Schließlich gehöre ich zu den Leuten, deren Konto sich behaglich und rund anfühlt, wenn es nach Abzug von Hypothek, Nebenkosten und anderen Rechnungen noch vierhundert Dollar im Plus steht.

Ich habe ein paar Ersparnisse, ja, aber es handelt sich hauptsächlich um Rentenfonds meiner Schule, an die ich noch nicht herankomme. Fünftausend habe ich ohnehin bereits genommen, um Griffin in dem Programm unterzubringen, und was noch da ist, reicht gerade, um mich einen Monat über Wasser zu halten, sollte ich meine Stelle verlieren. Was mir nicht passieren kann, da ich ja nicht für Wyatt Modell stehen werde.

Einen Kredit auf meine Wohnung kann ich allerdings auch nicht aufnehmen. Ich kaufte sie, als der Immobilienmarkt auf dem historischen Hoch war, aber die Blase platzte bekanntlich, und nun ist keine Luft mehr nach oben. Und, ja, vielleicht war es eine dumme finanzielle Entscheidung von meiner Seite, aber ich liebe meine kleine Wohnung in Valencia wirklich sehr.

Bliebe noch die Möglichkeit, mir Geld von Nia zu leihen, aber ich wüsste nicht, wann ich es ihr zurückzahlen könnte, und ich bin ohnehin eine glühende Verfechterin der Ansicht, dass Geld und Freundschaft nicht zusammengehen.

Mehr arbeiten, um mehr zu verdienen, nützt mir auch nicht viel; ich habe es bereits ausgerechnet. Zwar gebe ich in diesem Sommer mehr Tanzkurse als üblicherweise, aber was ich dabei an Plus erwirtschafte, bringt mich noch nicht einmal in die Nähe der Summe, die ich brauche.

Was bedeutet, dass es vorbei ist. Ich weiß nicht mehr weiter.

Und Griffin ist der Dumme.

Ich habe nur keine Ahnung, wie ich es ihm sagen soll.

»Hey«, sagt er. »Wo bist du denn gerade gewesen? Ich bin wie ein Irrer durch die letzte Kurve gerast, und du brüllst mich nicht einmal an?«

Ich lächle. »Tja. Vielleicht werde ich ja noch zu einer echten Draufgängerin.«

»Das wäre mal was.« Er schaut noch oben. »Wir sollten eigentlich das Verdeck aufmachen.«

»Ich liebe dieses Auto, und dass es ein Cabrio ist, liebe ich noch mehr. Aber ich habe eine Stunde lang an meinem Haar gearbeitet, und du musst den Verstand verloren haben, wenn du meinst, dass ich mit zerstörter Frisur die Villa eines Hollywoodproduzenten betrete.«

»Du siehst toll aus«, sagt er, weil er ist, wie kleine Brüder eben so sind. »Als Navi bist du allerdings eine Niete. Sind wir wenigstens in der Nähe?«

»Oh, entschuldige.« Ich hatte die Rolle der Kartenleserin übernommen, bis seine Formel-1-Ambitionen mich von meiner Aufgabe abgelenkt haben. Ich rufe die App auf meinem Handy auf und versuche, mich zu orientieren. »Da vorne«, sage ich und deute auf ein Stopp-Schild. »Dort müssen wir rechts abbiegen, und dann nur noch geradeaus bis zum Ende der Straße.«

Die Karte sagt die Wahrheit. Am Ende der Straße erhebt sich über dem Canyon ein atemberaubendes mehrstöckiges Anwesen, dessen Rückseite mehr oder weniger über dem Abgrund hängt. Leicht beunruhigend, würde ich sagen, doch ich kann es kaum erwarten, das Haus von innen zu sehen.

Ich wende mich Griffin zu. »Die Villa gehört deinem Produzenten, richtig?«

»Er heißt Tim Falcon, aber alle nennen ihn Bird. Bescheuert, ich weiß, aber er ist brillant, deswegen darf er das.«

»Und der Film heißt *Warhol, die Frauen und der weiße Wal*?«

Griffin nickt, und ich klopfe mir in Gedanken auf die Schulter. Ich achte auf Filme, wenn sie laufen, und nicht wenn sie sich noch in Produktion befinden, doch nun, da Griffin im Showbiz ist, versuche ich, mich immer zu informieren. Soweit ich weiß, handelt es sich um eine Coming-of-Age-Geschichte, die in den Sechzigern spielt und deren Protagonist auf Pop Art und *Moby Dick* steht. Griffin spricht die erwachsene Stimme der Vernunft, die auf die Pubertät mit all ihren Ängsten und Schrulligkeiten zurückblickt.

»Bist du so weit?«, fragt er, als er dem Parkservice die Schlüssel gibt.

Ich nicke, und ein uniformierter Bediensteter öffnet mir die Tür. Ich gehe die kurze Strecke zum Haus, deren Tür bereits geöffnet ist, trete ein und schnappe nach Luft.

Ich hatte ja Spektakuläres erwartet, aber das übertrifft alles. Es gibt keine Wände – oder besser: Es gibt nur Glas, sodass man tatsächlich in der Luft zu schweben scheint.

Sofort zieht es mich zur gegenüberliegenden Wand – ich bin gespannt, ob der Effekt vernichtet wird, je näher man dem Abgrund kommt –, aber wir werden von einem großen, dünnen Mann mit drahtigem rotem Haar und einer lila getönten John-Lennon-Brille aufgehalten.

»Griffin! Der Mann hinter dem Vorhang! Die Stimme der Zukunft! Ich freu mich so, dass du kommen konntest!« Er packt meinen Bruder an den Schultern und beugt sich vor, um links und rechts von Griffins Gesicht Küsse in die Luft zu platzieren, während Griffin es mit dem Ausdruck höflicher Duldsamkeit über sich ergehen lässt. Ich kenne ihn gut genug, um zu wissen, dass er am liebsten wegrennen würde.

»Und wer ist dieses entzückende Wesen?« Der Mann wendet sich mir zu, dann wieder Griffin. »Deine Frau? Freundin? Geliebte?« Letzteres begleitet er mit einem Augenzwinkern. Ich ringe mir ein Lächeln ab. Ich bin wegen Griffin hier. Ich stehe das durch.

»Schwester«, antwortet Griffin. »Kelsey, das ist Bird. Mein Regisseur.«

»Oh!« Ich halte ihm die Hand hin und bin froh, dass ich die bissige Bemerkung, die mir auf der Zunge lag, nicht gemacht habe. Aber anstatt meine Hand zu nehmen, packt er auch mich für das Luftkussprozedere und drückt mich anschließend so fest an sich, dass mir die Luft wegbleibt.

»Darling, dein Bruder ist der Beste. Der absolut Beste. Die Nuancen, die er aus Loreleis Drehbuch herausholt – unglaublich!« Er stellt sich auf Zehenspitzen, um über die Köpfe der Gäste zu spähen, und sieht dabei aus, wie eine modisch gekleidete Vogelscheuche.

»Sie läuft hier irgendwo rum«, murmelt er. »Ihr müsst euch unbedingt kennenlernen. Müsst euch begrüßen, Griffin, aber diese Frau, verdammt, wo ist sie denn … – Ah! Der geht auch. Hallo! Kommst du mal rüber? Hier sind zwei, die ich dir unbedingt vorstellen will!«

Ich begebe mich förmlich in Spitzentanzposition, um zu sehen, nach wem er winkt, aber vergeblich. Zumindest bis das Grüppchen Frauen zu Griffins Linker sich teilt und den Blick auf den Mann in der gut sitzenden grauen Hose, dem weißen geknöpften Shirt und der kragenlosen grauen Jacke freigibt.

Wyatt.

Ich spüre ihn genauso, wie ich ihn sehe. Ein Prickeln auf meiner Haut. Der Griff um mein Herz. Wärme, die sich mit meinem Blut ausbreitet und an die richtigen Stellen strömt.

Er starrt mich an, und obwohl ich weiß, dass er stinksauer auf mich sein muss, weil ich das Projekt geschmissen habe, ist seine Miene undurchdringlich. Dennoch muss ich mich zusammennehmen, um mich unter seinem Blick nicht klein zu machen. Und es kostet mich alle Kraft, nicht nach Griffins Hand zu greifen.

Falls Bird die Spannung zwischen uns spüren kann, will er offenbar nicht darauf eingehen. Stattdessen legt er den Arm um Wyatts Schulter und zieht ihn zu uns. »Wyatt, alter Kumpel, du musst diesen Burschen hier kennenlernen. Griffin, das ist Wyatt!«

»Freut mich«, sagt er und streckt seine Rechte aus. Griffin nimmt sie, und ich halte den Atem an. Wie wird Wyatt auf das Gefühl vernarbter Haut reagieren oder auf die Tatsache, dass Griffins rechter kleiner Finger fehlt?

Doch Wyatt reagiert überhaupt nicht, obwohl er unmöglich nichts bemerkt haben kann, und dafür möchte ich den Mann küssen. Denn für Griffin gibt es wenig Schlimmeres, als sich in Hollywood unter Leute zu mischen, wo gemeinhin gesteigerter Wert auf Schönheit und Makellosigkeit gelegt wird. Wenn es also jemandem gelingt, seine Narben zu übersehen, bin ich immer geneigt, ihn für die Heiligsprechung vorzuschlagen.

»Wyatt ist Loreleis Sohn«, erklärt Bird. »Und Griff spricht die erwachsene Stimme von Arnold.«

»Oh, okay«, sagt Wyatt. Er hatte sich bereits mir zugewandt, als habe er eine andere Vorstellung erwartet, dreht sich jetzt aber wieder zu Griffin um. »Meine Mutter hat dich beim Vorsprechen erlebt und meinte, du hättest alle in den Schatten gestellt.«

»Das höre ich gerne. Die Rolle ist toll. Ich freue mich sehr, dass ich dabei sein kann.«

»Mit ein bisschen Glück wird unser kleiner Film mächtig Staub aufwirbeln«, sagt Bird. Griff hat mir erzählt, dass Bird bislang hauptsächlich im Arthouse-Kino zu Hause gewesen ist. Das neue Projekt gehört eher in den Mainstream, das Budget ist allerdings noch immer recht bescheiden. Dennoch hoffen alle auf einen durchschlagenden Erfolg.

Aber schließlich hofft in Hollywood jeder auf den durchschlagenden Erfolg. Ich persönlich bin einfach nur froh, dass mein Bruder Arbeit hat.

Apropos Arbeit … Automatisch blicke ich wieder zu Wyatt, nur um festzustellen, dass seine Aufmerksamkeit bereits wieder auf mich gerichtet ist. »Hi«, sage ich, weil das Schweigen schwer auf uns vieren lastet und ich schlecht so tun kann, als sei Wyatt nicht da.

»Oh, tut mir leid«, sagt Griffin. »Wyatt, das ist meine Schwester. Kelsey.«

»Wir sind uns schon einmal begegnet«, gibt Wyatt zurück, ehe mir etwas zu sagen einfällt. »Es ist allerdings schon lange her. Es war vor Jahren in Santa Barbara.« Er hält mir die Hand hin und ich nehme sie, ohne nachzudenken, ziehe jedoch scharf die Luft durch die Zähne, als sein Blick auf meinen Infinity-Armreifen fällt.

Griffin schaut von einem zum anderen und wieder zurück. »Na, das ist ja ein Zufall!« Ein winziges Zucken scheint um seine Mundwinkel zu spielen, als er sich mir zuwendet. »Wie wär's, wenn Bird und ich ein bisschen fachsimpeln gehen, damit ihr über alte Zeiten plaudern könnt …?«

Am liebsten würde ich ihn treten, aber er grinst nur sein fiesestes Grinsen und bewegt sich rückwärts von mir weg. Bird folgt. Griffin hat Wyatt nie kennengelernt, aber er kennt den Namen, und wenn diese Party vorbei ist, werde ich meinen Bruder vermutlich strangulieren müssen.

»Tja, wie's aussieht, musst du mit mir vorliebnehmen«, sagt Wyatt, während ich ihm meine Hand entziehe. »Hübscher Armreifen. Gefällt mir.«

Mein Herz zieht sich zusammen. »Wyatt …«

»Komm, gehen wir ein Stück«, sagt er, und ich passe mich seinem Tempo genau so mühelos an wie damals auf dem Clubgelände.

Er steuert auf das Fenster zu, und wir stehen nebeneinander und blicken hinaus auf die Hügel, die in der untergehenden Sonne pink gefärbt sind. Unter uns scheint der Boden abzufallen, was das Gefühl zu schweben noch verstärkt, und weil ich mich in Wyatts Nähe eigentlich immer so fühle, scheint mir das irgendwie passend.

»Hör mal«, sage ich schließlich, weil ich das Schweigen nicht mehr aushalte. »Es tut mir furchtbar leid wegen gestern Nacht. Ich weiß, dass ich dich regelrecht bedrängt habe, mir den Job zu geben, und dann einfach einen Rückzieher zu machen … Ehrlich, ich kann verstehen, dass du stocksauer auf mich bist.«

»Du denkst, dass ich stocksauer auf dich bin?«

Ich ziehe die Brauen zusammen und drehe mich ihm zu. »Nicht?«

»Ich war … na ja, eher verärgert. Und vor allen Dingen sauer auf mich selbst. Dieser Schwachsinn mit meiner Rache! Das war unfair von mir, Kelsey. Ich wollte bloß …« Er schüttelt den Kopf. »Ach, egal. Jedenfalls habe ich mich wie ein Schuft benommen, und es tut mir leid. Es wundert mich nicht, dass du wütend auf mich bist.«

»Bin ich gar nicht«, erwidere ich, und das ist die Wahrheit. Genau wie er bin ich vor allem wütend auf mich selbst.

»Warum ignorierst du meine Anrufe dann?«

»Was? Wovon sprichst du?« Ich hole meine Tasche vor meinen Körper, um ihm auf dem Display zu zeigen, dass ich keine verpassten Anrufe vorzuweisen habe, aber mein Handy ist nicht da. »Ah«, sage ich. »Ich glaube, ich weiß, woran es liegt.« Ich halte ihm meine geöffnete Tasche hin. »Schau, kein Telefon. Und ich hatte sowieso kaum noch Akkuleistung, als ich gestern in dein Studio kam. Wahrscheinlich ist das Handy später bei Griffin aus meiner Tasche gerutscht.«

Er lacht. »Du bist eine merkwürdige Person, Kelsey.«

Ich blicke indigniert. »Wie bitte?«

»Ich glaube, ich habe noch keine Frau getroffen, die nicht mit ihrem Smartphone verwachsen ist, und du merkst fast vierundzwanzig Stunden lang nicht einmal, dass es weg ist.«

»Tja, ich bin halt das Wunder der Damenwelt«, erwidere ich trocken.

»Ja«, sagt er und schaut mir direkt in die Augen. »Das bist du.«

Ich schlucke. Verlegen sehe ich zur Seite. »Warum hast du angerufen?«

»Um mich zu entschuldigen. Und dich zu bitten zurückzukommen.«

»Oh.«

»Diese Ausstellung ist immens wichtig für mich. Ich brauche dich dafür.« Er spricht so eindringlich, dass es mir vorkommt, als säßen wir wieder in Santa Barbara unter dem Baum und hielten Händchen. »Und du brauchst das Geld. Also haben wir beide etwas davon.« Nach einer Pause fügt er hinzu: »Bitte, Kelsey.«

Meine Kehle zieht sich zu, denn ich muss ablehnen. Ich muss diesen Mann erneut enttäuschen. Ich habe ihn damals gekränkt, als ich ihn ohne Nachricht auf der Party verließ, und ich tue es jetzt wieder. »Ich hätte es niemals auch nur versuchen dürfen«, sage ich. »Ich hätte einfach Abstand halten sollen!«

Einen Moment lang sieht er mich nur an, und seine Miene verhärtet sich. In meinem Magen zieht es unangenehm. Ich bin sicher, dass er mir zustimmen wird, denn schließlich habe ich so vieles zerstört.

Doch nichts geschieht, und während das Schweigen immer drückender wird und ich verzweifelt überlege, was ich sagen könnte, gesellt sich *der* Lyle Tarpin zu uns und legt Wyatt den Arm um die Schultern. Und ich stehe nur da und starre ihn an, denn ich habe noch nie einen Filmstar in echt und ganz aus der Nähe gesehen!

»Und? Schon Glück gehabt bei deiner Suche nach diesem Mädel? Evelyn sitzt drüben an der Bar, falls du sie doch um Hilfe bitten willst.«

Wyatt räuspert sich, dann deutet er mit dem Kopf auf mich. »Lyle, darf ich dir Kelsey vorstellen?«

»Kelsey«, sagt Lyle. »Oh. Ach.« Er zeigt vage über die

Menge im Raum. »Hat mich gefreut, wirklich, aber ich muss unbedingt dahinten hin. Ich bin lieber allein, wenn ich den Fuß aus dem Fettnäpfchen ziehe.«

Ich muss lachen, und meine filmstarbedingte Nervosität löst sich auf. »Schon gut«, versichere ich ihm, aber er hat den Rückzug schon angetreten. Ich wende mich wieder Wyatt zu. »Ein Freund von dir?«

»Mein Beichtvater«, erklärt er. »Ich habe ihm gestanden, dass ich mich wie ein Arschloch benommen habe und dich mit irgendwas ködern muss. Dass ich aber nicht weiß, wie ich dich finden soll.«

»Und prompt bin ich hier.«

»Prompt bist du hier«, sagt er leise. »Habe ich dich ködern können?«

»Ich … ich kann einfach nicht. Ich brauche das Geld, das ist wahr. Aber gestern Nacht, als du …« Ich breche ab und räuspere mich. »Na ja, als ich die Bilder von mir gesehen habe, ist mir klar geworden, dass ich mir etwas vorgemacht habe. Ich würde zwar das Geld bekommen, das ich brauche, gleichzeitig aber meine Stelle verlieren.«

»Ich mache doch keine Pornografie, Kelsey!«

»Nein! Das weiß ich. Bitte, Wyatt, ich habe es dir schon gesagt. Deine Fotos sind großartig. Voller Schönheit und Kraft.«

»Aber?«

Ich seufze. Ich sollte es ihm nicht erklären müssen. »Aber wie auch du weißt, gibt es zu viele Leute, die das nicht so sehen werden. So sehr ich im Augenblick fünfzehntausend Dollar brauche, so brauche ich auch mein festes Angestelltenverhältnis, damit ich den Rest meines Lebens bestreiten kann.«

Er nickt nachdenklich, wendet sich vom Fenster ab und lässt den Blick durch den Raum schweifen, bis er an Griffin hängen bleibt. »Wofür brauchst du das Geld, Kelsey?«

Ich muss gegen den Kloß in meiner Kehle anschlucken. »Ich habe dir doch schon gesagt, dass dich das nichts angeht.«

»Ich will aber, dass es mich etwas angeht.«

»Wyatt …«

»Plastische Chirurgie? Eine neue Heilmethode? Was?«

»Herrgott. Na schön.« Ich bin zu müde und durcheinander, um noch weiter zu streiten. »Es ist für eine klinische Studie. Seine Verbrennungen …« Meine Stimme bricht, und ich blinzele heftig, denn ich werde auf dieser Party nicht zu heulen anfangen. »Die Verbrennungen reichen bis auf die Knochen, und er ist auf der rechten Seite in seiner Mobilität stark eingeschränkt. Das neue Verfahren soll die Haut- und Nervenschädigung zu einem gewissen Maß beheben; wie genau es funktioniert, weiß ich nicht. Man hat bei geringergradigen Verbrennungen gute Erfolge erzielt und will nun versuchen, die Methode auch auf Brandopfer mit Verbrennungen vierten Grades anzuwenden.«

Ich zucke die Achseln. »Er braucht es, Wyatt. Solange er Kleidung trägt, sieht man nicht, wie schlimm es wirklich ist, aber er hat es bitter nötig. Und ich muss ihm dabei helfen.«

»Ich habe seine Hand gesehen und seinen Arm«, sagt Wyatt. »Und auch wenn er die Narben unter den Haaren versteckt, kann ich mir durchaus vorstellen, wie es darunter aussieht.«

Überrascht schaue ich zu ihm auf.

»Na ja, das bringt mein Beruf mit sich. Ich schaue mir die Menschen an. Und zwar wirklich.«

Ich nicke. »Wie auch immer. Ich habe bereits die Aufnahmegebühr bezahlt, und man hat ihn für Phase I zugelassen. Dafür brauche ich das Geld. Und ich habe nur noch wenige Wochen Zeit. *Er* hat nur noch wenige Wochen Zeit.«

Wieder nickt Wyatt nachdenklich, wieder wendet er sich dem Fenster zu. Die Sonne geht rasch unter in L. A., und die Hügel, eben noch rot gefärbt, bestehen nun aus einer Reihe kontrastierender Grautöne, auf denen hier und da die Lichter teurer Hollywoodvillen funkeln.

Bald wird es vollkommen dunkel sein, und alles, was wir dann noch sehen, ist die Spiegelung der Party im Glas.

Ich blicke zwischen dem schwindenden Ausblick und seinem Profil hin und her und wüsste gerne, was er denkt. Was er dann schließlich sagt, hätte ich allerdings nicht erwartet. »Ich hatte keine Ahnung, dass er dein Bruder ist.«

»Er benutzt ein Pseudonym. Griffin Blaize. Blaize wie die Feuersbrunst. Seine Art von schwarzem Humor.«

»Wie ist es passiert?«

Ich schlinge die Arme um mich. Mir ist plötzlich kalt. »Das spielt keine Rolle mehr. Es ist lange her.«

»Ungefähr zwölf Jahre. Das hat meine Mutter jedenfalls gesagt. Sie hat mir von einem unglaublichen Stimmtalent erzählt. Ein sehr gut aussehender Kerl, meinte sie. Würde einen hervorragenden Charakterdarsteller abgeben. Aber keine Hauptrolle. Nicht in dieser Stadt. Höchstens in einem animierten Film.«

Inzwischen sehe ich mein Gesicht in der Scheibe; Wyatt betrachtet mich eingehend.

»Sie sagte, es sei passiert, als er noch nicht ganz dreizehn gewesen war. Als er einen Sommer lang in Santa Barbara gewohnt hat.«

Ich lege mir eine Hand auf den Bauch. Plötzlich ist mir übel.

»Es spielt keine Rolle«, wiederhole ich.

Er nickt langsam, als überlege er, dann dreht er sich wieder ganz zur Glasscheibe um, in der sich nun das Treiben im Saal spiegelt. »Ich leihe dir das Geld.«

»Wyatt.« Nur ein Flüstern.

»Es wäre mir eine Ehre.«

»Danke, aber – nein. Ich kann mir nichts von einem Freund leihen, wenn ich nicht sicher bin, ob ich es je zurückzahlen kann.«

Er betrachtet mich so lange unverwandt, bis ich mich vor Unbehagen förmlich winde.

»Was?«, frage ich schließlich.

»Wir sind also Freunde?«

Ich muss tatsächlich lachen. »Ja«, sage ich. »Das wäre mir jedenfalls lieb.«

Aber ich muss mir auf die Lippe beißen, um nicht auszusprechen, was ich wirklich denke – dass ich gerne mehr für ihn wäre.

19

Sehnsüchtig sah Wyatt ihr hinterher und spürte ein undefinierbares Gefühl der Traurigkeit in der Herzgegend.

Von sich selbst angewidert wandte er sich wieder zur Scheibe um, doch auch das half nicht, denn er konnte sie in der Spiegelung sehen.

Mit schwingenden Hüften steuerte sie die gegenüberliegende Wand an.

Und entfernte sich einmal mehr von ihm.

Tja, das war anscheinend ihr Schicksal. Aber musste ein Schicksal unabänderlich sein? Im Augenblick jedenfalls wünschte er sich von ganzem Herzen, dass er es hätte beeinflussen können.

Wünschen war das richtige Wort. Wünschen konnte man sich viel. Das hieß noch lange nicht, dass diese Frau gut für ihn war. Sie hatte ihn bereits einmal zutiefst verletzt. Und in Anbetracht der Tatsache, wie schnell sie sich wieder in seinem Bewusstsein und seinem Herzen breitgemacht hatte, konnte das nur allzu leicht wieder geschehen.

Er musste aufpassen. Und er durfte sein Ziel nicht aus den Augen verlieren.

Im Augenblick durfte er an nichts anderes denken als an seine Arbeit.

Er musste mit Haut und Haaren Profi sein.

Dumm nur, dass sie Dreh- und Angelpunkt für die Vision war, die seine Ausstellung erst besonders machte.

Und wie ihr sich entfernender Rücken ihm in Erinnerung rief, hatte sie klipp und klar Nein gesagt.

Er sah zu, wie sie sich zu Lyle und seiner Agentin Evelyn Dodge gesellte. Er konnte Kelseys Gesicht nicht erkennen, aber wie er Evelyn kannte, würde sie Griffins große Schwester in die Mangel nehmen und ausquetschen.

Evelyn war eine der coolsten Frauen, die Wyatt je kennengelernt hatte. Sie war dreist, forsch und schnoddrig. Sie erinnerte ihn an eine jüngere Version seiner Großmutter, und es hatte ihn überhaupt nicht überrascht, dass sowohl Anika als auch Lorelei bereits bei mehreren Projekten mit ihr zusammengearbeitet hatten.

»Na schön, ich frage einfach mal«, erklang eine Stimme hinter ihm, und er drehte sich zu Cassidy Cunningham um. »Was grinst du so?«

Sie trug ein seidenes Tank-Top, das die aufwendige Vogeltätowierung auf ihrer Schulter und ihrem Arm in Szene setzte. Die türkisfarbene Strähne, die sich durch ihr langes, dunkles Haar zog, war farblich exakt auf die Federn des Vogels abgestimmt.

Siobhan, die neben ihr stand, hätte im Vergleich unscheinbar wirken können, doch die hübsche, irische Rothaarige hatte eine derart starke Präsenz, dass jedem sofort klar wurde, wieso die beiden so hervorragend zusammenpassten.

»Deshalb«, antwortete Wyatt und zeigte quer durch den Raum. »Falls Kelsey bisher nicht viel über Hollywood wusste, dürfte sie nach zehn Minuten in Evelyns Gesellschaft versierter sein als der Vorsitzende einer Paparazzi-Vereinigung.«

»Wer ist Kelsey?«, wollte Siobhan wissen.

»Die Schwester der Stimme von Arnold«, antwortete Wyatt. »Griffin Blaize.«

»Oh. Den ich habe ich vorhin kennengelernt«, sagte Cass. »Netter Kerl. Er hatte gehört, dass ich tätowiere und fragte mich, was ich davon hielte, Narben mit Bildern zu überdecken. Er überlegt, ob er sich nächstes Jahr ein Tattoo zum Geburtstag schenkt.«

»Und? Kannst du so was?«, fragte Wyatt.

»Kommt auf die Narbe an. Aber falls es nicht geht, kann man die Narbe oft als Bestandteil des Bildes aufnehmen. Einmal war ein Kerl bei mir mit einer krassen Narbe am Bein – sie sah aus, als läge der Muskel offen. Ich sollte ihm einen Reißverschluss um die Ränder stechen, und ich muss zugeben, dass es ziemlich cool aussah, als es fertig war.«

Siobhan verzog das Gesicht. »Vielleicht … wenn man Horrorfilme mag. Ein Reißverschluss, um die Haut zu öffnen? Brrr, danke nein.«

»Hey«, sagte Cass. »Das war ein Wahnsinnsjob.«

Wyatt lachte, stimmte insgeheim aber Siobhan zu.

»Hoffen wir, dass er nicht auf Reißverschlüsse steht«, sagte Siobhan. »Aber wir sind ganz vom Thema abgekommen. Eigentlich wollte ich nämlich wissen, warum Wyatt Griffins Schwester anstarrt.«

»Oh, ist sie dieses Mädchen, das du gesucht hast?« Cass lehnte sich zur Seite, als könnte sie so besser sehen. »Sie hat auf jeden Fall ihren Reiz.«

»Moment, Moment!« Siobhan hob die Hand. »Ich dachte, du hättest sie doch nicht. Oder du hattest sie gefunden, aber dann wieder verloren. Oder so.«

Wyatt fuhr sich mit den Fingern durchs Haar. Er hatte keine Lust, darüber zu sprechen, aber wie es aussah, blieb ihm nichts anderes übrig. Er schob sich zwischen die beiden Frauen, hakte sie unter und steuerte sie auf einen entfernten Winkel des Raums zu.

»Ursprünglich war sie wild entschlossen«, gab er zu. »Aber dann … tja, dann hat sie gewissermaßen kalte Füße bekommen.«

»Ist sie Model?«, fragte Cass.

»Nein.«

»Vielleicht liegt es daran. Es ist nicht leicht, sich selbst auf diese Weise zur Schau zu stellen.«

Wyatt lachte. »Siobhan hat mir dich angeboten, falls ich keine andere finde. Und sofern ich nicht sträflich fehlinformiert bin, bist du auch kein Model.«

Cass wedelte abschätzig mit der Hand. »Oh, bitte. So was habe ich nicht nötig. Ich stelle mich schließlich ständig zur Schau.«

»Das stimmt«, sagte Wyatt und sah von einem zum anderen. »Und deswegen bist du leider auch nicht die Richtige.«

»Aber …«, begann Siobhan.

»Es ist nichts Persönliches«, sagte er zu Cass. »Du bist einfach nur zu – ich weiß nicht – *stark* vielleicht.«

»Stark?«, wiederholte Siobhan. »Wyatt, es ist kurz vor knapp!«

»Ich weiß, aber Cass ist einfach nicht die Frau, die ich hierfür brauche, es tut mir leid.« Er bedachte Cass mit einem entschuldigenden Blick.

Cass zuckte die Achseln. »Nein, ich kann es verstehen. Kelsey hat etwas an sich. Sie ist sexy und süß. Ich bin nicht süß.«

»Nein, das bist du sicher nicht«, stimmte Siobhan ihr zu.

Cass bedachte sie mit einem finsteren Blick. »Ich liebe dich auch, Schatz.«

»Aber so ist es doch«, sagte Wyatt und hörte selbst, wie sehnsüchtig seine Stimme klang, als er vor seinem inneren Auge Kelsey in seinem Schlafzimmer sah. »Kelsey könnte genauso gut einen geblümten Frotteebademantel wie ein enges rotes Paillettenkleid tragen. Man kann sie sich in einem jungfräulich weißen Nachthemd vorstellen, die Decke schamhaft bis unters Kinn gezogen, aber auch an Hand- und Fußgelenken ans Bett gefesselt und nur mit einem String bekleidet.«

Cass schob sich an ihm vorbei und musterte Kelsey in der Ferne unverhohlen. »Ja, ich verstehe, was du meinst«, sagte sie und kassierte dafür einen Klaps von Siobhan.

Cass lachte und hielt abwehrend die Hände hoch. »Ich gucke ja nur.«

»Und genau das suche ich«, fuhr Wyatt fort, während er sich ebenfalls umdrehte, um Kelsey zu betrachten. »Ihre Jedefrau-Qualitäten.«

»Dann such dir eine andere Jedefrau«, sagte Siobhan. »Und zwar zügig.«

»Es gibt keine andere«, murmelte Wyatt, ohne den Blick von Kelsey zu nehmen.

»Dann handelt es sich wohl doch nicht um Jedefrau, nicht wahr?«, bemerkte Siobhan.

Im Stillen hatte Wyatt verflucht, dass er mit seiner Ausstellung anscheinend in einer Sackgasse gelandet war. Doch als Siobhans Worte durch das Rauschen in seinem Kopf drangen, drehte er sich langsam zu ihr um. »Moment mal. Sag das noch mal.«

»Äh – was genau habe ich denn gesagt? Gemeint habe ich jedenfalls, dass du gar keine Frau willst, in der sich alle wiederfinden können. Du willst bloß, dass alle Frauen glauben, sie könnten wie sie sein.«

»Siobhan, Liebchen, du bist ein Genie.« Er zog sie an sich und drückte ihr einen Kuss auf die Lippen, während Cass in Gelächter ausbrach, in das Siobhan einstimmte, als sie sich von ihrem anfänglichen Schrecken erholt hatte.

»Ich hoffe, das heißt, dass du einen Plan hast«, sagte sie.

»Den habe ich«, antwortete er und setzte sich in Bewegung.

»Moment«, rief Siobhan. »Da ist noch etwas, was ich dir sagen muss. Jensen hat sich erneut bei mir gemeldet.«

»Keine Bilder vorab«, sagte Wyatt. »Das hatten wir doch schon.«

»Tja, diesmal ist er über meine Praktikantin gegangen. Ich glaube, er hat wirklich Blut geleckt.«

»Freut mich. Das Gefühl ist nicht gegenseitig.« Aber Wyatt war natürlich nicht dumm. Er wusste sehr gut, dass der *Examiner* und Jensen beide den Ruf hatten, Karrieren machen – und zerstören – zu können.

Also seufzte er. »Und weiter?«

»Er will einen exklusiven Einblick vorab und bietet dir als Gegenleistung eine garantierte Artikelserie über dich und deine Ausstellung.«

Nie und nimmer.

»Mit anderen Worten hat er in meiner Familiengeschichte gewühlt und will jetzt dichter drankommen, als er es mit den öffentlichen Datenbänken erreicht.«

»Wodurch er dir Publicity verschafft«, sagte Siobhan. »Meiner Chefin gefällt es. Das Angebot ist solide, und ich finde …«

Aber sie kam nicht weiter, weil Wyatt entnervt die Hände in die Luft warf. »*Nein*. Das ist nicht solide, sondern schwachsinnig. Ihn interessiert meine Familie, nicht meine Kunst. Ein exklusiver Einblick für garantierte Werbung? Damit geben wir ihm wohl eher mehr Zeit, die Messer zu wetzen. Kritiken zu verfassen. Hier und da Bemerkungen fallen zu lassen, dass die Arbeit nichts taugt. Dass alles nur ein großer Hype um den Enkel einer Hollywoodlegende ist, der seinen Namen geändert hat, weil er den alten nicht verdient, da er leider vollkommen talentfrei ist.«

»Oder er lobt dich in den Himmel«, konterte Siobhan ungerührt.

»Die Antwort lautet Nein.«

»Okay«, sagte sie und hob die Schultern, als Wyatt sie ehrlich überrascht ansah. »Ich habe Keisha und Jensen nur gesagt, dass ich dir das Angebot unterbreite. Ich habe nicht behauptet, dass ich dich überreden will.«

Wyatt musste lachen. »Unter anderem deshalb schätze ich dich so als Freundin«, sagte er. »Und nun muss ich mich um eine andere Frau kümmern.« Er drückte beide zum Abschied kurz an sich, dann setzte er sich in Bewegung.

Nur war Kelsey nirgendwo mehr zu sehen.

»Ich glaube, sie und Griffin sind schon gegangen«, sagte Evelyn. »Was schade ist. Ich mochte das Mädchen, und ich trinke ungern allein. Gesellst du dich zu mir?« Sie hob ihr leeres Glas.

»Na so was«, sagte er. »Sehen wir zu, wie wir dir ein volles verschaffen können, und mir gleich eins mit. Und in der Zwischenzeit könntest du mir vielleicht die Telefonnummer von Griffin Blaize aufschreiben.«

Sie tat es, und als er ihr einen Gefallen als Gegenleistung anbot, blickte sie ihn entrüstet an. »Ich kenne viele Hollywoodspielchen, aber solch einen Handel brauche ich nicht. Nicht bei Freunden. Sag mir lieber, was du von meinem Klienten willst. Ein Fotoshooting?«

»Von seiner Schwester«, gab Wyatt zu.

»Oho. Man gewährt mir einen flüchtigen Einblick in das Wyatt-Royce-Heiligtum. Von Cass wusste ich natürlich. Aber du hast doch keins deiner Models offiziell bekannt gegeben, oder?«

»Und Kelseys Namen werde ich auch nicht veröffentlichen. Ich möchte das hier wirklich geheim halten, Evelyn.«

»Keine Sorge, von mir erfährt niemand etwas. Vertrau mir. Ich arbeite seit Jahrzehnten in dieser Stadt.« Sie tippte sich an den Kopf. »Hier drinnen stecken so viele Geheimnisse, auf eins mehr oder weniger kommt es da nicht mehr an.«

»Hey«, begrüßte Griffin Wyatt, als er ihn am nächsten Morgen aus dem Studio anrief. »Wenn du meine Schwester suchst, die ist nicht hier.«

»Ja, ich suche sie tatsächlich. Ich weiß, dass sie heute einen Tanzkurs gibt, aber nicht wo. Ich hatte gehofft, du würdest mir vielleicht mit der Adresse helfen.« Er ging ungeduldig im Studio auf und ab und ignorierte die neugierigen Blicke von JP, der an einem der Arbeitstische saß.

Neben ihm befand sich Mike, der Zimmermann, der sich um die Gestaltung des Gangs und der Bühne dahinter kümmerte, auf der Kelsey tanzen würde.

Vorausgesetzt er konnte sie finden und überreden.

»Griffin?«, hakte er nach, als der Mann am anderen Ende der Leitung stumm blieb.

»Hör zu. Es geht mich ja eigentlich nichts an, aber … doch! Und ob mich das etwas angeht!«

Wyatt zog die Brauen zusammen. »Ähm, wovon redest du?«

»Ich weiß nicht genau, was sich damals zwischen euch beiden in Santa Barbara abgespielt hat«, sagte Griffin, »aber ich weiß sehr gut, dass sie eine Ewigkeit gebraucht hat, darüber hinwegzukommen. Falls es überhaupt je geschehen ist. Denn in ihrem Verstand hängt all das unmittelbar mit dem zusammen, was mit m… Verflucht! *Fuck!* Vergiss es einfach. Merk dir einfach nur eins: Wenn du meiner Schwester wehtust, bring ich dich um. Verstanden?«

Stirnrunzelnd versuchte Wyatt, die verborgene Bedeutung von Griffins Worten zu erfassen. Das Hauptthema zu begreifen machte ihm dagegen überhaupt keine Schwierigkeiten. »Ich habe nicht vor, ihr wehzutun. Ich will sie einstellen. Na ja, ich versuche vor allem, sie *wieder* einzustellen.«

»Sie einzust… Moment mal! Du bist der Job? Den sie bekommen und wieder verloren hat?«

»Ich bereite eine Ausstellung vor. Und ich möchte, dass sie dafür Modell steht.«

»Es hat gar nichts mit Tanzen zu tun?«

»Nicht wirklich.«

»Hm.«

Wyatt konnte sich die Verwirrung des Jüngeren vorstellen, hatte aber keine Lust, ihm zu erklären, dass er seine Schwester für erotische Fotos brauchte.

»Ich dachte, du hättest sie gefeuert«, sagte Griffin schließlich.

»Hat sie das erzählt?«

»Nein, eigentlich nicht. Sie sagte, sie hätte den Job wieder verloren. Willst du mir erzählen, was passiert ist?«

»Nein«, sagte Wyatt. »Ich will nur wissen, wo sie ist.«

Die Stille am anderen Ende der Leitung dauerte so lange, dass Wyatt zu fürchten begann, Griffin hätte schon aufgelegt.

Als er schließlich antwortete, war seine melodische Stimme tief, fast drohend. »Also schön«, sagte er. »Aber vergiss nicht, was ich gesagt habe. Wenn du ihr wehtust, haben du und ich ein ernsthaftes Problem.«

»Damit kann ich leben«, sagte Wyatt und kritzelte Name und Adresse des Tanzstudios in Valencia auf einen Zettel. Dann stand er auf, nahm seinen Autoschlüssel und steuerte ohne Umschweife auf die Tür zu.

»Hey, warte mal eben«, rief JP und kam ihm durch den Raum entgegen. »Du bist weg?«

»Ich muss was erledigen.« Er deutete mit dem Kopf auf Mike. »Wie läuft es?«

»Er versteht sein Handwerk. Er hat eine Idee, wie man den Korridor stabil aufbaut, gleichzeitig aber auch leicht transportieren kann. Denn wenn die Ausstellung ein Renner wird, reist du damit bald durch das ganze Land, nicht wahr?« Sein Grinsen war breit, und Wyatt lachte.

»Das war der Plan. Und das klingt gut. Allerdings brauchen wir eine Änderung, was die Bühne betrifft. Sag Mike, dass er eine Stange einplanen soll.«

»Eine Stange«, wiederholte JP. »Alles klar. Aber dir ist noch immer bewusst, dass wir zwar eine Bühne, aber kein Model haben, oder?«

»Ja, ist mir bewusst.« Wyatt sah seinem Assistenten fest in die Augen. »Ich kümmere mich darum.«

Laut Griffins Angaben gab Kelsey Ballett für Kleinkinder um zehn und hatte dann eine halbe Stunde Zeit bis zum Zumba-Kurs. Er würde etwa um zwanzig vor elf ankommen und dann die Pause nutzen, um sie zu überreden.

Das Studio zu finden war alles andere als schwer. *Dance*

Heaven belegte eine Eckladenfläche eines Shopping Centers. Die Schaufenster waren zwar blickdicht verklebt, aber die Folie löste sich an den Rändern. Er stand am Ende des Gehwegs und spähte durch einen Spalt ins Innere.

Das Studio war nicht viel mehr als ein sehr großer Raum mit zwei Türen, auf denen »Büro« einerseits und »Toiletten« andererseits stand. Die Wände waren rundum verspiegelt, an einer war eine Ballettstange montiert.

Im Augenblick stand eine Gruppe kleiner Mädchen an der Stange und machte eine von diesen typischen Auf- und Abbewegungen im Ballett. Mit einer Hand hielten sie sich an der Stange fest, während der andere Arm bei jeder Beugung mitging.

Soweit er sah, war keins der Kinder synchron mit den anderen, aber Kelsey schien das nichts auszumachen. Sie ging die Reihe der Mädchen ab, korrigierte hier eine Armhaltung, dort eine Beinstellung. Und als sie den Anfang der Reihe erreicht hatte, legte sie eine Hand an die Stange und demonstrierte, wie die Bewegung richtig auszusehen hatte.

Ehrfürchtig sah er zu.

Sofern er es beurteilen konnte, ging es nur um eine langweilige Kniebeuge, aber sie legte eine solche Anmut an den Tag, dass es eine reine Augenweide war.

Er hätte ihr ewig zusehen können, doch sie schaute auf die Uhr und klatschte in die Hände. Die Kinder eilten los, um ihre Sachen zu holen, rannten zu Kelsey zurück, ließen sich drücken und liefen dann durch die Tür hinaus auf den Parkplatz, wo, wie Wyatt nun sah, ein Kader von Müttern in ihren Autos auf sie wartete.

Er ließ ein paar Minuten verstreichen, um sicher zu sein, dass alle Kinder fort waren, dann steuerte er auf die Eingangstür zu. Doch ehe er eintrat, um mit ihr zu sprechen, warf er aus irgendeinem Grund noch einen letzten Blick durch den Spalt in der Folie … und erstarrte. Buchstäblich.

Sie musste leise Musik angemacht haben oder Kopfhörer tragen, denn sie bewegte sich eindeutig im Takt zu einer Melodie über den Tanzboden. Vielleicht konnte sie die Musik auch in ihrem Kopf hören; er wusste es nicht. Er wusste nur, dass das, was er sah, Magie war, geschmeidig und flüssig, als sei die Welt der ideale Ort und würde es auch bleiben, wenn sie nur weiter darin tanzen könnte.

Es war wunderschön. Verdammt, es war überirdisch.

Und wenn er die Möglichkeit dazu gehabt hätte, hätte er ihr eine Ewigkeit zugesehen.

Dummerweise wurde die Ewigkeit unsanft unterbrochen, als eine Gruppe von Frauen in Fitness-Kleidung aus Richtung Parkplatz nahte und ihn mit ihrem Geplauder über Kalorien, Low-Carb-Gerichte und Herzfrequenzen aus seiner Betrachtung riss.

Er blickte auf die Uhr und fluchte, als er feststellte, dass Kelseys Pause vorbei war. Er hatte sich wahrhaftig verzaubern lassen.

Verdammt noch mal.

Eine der Frauen warf ihm einen misstrauischen Blick zu und zupfte am Arm ihrer Nachbarin. Im Handumdrehen starrten ihn alle an, und das keineswegs wohlwollend. »Los, Mädels, nichts wie rein«, flüsterte eine andere, »und zwar schnell.«

Was war denn hier los?

Einen Moment später trat Kelsey hinaus auf den Gehweg und sah sich finster um. Doch als sie ihn erkannte, hellte ihre Miene sich auf, und sie lachte. »Du bist es nur.«

»Ja, ich bin's nur. Was ist daran so lustig?«

»Die Damen von meinem Zumba-Kurs haben dich für einen Spanner gehalten. Oder einen Scheidungsvater, der eine meiner Schülerinnen entführen und mit ihr zum Südpol flüchten will oder so ähnlich.« Sie deutete mit dem Kopf auf das Schaufenster. »Da drinnen werden gerade wilde Dramen gesponnen.«

»Tut mir leid, euch enttäuschen zu müssen, aber ich bin dramafrei.«

»Irgendwie bezweifle ich das.«

»Na schön, ich gebe mir jedenfalls Mühe.«

Sie nickte, und beide standen einen Moment lang unschlüssig und verlegen voreinander, bis sie sich schließlich räusperte. »Also. Ich muss da jetzt rein.«

»Klar, tut mir leid. Ich musste dich bloß sehen. Können wir miteinander reden?«

»Wie hast du mich überhaupt gefunden?«

»Durch deinen Bruder.«

»Hm.« Sie holte tief Luft. »Hör zu. Ich glaube nicht, dass das eine gute Idee ist.«

»Wieso nicht? Ich will nur reden. Wirklich.«

Sie blickte auf ihre Füße herab. »Du tust mir nicht gut, Wyatt Segel«, sagte sie zum Gehweg. »In deiner Nähe habe ich mich nicht mehr im Griff.«

»Ist das denn so tragisch?«

Sie hob den Kopf und sah ihm direkt in die Augen. »Du bist meinem Bruder begegnet?«

Er legte den Kopf schief und versuchte, ihrem Gedankengang zu folgen. »Ich weiß nicht genau, was ihm passiert ist, aber ich bin sicher, dass ich nicht schuld daran bin.«

»Vielleicht nicht. Ich aber schon.«

»Kelsey …«

»Ich muss jetzt rein. Die Zeit zum Aufwärmen ist vorbei.« Sie wandte sich zum Gehen.

»Warte!« Er hörte, wie verzweifelt er klang, und hasste sich dafür. Aber verflucht noch mal, er *war* verzweifelt, und nun war einfach keine Zeit, sich auf den eigenen Stolz zurückzuziehen. »Dort drüben«, sagte er und zeigte auf das Café auf der anderen Seite vom Parkplatz. »Bitte. Nach dem Kurs. Ich warte auf dich.«

Sie gab keine Antwort.

»Bitte«, wiederholte er. »Bitte, Kelsey. Lass mich nicht wieder einfach so stehen.«

20

Wyatt trank zwei Tassen schwarzen Kaffee und vertilgte einen Blaubeermuffin – obwohl er den Muffin theoretisch nicht vertilgte, sondern eher vernichtete, indem er ihn in Stücke rupfte, während er überlegte, was er ihr wie sagen sollte und womit er sie am besten überzeugen konnte.

Er hatte natürlich einen Plan. Und er dachte seit der Party gestern Abend an nichts anderes. Probte, was er sagen wollte. Verfeinerte die Argumentation.

Es würde klappen. Der Plan war nahezu perfekt.

Nun brauchte er nur noch Kelsey.

Die Tasse, die er zum Mund führen wollte, hielt vor seinen Lippen inne.

Es.

Nun brauchte *es* nur noch Kelsey. Nicht er. Das Projekt. Sein Plan!

Hier ging es um seine Ausstellung, nicht um ihn und Kelsey. Es gab kein »er und Kelsey«, und das gab es schon sehr lange nicht mehr. Und selbst wenn er geneigt gewesen wäre, etwas Neues zu beginnen, war der Zeitpunkt denkbar schlecht dafür. Zumindest solange das Gelingen seines Projekts allein von ihrer Teilnahme abhing und etwas Persönliches zwischen ihnen alles kaputtmachen konnte.

Zumindest solange er sich nicht einmal sicher sein konnte, dass sie ihn überhaupt noch wollte.

Fuck!

Seine Gedanken drehten sich im Kreis. Eine Stunde herumsitzen und untätig warten – und sein Verstand befand sich in den Wolken.

Er wischte ein zusammengekehrtes Häufchen Muffinkrümel in seine Hand, stand auf, ging zum Mülleimer an der Tür und entsorgte ihn dort. Als er automatisch zum Studio hinübersah, öffnete sich dort die Tür, und unvermittelt überfiel ihn eine Nervosität, wie er sie das letzte Mal empfunden hatte, als er seinem Tutor in Boston die Fotos für sein Abschlussprojekt zeigen musste.

Eigentlich war das nicht weiter verwunderlich. Damals hatte seine Zukunft von dem Projekt und der Reaktion seines Tutors abgehangen. Heute hing seine berufliche Karriere von dieser Ausstellung und Kelseys Rolle darin ab.

Er nahm eine Serviette und wischte sich die Krümel und den Schweiß von der Handfläche. Dann stand er dort und wagte kaum zu atmen, während die Frauen verschwitzt, aber energiegeladen aus dem Studio kamen.

Man winkte einander zu, stieg in Volvos und BMWs und fuhr davon.

Kelsey war noch immer im Studio.

Wyatt wünschte sich, er hätte den Kaffee vom Tisch mitgenommen, um die Beklemmung hinunterzuspülen, die sich fast nicht mehr ertragen ließ.

Er wollte gerade zu seinem Platz zurückkehren, als die Tür des Studios erneut aufging. Er erstarrte und hielt den Atem an. Kelsey trat in einem schwingenden Rock, einem schlichten weißen T-Shirt und mit einer Sporttasche über der

Schulter heraus, blickte über den Parkplatz und marschierte dann auf einen himmelblauen Mustang zu. Sie öffnete die Tür und stand einen Moment lang einfach nur da.

Seine Brust schmerzte, und er stellte fest, dass er noch immer die Luft anhielt. Beherrscht atmete er aus. Kelsey blickte zum Café herüber, dann zurück zu ihrem Auto.

»Komm schon«, murmelte er. »Komm einfach rüber.«

Ein älterer Mann, der gerade Sahne in seinen Kaffee gab, warf ihm einen verstohlenen Seitenblick zu, als könnte sich Wyatt als gefährlicher Psychopath entpuppen.

Tja, wenn Kelsey ihn noch länger warten ließ, dann konnte das durchaus geschehen.

Kelsey warf ihre Tasche auf den Rücksitz, blickte erneut vom Auto zum Café und zurück und schlug dann endlich seine Richtung ein.

»*Ja!*« Wyatt ballte die siegreiche Faust, was mehr war, als der ältere Mann verkraften konnte. Er huschte davon, während Wyatt zu seinem Tisch zurückeilte.

Er saß wieder, als Kelsey eintrat, hinter der Tür stehen blieb und sich im Café umsah. Er winkte ihr lässig, als hätte er die ganze Zeit einfach dort gesessen und seine E-Mails gecheckt.

Sie kam zu ihm, schenkte ihm ein zögerndes Lächeln und setzte sich. »Hey«, sagte sie und schob sich eine Haarsträhne hinters Ohr, die sich aus dem Pferdeschwanz gelöst hatte. Ihr Gesicht glühte noch von der körperlichen Anstrengung, und am Haaransatz hatten sich Schweißperlen gebildet. Sie trug keinerlei Make-up.

Wyatt fand, dass sie nie schöner ausgesehen hatte.

»Danke, dass du gekommen bist«, sagte er und zwang sich, geschäftsmäßig zu klingen, obwohl alles in ihm sich danach sehnte, ihre Hände zu greifen und sie anzuflehen, an seiner Ausstellung teilzuhaben.

»Ich … na ja, ich dachte, dass ich dir das wohl schuldig bin.« Sie hatte eine kleine Tasche dabei, und als sie nun hineingriff, eine Lippenpflege herausholte und sie sich auf die Lippen rieb, konnte er sie nur anstarren.

Mann. Reiß dich zusammen, befahl er sich scharf und verpasste sich in Gedanken einen Tritt in den Hintern.

»Das weiß ich wirklich zu schätzen«, sagte er. »Und ich wollte dich etwas fragen.«

»O-kay.« Sie dehnte das Wort auf zwei lange Silben aus, als ahnte sie, dass ihr die Frage nicht gefallen würde.

»Wenn es nicht um deine Stelle gehen würde – mit Kindern zu arbeiten, meine ich –, wärst du dann dabei? Bei meiner Ausstellung?«

Er beugte sich erwartungsvoll vor. Sie musste Ja sagen. Natürlich musste sie Ja sagen. Er hatte gesehen, wie sie in dem Strip-Club getanzt hatte. Ganz zu schweigen von ihrer Ungezwungenheit vor der Kamera, nachdem sie ihre anfängliche Befangenheit überwunden hatte.

Und dass sie das Geld brauchte, wusste er schließlich.

Sie würde also Ja sagen, und er ihr seine Idee erläutern. Sie würde einwilligen, und er konnte endlich aufatmen und weitermachen.

Perfekt. Ein perfekter Plan.

Den sie allerdings zunichte machte, indem sie Nein sagte.

»Ähm, wie bitte?«, hakte er nach. »*Nein*?«

»Oder sagen wir besser, dass ich es nicht weiß. Aber ich glaube nicht.« Sie hatte die Brauen zusammengezogen und war in sich zusammengefallen, sodass sie aussah wie ein halbwüchsiges Mädchen, das sich vor dem Direktor verantworten musste.

»Aber …« Frustriert rieb er sich die Schläfen. »Na ja, ich weiß doch, dass du das Geld brauchst. Also warum nicht?«

Sie schluckte und atmete so tief ein, dass sich ihre Schultern hoben. Schließlich sah sie ihm direkt in die Augen. »Deinetwegen.«

»Meinetwegen«, wiederholte er lahm.

Sie schenkte ihm ein halbes Lächeln. »Du bringst mich dazu, Dummheiten zu machen.«

Es war eigentlich nichts Anzügliches an ihrer Antwort, und doch reagierte sein Körper prompt. Als wären sie in einer Bar und würden Martinis statt Kaffee trinken, und sie hätte forsch die Hand ausgestreckt und sie auf seinen Schwanz gelegt.

Er schloss die Hand um den Pappbecher und konzentrierte sich auf die Hitze – und darauf, ihn nicht zu zerquetschen und den restlichen Kaffee in einer Fontäne in die Luft zu schleudern. Am meisten aber konzentrierte er sich darauf, überhaupt nicht zu reagieren oder zumindest nicht so, dass sie etwas merkte.

»Dummheiten«, wiederholte er nachdenklich und nickte. »Was denn für Dummheiten? Für mich Modell zu stehen? Das halte ich ehrlich gesagt gar nicht für dumm.«

Sie neigte den Kopf zur Seite und betrachtete ihn, als hätte er nicht alle Tassen im Schrank. »Wie kannst du das sagen? Ich hab's schließlich schon getan, und ich weiß, dass es …«

Sie unterbrach sich selbst und presste die Lippen aufeinander.

»Oh, nein«, sagte er mit einem Lachen in seiner Stimme. »Du wolltest mir gerade zustimmen.«

»Nein, wollte ich nicht.«

»Was wolltest du denn dann sagen, hm? Für mich Modell zu stehen war …« Er ließ den Satz offen und ließ die Hand kreisen, als wolle er eine Antwort aus ihr herauskurbeln.

»Scharf«, antwortete sie schließlich, und ihr Gesicht nahm eine tiefrote Färbung an. »Okay? Nun zufrieden? Es war scharf, für dich Modell zu stehen.«

Er starrte sie einen Moment lang an – leicht verblüfft, ziemlich erleichtert und noch erregter als zuvor. Dann lehnte er sich zurück und verschränkte die Arme vor der Brust. »Ja«, sagte er, »das war es.«

»Und scharf ist gleich dumm«, fügte sie hinzu. »Im Übrigen bin das nicht ich.«

In seinen Augen gab es dafür ziemlich viele Gegenargumente, aber er blieb still. Er wusste, dass er sie nicht würde überzeugen können. Jedenfalls nicht jetzt.

»Wie du meinst.« Er seufzte. »Aber ich habe ein Problem, und bitte hör es dir an, okay? Meine Ausstellung eröffnet in zwei Wochen. Und weil es eine richtig große Produktion mit Katalogen und Werbung und allem drum und dran ist, habe ich nicht einmal so viel Zeit. Sagen wir zehn Tage. Alles, was ich von dir möchte, sind zehn Tage. Ach, ich käme auch mit fünf aus, wenn wir Überstunden machten. Fünf Tage und die Eröffnung. Das ist alles, Kelsey. Fünf Tage, was dreitausend pro Tag wäre, nur um vor der Kamera zu stehen.«

Sie setzte an, etwas zu sagen, aber er hielt die Hand hoch. »Warte. Bitte lass mich ausreden.«

Als sie nickte, wertete er das als gutes Zeichen und beeilte sich fortzufahren.

»Du sagst, das bist du nicht, aber du siehst nicht, was ich sehe. Du hast genau die Ausstrahlung, die ich seit einer Ewigkeit suche. Da ist dieses Bild, das ich im Kopf habe, seit ich vor Jahren die erste Idee für das Projekt hatte, das nun fast vor der Vollendung steht. Und dieses Bild besteht aus all den Facetten, die dich ausmachen. Auch deine Leidenschaft fürs Tanzen gehört dazu.«

Er glaubte, sie endlich gepackt zu haben, und fuhr fort. »Ich habe dir von der Bühne am Ende des Korridors erzählt, nicht wahr? Eine sinnliche Frau hinter einem hauchzarten Vorhang? Wie wäre es denn, wenn diese Frau tanzt? All die Leidenschaft, die Emotionen, die die Fotos ausdrücken, werden durch Musik und Bewegung zum Leben erweckt.«

»Das klingt schön«, sagte sie leise. »Und es klingt sogar nach etwas, das mir Spaß machen würde. Aber ich kann nicht diejenige welche sein. Ich hab's dir schon gesagt. Meine Stelle. Und das bin …«

»Das bist du nicht. Ja, du sagtest es. Aber genau das ist das Geniale daran.« Er beugte sich vor und nahm ihre Hand, damit ihre Wärme seine Leidenschaft für das Projekt schürte. »Kelsey, du musst es gar nicht sein.«

Langsam entzog sie ihm ihre Finger. »Wie meinst du das?«

»Du kannst anonym bleiben.«

»Aber … die Bilder, die du schon von mir hast. Bei fast allen ist das Gesicht ausgeleuchtet. Und ich schaue darauf in die Kamera, und es ist so sinnlich und so direkt und so schamlos und wunderbar.«

»Freut mich, dass du das so siehst«, sagte er ernst.

»Ich habe dir ja schon gesagt, dass ich deine Arbeit großartig finde, Wyatt. Ich kann bloß nicht Teil davon sein.«

»Kelsey Draper nicht, nein. Aber vielleicht eine anonyme Frau.«

»Aber …«

»Du willst sagen, dass das nicht der Grundgedanke meiner Ausstellung war, aber vielleicht ist er das doch. Vielleicht geht es genau darum, all diese besonderen Frauen zu dem einen Ideal, zur Traumfrau, zusammenzuführen. Eine namenlose Frau, die all das repräsentiert, was du gerade aufgezählt hast.«

»Das tue aber doch nicht ausgerechnet ich.«

»Und ich finde, das kann ich besser beurteilen.«

»Anonym …«, wiederholte sie, und Wyatt gab sich größte Mühe, nicht seine gesamte Hoffnung an dieses Wort von ihr zu hängen.

»Absolut anonym.«

Sie biss sich auf die Lippe und nickte langsam. Er hielt den Atem an und zwang sich, schweigend abzuwarten. »Kann ich darüber nachdenken?«

Enttäuschung machte sich in seiner Magengrube breit. »Na klar.«

»Okay.« Sie drückte sich vom Tisch ab und stand auf. »Tja, dann … sollte ich jetzt gehen.«

Er beugte sich vor, und seine Hand landete auf ihrer Tasche. »Warte.«

»Wyatt, bitte. Ich muss wirklich darüber nachdenken.«

»Okay, das verstehe ich. Aber ich finde, dass du mir eine Erklärung schuldest.«

Sie beäugte ihn misstrauisch. »Wofür?«

»Kelsey«, sagte er sanft. »Was ist mit Griffin passiert?«

Einen Moment lang stand sie nur da. Dann setzte sie sich wieder.

»Bitte«, drängte er sie. »Findest du nicht, dass es an der Zeit ist, mir zu sagen, was an jenem Abend der Party passiert ist?«

21

Mich fröstelt bei seinen Worten, und am liebsten würde ich vehement widersprechen. *Nein! Es ist nicht an der Zeit, und ich will nicht darüber reden. Ich will noch nicht einmal daran denken.*

Aber das kann ich nicht tun. Denn auch wenn ich aufspringen und weglaufen möchte, weiß ich doch, dass es stimmt: Es ist wirklich an der Zeit. Und er hat ein Recht darauf zu erfahren, was damals geschehen ist.

»Seit wann weißt du davon?«, frage ich. »Über den Abend mit der Party, meine ich.«

»Ich weiß eigentlich gar nichts. Ich stelle gerade nur Vermutungen an. Aber nachdem ich Griffin kennengelernt und gehört habe, wie alt er war, als er sich die Verbrennungen zugezogen hat, war es nicht schwer, eins und eins zusammenzuzählen. Es hat also einen Unfall gegeben?«

Ich ziehe die Brauen zusammen und schlinge die Arme um meinen Oberkörper. »Unfall«, murmele ich, und das Wort schmeckt bitter auf meiner Zunge. »Das klingt zu glatt für das, was tatsächlich geschehen ist.«

»Hey, hey.« Sein Flüstern ist sanft und zärtlich, aber ich verstehe nicht, was los ist, bis er sich über den Tisch beugt und mir mit der Serviette die Haut unter meinen Augen abtupft.

Ich schenke ihm ein wässriges Lächeln und versuche, meine Gedanken wenigstens so weit zu ordnen, dass ich die Geschichte erzählen kann, aber es will mir nicht gelingen.

»Lass uns ein Stück gehen«, sagt er, steht auf und kommt um den Tisch herum, um den Stuhl für mich zurückzuziehen.

Ich nehme meine Tasche, komme auf die Füße und schaue dabei zu ihm auf. »Ist das etwa ein Versuch, sich um mich zu kümmern, Mr. Segel? Oder sollte ich besser Mr. Royce sagen?«

»Am liebsten Wyatt, und ja.« Er nimmt meine Hand, führt mich durch die Tür hinaus und lässt mich auch draußen nicht los, und mir wird bewusst, wie gut mir das tut. Und es ist nicht seine Berührung selbst, nach der ich mich sehne, obwohl die Erinnerung seiner Hände auf meiner Haut beim Shooting mich nicht loslassen will.

Nein, was ich jetzt brauche, ist seine Unterstützung, seine Stärke. Und auch wenn ich weiß, dass ich mit dem Feuer spiele, bin ich nur allzu froh, mich in diesem Moment an ihn lehnen zu können.

Während wir langsam über den Parkplatz schlendern, warte ich darauf, dass er mich noch einmal nach Griffin fragt, aber er tut es nicht. Stattdessen hält er nur meine Hand, schweigt und lässt mich an seiner Ruhe und seiner Kraft teilhaben.

Und mit einem Mal wird mir wieder bewusst, was ich damals am meisten an ihm liebte. Er behandelte mich, als sei ich etwas Besonderes. Als seien meine Wünsche und Träume wichtig.

All die Jahre habe ich ihn für gefährlich gehalten. Aber

vielleicht war gar nicht er die Gefahr. Vielleicht steckte das Potenzial immer schon in mir selbst.

Wir erreichen Blue, und als wir an dem Auto vorbeigehen, streiche ich mit einem Finger an der gewachsten Karosserie entlang, dann bleibe ich stehen und lehne mich gegen die Motorhaube. Wyatt lässt meine Hand los, stellt sich vor mich und schiebt die Hände in seine Hosentaschen.

»Er hat ihn mir geschenkt«, sage ich ohne einleitende Erklärung.

»Den Wagen?«

»Er heißt Blue.«

Er mustert den Mustang und nickt amüsiert. »Nicht unbedingt der originellste Name, aber er passt.«

»Nicht wahr?«, erwidere ich trotzig. »Der Name *ist* gut!«

Er hält ergeben die Hände hoch. »Absolut. Und Griffin hat ihn dir geschenkt? Wow! Ein tolles Auto.«

»Er hat es auf einem Schrottplatz gefunden, es ganz allein restauriert und mir zu meinem fünfundzwanzigsten Geburtstag geschenkt. Ich …«

Ich breche ab, weil wieder Tränen zu fließen drohen, und ich will jetzt nicht weinen.

»Ich behandele den Wagen wie ein rohes Ei«, sage ich, als ich sicher bin, dass ich wieder sprechen kann. »Griffin schimpft schon mit mir. Seiner Ansicht nach müsste ich endlich mal alle Gänge richtig ausfahren und das Gaspedal durchtreten. Auf dem Highway oder irgendwo in der Wüste oder so.«

»Er hat recht. Macht bestimmt Spaß.«

»Vermutlich.«

»Warum tust du es dann nicht?«

Ich hebe eine Schulter, gebe aber keine Antwort. Ich denke

nicht, dass es nötig ist. Wyatt sagt zwar nichts, aber er weiß ganz gut, dass ich kein Mensch bin, der oft das Gaspedal durchtritt. »Nie« trifft es wohl am ehesten.

Ich drücke mich vom Wagen ab und setze mich wieder in Bewegung. Er schließt zu mir auf. »Jedenfalls ist er total lieb zu mir. Der beste Bruder, den man sich vorstellen kann, und er würde alles für mich tun – ach was, er *tut* alles für mich. Und obwohl er es im Alltag wirklich schwer hat, beklagt er sich praktisch nie, und es ist so furchtbar gemein und unfair, weil …«

Ich verhaspele mich, und meine Kehle wird eng, und mein Herz rast unter der emotionalen Last der Worte, die durch meinen Verstand wirbeln. Ich hole tief Luft und zwinge mich, den Satz zu beenden, den ich gerade habe abbrechen lassen. »Weil alles nur meine Schuld ist.«

Wyatt sieht nicht so aus, als würde er mir glauben, aber es ehrt ihn, dass er den Mund hält und es mir nicht sofort auszureden versucht. Stattdessen hört er meiner Geschichte zu.

Von der Party weiß er ja bereits, und so erzähle ich ihm von der Diskussion mit Griffin, der so gerne Marshmallows über dem Feuer rösten wollte.

»Ich hätte nie gedacht, dass er es ohne mich probieren würde«, sage ich, als meine Kehle sich erneut zuzieht. Ich kann mich an jedes Wort erinnern, das in dieser Nacht gesprochen wurde, und mein Vater dachte gar nicht daran, etwas zu beschönigen, schließlich war nur ich dafür verantwortlich, weil ich Griffin allein gelassen hatte, um herumzuhuren, und vielleicht würde mein Bruder meinetwegen nun sterben.

Ich fahre mir mit der Zunge über die Lippen, als wir den Gehweg vor dem Studio erreichen. Ich würde gerne weitergehen, aber es sind viele Leute unterwegs heute Morgen, und ich fühle mich schutzlos und verletzlich.

»Finden jetzt Kurse statt?«, fragt Wyatt, der anscheinend meine Gedanken lesen kann, und deutet mit einer Kopfbewegung aufs Studio.

»Erst wieder in zwei Stunden. Aber die nächste Trainerin kommt normalerweise schon eine Stunde früher.«

»Dann haben wir Zeit genug.« Er nimmt mir, ohne zu fragen, meine Tasche ab, sucht den Studioschlüssel heraus, schließt für mich die Tür auf und folgt mir hinein. Er schließt die Tür wieder ab, sieht sich um und zieht eine der dicken Matten hervor, die normalerweise für die Mutter-Kind-Kurse benutzt werden. Er legt sie auf den Boden, bedeutet mir, mich zu setzen, dann gesellt er sich zu mir.

»Griffin hatte also beschlossen, Marshmallows zu rösten, nehme ich an.«

Ich nicke. »Er mag sie bis heute. Ich kann keine sehen, ohne dass mir übel wird.«

»Was hat er getan?«

»Sobald ich weg war, versuchte er, den Grill draußen anzumachen, aber er wusste nicht, wie es ging. Er drehte zwar das Gas auf, konnte aber den Zünder nicht auslösen. Also holte er sich Benzin aus dem Gartenschuppen. Was allein schon gefährlich genug gewesen wäre, wenn er es nicht außerdem noch versäumt hätte, das Gas wieder abzudrehen.«

Wyatt verzieht gequält das Gesicht, und ich presse die Lippen fest zusammen und nicke.

»Er hat Streichhölzer benutzt«, sagt Wyatt leise.

Wieder nicke ich. »Die Flamme sprang über. So hat er es jedenfalls selbst beschrieben. Die Feuerwehr erklärte uns, dass sich das Gas um die Feuerstelle konzentriert hatte, weil es vollkommen windstill gewesen war. Er hatte seine Hand direkt an der Gaswolke, und sein Ärmel fing Feuer.«

»Lange Ärmel für die frische Nachtluft«, sagte Wyatt. »Selbst im Sommer.«

»Jedenfalls ist das alles, an was er sich erinnert. Er muss sich abgewandt haben, denn es erwischte seinen rechten Arm, die rechte Gesichtshälfte, die Schulter und den Rücken. Die rechte Ohrmuschel fehlt. Ich weiß nicht, ob du das gesehen hast.«

Wyatt schüttelt den Kopf. Sein Schweigen ist andächtig.

»Ein großes Stück seines Gesichts ist verbrannt. Er hat Glück gehabt, dass die Kopfhaut kaum etwas abbekommen hat, sodass er seine Haare noch hat. Aber die Wunden waren tief – zum Teil bis auf die Knochen. Sein kleiner Finger war nicht mehr zu retten; er musste amputiert werden.«

»Bei Verbrennungen vierten Grades nicht ungewöhnlich«, sagt Wyatt, und ich muss überrascht wirken, denn er fügt hinzu: »Ich habe vor Jahren auf freiwilliger Basis Fotodokumentationen in einer Klinik gemacht. Dort habe ich einiges gesehen.«

»Dann kennst du das. Zumindest im Ansatz. Heute sieht es nur schrecklich aus. Aber damals hat er höllische Schmerzen gelitten. Und alles passierte nur, weil ich nicht da war. Weil ich …«

Wieder breche ich ab. Er nickt. »Weil du mit mir zusammen warst.«

Ich wische eine einzelne Träne von meiner Wange und nicke. »Und meine Jungfräulichkeit verloren habe, während Griffin fast sein Leben verloren hätte.«

Wyatt rutscht herum, bis er neben mir sitzt, und schlingt

seinen Arm um mich. Ich lege meinen Kopf an seine Schulter und schließe die Augen, während er beruhigend über mein Haar streicht. »Ich verstehe dich«, sagt er leise. »Glaub mir, das tue ich. Aber es war nicht deine Schuld.«

»Es wäre nicht passiert, wenn ich zu Hause geblieben wäre.«

»Kann sein. Vielleicht aber doch. Und es *ist* schrecklich. Dennoch bist du nicht schuld daran. Oder ich, was das angeht.«

Ich mache mich los und ziehe den Kopf zurück, um ihn erstaunt anzusehen.

Er atmet aus. »An irgendeinem Punkt wirst du auch mir die Schuld gegeben haben.«

»Meinst du? Nein, ich glaube nicht.« Und tatsächlich habe ich das nicht getan. *Ich* war diejenige, die sich entschieden hat, zu der Party zu gehen. Ich habe die Regeln gebrochen. Ich habe mich wie ein schlechter Mensch verhalten, wie mein Vater gesagt hat. Wyatt ist eben Wyatt gewesen. Ja, er hat versucht mich zu überreden. Aber ich bin diejenige, die ihren kleinen Bruder allein gelassen hat.

Ich betrachte ihn eine Weile stumm. »Wenn du glaubst, dass ich dich nicht angerufen habe, weil ich Wut auf dich hatte, dann irrst du dich«, sage ich schließlich. »Anfangs hatte ich Angst. Und ich durfte gar nichts mehr. Ich hatte monatelang Telefonverbot.«

Ich ziehe die Knie an die Brust, während ich mich an jene schlimme Zeit erinnere, die geprägt war durch den schrecklich süßlichen Geruch von verschmortem Fleisch, schwärenden Wunden und Desinfektionsmitteln.

»Zudem wohnte ich fast im Krankenhaus. Und selbst wenn ich die Möglichkeit gehabt hätte, dich zu erreichen –

wie hätte ich an etwas Gutem in meinem Leben festhalten können, wenn ich so etwas Furchtbares bewirkt hatte?«

Er nimmt meine Hand und drückt sie. »Auch das kann ich verstehen.«

»Es tut mir so leid. Wirklich. Ich habe gar nicht darüber nachgedacht, dass es dich kränken könnte, wenn ich mich nicht melde. Ich war zu sehr in meinem Elend verstrickt. Und später, als ich hätte anrufen können, habe ich mich einfach zu sehr geschämt.«

Sein Daumen streicht tröstend über meinen Handrücken. »Du hast an mich gedacht?«, fragt er, und obwohl seine Stimme einen neckenden Unterton hat, glaube ich einen Hauch Hoffnung heraushören zu können.

»Ja«, gebe ich zu, und mein Mund wird trocken, als ich seinem Blick begegne. »Ständig sogar.«

Etwas blitzt in seinen blassgoldenen Augen auf, und ich frage mich, was ich ausgelöst haben mag. Aber ich bin auch stolz auf mich. Ich habe mich zwar nicht gerade wild und verrückt benommen, aber mein Geständnis kann, was die Kategorie »Loslassen« betrifft, durchaus zu meinen persönlichen Bestleistungen gezählt werden.

»Ich auch an dich«, sagt er, und ich spüre ein nettes, kleines Ziehen um mein Herz herum. »Und du solltest wissen, dass ich versucht habe, dich zu finden. Ich habe sogar in deiner Schule nachgefragt, aber du warst schon weg.«

»Wirklich?«

Er zuckt die Achseln, als sei das keine große Sache, doch für mich ist es mehr als das. »Du hast mir den Vorwurf gemacht, ich hätte es nicht getan. Das möchte ich nicht auf mir sitzen lassen.«

»Danke«, flüstere ich.

Einen Moment lang sitzen wir beide einfach nur da. Dann räuspert er sich und fragt: »Also, wie hast du auf der Party davon erfahren? Von dem Unglück, meine ich?«

»Mein Vater hat die Adresse gefunden. Ich hatte den Zettel in meiner Jeans vergessen. Er fand mich in dem Gästezimmer, als du uns etwas zu trinken holen wolltest. Er … er nannte mich Hure und sagte mir, was passiert ist.«

»Dieser Mistkerl.« Der Zorn in Wyatts Stimme ist scharf wie ein Messer.

»Er meinte, ich sei genauso schlecht und verdorben wie meine Mutter, weswegen mein Bruder fast zu Tode gekommen wäre.«

»Ach, Kleines.« Er packt meine Schultern und dreht mich zu sich. »Es war nicht deine Schuld. Das musst du doch wissen. Und du warst nicht schlecht oder verdorben. Du warst ein Teenie. Du hast getan, was man als Teenie tut. Du hast dich über die Anweisungen deiner Eltern hinweggesetzt, ja, aber Griffin war alt genug, um auf sich selbst aufzupassen. Dass du auf die Party gekommen bist, war nicht der Grund. Und das gilt selbst dann noch, wenn wir eine Kristallkugel hätten und beweisen könnten, dass nichts geschehen wäre, wenn du bei ihm geblieben wärst.«

Ich nicke schniefend. »Ich weiß das alles. Glaub mir, ich weiß es. Nur …« Ich zucke die Achseln und spreche aus, was ich mir so oft selbst sage. »Wissen und es auch glauben sind zwei ganz verschiedene Dinge.«

Er stößt ein Schnauben aus. »Dein Vater hat wirklich ganze Arbeit geleistet.«

Ich versuche zu lächeln, aber es gelingt mir nicht richtig. »Er hatte viel Zeit, sein Talent auszufeilen.«

»Ich fand ihn damals in Santa Barbara schon streng, aber ich hatte keine Ahnung, dass ...«

»Es war wegen meiner Mutter. Meine biologische Mutter, nicht Tessa. Sie hatte eine Affäre, und ich glaube, sie und ihr Liebhaber sind irgendwo hingefahren. Auf dem Weg hat es einen Unfall gegeben, bei dem beide und der Fahrer des anderen Wagens zu Tode kamen. Damals war ich zwei Jahre alt.«

»Und dein Vater hat dir in deiner Kindheit immer gesagt, dass der Unfall geschehen ist, weil deine Mutter verdorben und schlecht war. Sie war schuld am Tod dieser drei Menschen. Weil sie eine Hure war.«

Ich lächele tapfer. »Als seist du dabei gewesen.«

»Ein Grund mehr, warum du für mich Modell stehen solltest.«

Ich strecke meine Beine vor mir aus, lehne mich zurück und stütze mich auf den Ellenbogen ab. »Und wie genau lautet dein Argument?«

»Du sagst, du weißt es. Dass dein Vater im Unrecht war. Du schaffst es nur nicht, auch daran zu glauben.«

»Und?«

»Ich helfe dir dabei, es endlich zu verinnerlichen. Indem du für mich arbeitest, kannst du im wahrsten Sinne des Wortes deine Hemmungen ablegen. Klar ist es Kunst, aber ausziehen musst du dich trotzdem.«

Ich muss lachen. »Wie überzeugend du sein kannst!«

»Außerdem darfst du tanzen. Und kriegst viel Geld, mit dem du etwas Gutes tun kannst. Du kannst Griffin helfen.«

Ich nicke bedächtig, dann fällt mir plötzlich etwas ein. »Und du wusstest wirklich nicht, warum wir die Stadt verlassen haben? Du hattest nichts von dem Brand gehört?«

»Nein, nichts. Ich bin ja kurz danach nach Boston gegangen, aber selbst wenn nicht, hätte ich wahrscheinlich nichts mitbekommen. Das Haus hat nicht gebrannt, oder?«

»Nein. Nur Griffin.«

»Dann wundert es mich noch weniger. Wahrscheinlich stand etwas in der Zeitung, aber die habe ich zu dem Zeitpunkt nicht gelesen. Zumal ich mit eurer Gegend eigentlich nichts zu tun hatte.«

»Und im Club wurde nichts erwähnt?«

»Ich hörte jedenfalls nichts, aber ich blieb die meiste Zeit ohnehin für mich. Und nachdem du wie vom Erdboden verschluckt warst, ging ich so gut wie nicht mehr hin.«

»Es tut mir wirklich so leid.«

Er steht auf und streckt mir die Hand hin. Ich nehme sie und muss erneut lachen, als er mich so schwungvoll auf die Füße zieht, dass ich gegen ihn pralle und er mühelos seinen Arm um meine Taille legen kann.

»Wie leid genau tut es dir?« Seine Stimme vibriert rumpelnd durch meinen Körper.

»Wyatt …«, protestiere ich. Doch mehr bringe ich nicht heraus, da ich gegen den schier unwiderstehlichen Wunsch ankämpfen muss, mich an ihn zu schmiegen, damit er mich einfach nur festhalten kann.

»Ich meine ja nur. Wenn du findest, dass du mir was schuldig bist, könntest du mir einfach anbieten, für mich Modell zu stehen.«

Sofort lässt meine Anspannung wieder nach. Und als ich meinen Kopf in den Nacken lege, um zu ihm aufzuschauen, blickt er amüsiert zurück.

»Es ist wahr, dass man mich durch Schuldgefühl immer kriegen kann«, gebe ich zu. »Aber ich kämpfe schwer gegen den Impuls an.«

»Kämpf nicht dagegen an«, sagt er und tritt einen Schritt zurück. »Hör auf deinen Bruder, er scheint ein kluges Kerlchen zu sein. Lass ein bisschen die Sau raus. Tritt das Pedal durch. Riskier was.«

»Und du bist ein Risiko?«

»Risiko, Belohnung. Ich bin ziemlich sicher, dass beides zusammenhängt.«

Ich schneide ein Gesicht, aber vor allem, weil mir dazu keine schlagfertige Bemerkung einfällt.

»Aber im Ernst«, sagt er. »Willst du wirklich den Rat deines Bruders missachten? Der arme Junge ist doch schon gestraft genug!«

Ich lache. »Du bist schrecklich, weißt du das?«

»Schrecklich, aber brillant. Gib mir deine Tasche.«

»Was? Nein.«

»Na gut. Dann nur den Schlüssel.«

»Wyatt …«

Er hält mir die offene Hand hin. »Los, mach schon.«

»Warum?«

»Du weißt, warum.« Er wackelt mit den Fingern. »Los doch, Kelsey. Wir haben nicht den ganzen Tag Zeit. Her mit dem Schlüssel.«

Ich gebe ihn ihm. Keine Ahnung, warum, aber ich tu es.

»Schön«, sagt er und lässt den Schlüssel an einem Finger herabbaumeln, während er mit der anderen Hand nach meiner greift. »Gehen wir.«

22

Die Fahrt über die San Francisquito Canyon Road von Valencia bis ins Antelope Valley dauert normalerweise eine Dreiviertelstunde, aber mit Wyatt am Steuer werden wir wohl keine dreißig Minuten brauchen.

Wir fahren offen, und der Wind in meinem Gesicht ist erfrischend. Die Straße schlängelt sich als zweispuriges Band durch die bräunlichen Hügel, die mit struppigen Büschen gesprenkelt sind. Wir sind unterwegs in die Mojave-Wüste, und die Landschaft links und rechts der Straße ist von rauer, karger Schönheit.

»Blue ist bisher ausschließlich von mir oder Griffin gefahren worden«, bemerke ich, als er eine Kurve, vor der ein Tempolimit von vierzig ausgewiesen ist, mit fünfundfünfzig Meilen pro Stunde nimmt.

»Und doch sitze ich am Steuer. Wie kommt das wohl?«

Da das eine Frage ist, über die ich nicht allzu intensiv nachdenken möchte, wechsele ich das Thema. »Wohin fahren wir?«

»Reicht dir die Fahrt allein nicht?«

Ich weiß, dass er mich aufziehen will, aber ich denke dennoch über die Frage nach. »Weißt du was? Eigentlich schon.« Und das meine ich wirklich so. Ich bin seit einer Ewigkeit nicht einfach ins Blaue gefahren – oder eigentlich noch nie, wenn ich so darüber nachdenke. Ich bin jemand, der Bestimmungsorte braucht: Ich weiß am liebsten, wohin es geht und wie man dorthin kommt; alles andere macht mich normalerweise schlicht nervös.

Doch heute mit Wyatt am Steuer fühle ich mich frei.

Ich lehne mich zurück, streife mir die Schuhe ab und lege meine nackten Füße auf Blues Armaturenbrett. Meine Haare sind noch zu einem Pferdeschwanz zusammengefasst, und ich greife nach hinten und ziehe das Gummi heraus. Später werde ich Mühe haben, die Knoten zu entwirren, aber der Wind im Haar fühlt sich wundervoll an.

Nach einer Weile beuge ich mich vor und schalte die Musikanlage an. Griffin hat den Wagen größtenteils in seinen Originalzustand versetzt, nur beim Lack hat er eine Ausnahme gemacht: Die Farbe »Tropisch Türkis« gehört laut Griffin eigentlich ins Jahr 1965.

Die Musikanlage ist ebenfalls Griffin pur. Er liebt Musik, und die Vorstellung, sich mit einem Radio zufriedenzugeben, das fast fünfzig Jahre alt ist, war für ihn schlichtweg undenkbar. Weswegen mein Oldtimer nun ein Wahnsinnssoundsystem besitzt.

Ich schiebe eine CD in die Anlage, und einen Moment später dringt Tom Pettys *Free Fallin'* durch die Boxen, und ich drehe die Lautstärke auf, da Musik und Text so gut zum Augenblick passen.

»Was ich dich die ganze Zeit schon fragen wollte«, beginne ich, als der Song zu Ende ist und ich wieder etwas leiser gedreht habe. »Als ich in dein Studio kam, hast du mich gefragt, was für ein Spiel ich spielen würde. Später hast du noch einmal etwas Ähnliches gesagt.« Ich stelle die Füße wieder auf den Boden, damit ich mich ihm zuwenden kann. »Was hast du damit gemeint?«

Er sieht mich nicht an, doch seine Hände packen das Lenkrad fester, und der Wagen wird langsamer, bis wir tatsächlich im erlaubten Tempo fahren.

»Wyatt?«

Er atmet zweimal tief ein und aus, ehe er antwortet. »Erinnerst du dich noch, was ich dir von meinem Vater erzählt habe?«

Ich überlege einen Moment lang und nicke, als Einzelheiten der Zeit in Santa Barbara in mein Bewusstsein zurückkehren. »Du sagtest, er sei ein Wirtschaftsprüfer. Und ich weiß noch, dass er sich ebenfalls unsichtbar vorkam – so wie ich mir damals manchmal. Nur dass er von Scheinwerfern umgeben war und dennoch im Schatten stand.«

»Genau. Er hatte immer das Gefühl, dass er in den Augen seines Umfelds nichts wert war oder dass sein einziger Wert darin bestand, mit einem großen Namen verbunden zu sein. Und immer wollte jemand was von ihm.«

»Einen Gefallen, meinst du?«

»Was auch immer. Meine Großmutter hat keinen Briefkasten mehr, und weißt du, warum? Weil die Fans ihn immer geklaut haben. Irgendwann hat sie in den Zaun einen Briefschlitz mit einem Kasten dahinter einbauen lassen. Aber wenn Fans schon ihren Briefkasten klauen, kannst du dir ja vorstellen, wie dreist sie Leute belästigen, die mit ihr privat zu tun haben.«

»Das muss furchtbar für ihn gewesen sein.« Ich greife nach Wyatts Hand und bin froh, als er sie vom Lenkrad nimmt und seine Finger mit meinen verschränkt. »Und für dich auch.«

Ich weiß bereits, dass er sich für die Ausstellung W. Royce nennt, weil er es aus eigener Kraft schaffen will, aber das von seinem Vater zu hören macht es mir umso verständlicher.

Was ich dagegen nicht verstehe, ist die Frage, was das mit mir und vermeintlichen Spielen zu tun hat.

»Hollywood-Spielchen«, sagt er, als ich ihn danach frage.

Ich schüttele verständnislos den Kopf.

Er lässt meine Hand los, um sich mit den Fingern durchs Haar zu fahren. »Als ich damals mit den Getränken zurückkam und du nicht mehr im Gästezimmer warst, glaubte ich, ich hätte dich zu sehr bedrängt. Und deshalb seist du wütend auf mich gewesen und abgehauen.«

»Oh. Wyatt! Nein!«

»Ich verfluchte mich selbst. Ich konnte nicht fassen, dass ich mich wie ein unsensibler Mistkerl benommen hatte. Ich wusste ja, dass du noch keine Erfahrung hattest und wie streng dein Vater war. Ich hätte doch daran denken müssen, dass du damit vielleicht überfordert sein würdest. Wenigstens hätte ich dafür sorgen müssen, dass dein erstes Mal nicht auf einer Party stattfindet, bei der das ganze Haus voller Leute ist.«

»Nein«, flüstere ich wieder. Ich möchte ihm klarmachen, dass er sich irrt – wie wunderbar ich mich gefühlt habe –, aber er spricht schon weiter.

»Ich fühlte mich wie das größte Arschloch, das es je gegeben hatte. Jedenfalls bis ich irgendwann wieder in den Club ging und ein Gespräch von Grace und ihren albernen Freundinnen belauschte.«

»Wieso? Was haben sie gesagt?« Ich wüsste nicht, was ausgerechnet Grace über mich und mein Verschwinden auf der Party zu sagen hätte haben können. Doch als Wyatt mir von einem vermeintlichen Spiel und Bonuspunkten erzählt, die diejenige bekommt, die mit einem Spross eines Stars ins Bett springt, würde ich mich am liebsten übergeben.

»Diese Schlampe«, fauche ich. »Diese dreckige, widerliche Schlampe!«

Wyatt fängt tatsächlich an zu lachen.

»Was?«, fahre ich ihn an.

»Wenn ich nicht schon vorher erkannt hätte, dass Grace einfach nur eine Intrigantin war, hätte mich spätestens deine Ausdrucksweise überzeugt.«

»Oh.« Ich zucke verlegen die Achseln. »Ja, so rede ich tatsächlich noch immer nicht oft. In der Hinsicht bin ich ein bisschen sonderbar.«

»Aber erfrischend«, sagt er und löscht damit auch den Rest meiner miesen Laune.

Doch dann verblasst Wyatts Grinsen, und er wird wieder ernst. »An diesem Tag hat mein Vater sich umgebracht.«

»*Was?*« Seine schockierenden Worte dringen mir bis ins Mark.

»Ich habe ihn gefunden. Er hing in seinem Arbeitszimmer.«

Mir wird die Brust eng. »Oh, nein. Wyatt!« Ich muss schlucken, als die Tränen in meinen Augen brennen. »Ich hatte natürlich gehört, dass er Selbstmord begangen hatte, aber sehr viel später – in den ersten Monaten, als Griffin im Krankenhaus lag, bekam ich überhaupt nicht viel mit. Und dann hieß es, er habe es in L. A. getan. Deshalb dachte ich nie … ich meine, mir ist nie in den Sinn gekommen, dass es ebenfalls zu der Zeit passiert sein konnte, in der Griffin sich die Verbrennungen zugezogen hat. Oh, Gott, Wyatt, das tut mir so leid.«

»Er konnte es einfach nicht mehr ertragen«, fuhr Wyatt fort. »Und ich dachte …« Seine Stimme bricht. »Ach, verdammt, Kelsey, ich hätte es besser wissen müssen. Und ich hätte dich besser kennen müssen. Aber mit allem was geschah … Ich wusste plötzlich nicht mehr, wo mir der Kopf stand. Und es tat letztlich gut, Grace' Schwachsinn zu glauben.«

Er stößt geräuschvoll den Atem aus und drückt meine Hand so fest, dass ich gegen den Drang ankämpfen muss, sie ihm zu entziehen.

»Ich glaube, ich wollte lieber auf dich sauer sein als auf meinen Dad«, fährt er fort. »Deshalb gestand ich mir zu, diese alberne Geschichte für wahr zu halten. Es tut mir leid.« Er schüttelt den Kopf. »Es tut mir so leid.«

»Schon gut«, antworte ich leise. Mein Herz wiegt tonnenschwer, als ich seine Hand drücke. »Du konntest nicht anders. Sonst wärst du daran zerbrochen.«

Nachdenklich zieht er die Brauen zusammen und wirft mir einen Blick zu, ehe er sich wieder der Straße widmet. »Ja«, sagt er schließlich leise. »Wahrscheinlich wäre es so gewesen.«

Eine Weile fahren wir, beide in unsere eigene Gedankenwelt versunken, schweigend dahin.

Als wir das Tal erreichen und das Gelände abflacht, ergreift er wieder das Wort. »Aber auch wenn ich wütend und gekränkt war, musste ich dennoch die ganze Zeit an dich denken. Ich wollte nicht, aber ich konnte es nicht abstellen. Du hattest dich auf eine Weise in mein Herz geschlichen, wie es nie jemandem zuvor und danach gelungen ist. Ich hatte Beziehungen. Und ich lebe weiß Gott nicht wie ein Mönch. Aber dich wiederzusehen …«

Mir stockt der Atem, und mein Herz bebt bei seinem Eingeständnis. »Ja. So geht es mir auch«, flüstere ich.

Und dann legt sich wieder Schweigen über uns, und als es

zu drückend zu werden droht, strecke ich die Hand nach der Anlage aus, um die CD erneut einzuschalten. »Moment«, sagt er. »Hast du irgendwas von Aerosmith? *Walk this Way* vielleicht?«

Ich mustere ihn durch verengte Augen. »Wieso?«

»Weil wir da sind.« Er drosselt das Tempo und fährt an den Straßenrand. Wir befinden uns auf einer sonnengebleichten Ebene irgendwo jenseits von Lancaster, und es gibt eigentlich nichts zu sehen.

»Da? Wo ist da?«

»Irgendwo im Nirgendwo.« Er deutet auf die Weite, die sich um uns herum erstreckt. Die Straße scheint sich in der Ferne zu verlieren. »Das Terrain ist ziemlich unproblematisch. Und es kommen praktisch kaum Leute hier entlang.«

»Das heißt?«

»Das heißt, dass *du* nun fahren solltest.« Er stellt den Motor ab und steigt aus.

Ich bleibe verdattert sitzen, während er um den Wagen herumwandert und meine Tür öffnet. »Und, Süße«, fügt er hinzu, als ich seine Hand nehme, »du solltest unbedingt schnell fahren. Und ich *meine* schnell. Du weißt schon, Gaspedal durchtreten und so weiter.«

Ich zögere. »Du machst Witze, richtig?«

»Griffin hat recht. Die hübsche Kiste hat viel Power.« Er zieht mich auf die Zehenspitzen und schlingt einen Arm um meine Taille, als er den Kopf senkt, um mir ins Ohr zu flüstern. »Genieß den Ritt. Du wirst deinen Spaß haben, glaub mir.«

Ich schaudere – und erröte, weil ich sicher bin, dass er spüren kann, was für eine unanständige Gedankenkette seine geflüsterten Worte in mir auslösen.

Sein leises Lachen vibriert in meiner Magengrube, und ich trete zurück, um Raum zum Atmen zu haben. »Und wenn ich einen Strafzettel bekomme?«

»Dann zahle ich.«

»Und wenn mein Versicherungsbeitrag steigt?«

»Dann zahle ich den auch.«

Ich ziehe die Stirn in Falten. »Und wenn ich den Wagen zu Schrott fahre?«

Er nimmt meine Hand, führt sie an die Lippen und küsst die Innenfläche. »Machst du nicht. Und jetzt los.«

»Sonst?«

Er tritt ebenfalls zurück und betrachtet mich genüsslich von Kopf bis Fuß, und ich spüre, wie mein Körper sich unter seinem Blick aufheizt. »Sonst hätte ich einen anderen Vorschlag, wie du dich mit meiner Hilfe ein bisschen gehen lassen könntest. Die Rückbank dieses Autos eignet sich ganz gut dafür.«

Ich schlucke den Klumpen, der sich plötzlich in meiner Kehle gebildet hat. Am Haaransatz in meinem Nacken treten Schweißperlen hervor. »Wyatt, ich kann nicht …«

»Dann schlage ich vor, dass du losfährst, Kelsey.« Er setzt sich auf den Beifahrersitz und zieht die Tür zu. »Am besten sofort.«

Oh. Mein. Gott.

Ich atme tief ein und wünschte, ich hätte den Mumm, einfach Nein zu sagen, um zu sehen, ob er die Idee mit der Rückbank tatsächlich umsetzt. Aber eigentlich weiß ich, dass er es tun wird. Wyatt ist keiner, der leere Drohungen ausstößt.

Darüber hinaus will ich es ein bisschen zu sehr. Wenn ich also das kleinere von zwei Übeln wählen muss, scheint es mir die klügere Wahl, mit einem Auto eine schnurgerade Straße entlangzubrausen.

Ich steige hinters Steuer, starte den Motor und werfe Wyatt einen Blick zu. »Du solltest dich besser anschnallen«, sage ich und suche im Handschuhfach nach meiner Sonnenbrille. Ich setze sie auf, schiebe sie dann aber mit einem Finger herunter, um ihn über den Rand hinweg anzusehen. »Ich habe zwar nichts von Aerosmith, aber es wird dennoch rasant.«

Er bricht in lautes Gelächter aus, verschluckt sich aber fast, als ich den Schalthebel packe, nach vorne ramme und dann vom Bankett schleudernd auf die Straße einschere.

Zwanzig. Dreißig. Fünfzig. Blue ist schon auf siebzig Meilen pro Stunde, ehe ich auch nur Luft geholt habe, und es geht weiter und weiter bis …

»Wyatt! Sieh doch! Wir fahren über hundert!« Meine Hände umklammern das Lenkrad, aber hier geht es nur um die Kontrolle über den Wagen. Der Rest von mir fühlt sich locker und frei und ungehemmt. Es ist wie ein Sprung ohne Netz, und so etwas habe ich noch nie getan. *Nie!*

Und während Blue über das Band aus Asphalt dahinjagt, kommt mir zum ersten Mal der Gedanke, dass das ziemlich traurig ist.

»Wyatt«, sage ich, nehme den Fuß vom Gaspedal und rolle auf dem Seitenstreifen aus.

Verblüfft wendet er sich mir zu, und ich kann es ihm nicht verdenken, denn ich weiß, dass ich ihn anstarre, als hätte ich just etwas gefunden, das ich verloren geglaubt hatte. Und genauso ist es ja auch.

»Hey«, sagte er leise und eindringlich. »Alles in Ordnung?«

Ich schmecke Salz und merke, dass ich zu weinen angefangen habe. Plötzlich muss ich lachen, und es kommt mir vollkommen unpassend vor, obwohl es sich für mich genau richtig anfühlt. »Nein«, sage ich. »Ich glaube nicht.« Dann hole ich tief Luft. »Kannst du mir helfen?«

Verwirrung wird zu Sorge, und er greift nach meiner Hand. »Natürlich. Was brauchst du? Ich habe dir ja schon gesagt, dass ich dir das Geld für Griffins Therapie leihen kann.«

Ich schüttelte den Kopf. »Das meine ich nicht. Es geht darum, dass … Okay. Anders. Hör zu. In einem meiner Kurse ist ein kleines Mädchen, das neulich Flips gegessen hat. Einer fiel hin, und die Kleine pickte ihn vom Boden auf und steckte ihn sich in den Mund.«

Wyatt sieht mich an, als hätte ich nicht mehr alle Tassen im Schrank.

»Ihre Mutter hat fast einen Anfall gekriegt«, fahre ich fort. »Ernsthaft. Wegen eines Flips'. Das Mädchen musste alles ausspucken und sich den Mund ausspülen, und anschließend hielt die Mutter ihm eine Predigt über Hygiene – es war vollkommen absurd. Das Kind wird garantiert eine Bazillenphobie entwickeln und eine Erwachsene mit Putzfimmel werden.«

»Armes Mädchen.«

»Das habe ich auch gedacht. Aber dann wurde mir bewusst, dass ich dieses Mädchen bin. Zwar habe ich kein Problem damit, Flips zu essen, die auf den Boden gefallen sind, aber die Sache ist dennoch dieselbe. Ich höre immer die Stimme meines Vaters. Immer! Das Mädchen kann durch ihre Phobie wenigstens noch Krankheiten aus dem Weg gehen. Ich gehe höchstens meinem Leben aus dem Weg.«

»Ich verstehe, was du meinst, aber aus meiner Sicht sieht dein Leben gar nicht so übel aus. Ein anständiger Job. Zwei sogar, und beide machst du gerne. Ein Bruder, der dich vergöttert. Ein echtes Traumauto. Und das Angebot, für verdammt viel Geld Hauptakt in einem Kunstprojekt zu sein, das sich zu einem Höhepunkt in der Geschichte der Fotografie entwickeln wird.«

Ich lache. »Okay, so gesehen hast du wohl recht. Aber der Haken an meinem guten Leben ist der: Ist es wirklich mein Leben? Oder ist es eine Puppenstube, die mein Vater mir eingerichtet hat?«

Wyatt richtet sich etwas auf; jetzt habe ich seine volle Aufmerksamkeit. »Sprich weiter.«

Ich nehme meine Sonnenbrille ab und richte mein Gesicht gen Himmel, um meine Gedanken zu sortieren und, ja, Mut zu sammeln. »Es geht gar nicht darum, dass ich in eine Bar rennen, mir irgendeinen Kerl schnappen und in der Toilette, na ja, mit ihm rummachen will.«

»Vögeln«, sagt er. »Du darfst das Wort ruhig sagen.«

»Mit ihm vögeln will«, wiederhole ich und fühle mich ungeheuer verwegen. »Das eben nicht. Aber obwohl ich keine Fremden aufreißen will, fehlt mir irgendetwas. Ich will mehr. Ich will auf der Bühne stehen, nicht nur Tanzen lehren oder für mich allein üben. Ich will mich ein bisschen gehen lassen, etwas wagen, das Gaspedal durchtreten, wie du gesagt hast. Wie Griffin gesagt hat. Ich will nicht mehr das brave, naive Mädchen sein.« Ich stoße frustriert den Atem aus. »Ich will ein bisschen wilder werden«, fahre ich fort. »Ich will flirten und rumschäkern und was weiß ich. Wenn ich … wenn ich nur wüsste, dass die Welt nicht gleich zusammenbricht, wenn ich all diese Dinge tue.«

Ich drehe den Kopf, um ihn anzusehen, und erwarte ein amüsiertes Lächeln, doch er hört mir vollkommen ernst zu.

»Ich möchte bei deinem Projekt dabei sein, Wyatt. Anonym, wie du vorgeschlagen hast, denn ich will meine Stelle nicht riskieren. Aber machen möchte ich es.«

Man kann ihm die Erleichterung ansehen. »Danke«, sagt er. »Aber damit hilfst du *mir*. Wolltest du nicht eigentlich meine Hilfe?«

Ich nicke, plötzlich nervös, zwinge mich jedoch fortzufahren. »Was du in deinem Studio gesagt hast. Dass ich tun soll, was du mir sagst. Vor der Kamera. Und …«

»In meinem Bett?«

Ich nicke. »Das will ich. Ich will …« Ich lasse den Satz offen. Ich weiß nicht, wie ich es formulieren soll.

»Du willst sein wie die Frauen auf meinen Fotos«, fährt er fort. »Forsch. Feminin. Stark. Frauen, die sich nehmen, was sie wollen. Leidenschaftliche Frauen. Sinnliche Frauen.« Seine Mundwinkel heben sich zu einem teuflischen Lächeln. »Mit anderen Worten, süße Kelsey, du möchtest alles andere als Daddys braves Mädchen sein. Du willst schlecht und verderbt sein. Oder sagen wir besser, du willst die Art Frau sein, die er schlecht und verderbt nennt.«

Ich atme tief durch, während die Wahrheit seiner Worte in mir widerhallt. »Ja«, sage ich schließlich. »Genau das ist es, was ich will.«

23

Schlecht.

Das Wort kreiste in Wyatts Kopf und hatte all seine wundervollen, köstlichen und berauschenden Nebenbedeutungen im Schlepptau. Ungezogen. Schamlos. Unanständig.

Man hätte es natürlich auch als Hinweis nehmen können, dass das alles eine potenziell *schlechte* Idee war.

Allerdings war das ein Gedanke, den Wyatt keinesfalls näher untersuchen wollte. Nicht jetzt, da sich die Dinge zu seinen Gunsten gewandelt hatten. Nicht jetzt, da die Frau, die viele, viele Jahre seine Muse gewesen war, nicht nur wieder in sein Leben getreten war, sondern auch noch an seiner Ausstellung teilhatte.

Und sein Bett teilte!

Noch nicht, aber bald. Und zwar ganz, ganz bald, das stand definitiv fest.

Ihm war klar, dass nicht zwingend etwas Festes daraus entstehen würde. Vielleicht brauchte sie ihn nur, um ihre Ängste abzuschütteln. Vielleicht würde sie ihn nach der Ausstellung wieder verlassen, wodurch er einmal mehr mit seinen Erinnerungen allein bliebe.

Er wusste es, aber es war ihm egal. Nicht nur, weil er egoistisch genug war, alles von ihr zu nehmen, was er kriegen konnte, sondern weil er sich darüber hinaus einbildete, ihr genug bieten zu können, um sie zu halten. Ganz zu schweigen von dem etwas sentimentalen Glauben, dass das Band, das sie in jenem Sommer geknüpft hatten, niemals wirklich durchtrennt worden war. Ein wenig zerfranst vielleicht, aber es war noch da, und Wyatt beabsichtigte, sich daran entlang zu ihrem Herzen zurückzuhangeln.

»Wyatt?« Ihre Hände umklammerten das Lenkrad derart fest, dass er fürchtete, sie könne das Ding verbiegen. Die Nerven, das wusste er, aber er war verdammt stolz auf sie, dass sie es gewagt hatte. »Was willst du, dass ich zuerst tue?«

Er konnte sich ein Lächeln nicht verbeißen, und als er ihrem Blick begegnete und ihre Wangen rot zu leuchten begannen, mussten sie beide lachen.

»Vielleicht sollte ich meine Frage umformulieren«, sagte sie.

»Süße, ich denke, du hast sie ganz wunderbar formuliert.«

Ihre Röte vertiefte sich, was er dermaßen appetitlich fand, dass er sie am liebsten über den Schalthebel gezerrt und geküsst hätte, bis ihr Hören und Sehen verging.

Kurz gesagt: Er wollte sie. So simpel war das. Tatsächlich wollte er ihr aber auch helfen. Er wollte ihr zeigen, welche Kraft im Vergnügen steckte, und wie sie die schwachsinnigen Beschränkungen ihres Vaters abschütteln konnte, sodass sie tatsächlich werden würde wie die Frauen, die er bereits für seine Ausstellung fotografiert hatte.

Und es war nicht nur das sinnliche Selbstvertrauen, das er ihr wünschte. Er wollt sie tanzen sehen, wenn nicht auf der Bühne, so doch im Leben, frei, entflammt und eins mit ihrem Körper, so wie er sie durch das Studiofenster tanzen gesehen hatte.

All das wollte er – und mehr.

»Was ich will?«, setzte er wieder an. »Im Augenblick will ich dich am liebsten in meinem Studio vor der Kamera haben. Du auf dem Bett, die Augen geweitet, die Lippen geöffnet, die Haut sanft strahlend. Ich will dich beobachten, ich will tausend Fotos von dir machen. Und dann, Kelsey, dann will ich dich anfassen.«

Er streckte die Hand aus, um ihr das Haar hinter das Ohr zu streichen und dabei ihre Wange zu liebkosen. »Und was willst du?«

»Ähm, ich … Na ja, was du gerade gesagt hast, gefällt mir. Ja, ich glaube, damit kann ich leben.«

Er lachte leise. »Und ich glaube, du solltest besser mich zurückfahren lassen.«

»Stimmt. Guter Plan.«

Sie stieg aus, er ebenfalls, und sobald er hinterm Steuer saß, fuhren sie wieder an. Er warf ihr einen Seitenblick zu und sah, dass ihr Rock verrutscht war. Sie zeigte verdammt viel Bein.

Sie bemerkte seinen Blick und lächelte.

Er deutete auf den Rock. »Was trägst du eigentlich darunter?«

Man musste ihr lassen, dass sie nicht noch roter wurde. »Na, was wohl? Was trägt man unter einem Rock?«

»Mir würden tausend Sachen einfallen«, gab er zurück. »Oder nichts. Sag du's mir.«

»Unterwäsche.«

»Zeig sie mir.« Er konnte sich in allen Einzelheiten an das weiße Baumwollhöschen erinnern, das sie damals bei der Party getragen hatte, und er ging davon aus, dass sie sich nicht weit von diesem Stil entfernt hatte.

»Wie belieben?«

»Zieh dein Höschen aus«, präzisierte er, und es kostete ihn einiges an Mühe, seine Stimme neutral klingen zu lassen. Einerseits war ihre Reaktion sehr hübsch anzusehen. Andererseits war seine Jeans mit einem Mal ungemütlich eng geworden.

»Hmmm …«

Er trat an einer Kreuzung auf die Bremse und drehte sich zu ihr, um sie anzusehen. »Wir hatten eine Abmachung. Das hier kann nur funktionieren, wenn du dich daran hältst und mir vertraust.«

»Das mach ich ja, aber …«

»Aber was?«

Sie schluckte, doch nichts sonst verriet ihre Nervosität, als sie ihm direkt in die Augen sah. »Aber ich sehe weder Kamera noch Bett.«

Mist.

»Eine Kamera habe ich immer dabei, und sei es nur die vom Handy«, konterte er und fuhr fort, ehe sie argumentieren konnte. »Aber der Einwand ist berechtigt. Also entscheide du. Entweder du wartest, bis wir im Studio sind, um zu tun, was ich dir sage, oder du ziehst dein Höschen jetzt sofort aus.«

»Ich soll entscheiden?«

Er nickte bedächtig. Er war zu schnell vorgeprescht. Das hier war Neuland für sie, und während er nur allzu gerne erotische Spiele spielte, durfte er nicht vergessen, mit wem er das tat. »Genau. Du. Es liegt ganz bei dir.«

»Also schön«, sagte sie. Und als sie unter ihren Rock griff und mit wenigen unauffälligen Bewegungen einen dunkelroten Spitzenslip zu Tage förderte, hätte er das verdammte Auto beinahe in den Graben gesetzt. Und das nicht nur, weil sie ihn mit dieser Aktion vollkommen überrascht hatte – ihm war auch augenblicklich klar, was das in Wahrheit bedeutete. Nämlich dass es hier um sie beide ging. Um Kelsey und Wyatt. Und nicht nur um die Arbeit.

Und dieser kleine Fakt machte ihn hart wie Stahl.

»Soll ich ihn dir hierlassen?«, fragte sie lieblich lächelnd, als sie den Slip an den Rückspiegel hängte.

»Du spielst nicht fair, und das weißt du.«

»Ja, kann sein«, erwiderte sie. Ihr Gesicht leuchtete zufrieden. »Aber mir gefällt das Gefühl, endlich mitspielen zu können.«

24

Im Antelope Valley fühlte ich mich verwegen und mutig, denn der Rausch, mit Blue über die Straße zu jagen, hatte mein Selbstvertrauen gestärkt.

Auf der Rückfahrt durch den Canyon hatte ich mich sexy und clever gefühlt, und dass es mir nicht nur gelungen war, Wyatt zu verblüffen, sondern auch Verlangen in ihm zu wecken, machte mich stolz und zufrieden.

Doch nun, zurück in Santa Monica, verblasst meine Zuversicht, und vor Nervosität zwirbele ich mit der Hand den Stoff meines Rocks, während mein Fuß unablässig auf den Boden tappt.

Und je näher wir Wyatts Studio kommen, umso nervöser werde ich. Denn ich werde mich ja nicht nur Wyatt zur Schau stellen, sondern der ganzen Welt. Und auch wenn ich die Frauen bewundere, deren Fotos bereits an den Studiowänden hängen, kann ich doch nicht verhindern, dass die Stimme meines Vaters wie ein Dauerrauschen in meinen Ohren klingt.

Ein Frühwarnsystem für nahendes Unheil, das ich verhindern könnte, wäre ich nur das brave Mädchen, das ich in seinen Augen sein sollte.

Zu Wyatts Studio gehören einige Stellplätze in einem Parkhaus, und als er den Motor ausstellt, wendet er sich mir zu und zieht die Brauen zusammen. »Ich habe dich irgendwo unterwegs verloren, nicht wahr?«

Ich schüttele den Kopf und versuche, ein Lächeln heraufzubeschwören. »Ich bin hier. Wirklich. Ich bin nur nervös.« Zumindest das ist nicht gelogen. »Es ist der Gedanke, mich vor einer Kamera zu zeigen.«

Er antwortet nicht gleich, und ich bin mir nicht sicher, ob er mir glaubt. Aber dann lächelt er und drückt meine Hand. »Du wirst das wunderbar hinbekommen. Du hast es schon einmal geschafft, weißt du noch?«

Ich lache. »Ja, aber danach bin ich abgehauen.«

»Okay, das ist ein Argument«, gibt er zu. »Aber diesmal wirst du es nicht tun.«

»Nein. Versprochen«, sage ich.

Und ich meine es so. Dennoch verscheucht das Versprechen nicht die Schmetterlinge in meinem Bauch. Der Ausgang des Parkhauses führt hinaus zur Straße, daher betreten wir das Studio nicht durch die Gasse, sondern durch die Galerie vorne. Es ist ein richtiges Geschäft, in dem Wyatt seine Werke verkauft, und an den Wänden hängen Bilder von atemberaubenden Landschaften, aufwühlenden Meeren und fantastischen Bauwerken.

»Wunderschön«, murmele ich.

»Ja, sie sind nicht schlecht«, stimmt er mir zu. »Und ich kann davon sogar ganz anständig leben. Aber darin steckt nicht meine Leidenschaft. So wie das Lehrerinnendasein nicht *deine* Leidenschaft ist.«

Ich betrachte gerade die Aufnahme von einem wellenumtosten Riff, schaue aber nun zu ihm auf. »Willst du mich belehren?«

»Es passte gerade einfach gut. Du solltest tanzen.«

»Ich tanze doch.«

»Hm«, sagt er, was eindeutig keine Zustimmung ist, aber da er auch nicht widerspricht, nutze ich die Chance, um das Thema zu wechseln.

Ich deute auf die Aufnahmen an der gegenüberliegenden Wand. »Wann warst du denn in Paris und London? Und ist das da Moskau?« Ich wende mich wieder zu ihm um. »Sind die überhaupt von dir?«

»Wieso fragst du?«

»Ich weiß nicht. Der Stil ist irgendwie anders. Die Bildkomposition. Das Licht. Oder ist es nur eine andere Technik?«

»Deine erste Frage hat es getroffen. Die hat ein Freund von mir gemacht, Frank. Ich vermiete ihm oben Studiofläche, die Galerie hier unten teilen wir uns. Er ist im Augenblick auf Bali. Glaube ich. Vielleicht aber auch in Alaska.«

Ich muss lachen. »Dann hoffe ich bloß, dass er clever gepackt hat.«

»Ich habe längst die Übersicht verloren. Komm.« Er nimmt meine Hand. »Ins Studio geht es hier entlang.«

Wir gehen durch einen kleinen Korridor und betreten durch eine Stahltür das Studio, das mir bereits von meinem ersten Besuch bekannt ist. »Dein Laden ist größer, als es den Anschein hat.«

»Wie gesagt, der erste Stock gehört mit zwei kleinen Wohnungen und einer gemeinsamen Küche dazu.«

»Wohnst du hier?« Der Gedanke ist amüsant – er, ein Künstler, der ganz klischeehaft auf dem Dachboden lebt und arbeitet.

»Nicht offiziell. Frank wohnt und arbeitet tatsächlich in seiner Wohnung, aber ich nutze die andere als Büro. Ich habe allerdings ein Schrankbett dort oben und es in letzter Zeit auch oft benutzt. Das ist bequemer, als immer nach Hause zu fahren, obwohl ich gleich drüben in Venice Beach wohne.« Er lächelt mir zu. »Besser?«

Seine Frage überrascht mich, aber dann bemerke ich, dass meine Nervosität tatsächlich nachgelassen hat. »Ja«, antworte ich. »Am besten machst du schnell ein paar Aufnahmen, ehe ich wieder zu zappeln beginne.«

»Würde ich vielleicht, aber ich glaube, dass du es ausnahmsweise zu schätzen weißt, wenn ich noch ein wenig warte.«

Ich habe keine Ahnung, was er damit meint, bis er sein Telefon hervorholt und eine Nachricht schreibt. Einen Augenblick später geht eine Tür über uns auf, dann sehe ich zwei Beinpaare die Treppe im hinteren Teil des Raums herunterkommen. Das erste gehört zu einem schlaksigen Kerl, der sein dichtes, dunkles Haar in einem Hipster-Knoten trägt, das zweite zu einer zierlichen Blondine in sehr unpraktischen High Heels.

»Kelsey, das ist Jon Paul, mein Assistent.«

»Einfach JP«, sagt der Mann.

Wyatt wendet sich dem Mädchen zu. »Und du bist …?«, lässt er die Frage offen, als sie ihm die Hand hinhält.

»Leah«, antwortet sie. »Siobhans Praktikantin. Sie hat mich geschickt, um euch ein paar Muster für den Katalogtitel zu bringen.«

»Sie liegen oben auf deinem Tisch«, fügt JP hinzu. Dann wirft er mir einen Blick zu. »Ist sie sie … ähm, ich meine, sind Sie …«

»Sie ist zum Casting gekommen«, sagt Wyatt und bedenkt mich mit einem warnenden Blick, ehe ich eine Chance habe, auch nur zu fragen, was das denn nun heißen soll.

Leah lächelt mir zu. »Dann wünsche ich Ihnen, dass es klappt. Das Projekt ist großartig. Und die Presse wird ausrasten. Roger Jensen hat bereits angekündigt, einen großen Bericht darüber zu schreiben.«

»Wer ist das?«, frage ich, und Leah sieht mich an, als würde ich fragen, wer Neil Armstrong sei.

»Ein brillanter Redakteur vom *Pacific Shore Examiner*, der als Kolumnist außerdem für verschiedene andere Zeitungen arbeitet.«

»Oh, ach so. Das ist ja toll«, entgegne ich und wundere mich ein bisschen, dass Wyatt keinerlei Begeisterung deswegen zeigt.

»Wir wollten gerade gehen«, sagt JP nun. »Mike und ich haben im Prinzip alles besprochen, er kann jederzeit beginnen. Aber wenn du mich für das Probeshooting brauchst, bleibe ich.«

»Geh ruhig«, sagt Wyatt. »Das schaff ich schon allein.«

»Hat mich gefreut«, sagt Leah und winkt uns zum Abschied.

Dasselbe sagt JP zu mir, dann gehen die beiden.

Sobald die Tür hinter ihnen zufällt, wende ich mich an Wyatt. »Casting?«

»Du wolltest anonym bleiben«, kontert er, und ich nicke, als ich begreife.

»Um JP wirst du zwar nicht herumkommen, fürchte ich, aber eine Praktikantin muss ja nicht wissen, wer du bist. Falls ich kann, werde ich es auch vor Siobhan verheimlichen.« Er wirft mir einen Blick zu und runzelt die Stirn. »Was ist?«

Erst jetzt bemerke ich, dass ich breit grinse. »Nichts. Es fühlt sich nur schön an, wenn sich jemand um einen kümmert.«

»Und mir gefällt es, mich um dich zu kümmern«, sagt er, und mir wird plötzlich wunderbar warm in der Herzgegend. »Wo wir gerade beim Thema sind. Wie sieht's aus? Schmetterlinge noch immer in Schach?«

»Sie fangen wieder an zu flattern«, gestehe ich.

Er nimmt meine Hand und führt mich zu einer Wand, wo er das Tuch von einem Foto zieht. Darunter kommt eine Frau in einer Dusche zum Vorschein. Heißer Dampf umhüllt sie, ihr Körper ist mit Seifenschaumklecksen bedeckt. Eine Hand liegt auf ihren Brüsten, die andere zwischen ihren Beinen, und dass sie sich nicht nur wäscht, ist nicht zu verkennen.

Dennoch blickt sie durch Wasser und Dampf frech und schamlos in die Kamera, als sähe sie den Betrachter herausfordernd an.

»Erinnerst du dich, was du mir auf dem Parkplatz gesagt hast? Dass du Schönheit und Kraft in meinen Fotos siehst? Nun, genau das sehe ich in dir. Und die Kamera wird es ebenfalls sehen.«

Ich nehme seine Worte behutsam auf, verteile sie um mein Herz und hoffe, dass ich sie dort festhalten kann, denn sie beruhigen mich nicht nur, sie stärken mich auch.

»Tut mir leid, dass ich so nervös bin«, sage ich.

»Vertraust du mir?«

»Ja«, sage ich, ohne zu zögern.

»Dann wird alles ganz wunderbar laufen.« Er deutet mit dem Kopf zum Bett, das noch immer als Kulisse eingerichtet ist. »Bist du bereit?«

»Sollte ich keine Maske tragen oder so was?«

»Nein. Ich will dich sehen. Ich werde dein Gesicht später unkenntlich machen. In der Dunkelkammer kann ich ziemlich viel tun.«

»Dunkelkammer?«

»Im weitesten Sinn«, erklärt er. »Für die Ausstellung habe ich sowohl mit Film fotografiert als auch digital. Manche Aufnahmen sind beides. Wenn ich also von Dunkelkammer spreche, meine ich sowohl die gute alte Filmentwicklung als auch Computerbearbeitung.«

»Ich habe keine Ahnung von Fotografie«, sage ich, »aber ich bin beeindruckt.«

Er lacht. »Das hört man gerne.«

»Brauche ich Make-up?«

»Heute Abend nicht. Erstens, weil ich dein Gesicht maskieren werde. Zweitens, weil ich erst digital anfange und wir nur ein oder zwei Posen aufnehmen werden, um dich ein bisschen warm zu machen. Ich werde mir nicht einmal viele Gedanken über die Beleuchtung machen. Nur ein bisschen indirektes Licht, dann legen wir los.« Er lächelt. »Also? Bereit?«

Ich nicke, obwohl ich mir ganz und gar nicht sicher bin, und Wyatt schickt mich ins Badezimmer, damit ich mich ausziehe. »In der Kommode findest du Wäsche aller Art«, sagt er mir. »Eine ganze Reihe von Modemachern spenden mir regelmäßig Einzelstücke. Such dir einen String, der dir gefällt, und zieh ihn unterm Bademantel an.«

Was die Wäsche angeht, hat er nicht übertrieben. Die Schublade ist gesteckt voll mit Seide und Satin in unterschiedlichen Farben. Ich suche mir einen String in einem dunklen Lilaton aus und schlucke, als mir bewusst wird, dass Wyatt mich nicht angewiesen hat, den passenden BH herauszusuchen.

Als ich ins Studio zurückkehre, habe ich den Bademantel fest um die Taille geknotet und komme mir in etwa so sexy vor wie eine Hausfrau am Morgen. »Ich weiß nicht, was ich mit meinen Haaren machen soll«, sage ich. Ich habe sie nicht mehr angefasst, seit ich vorhin beim Fahren das Gummi herausgezogen habe, und sie sind aufgebauscht und wirr. »Wenn du mir meine Tasche gibst, kann ich mich rasch bürsten.«

»Untersteh dich. Du siehst aus wie vom Sex zerzaust. Was so ziemlich genau das ist, was ich erreichen wollte. Komm rüber und steig aufs Bett.«

Ich gehorche und folge seinen Anweisungen, bis ich an den Bettpfosten gelehnt mit geschlossenen Knien auf meinen Fersen sitze. Meinen linken Arm habe ich aus dem Bademantel gezogen, der Ärmel hängt locker herab.

»Sehr gut«, sagt er.

»Das ist alles?«

Er lacht leise. »Nein, das ist ein Anfang.«

Er weicht einen Schritt zurück und betrachtet mich eingehend, und seine Inspektion befeuert meine Sinne, beruhigt mich seltsamerweise aber auch.

Nach einem Augenblick dreht er sich um und verschiebt einen weißen Schirm, der ein paar Meter vom Bett entfernt steht. Mir wird klar, dass er das Licht reflektiert und die Aufnahme vermutlich weicher zeichnet.

Gedankenverloren wandert er um mich herum, um hier und da kleine Änderungen vorzunehmen. Es ist faszinierend, ihn zu beobachten, und die letzten Reste der Nervosität verschwinden, als mir bewusst wird, dass ich nun Teil der Welt bin, die er liebt, und für das, was er zu erreichen versucht, eine wesentliche Rolle spiele.

Nach einer Weile kommt er zu mir zurück und schenkt mir ein spitzbübisches Grinsen. »So. Die Beleuchtung steht. Jetzt arbeiten wir an dir.«

»Okay«, erwidere ich und erwarte, dass ich wieder nervös werde, aber es geschieht nicht. Denn ich habe mich in seine Hände begeben und weiß, dass ich dort gut aufgehoben bin.

»Wir werden im Laufe der nächsten Tage eine Menge Szenen – Vignetten – aufnehmen, aus denen ich mir nachher die acht besten aussuche. Wir gehen in eine Küche. Nach draußen. An den Schreibtisch. Und jede Szene soll eine kleine Geschichte erzählen, die sich in sinnlicher Hinsicht steigert, bis am Schluss der Höhepunkt steht – der Tanz. Du bleibst anonym, aber dafür brauchen wir eine Maske. Wir filmen dich am Eröffnungsabend und zeigen für den Rest der Ausstellungszeit das Video.«

»Soll ich den Tanz choreografieren?« Der Gedanke ist aufregend. Natürlich habe ich schon Choreografien erarbeitet, aber noch nicht mit einem derart intimen Hintergrund.

»Kannst du das?«

Ich nicke enthusiastisch, und er lächelt. »Dann geben wir zwei wohl ein gutes Team ab«, sagt er, und ich schlucke ein glückliches Seufzen herunter.

»Dies ist die Vignette der Liebenden«, sagt er und zeigt auf mich am Bettpfosten. »Er ist gegangen und will sicherstellen, dass sie auch auf ihn wartet. Also bindet er sie fest.« Mit einer Hand streicht er an meiner linken Seite aufwärts und die Berührung ist so zart, dass ich mir auf die Lippe beißen muss, um ein Beben zu unterdrücken.

Und als seine Hand meine Brust erreicht, erst die Rundung umfasst und dann über die Spitze streicht, malträtiere ich meine Lippe umso fester.

Meine Brüste ziehen, meine Nippel sind steinhart, und ich muss ein Wimmern unterdrücken, denn ich will mehr. Doch er tut nichts gegen meine Sehnsucht. Stattdessen wandert seine Hand weiter, bis sie an meinen Arm gelangt. Behutsam hebt Wyatt ihn an. Und benutzt den Gürtel des Bademantels, um ihn über meinem Kopf an den Bettpfosten zu binden.

»Sobald er sie gefesselt hat, geht der Liebhaber davon«, fährt Wyatt fort. »Aber er lässt sich viel Zeit. Und sie ist einsam. Frustriert. Sie malt sich aus, was er wohl tun wird, wenn er zurückkehrt. Ihre Ungeduld wird immer größer, und schließlich beginnt sie, die Berührung ihres Liebhabers zu imitieren.«

Nun nimmt er meine andere Hand und legt sie über eine Brust. Er sieht mich an, während er mir mit meiner eigenen Handfläche über die Brustwarze streichelt, und die Glut, die plötzlich in seinen Augen erwacht, findet ihre Entsprechung zwischen meinen Beinen.

Ein kleines Lächeln huscht über seine Lippen, als würde er sehr genau wissen, wie mein Körper reagiert, und ohne den Augenkontakt zu unterbrechen, schiebt er meine Hand nun über meinen Bauch hinab, bis meine Fingerspitzen den Bund des Strings berühren.

»Sie stellt sich vor, wie er sie anfasst«, fährt er fort, lässt meine Hand los, streicht stattdessen mit beiden Händen über meine Oberschenkel und spreizt sie, bis ich beinahe im Spagat knie. Erneut nimmt er meine Hand und legt sie auf meinen inneren Oberschenkel. »Sie streichelt sich selbst«, sagt er und schiebt meine Hand aufwärts, bis sie über dem dünnen Stoff liegt, der meine Scham bedeckt. »Spielt mit sich selbst, während sie auf ihn wartet und immer nasser und nasser wird, immer schärfer und schärfer.«

Nun schiebt er meine Hand unter den Bund des Höschens. »Sie ist nass«, flüstert er, und das bin ich. Und ich will ihn.

»So nass und so bereit für ihn. Und sie wartet und sehnt sich nach ihm, schließt ihre Augen«, fährt er fort, und ich gehorche unwillkürlich, »und sie denkt an ihn, streichelt und liebkost sich, fasst sich an und hält es kaum noch aus.«

Behutsam nimmt er seine Hand fort, und ich spüre seinen Atem an seinem Ohr. »Du bist wunderschön«, flüstert er. »Hör nicht auf. Und lass die Augen zu.«

Ich stoße einen kleinen wimmernden Laut aus, tue aber, was er sagt, und spüre, wie die Matratze leicht schwankt. Meine Finger reiben über die heiße Nässe, und ich keuche unwillkürlich auf, als ich das typische Klicken einer Kamera höre. Meine Augen öffnen sich mit einem Flattern, doch Wyatt schüttelt den Kopf. »Nicht. Mach weiter. Ich will dir zusehen.«

Er senkt die Kamera, und das Feuer, das ich in seinen Augen erkenne, durchdringt mich wie ein glühender Stromstoß. Ich weiß nicht, ob er mich will oder nur der perfekten Aufnahme entgegenfiebert, aber ich bin inzwischen derart erregt, dass es mir egal ist. Erneut schließe ich die Augen, liebkose mich, und das Klicken und Sirren der Kamera feuert mich an.

Ich steuere auf den Höhepunkt zu, als er mir befiehlt, die Augen zu öffnen, und ich gehorche. Er sitzt am anderen Ende des Bettes. »Du bist atemberaubend«, sagt er. »Das war unglaublich.«

»Oh.« Plötzlich verlegen, presse ich die Knie zusammen.

Er steigt vom Bett und kommt zu mir, und ich rechne mit seiner Berührung. Grob vielleicht, hart, verlangend. Seine Hände auf meinen Brüsten, seine Lippen auf meiner Haut.

Ich rechne damit, dass er beendet, was er begonnen hat. Dass er das geweckte Verlangen nun wieder stillt.

Erwartungsvoll blicke ich ihm entgegen … doch er bindet nur meine Hand los. »Schön. Irgendetwas Brauchbares wird bestimmt unter den vielen Aufnahmen sein.«

Verwirrt ziehe ich die Brauen zusammen. »Nur etwas *Brauchbares*? Aber ich dachte …«

»Was denn?«

Ich erröte und schlucke. »Na ja, ich dachte, du hättest vielleicht mehrere gute Fotos gemacht.«

»Das auf jeden Fall«, sagt er, und die Leidenschaft und das Verlangen, das in seiner Stimme mitschwingt, verwirrt mich nur noch mehr. »Du warst außergewöhnlich. Aber ich meinte brauchbar für die Ausstellung. Was meine Arbeit angeht, bin ich unfassbar penibel.«

Wieder ziehe ich die Brauen zusammen, und er lacht. »Fotografie ist manchmal ein reines Zahlenspiel.«

»Ah.«

»Komm, zieh dich schon mal an.«

Enttäuschung macht sich in mir breit. »Tja … na gut. Dann fahre ich jetzt wohl am besten nach Hause.« Ich bin nun so verlegen und verwirrt, dass zu verschwinden die beste Option zu sein scheint. »Wann soll ich morgen wiederkommen?«

»Gegen acht, würde ich sagen. Wenn wir das Shooting in fünf Tage packen wollen, müssen wir uns ranhalten.«

»Ja, gut.« Ich erhebe mich und stehe einen Moment lang unschlüssig da. »Ich ziehe mich rasch um.«

Als ich mich in Richtung Bad in Bewegung setze, hält er mich mit einer leichten Berührung am Arm zurück. »Es ist ziemlich weit bis Valencia. Vielleicht solltest du hierbleiben.«

Ich blicke zum Bett. »Hier?«

»Ich dachte an mein Büro oben. Du könntest das Bett nehmen, ich schlafe dann auf der Couch.«

»Oh.« Ein neuer Schub Enttäuschung durchfährt mich. In Anbetracht der Tatsache, dass er schon im Auto verlangt hat, ich solle mein Höschen ausziehen, hatte ich etwas vollkommen anderes erwartet. Vielleicht hat er während der Aufnahme nur versucht, mir größtmögliche Sicherheit zu vermitteln, doch nun sind wir ja fertig, und wenn wir zu ihm nach oben gehen …

Zu behaupten, dass ich sein Verhalten nicht verstehe, wäre die Untertreibung des Jahres. Insbesondere, da ich ihm gestanden habe, dass ich, nun ja, ein böses und unanständiges Mädchen sein möchte.

Aber was, bitteschön, ist hieran unanständig?

»Kelsey?«

»Ja, vielleicht«, sagte ich. Und weil es wirklich eine lange Fahrt bis Valencia ist, präzisiere ich: »Ja, du hast recht, es ist besser, wenn ich hier übernachte.«

Er weist mich an, mir ein Nachthemd aus der Kommode zu nehmen, und führt mich dann die Treppe hinauf. Er ist ganz Gentleman. Schlägt die Bettdecke für mich zurück, vergewissert sich, dass ich es bequem habe und versichert mir, er schlafe dort drüben auf der Couch, falls ich in der Nacht irgendetwas brauchen sollte.

Und dann zieht er sich auf besagte Couch zurück, und ich liege in seinem Bett unter der Decke, starre in die Luft und finde absolut keinen Schlaf. Denn – ernsthaft jetzt – was ist hier eigentlich los?

Irgendwann halte ich es nicht mehr aus. »Wyatt?«, flüstere ich in die Dunkelheit. »Bist du noch wach?«

»Brauchst du etwas?«

»Ja. Antworten«, sage ich.

»Antworten?«

»Du hast mir gesagt, ich solle vor der Kamera und in deinem Bett tun, was du mir sagst.«

»Und das hast du getan. Du hast großartige Arbeit geleistet.«

Ich ziehe die Stirn in Falten. »Schon, aber ich dachte …« Ich breche ab. Was soll ich sagen? Dass ich dachte, er fasst mich an? Er würde mit mir ins Bett gehen? Ja, natürlich *habe* ich das gedacht, aber ich bin mir nicht sicher, ob ich es zugeben will.

Nur werde ich anders wohl nicht an meine Antworten kommen.

»Na ja, irgendwie bin ich davon ausgegangen, dass du mich … mehr anfasst.«

»Tatsächlich?« Seine Frage klingt beiläufig, aber ich glaube einen gewissen Unterton herauszuhören.

Ich überlege, ob ich Licht machen soll, denn ich kann sein Gesicht nicht erkennen, aber obwohl mich das einerseits verunsichert, macht die Dunkelheit mich auch mutiger.

»Ja«, gebe ich zu. »Und du brauchst gar nicht erst zu behaupten, ich wäre einer falschen Annahme aufgesessen. Du hast von Anfang an gesagt, dass du es tun würdest. Warum hast du also nicht?«

»Aus verschiedenen Gründen«, erklärt er. »Zum einen war es eine miese Aktion von mir, direkt am Anfang schon darauf zu bestehen. Ich war sauer auf dich, und was ich da gesagt habe, war dumm und kindisch. Wer so etwas macht, darf sich nicht wundern, wenn er wegen sexueller Belästigung vor Gericht landet.«

»Ich verklag dich nicht«, sage ich trocken, und er lacht.

»Aber der Hauptgrund war, dass du es gar nicht wolltest.«

Ich setze mich mit einem Ruck auf. »Moment mal. Wie bitte? Wie kommst du denn darauf? Das habe ich doch gar nicht gesagt.«

»Oh, doch, sogar ausdrücklich«, sagt er. »Im Auto vorhin. Du hast davon gesprochen, was die Frauen auf meinen Fotos wollen würden und dass du sein wolltest wie sie. Tja, Kelsey, denkst du, diese Frauen würden brav abwarten? Überleg mal. Wenn es einen Mann gäbe, den sie haben wollten, würden sie dann wohl zögern?«

Ich bin ganz still.

»Und ich denke, dass das die eigentliche Frage ist«, fährt er fort. »Gibt es einen Mann, den du willst?«

Mein Herz macht einen kleinen Hüpfer. Und als ich antworte, kommt es als Flüstern heraus. »Ja, das könnte tatsächlich sein.«

»In diesem Fall«, sagt er, »solltest du ihn dir wohl holen.«

25

Ich hole tief Luft, um die aufkommende Angst niederzukämpfen.

Ihn mir holen? Noch nie in meinem Leben habe ich mich aktiv um einen Mann bemüht. Sich um einen Mann zu bemühen stand ganz bestimmt nicht auf der von meinem Vater abgesegneten Aktivitätenliste für brave Töchter. Und obwohl ich seine lächerlichen Richtlinien längst weit hinter mir gelassen habe, bleibt die Tatsache, dass ich absolut keine Erfahrung mit Annäherungsversuchen habe.

Gleichzeitig bin ich zu neunundneunzig Prozent sicher, dass Wyatt mir keinen Korb geben wird, und dieses Wissen stärkt mich. Und da mein Körper noch immer nach der Berührung schreit, die er mir vorhin verweigert hat, fällt es mir gar nicht so schwer, genügend Mumm aufzubringen, aus dem Bett zu schlüpfen und zur Couch hinüberzutappen.

Es ist dunkel, aber ich kann die Umrisse seiner Gestalt unter der dünnen Decke ausmachen. Seine Augen sind geöffnet und reflektieren das wenige Restlicht, das im Raum herrscht, und ich erkenne, dass er belustigt zu mir aufschaut.

Hm.

Augenblicklich fasse ich den Entschluss, die Belustigung in etwas anderes zu verwandeln.

»Hi«, sage ich, dann ziehe ich langsam seine Decke weg.

»Selber hi«, erwidert er.

Ich setze mich auf die Couchkante, lege einen Finger auf seine Lippen und ziehe ihn dann abwärts über sein Kinn, seinen Hals, sein Schlüsselbein. Er trägt kein T-Shirt, daher wandere ich tiefer und tiefer und freue mich, dass seine Bauchmuskeln zucken, als ich mit dem Finger darüberfahre. Doch ehe ich den Bund seiner Boxershorts erreiche, nehme ich die Hand weg.

Er gibt einen Protestlaut von sich, was mir eine frische Portion Mut einflößt, also steige ich auf die Couch und setze mich rittlings auf ihn, sodass ich über seinen Schwanz reibe, sobald ich mich bewege.

Und bewegen will ich mich.

Ich schiebe meine Hüften vor und zurück, und da ich keine Unterwäsche trage, reibt mein bloßes Geschlecht über die Baumwolle seiner Shorts, was ziemlich schnell ziemlich viel Wirkung auf mich hat.

Allerdings komme ich gleich, wenn ich so weitermache, und das war nicht mein vornehmliches Ziel. Deshalb rutsche ich ein Stück zurück und beuge mich vor, damit ich mich mit Küssen seinen Bauch hinaufarbeiten kann. Und als ich sein Ohr erreiche, flüstere ich: »Du sagst also, dass die Frauen, die ich bewundere, sich nehmen, was sie wollen? Dass sie danach verlangen?«

»Hm-hm.«

»Na ja, ich weiß, was ich will, Wyatt.«

Er hat seine Augen geschlossen, schlägt sie nun aber wieder auf und sieht mich neugierig an. »Tust du das?«

»Ich will, dass du die Kontrolle übernimmst.« Er sagt nichts, also fahre ich hastig fort. »Das war es, was mich ursprünglich erregt hat. Als du mir sagtest, ich müsste vor der Kamera und in deinem Bett tun, was du verlangst. Was *du* verlangst. Das will ich. Denn das macht mich an. Und das will ich mir holen. Einen Mann, der das Kommando übernimmt.«

Mit der Zunge fahre ich über seine Ohrmuschel. »Nun – was denkst du? Dass ich schummeln würde?«

Er lacht leise. »Nein. Oder falls doch, gefällt die Schummelei mir.« Er stützt sich auf einen Ellenbogen. »Steh auf«, befiehlt er. »Und zieh das Nachthemd aus.«

Ich will Einwände erheben, erkenne jedoch sofort, dass ich das genau so eingefordert habe, also gehorche ich. Ich werfe das Nachthemd über die Armlehne der Couch und stehe nackt vor ihm.

Er setzt sich auf und beordert mich mit gekrümmtem Zeigefinger zu ihm. Dann schiebt er seine Hand zwischen meine Beine und liebkost meine Klitoris, bis meine Knie nachzugeben beginnen.

»Sag mir, was du willst«, verlangt er.

»Dich. Ich will nur dich.«

Sein Grübchen erscheint, als er breit grinst. »Gute Antwort.«

Nun steht auch er auf, streift seine Boxershorts ab und setzt sich wieder. »Ich werde dich vögeln, Kelsey, denn das will ich schon, seit du in mein Studio marschiert bist. Ich will mich tief in dich versenken, ich will fühlen, wie du kommst und deine Muskeln sich um mich zusammenziehen. Und dann will ich dich festhalten, bis du in meinen Armen einschläfst.«

Ein kleines Wimmern entwischt mir, und er lacht leise. »Soll ich ein Kondom benutzen? Ich bin getestet und sauber, aber du musst entscheiden.«

Ich schüttele den Kopf. »Nein, ich will dich spüren. Und ich nehme die Pille. Wegen der Krämpfe«, füge ich hinzu.

»Dann setz dich auf mich.«

Ich tue es, und trotz der Dunkelheit erkenne ich die Lust in seiner Miene, als ich ihm in die Augen sehe. Sein Schwanz ist hart wie Stahl, und ich reibe mich daran und stöhne, doch letztendlich ist das unbefriedigend: Ich will ihn in mir.

Nach einer Weile hält auch er es nicht mehr aus. Er greift zwischen uns, bringt die Spitze seiner Erektion an meine Spalte und befiehlt mir, mich darauf herabzulassen.

Und ich tue es – langsam und geschmeidig –, doch plötzlich packt er mich, presst mich herunter, kippt seine Hüften gleichzeitig aufwärts, und ich stoße einen überraschten Schrei aus. Heiß durchfährt mich der süße Schock, als er mich bis zum Anschlag ausfüllt.

Wyatt umfasst eine Brust und senkt den Kopf, um an dem Nippel zu saugen, während er mich mit einer Hand an der Hüfte auf seinem Schwanz auf und ab dirigiert.

Dann schiebt er die andere Hand zwischen unsere Körper und liebkost meine Klitoris, und im Handumdrehen baut sich eine wilde Spannung in mir auf. Tiefer, härter und vollkommener dringt er in mich ein, bis der Druck nicht mehr entweichen kann, birst und sich in einer Explosion aus Funken und Farben entlädt.

Ich sacke nach vorne und klammere mich an ihn, als er sich wieder und wieder in mich treibt. Ich spüre, wie er erstarrt, alles anspannt und sich mit einem tiefen, kehligen Stöhnen in mir ergießt.

»Oh, Baby«, flüstert er, zieht mich an sich und schlingt seine Arme um mich.

Eine Weile sitzen wir nur da und atmen, bis er mich hochhebt und zu seinem Schrankbett trägt. Mit einem Papiertaschentuch reinigt er mich, dann schlüpft er neben mir unter die Decke. Das Laken ist himmlisch kühl auf meiner erhitzten Haut.

Wyatt zieht mich fest an sich. »Ich bin sehr froh, dass du für mich Modell stehst, Kelsey Draper«, flüstert er.

»Ich auch«, murmele ich, ehe der Schlaf mich übermannt.

Wyatt mag mit dem Shooting von gestern zufrieden gewesen sein, aber heute läuft es so viel besser – zumindest in meinen Augen! »Du hättest es mir einfach nur sagen können«, beschwere ich mich, als seine Hände meine Oberschenkel packen und auseinanderdrücken, bis ich auf dem Stuhl mit der hohen Lehne in genau dem Winkel sitze, den er haben will.

Wyatt grinst nur. Er hat recht gehabt. Ich musste mir wirklich holen, was ich haben wollte.

Und was ich wollte – und will! –, ist Wyatt!

»Arme hinter die Lehne«, befiehlt er mir, und ich gehorche, umfasse hinter dem Stuhl meine Handgelenke und blicke zur Seite, wie er mich eben bereits angewiesen hat. Meine Beine sind so weit gespreizt, dass es fast wehtut, und ich bin vollkommen nackt.

Splitter. Faser. Nackt.

Nun ja. Bis auf eine sehr lange Perlenkette, die wie ein Halsband zweimal um meinen Hals geschlungen ist, zwischen meinen Beinen herabhängt und sich auf der Sitzfläche aufrollt. Die Kette verdeckt nicht genug, um auch nur den Anschein von Schicklichkeit zu erzeugen, aber das Gefühl an meiner Scham ist unbestreitbar erotisch.

Wyatt umkreist mich mit kritischem Blick. »Perfekt«, bemerkt er schließlich, nimmt die Kamera und beginnt, Bilder zu machen. »Jetzt den Kopf etwas zurück und auf die Lippe beißen – Herrgott, ja, Kelsey. Genau so! Dieses Bild ist Magie, da gibt es nicht den geringsten Zweifel.«

Seine Worte liebkosen mich ebenso schamlos wie seine Finger. Und obwohl ich irgendwo im Hinterkopf immer noch dumpf die Stimme meines Vaters höre, der mich ein unartiges, verderbtes Mädchen schimpft, das bekommen wird, was es verdient und Unheil über die Welt bringt, fühle ich mich doch im Augenblick vor allem mächtig, leidenschaftlich, sinnlich und stark.

Die Kelsey, die vor Situationen wie diesen schreiend davongerannt wäre, ist wie vom Erdboden verschwunden. Stattdessen genieße ich. Mein Körper prickelt. Fotografiert zu werden, zu wissen, dass die eigene Wollust auf Film gebannt wird, hat etwas ungeheuer Erregendes.

Ganz abgesehen von dem Wissen, dass Wyatt mich in die Arme ziehen wird, sobald die Arbeit getan ist.

Ich fühle mich stolz und verwegen. Als sei ich mit einem Mal erwachsen geworden. Ich habe die Ängste meiner Kindheit abgelegt, und ohne Wyatt und die gestrige Nacht wäre mir das nie gelungen.

Wyatt.

Wie habe ich bloß in den vergangenen zwölf Jahren ohne ihn überlebt? Er hat etwas in mir geweckt, das lange, lange Zeit verschüttet gewesen ist.

»Wunderschön«, murmelt Wyatt schließlich und stellt die Kamera auf einem kleinen Tisch ab.

»Kann ich mich wieder bewegen?«

Er bedenkt mich mit einem boshaften Grinsen. »Noch nicht«, sagt er und geht vor dem Stuhl auf die Knie.

»Wyatt …«

Nun, da er mich nicht mehr durch das Objektiv betrachtet, fühle ich mich entblößt und befangen. Was natürlich vollkommen albern ist.

»Schsch«, sagt er und verstummt wieder. Er legt eine Hand auf mein Bein und küsst die Innenseite meines Oberschenkels direkt über dem Knie.

Seine Lippen wandern höher und höher, und ich halte den Atem an, als sein Mund sich über meine Muschi legt – und über die Perlen. Seine Zunge leckt über meine Klitoris, doch ich spüre gleichzeitig, wie sich die Perlen bewegen. Es ist seltsam stimulierend, und es wird noch besser, als er die Hand von meinem Knie nimmt und behutsam ein Stück der Kette in mich hineinschiebt.

»Wyatt«, keuche ich, aber er lacht nur, und zieht den Perlenstrang qualvoll langsam wieder heraus, während seine Finger gleichzeitig in mich eindringen.

Die Empfindung ist unglaublich. Ich winde mich auf seinen Fingern und will mehr. Fester, härter, tiefer, ich weiß nicht, ich will einfach nur alles, was er mir gibt … und noch so viel mehr dazu.

Er hat mich bis an den Rand des Höhepunkts gebracht, und ich halte es kaum noch aus, kann es nicht mehr erwarten. Nur noch ein letzter kleiner Schubs, eine letzte Berührung, und ich hebe ab, explodiere, komme …

Von wegen.

Ich reiße die Augen, die unwillkürlich zugefallen sind, wieder auf. »He!«

»Schluss mit Perlen«, sagt er, rückt von mir ab und steht auf.

»Wyatt«, protestiere ich. »Ich will mehr.«

»Schön. Ich mag es, wenn du mehr willst.«

»Wyatt!«, protestiere ich erneut, denn das kann doch nicht sein Ernst sein. Erst macht er mich heiß und treibt mich in den Wahnsinn … und dann lässt er mich hängen? »Du bist kein netter Mensch.«

Wieder grinst er mich nur schelmisch an, während er mich losbindet. »Los, zieh dich an«, sagt er. »Es ist schon nach Mittag. JP wird bald hier sein.«

Die Schwierigkeit mit der Anonymität ist natürlich, anonym zu bleiben. Gemeinsam haben wir entschieden, dass JP Bescheid wissen darf, denn er muss häufig im Studio sein, um die Ausstellung vorzubereiten. Wyatt hat mir versprochen, dass er selbst sich bei mir um das Licht kümmert, sodass JP nicht dabei sein muss und daher auch keine von den Aufnahmen sehen wird, auf denen mein Gesicht noch nicht unkenntlich gemacht worden ist, doch es wäre zu schwierig, das Geheimnis als solches zu wahren.

Außerdem haben wir beschlossen, auf Make-up zu verzichten. Wyatt meinte, er könne im Labor oder in der Dunkelkammer oder wo auch immer den Lippen Farbe hinzufügen, doch der Rest meines Gesichts wird sowieso nicht zu sehen sein. Und die Chancen, so kurzfristig einen Visagisten zu finden, der eine Verschwiegenheitsklausel unterschreibt, stehen nicht besonders gut.

»Sind wir hier fertig? Oder besprichst du dich mit ihm und schubst ihn dann die Treppe hinauf?«

»Eigentlich dachte ich, wir machen heute ein paar Aufnahmen am Strand.«

Begeistert willige ich ein – ich bin die Letzte, die sich gegen einen Spaziergang am Meer sträubt –, wenn mir auch nicht ganz klar ist, wie er mitten am Tag an einem öffentlichen Strand Aktfotos machen will, und der Gedanke beunruhigt mich ein wenig, wie ich gestehen muss.

Er weist mich an, ein dünnes weißes Sommerkleid aus seinem Kostümfundus anzuziehen, dann wandern wir die kurze Strecke zum Santa Monica Pier, wo wir uns Eis kaufen und dann am Geländer stehen und Richtung Norden nach Pacific Palisades schauen. »Da drüben habe ich übrigens ein Haus.«

Ich werfe ihm einen Seitenblick zu. »In Pacific Palisades?«

»Yep.«

»Ich dachte, du wohnst in Venice Beach.«

Er nickt. »Ja, tue ich auch. Das Haus in den Palisades wird vermietet. Es gehört zu meinem Treuhandfonds. Ich wohne lieber am Strand.«

»Und bezahlst das mit deiner Arbeit als Fotograf«, sage ich, als mir wieder einfällt, was er mir damals in Santa Barbara erzählt hat.

Er begegnet meinem Blick. »Daran kannst du dich noch erinnern?«

»Natürlich«, sage ich. »Ich kann mich an alles erinnern.«

Einen Moment lang sieht er mich nur an. Doch der Moment wird gestört, als mir Eis auf die Hand tropft, und hastig werfe ich das durchweichte Hörnchen in einen Papierkorb. Als ich gerade ein Taschentuch aus meiner Handtasche holen will, nimmt Wyatt meine Hand und leckt das Eis genüsslich ab, und ein Wonneschauer durchfährt mich. »Wyatt«, hauche ich.

Die Andeutung eines Lächelns huscht über seine Lippen. »Ich mag deinen Geschmack.«

Meine Wangen beginnen zu glühen, und nicht die Sonne ist schuld daran. Ein Moment vergeht, und ich räuspere mich. »Wollten wir nicht an den Strand?«

»Genau«, sagt er. Er hält noch immer meine klebrige Hand. »Komm.«

Wir gehen über den Pier zurück, über den Parkplatz und auf den Strand. Ich trage Sandalen, ziehe sie aber aus, um in der Brandung zu laufen und muss lachen, als die Wellen höher sind, als ich dachte, und der Saum des Kleides nass wird.

»Tut mir leid«, sage ich, obwohl es mir eigentlich gar nicht leidtut. Es ist ein herrliches Gefühl, durch die Gischt zu waten.

Wyatt hält etwas Abstand und passt auf, dass seine Kamera nicht Opfer der aufgewühlten See wird. »Ach, mach dir keine Gedanken«, sagt er, fügt aber einen Moment später hinzu: »Warte mal. Komm mal mit.«

Ich weiß nicht genau, worum es geht, aber ich folge ihm zum Pier zurück. Unter dem Steg ist es schattig, doch hier und da dringen Sonnenstrahlen durch die Holzplanken.

Er zeigt auf einen mit Seepocken überzogenen Pfahl. »Stell dich dorthin«, weist er mich an und dreht mich so, bis mich einer dieser Sonnenstrahlen ungefähr auf Brusthöhe beleuchtet.

»Hübsch«, sagt er.

»Soll das für dich sein? Wirklich erotisch kommt mir das nicht vor.«

»Machst du Witze?« Er tritt vor mich und knöpft die obersten drei Knöpfe auf, sodass der Brustansatz zu sehen ist. Das Kleid hat Spaghettiträger, daher habe ich auf den BH verzichtet. »Vergiss nicht, dass wir eine Geschichte erzählen wollen. Sinnlichkeit hat nicht ausschließlich mit Sex zu tun.« Er bedenkt mich mit einem hintergründigen Grinsen. »Im Übrigen bin ich noch nicht fertig.«

Er tritt zurück und sieht sich um; er scheint etwas zu

suchen, allerdings habe ich keine Ahnung, was. Schließlich geht er zur anderen Seite des Piers hinter mir und holt etwas, aber ich habe strikte Order, mich nicht zu bewegen, sehe also nicht, worum es sich handelt.

Da ich etwas Spektakuläres erwartet habe – eine große Muschel zum Beispiel –, staune ich, als er mit einem ramponierten Kindereimer in der Hand auftaucht.

»Was soll das denn jetzt?«, frage ich, als er sein T-Shirt auszieht, es auf dem Sand ausbreitet, und die Kamera darauf ablegt.

Ohne mir zu antworten, schlendert er zum Wasser und füllt den Eimer.

»Wyatt?«, frage ich misstrauisch. »Was hast du vor?«

»Das«, sagt er und gießt den Eimerinhalt mit Schwung über mir aus.

Ich stoße einen Schrei aus und pruste entsetzt – der Pazifik ist verflixt kalt –, doch als ich unwillkürlich vom Pfahl zurückweichen will, hält er mich auf.

»Stell dich hin, wie ich es gesagt hat«, befiehlt er und bedenkt mich mit einem strengen Blick, und ich erstarre – buchstäblich. Er schnappt sich die Kamera und schießt eine Salve nach der anderen ab, und als er fertig ist, sein T-Shirt vom Sand aufhebt, ausschüttelt und mir reicht, blicke ich an mir herunter und stelle fest, dass das nasse dünne Kleid vollkommen durchsichtig geworden ist; mein rosa Höschen und die aufgerichteten Brustwarzen sind deutlich zu sehen.

»Das könnte mein Lieblingsbild werden«, sagt er und nimmt meine Hand. »Komm. Wir gehen zurück.«

Ich lasse seine Hand gerade lang genug los, um mir sein T-Shirt überzustreifen; es duftet nach ihm, und tief atme ich ein. Hand in Hand wandern wir zurück, und der Moment kommt mir intimer vor als alles, was wir vergangene Nacht getan haben.

»Am Montag findet auf dem Anwesen meiner Großmutter eine Party statt«, beginnt er. »Sie feiert den siebzigsten Jahrestag der Premiere ihres allerersten Films. Sie war damals fünfzehn, und es war ein Riesenskandal, weil sie die Rolle natürlich durch ihren Vater bekommen hatte, und die Presse höhnte, dass das Mädchen mit wehenden Fahnen untergehen würde.«

»*Das Mädchen im Mond*«, sage ich. »Ich liebe den Film. Und sie war brillant.«

»Oh ja. Mein Urgroßvater war kein Narr. Er besetzte seine Rollen nur mit Leuten, die wirklich etwas konnten, Verwandtschaft machte da keine Ausnahme. Jedenfalls werden all die üblichen Verdächtigen da sein. Hollywood-Elite. Die High Society von L. A. Und so weiter.«

»Wow. Das wird bestimmt toll. All die vielen Leute, die zu Ehren deiner Großmutter kommen …«

»Ich fände es toller, wenn du mitkämst.«

Ich bleibe stehen. »Ehrlich?«

»Ich würde dich ihr gerne vorstellen.«

»Oh.« Die Schmetterlinge flattern in einem wilden Pulk auf, und ich fühle mich wieder wie fünfzehn. »Und ob ich mitkommen will!« Ich blicke auf das durchnässte Kleid herab. »Aber es gibt ein Problem. Ich habe zwar durchaus etwas Besseres zum Anziehen, aber ich weiß nicht, ob ich mit etwas dienen kann, das der Gelegenheit angemessen ist.«

»Macht nichts«, sagt Wyatt mit jener Art von Leuchten in den Augen, das mir eigentlich Sorgen bereiten müsste, mich aber jetzt nur zum Lachen bringt. »Überlass das ruhig mir.«

26

Ich hätte wirklich meine Kamera mitnehmen sollen«, sagte Wyatt, als Kelsey sich in dem Kleid, das er ihr ausgesucht hatte, um die eigene Achse drehte. Es war ein klassisches Schwarzes mit figurbetontem Samtoberteil, das ihn an das Trikot einer Tänzerin erinnerte.

Der Rock passte ebenfalls zum Thema; er bestand aus drei Lagen hauchdünnem schwarzem Material, dessen Transparenz nie zu viel enthüllte. Der Stoff war unterschiedlich lang geschnitten und floss beim Gehen um die Beine, während er sich bei jeder Drehung flatternd ausbreitete. Und obwohl das Kleid nichts davon verriet, gefiel ihm das Wissen, das sie darunter die La-Perla-Unterwäsche trug, die er ebenfalls gekauft hatte.

Sie hatte es schon tausendmal gesagt, dankte ihm aber dennoch erneut, als er ihr die Tür des Navigators aufhielt und ihr hineinhalf. »Für das Kleid und das Erlebnis«, fügte sie strahlend hinzu. »So war ich noch nie shoppen.«

»Es war mir ein Vergnügen«, sagte er und meinte es ernst. Normalerweise fand er einkaufen langweilig. Und normalerweise vermied er es, seinen Hollywoodstammbaum herauszukehren.

Doch diese Gelegenheit verlangte nach einer Ausnahme, also war er über seinen Schatten gesprungen und hatte sich wie Richard Gere in *Pretty Woman* gefühlt, nachdem Julia Roberts von den hochnäsigen Frauen auf dem Rodeo Drive brüskiert worden war.

Er tätigte ein paar Anrufe, und wenig später rollte das Personal eines der exklusivsten Geschäfte von Beverly Hills Kleiderstangen und Wagen voller Cocktailkleider, Schuhe und Accessoires in sein Studio, damit Kelsey alles in Ruhe anprobieren konnte.

Am Ende wählte er zwei Kleider aus, aber als sie sagte, sie würde nur eines annehmen, entschied er sich für das Schwarze, das wie ein Tanzkleid anmutete. »Das bist hundertprozentig du«, sagte er ihr, und sie kam in seine Arme und küsste ihn, während der Verkaufsleiter des Geschäfts verlegen zur Seite blickte.

Es war ein zärtlicher Moment gewesen, doch nun, da sie auf dem Weg zur Villa seiner Großmutter in Holmby Hills, einem der exklusivsten Wohnviertel in Los Angeles, waren, wuchs sein Verlangen nach ihr minütlich. Mit dem atemberaubenden Kleid, den schwarzen High Heels und der lockeren Hochsteckfrisur, aus der sich bereits erste zarte Strähnchen stahlen, sah sie einfach zum Anbeißen aus.

Doch was ihm den Rest gab, war der Armreif, den er neulich schon bei ihr gesehen hatte. Es war der Infinity-Reif, den er ihr damals in Santa Barbara geschenkt hatte, und die simple Verbindung zwischen ihnen wärmte sein Herz.

»Warum schaust du mich so an?«, fragte sie lächelnd.

»Weil du so schön bist.«

Ihr Lächeln wurde noch strahlender. »Das liegt am Kleid.«

»Das liegt an der Frau.«

Sie seufzte glücklich und lehnte sich zurück. Sie hatten den ganzen Morgen im Studio gearbeitet, und nach nur zwei

Tagen verfügte er bereits über eine beachtliche Vielfalt an Szenen und Fotos. Noch drei weitere Arbeitstage, und er würde die perfekte Auswahl zusammenstellen können, dessen war er sich sicher.

Sie war etwa um drei Uhr nachmittags gegangen, um einen Tanzkurs zu geben, ehe sie nach Hause fahren wollte, um sich für die Party umzuziehen. Und als er sie abholte, war er von ihrer kleinen, aber sehr hübschen Wohnung in Valencia sehr angetan.

Doch nun hatten sie ein gutes Stück zu fahren. Kelsey legte ihren Kopf zurück an die Rückenlehne und streifte ihre Schuhe ab. »Normalerweise bin ich diejenige, die diese furchtbare Strecke fahren muss. Schön, sich chauffieren zu lassen.«

»Warum ziehst du nicht näher an die Stadt heran?«

»Die meisten Kurse, die ich gebe, finden in Valencia und Umgebung statt«, erklärte sie. »Und die Schule, an der ich normalerweise arbeite, ist ebenfalls hier. Aber der Hauptgrund ist natürlich, dass ich es mir nicht leisten kann.«

Er nickte. Das war natürlich nachzuvollziehen, aber es gefiel ihm gar nicht, dass sie so weit weg sein würde, wenn ihre Zusammenarbeit beendet war.

Kelsey schloss neben ihm die Augen. »Darf ich den Fuß auf das Armaturenbrett legen?«

Er lachte leise. Eine Frau in edlem Kleid, die derart undamenhaft saß – das hatte was! »Mach nur«, sagte er, setzte den Blinker und warf ihr, als er auf die Straße einscherte, einen kurzen Seitenblick zu. Fast verschlug es ihm den Atem. Der dünne Stoff des Rocks war von ihrem erhobenen Bein gerutscht und verbarg das La-Perla-Höschen nur knapp.

Dennoch wusste er, dass es da war, und unwillkürlich

packte er das Lenkrad fester. Zu dumm aber auch, dass sie nicht zu seinem Studio fuhren, sondern zu einer Party.

Obwohl …

»Zieh dein Höschen aus«, sagte er.

Sie drehte ihm den Kopf zu, schlug die Augen auf und lächelte ihn unschuldig an. »Déjà vu, Mr. Segel?«

»So ähnlich. Aber ich glaube mich zu erinnern, dass du explizit gewünscht hast, mir die Kontrolle zu überlassen. Höschen«, wiederholte er. »Ich will es auf der Party in meiner Tasche wissen. Nicht unter deinem Rock.«

»Oh«, sagte sie und leckte sich über die Lippen. »Eine wirklich schöne Idee. Aber leider nicht umsetzbar.«

»Aha. Und warum bitteschön nicht?«

»Weil wir jetzt nicht mehr zurückfahren können. Ich habe das Höschen zu Hause auf dem Bett liegen lassen.«

Ihre Bemerkung klang beiläufig, aber die Worte brannten sich auf einem glühenden Pfad direkt hinab in seinen Schritt, und er musste plötzlich gegen ein sehr starkes Bedürfnis ankämpfen, sofort rechts ranzufahren und sie auf den Rücksitz zu bugsieren. Es war immerhin ein verdammt großes Fahrzeug, das er da fuhr, und die Sitze ließen sich umklappen.

Dummerweise hatten sie keine Zeit für derlei Aktionen. Also besser stumm leiden und in Fantasien schwelgen.

Allerdings gedachte er nicht allein zu leiden.

Entschlossen beugte er sich vor und drehte die Klimaanlage voll auf.

»Hey!«

Sie setzte an, den Fuß herunterzunehmen.

»Nichts da«, sagte er. »Hier wird sich nicht bewegt.«

»Aber du pustet mir direkt … *oh*!«

Sie versteifte sich und biss sich auf die Unterlippe.

»Wird dir kalt?«

»Sie, Sir, haben eine wahrhaft teuflische Ader.«

»Das mag durchaus sein.«

Er warf ihr einen Seitenblick zu und erkannte, dass sich ihre inzwischen harten Nippel durch das Samtoberteil drückten.

Es juckte ihn in den Fingern, mit der Hand über ihren Oberschenkel zu streichen, bis er an ihre Muschi gelangte. Er wusste, dass sie nass war. Nass, bereit und heiß, trotz der kalten Luft aus der Klimaanlage. Sie war gewachst, und er würde seine Finger in sie schieben und sie reiben, bis sie die Augen schließen und seine Hand vögeln würde.

Inzwischen hatte er sie schon oft gestreichelt, zum Höhepunkt gebracht und gespürt, wie sie explodierte, kam, sich ihm hingab.

Und doch war es nie genug. Er wollte sie, wie sie jetzt war. In diesem Moment.

Aber es war nicht möglich. Denn leider steckten sie im dichten Verkehr, und er hatte kein Bedürfnis, es in die Nachrichten zu schaffen, indem er eine Massenkarambolage verursachte.

Also behielt er seine Hände bei sich, trat verbissen aufs Gas und befahl ihr, es sich selbst zu machen.

Sie wandte sich langsam zu ihm um und sah ihn stirnrunzelnd an. »Muss ich?«

»Ich dachte, wir hätten einen Deal.«

»Schon. Und wenn du das willst, tue ich es. Aber ich würde lieber … na ja, ich würde lieber warten, bis wir bei der Party sind. Und du es mir dann machst.«

Er schaffte es eine Viertelstunde schneller zu der Adresse seiner Großmutter, als das Navigationssystem geschätzt hatte. Er fuhr am Haupttor vorbei, an dem der gemietete Parkservice wartete, und um das Anwesen herum zum Liefereingang. Dort würden sie schneller hineingelangen und vermutlich auf weniger Leute treffen. Er würde mit ihr die Treppe hinauflaufen, in dem Zimmer verschwinden, das er als Kind immer belegt hatte, sie aufs Bett werfen und besinnungslos vögeln.

Soweit der Plan. Die Umsetzung gestaltete sich allerdings schwieriger als gedacht, denn anscheinend hatte das Gros der Leute beschlossen, sich im Garten und hinter dem Haus herumzutreiben, und wenn sie durch die Menge liefen, würden sie garantiert aufgehalten werden.

Verflixt noch mal.

Er nahm ihre Hand. »Wir versuchen es anders.«

Er hätte Protest erwartet, eine Beschwerde, dass er sich wie ein hormongesteuerter Teenager benahm, aber sie nickte nur. »Mach einfach schnell, okay?«, wisperte sie.

Und ob er schnell machen würde!

Sie schlichen um die Garage herum und stießen auf den Pfad, den normalerweise nur die Gärtner benutzten. Er wand sich um das ganze Haus herum und führte an den riesigen Fenstertüren vorbei, die zum privaten Arbeitszimmer seiner Großmutter gehörten und bei Festlichkeiten immer verschlossen waren.

»Hier entlang«, sagte er und nahm exakt denselben Weg wie damals als Jugendlicher, wenn er sich ungesehen hinaus- und wieder hineinschleichen wollte. Er hatte zwar niemals offiziell hier gewohnt, war aber so oft hier gewesen, dass man ihm ein eigenes Zimmer überlassen hatte.

Natürlich waren die Türen auch jetzt verschlossen, aber der Schlüssel war wie immer in der albernen Elefantenstatue versteckt, die links davon stand. Er fischte ihn heraus, schloss die Tür auf und steckte den Schlüssel zurück.

»Wow«, sagte Kelsey, als sie eintraten. Der große Raum lag in einem dämmrigen Halbdunkel, das durch zahlreiche, dezent illuminierte Vitrinen erzeugt wurde. Darin waren Erinnerungsstücke aus Anikas Filmen sowie alle Preise und Auszeichnungen ausgestellt, die sie und ihr Vater je gewonnen hatten.

Seine Großmutter hatte auch Jennas und Loreleis Preise hier präsentieren wollen, aber die beiden hatten dankend abgelehnt und ihre Trophäen lieber mit nach Hause genommen.

Wyatt dagegen war wild entschlossen, seine eigenen hier unterzubringen. Sobald er denn welche gewonnen hatte.

Einen Moment lang stand er neben Kelsey und betrachtete die Vitrinen, als sei es das erste Mal. Er empfand Stolz auf seine Familie … und den ihm nur allzu vertrauten Stich der Unsicherheit. Denn was, wenn er niemals etwas bekäme, was in diese Schaukästen gehörte?

Kelsey drückte seine Hand. »Eines Tages hast du so etwas auch«, sagte sie, als könne sie seine Gedanken lesen, und vielleicht konnte sie das tatsächlich. Ihre Worte drangen direkt in sein Herz und nicht nur, weil sie ihn aufzubauen versuchte, sondern auch, weil sie ihn offenbar verstand.

Als er nichts sagte, schaute sie zu ihm auf, und in dem Moment wurde ihm klar, dass er unmöglich länger warten konnte. Er zog sie an sich, schob eine Hand unter ihren Rock und presste seine Lippen auf ihre.

Sie schmeckte so verdammt gut, dass er sie haben musste.

Hart und schnell, wenn langsam und genüsslich nicht möglich war.

»Dreh dich um«, befahl er, und als sie gehorchte, umfasste er ihre Brüste, sodass sich ihre Rückseite an ihn schmiegte.

Er schob eine Hand abwärts bis zu ihrer Muschi, die so nass und heiß war, wie er es sich im Auto vorgestellt hatte, und streichelte und rieb sie, und mit jedem Stöhnen, mit jedem Zentimeter, den sie ihre Beine spreizte, wurde er erregter und härter. Und als sie »Bitte, Wyatt, bitte fick mich«, flüsterte, war es beinahe um ihn geschehen, weil eine solche Ausdrucksweise aus dem Mund einer Kelsey Draper schärfer war als alles, was er je gehört hatte.

»Hier«, sagte er und zog sie hinter den Schreibtisch zu einem freien Stück Wand. Er hatte einen Moment lang den Schreibtisch selbst in Erwägung gezogen, aber seine Großmutter arbeitete daran, und das ging einfach nicht.

Im Übrigen gefiel ihm der Gedanke, sich tief in sie zu versenken, während sie ihn mit den Beinen umklammerte, und entschlossen öffnete er seinen Gürtel und holte seinen Schwanz heraus. Ihr Blick begegnete seinem, und sie nickte leicht.

Er hob sie hoch und befahl ihr, die Beine um seine Hüften zu legen, und als sie es getan hatte, schob er zwei Finger in sie, um zu überprüfen, ob sie wirklich bereit für ihn war. Dann manövrierte er sie behutsam auf seine Schwanzspitze.

Mit einem raschen Stoß drang er tief in sie ein, und sie stieß einen Schrei aus. Hastig legte er ihr eine Hand auf den Mund und presste sie mit dem Rücken an die Wand, und sie schlang ihre Arme um seinen Nacken und ließ ihre Stirn an seine sinken. Und dann gehörte die Frau, die seinen Verstand beherrschte, seit er sie kennengelernt hatte, endlich wieder mit Haut und Haaren ihm.

Tiefer und tiefer, härter und härter trieb er sich in sie, bis ihre Muskeln zu beben begannen. Als er erneut eine Hand zwischen ihre beiden Körper schob und ihre Klitoris liebkoste, zog sich ihre Muschi so fest um ihn zusammen, dass er unerwartet schnell explodierte, fast gleichzeitig mit ihr kam, sich in ihr entleerte und dann mit ihr auf dem Arm zurückstolperte. Taumelnd ließen sie sich nieder und sanken eng umschlungen zu Boden, um wieder zu Atem zu kommen.

Es mochte eine Minute verstrichen sein, vielleicht auch eine Stunde, doch irgendwann gelang es ihnen, sich aufzurappeln, ihre Kleidung zu ordnen und sich aus dem Arbeitszimmer zu stehlen.

In dem Moment, als sie in den Flur hinaustraten, kam seine Großmutter vorbei.

27

Ich kann einfach nicht fassen, dass mich eine echte Hollywoodlegende beim Sex erwischt hat. Und dann auch noch in ihrem eigenen Haus, bei ihrer eigenen Party! *Mich! Ausgerechnet mich!*

Natürlich nicht in flagranti, aber wenn ich das winzige Lächeln, das um ihre Lippen spielt, und das Funkeln in den berühmten blauen Augen richtig deute, weiß sie Bescheid.

Ihr Blick huscht von mir zu Wyatt und zurück, und ihr Lächeln wird breiter. Sie ist fünfundachtzig Jahre alt, sieht aber immer noch blendend aus. Die Falten um ihre Augen und den Mund verleihen der gealterten klassischen Schönheit das Aussehen einer Göttin der Weisheit.

»Sie müssen die junge Frau sein, von der Wyatt gesprochen hat«, sagt sie mit ihrer wunderbar kehligen Stimme. »Kelsey, nicht wahr?«

Ich halte Wyatts Hand bereits, aber nun drücke ich sie so fest ich kann, um nicht zu hyperventilieren. *Anika Segel spricht zu mir!*

Ich hole tief Luft und tue, als wäre ich ganz ruhig. »Ja, die bin ich. Und ich freue mich so, Sie kennenzulernen. Ich bewundere Sie von ganzem Herzen. *Das Mädchen im Mond* ist einer meiner absoluten Lieblingsfilme, und Sie haben die Rolle derart großartig gespielt, als seien Sie schon ewig im Geschäft gewesen und hätten nicht zum ersten Mal vor der Kamera gestanden.« Die Wörter purzeln nur so aus mir heraus und wahrscheinlich höre ich mich an wie ein hingerissener Fan, der vor Verzückung vollkommen aus dem Häuschen ist. Was möglicherweise daran liegt, dass ich genau das bin.

»Wie nett von Ihnen. Wie ich höre, sind Sie selbst in der darstellenden Kunst tätig. Als Tänzerin, richtig? Wyatt hält Sie für sehr talentiert; er hat regelrecht von Ihnen geschwärmt. Nun, das ist natürlich nicht weiter verwunderlich.«

»Großmutter …«, sagt Wyatt mit warnendem Unterton.

»Ich meine damit ja nur, dass nur Kelsey selbst es wirklich beurteilen kann, immer vorausgesetzt, sie ist keine von den Jammerlappen, die noch nie etwas von Selbstkritik gehört haben. Was man heute alles im Fernsehen sieht …« Sie macht eine wegwerfende Handbewegung, als sei der Satz es nicht wert, zu Ende gesprochen zu werden, dann wendet sie sich wieder mir zu. »Also, meine Liebe. Können Sie etwas?«

»Ich … also … ja.« Ich hole tief Luft, noch immer hingerissen, dass sie mit mir plaudert. »Ich kann etwas.«

»Ich glaube Ihnen.« Sie weicht einen Schritt zurück und taxiert mich von Kopf bis Fuß. »Das Aussehen einer Tänzerin haben Sie jedenfalls. Und ich habe schon viele kennengelernt, das können Sie mir glauben. Gene und ich hatten oft miteinander zu tun. Nun …« Sie betrachtet mich einen Moment lang mit ernster Miene. »Jedenfalls sollten Sie unbedingt mit Lorelei reden. Das Projekt, an dem sie arbeitet, hat mehrere Tanznummern.«

Allein bei dem Gedanken wird mir ganz flau im Magen. »Oh, ich weiß nicht …«

»Unfug. Das müssen Sie unbedingt. Sie sind viel zu hübsch und laut Wyatt viel zu gut, um nicht erfolgreich zu sein.«

»Also, ich … na ja, Sie schmeicheln mir, aber …«

»Und jetzt habe ich Sie in Verlegenheit gebracht. Verzeihen Sie mir, Liebes.« Anika Segel beugt sich verschwörerisch vor. »Wyatt hat mir verraten, dass Sie tatsächlich noch erröten.« Sie wendet sich Wyatt zu, der selbst leicht zu glühen begonnen hat. »Du hattest recht. Sie ist wirklich entzückend.«

»Ich denke, du solltest jetzt unbedingt deine anderen Gäste begrüßen, Großmutter.«

»Er versucht, mich loszuwerden«, sagt sie zu mir, »und irgendwie kann ich ihn verstehen. Also, meine Lieben«, fügt sie hinzu, dreht sich um und entdeckt jemanden. »Martin, alter Knabe. Komm und drück mich.« Und damit stolziert sie davon.

»Sie ist toll«, sage ich, als Wyatt meine Hand nimmt. »Und so normal geblieben.«

»Das ist sie.« Er lacht. »Toll und normal geblieben. So kann man es auch ausdrücken.«

»Ich war etwas überrascht, dass du ihr von mir erzählt hast.«

»Schlimm?«

»Nein«, sage ich, halte ihn fest, damit er stehen bleibt, und schlinge ihm die Arme um die Taille. »Mir gefällt's.«

Ich hole mir einen Kuss ab und seufze zufrieden.

»Was das Tanzen angeht, hat sie aber recht«, fährt er fort. »Ich verstehe nicht, was es da zu zögern gibt. Die Stimme deines Vaters dürftest du jetzt, da du für mich Modell stehst, doch eigentlich nicht mehr hören, oder?«

»Ein bisschen schon noch«, gebe ich zu. »Aber definitiv nicht mehr dermaßen laut.«

»Warum gehst du dann nicht zum Vortanzen? Nicht für

kleinere Aufführungen, wie du es jetzt machst, sondern für größere Häuser. Für ein Ensemble.«

Ich schüttele den Kopf. »Ich weiß nicht«, sage ich, dann stoße ich einen Seufzer aus. »Vielleicht habe ich inzwischen Angst, dass es nicht klappen wird, wenn ich nach so langer Zeit versuche, meinen Traum wahrzumachen.«

Etwas flackert in seinem Blick, aber er sagt nichts.

»Was?«, hake ich nach.

»Ich wollte eigentlich sagen, dass nicht das Ergebnis zählt, sondern dass du es überhaupt versuchst. Aber wenn ich überlege, wie sehr mir aus verschiedenen Gründen daran liegt, dass meine Ausstellung ein Erfolg wird, bin ich wohl kaum derjenige, der solche Sprüche von sich geben sollte.«

»Nein, wohl nicht.« Ich stupse ihn mit der Hüfte an. »Wir sind uns in vieler Hinsicht ähnlich, wir zwei. Wahrscheinlich sind wir deshalb zusammen.« Ich grinse. »Du hast deiner Großmutter erzählt, dass wir zusammen sind.«

»Sind wir das nicht?«, fragt er.

Mein Lächeln ist dermaßen breit, dass mir das Gesicht wehtut. »Und ob wir das sind. Aber warum hast du ihr nicht erzählt, dass ich für dich Modell stehe?«

Wir betreten den Ballsaal und sind plötzlich umgeben von Berühmtheiten. Ich komme mir vor, als stünde ich mitten in einer Boulevardzeitschrift.

»Also? Warum hast du ihr nicht gesagt, dass ich für die Ausstellung arbeite?«, frage ich erneut, als ein Kellner mit Wein vorbeikommt.

»Sie weiß nichts von dem Projekt«, sagt er, und ich erstarre, noch ehe das Weinglas es zu meinem Mund schafft.

»Ernsthaft?«

»Sie weiß, dass es eine Ausstellung *gibt*, aber das war's.«

Ich nicke nachdenklich. »Du willst, dass deine Show einschlägt wie eine Bombe. Und dich damit als Segel beweisen.«

Er begegnet meinem Blick und nickt.

»Und das wirst du«, sage ich inbrünstig. »Ich habe ein so gutes Gefühl, was die Ausstellung angeht.«

»Ich habe ein gutes Gefühl, seit du mit im Boot bist«, entgegnet er und beugt sich vor, um mich wieder zu küssen.

Ich höre einen langgezogenen Pfiff und mache mich von Wyatt los. Verwirrt blicke ich mich um.

Und sehe Griffin und Nia auf uns zusteuern.

»Hey, Mann«, sagt Griff zu Wyatt. »Schön, dich wiederzusehen.«

»Tolles Kleid«, sagt Nia, dann schenkt sie Wyatt ein Lächeln und hält ihm die Hand hin. »Ich bin Nia.«

Er zieht eine Braue hoch. »Nia Hancock?«

Sie wirft mir einen Blick zu. »Sexy und seherisch begabt. Tolle Kombi.«

Ich verdrehe die Augen. »Wyatt Royce – Nia Hancock.«

»Beste Freundin, Beschützerin und manchmal Stellenvermittlerin«, erklärt sie. »Ich bin entzückt.«

»Was macht ihr hier?«, frage ich, und sie deutet mit dem Kopf auf meinen Bruder.

»Er ist hier, weil er mit Lorelei an diesem Film arbeitet. Ich bin hier, weil seine übliche Begleitung – du nämlich – abgesprungen ist.«

»Na, wunderbar«, sage ich. »Noch jemand hier, den ich kenne?«

»Den du kennst?« Nia sieht sich um. »So ziemlich jeden, würde ich sagen. Wenn auch nicht persönlich.«

»Sie spielt die ganze Zeit schon ›Wer die meisten Promis sichtet‹«, beklagt Griffin sich.

»Da dürfte jemand, der die Stars kennt, eindeutig im Vorteil sein. Ich bin ziemlich sicher, dass meine Großmutter alles eingeladen hat, was Rang und Namen hat. Die Fünfundneunzig-Prozent-Marke hat sie bestimmt erreicht.«

»Alter Schwede!«, entfährt es Nia. »Sie sind Wyatt *Segel*?«

»Ich dachte, das wäre klar«, erwidert er.

Nia bedenkt mich mit einem erzürnten Blick. »Du hättest mir sagen müssen, dass er einer von denen ist.«

»Tut mir leid.« Ich zucke die Achseln. »Daran habe ich überhaupt nicht gedacht.«

Sie hakt sich schwungvoll bei mir ein. »Na, egal. Gegessen. Fest steht, dass alle hier sind. Und jetzt muss ich mir meine Freundin mal dringend ausleihen.« Sie schenkt Wyatt ein strahlendes Lächeln. »Wir haben ungeheuer viel Klatsch auszutauschen. Alles klar?«

Wyatt lacht und küsst mich auf die Wange. »Ich finde dich.«

»Das will ich dir auch raten.«

Nia und ich ziehen ab, und sie fängt prompt an zu plaudern. »Das da sind Nikki und Damien Stark.« Sie deutet auf jemanden, und sogar ich weiß, dass es sich um einen ehemaligen Tennisstar handelt, der als Unternehmer Milliarden gemacht hat.

»Hat er nicht eine Million Dollar für ihr Aktporträt bezahlt?«, frage ich und fühle mich der Frau irgendwie verbunden.

Nia nickt. »Es hätte eigentlich anonym bleiben sollen, aber dann hat es jemand herausgefunden.«

Ich schaudere, als ich mir vorstelle, mir würde es mit meinen Fotos für Wyatt ebenso ergehen.

»Und die Frau, mit der sie sich unterhalten, ist Jane Martin;

sie hat das Drehbuch für den Film mit den entführten Kindern geschrieben. Und der Kerl links von ihr – ist der nicht rattenscharf? Das ist Dallas Sykes.«

»Wirklich?« Zu meiner Schande muss ich gestehen, dass ich manchmal heimlich Klatschblätter lese, und Dallas Sykes war eine Weile omnipräsent. »Man hat ihn ›King of Fuck‹ genannt. Muss sich wild durch die Betten geschlafen haben.«

»Die beiden sind inzwischen verheiratet«, sagt Nia. »Aber der Skandal vorher …!«

Davon weiß ich nicht mehr viel, aber ehe Nia mich aufklären kann, nähern sich uns zwei wunderschöne Frauen, die sich als Wyatts Mutter und Schwester vorstellen. Beide wirken wie Anika sehr bodenständig, und ehe sie weiterziehen, um Freunde und Bekannte zu begrüßen, legt Lorelei mir ans Herz, zum Vortanzen zu kommen. »Ich kann Ihnen nicht die Rolle verschaffen, wohl aber den Zugang zum Casting. Und das ist in dieser Stadt nicht unwichtig.«

»Vielen Dank«, sage ich, und bin ihr wirklich dankbar, auch wenn ich sie wahrscheinlich niemals beim Wort nehmen werde.

Wir schlendern noch ein Weilchen durch den Saal, bis ich nach einer Weile begreife, dass Nia mit mir auf eine ruhige Ecke zusteuert. »Okay«, sagt sie, als wir, bewaffnet mit zwei frischen Gläsern Wein, auf einer kleinen Couch Platz nehmen. »Erzähl mir, was es mit dieser Wyatt-Sache auf sich hat.«

Einen Moment lang ziehe ich in Erwägung, der Frage auszuweichen, aber Nia ist meine beste Freundin. Und eigentlich will ich gar nicht ausweichen. Sondern reden.

Also spreche ich zum ersten Mal aus, was sich in mir seit Tagen aufbaut. »Ich glaube, ich habe mich verliebt«, sage ich, doch anstatt mir zu gratulieren oder vielleicht mit mir zu streiten, verdreht Nia nur die Augen.

»Kleines«, sagt sie, »du hast dich schon vor zwölf Jahren verliebt. Liebe ist nicht dein Thema.«

Ich ziehe die Brauen zusammen. »Was soll denn das heißen?«

»Alle tun immer so, als sei Liebe das Ziel. Verliebt euch und lebt glücklich und zufrieden bis an euer Lebensende. Aber das ist Schwachsinn, Süße. Liebe ist Arbeit. Richtig anstrengende Arbeit.« Sie zuckt leicht mit den Schultern. »Und deshalb mache ich mir Sorgen um euch.«

»Wieso? Meinst du, dass Wyatt diese Arbeit nicht leisten will?«

Sie lässt sich gegen die Couchlehne zurückfallen. »Weiß nicht. Ich kenne ihn ja nicht. Noch nicht. Es tut mir leid, Kels, aber eigentlich bist du diejenige, um die ich mich sorge. Du hast dich so lange in deinem eigenen Leben verschanzt, dass ich mir nicht sicher bin, ob du es noch schaffst, da noch eine andere Person einzufügen.«

Ich will etwas einwenden, aber sie spricht weiter.

»Was bedeutet, dass du aus deinem Schneckenhaus rauskommen musst, wenn du willst, dass das mit euch funktioniert. Kannst du das, Kels? Du, das Mädchen, das immer lieber auf Nummer sicher geht? Denn eins muss dir klar sein, Herzchen: In der Liebe gibt es kein Sicherheitsnetz.«

Ich bin in keiner besonders blendenden Laune, als wir ungefähr eine Stunde später die Party wieder verlassen. Nias Worte klingen mir noch immer im Ohr.

Wyatt sieht mich stirnrunzelnd an. »Willst du drüber reden?«

Ich schüttele den Kopf. »Nicht nötig. Eine Sache unter Freundinnen, mehr nicht.« Das ist zwar keine Lüge, aber auch nicht ganz die Wahrheit.

Er scheint Einwände erheben zu wollen, doch das Zirpen meines Telefons, das eine eingehende Nachricht ankündigt, lässt ihn verstummen.

In dem Glauben, dass es sich um Nia handelt, wühle ich in meiner Tasche nach meinem Handy, stelle aber verwundert fest, dass mir eine Kollegin von meiner Schule geschrieben hat.

Ich bewundere dich, aber was für ein Ausstieg! Hoffentlich funktioniert's.

»Nia?«, fragt Wyatt, aber ich schüttele den Kopf und halte ihm das Handy hin.

»Eine andere Lehrerin. Allerdings habe ich keine Ahnung, wovon sie spricht.«

»Vielleicht sollte die Nachricht eigentlich gar nicht an dich gehen.«

Das scheint mir nur logisch, und ich setze an, um ihr zu schreiben, dass es sich um einen Irrläufer handeln muss, als ich entdecke, dass sowohl Damien Stark als auch Siobhan, die mir einmal im Studio begegnet ist, neben Wyatts Navigator stehen.

Welche Verbindung Siobhan zu Wyatt hat, weiß ich natürlich, aber ich brauche einen Moment, bis mir wieder einfällt, dass Damien Stark Schirmherr des Stark Center for the Visual Arts ist, in dem Wyatts Ausstellung eröffnen wird.

Automatisch verlangsame ich das Tempo. Kalte Furcht setzt sich in meinen Eingeweiden fest.

»Ich muss wohl gar nicht erst fragen«, knurrt Wyatt, während wir uns Siobhan und Damien nähern.

Stark drückt sich vom Wagen ab und kommt uns entgegen. »Schlechte Nachrichten.«

»In Anbetracht der Tatsache, dass Sie normalerweise nichts mit dem Alltagsgeschäft des Stark Centers zu tun haben, dachte ich mir das schon«, sagt Wyatt. »Also raus damit. Bringen wir es hinter uns. Was gibt es?«

»Soll ich lieber woanders warten?«, frage ich.

»Nein.« Wyatt nimmt meine Hand. »Du bleibst bei mir.«

»Und das muss sie leider auch«, sagt Damien. »Tut mir leid, Kelsey.«

Die Furcht in meiner Magengrube ballt sich zu einem harten Klumpen zusammen. Denn ein Mann wie Damien Stark kennt normalerweise meinen Namen gar nicht … es sei denn, ich bin aus irgendeinem bestimmten Grund auf seinem Radar gelandet. Wo ich nicht hätte landen dürfen, da ich auf den Fotos anonym sein sollte. Außer Wyatt und JP dürfte niemand wissen, dass es sich bei der Frau um mich handelt.

Tja, nur wissen sie es offenbar. Das sehe ich Starks und Siobhans Blicken an.

»Was ist passiert?«, frage ich.

»Leah«, erklärt Siobhan mit einem Stoßseufzer. Sie reicht mir ein Tablet, auf dem eine Collage verschiedener Social-Media-Posts zusammengestellt worden ist. Ich bin zu schockiert, um mich auf den einen oder anderen zu konzentrieren, aber das Gesamtbild ist deutlich genug. Da sind Wyatts Fotos von mir, auf denen das Gesicht unkenntlich gemacht worden ist. Jeweils direkt daneben Fotos von mir, wie ich Tanz unterrichte und bei einem Ausflug in der Schule Sackhüpfen spiele.

»Was ist das?«, flüstere ich, während ich spüre, wie Wyatt neben mir vor Zorn erstarrt.

»Die Gerüchteküche«, sagt Damien. »Leah hat offenbar mit Roger Jensens Segen eine Kampagne gestartet, die Ihnen vermeintlich eine Unmenge an kostenloser Werbung verschaffen sollte.«

Ich schlage mir die Hand vor den Mund, als mir plötzlich übel zu werden droht.

»Sie hat uns alles gebeichtet«, fährt Siobhan fort. »JP hat den Post auf Instagram entdeckt und begriffen, dass sie die Fotos im Büro an sich gebracht haben muss, als die beiden zusammen zum Essen gehen wollten. Sieht aus, als hätte sie sich ihm mit Absicht an den Hals geworfen.«

»So ein Miststück«, presst Wyatt hervor.

»Wir haben sie entlassen und bereits Charles auf die Schadenbegrenzung angesetzt. Mein Anwalt«, fügt Stark mit Blick zu mir hinzu.

»Aber die Posts haben sich bereits verbreitet«, sage ich und zeige Stark mein Handy. »Anscheinend wissen die Leute es schon.«

Auf seiner Miene zeichnet sich eine Mischung von Verärgerung und Frustration ab. »Dieses verdammte Biest!« Er gibt mir mein Telefon zurück. »Das tut mir wirklich leid. Sollten Sie Ihre Stelle verlieren, wird das Zentrum Ihnen selbstverständlich das Gehalt ersetzen, bis sie eine neue gefunden haben.«

»Das ist sehr freundlich von Ihnen«, sage ich, »aber danke.« Ich schlinge meine Arme um den Oberkörper, um mich gegen die Kälte zu wappnen, die in meine Knochen zu kriechen beginnt. Die eisige Kälte des Unheils, das von Anfang an über mir geschwebt hat.

»Kelsey«, sagt Siobhan. »Du solltest unbedingt …«

»Nein«, wiederhole ich leise. »Ich wusste, dass das passieren würde. Es ist genauso meine Schuld wie Leahs.« Ich wende mich Wyatt zu. »Ich bin zu weit gegangen. Ich habe all das getan, wovor mein Vater mich gewarnt hat. Und siehst du, was dabei herausgekommen ist?« Meine Stimme klingt nun hart und verbittert. »Siehst du?«

»Unsinn«, wendet er ein. »Leah hat Mist gebaut, das war alles. Du hast nichts davon zu verantworten, und das weißt du genau.« Er nimmt meine Hände in seine. »Alles wird gut.«

»Wird es nicht.«

»Aber doch. Wir machen alles, wie geplant. Und wenn du deine Stelle verlierst, kannst du zum Vortanzen gehen. Du kannst älteren Kindern oder Erwachsenen Tanzstunden geben. Du kannst Musikvideos choreografieren. Das hier kann ein ganz neuer Anfang sein.«

Tränen strömen mir über das Gesicht. »Es tut mir leid«, sage ich allen dreien, dann begegne ich wieder Wyatts Blick. »Es tut mir so leid.«

»Kelsey, bitte. Meine Show steht und fällt mit dir. Deiner Schönheit. Deiner Sinnlichkeit. Baby, ich brauche dich. Griffin braucht dich. Und wenn du deine Stelle ohnehin schon verloren hast, gibt es doch gar keinen Grund mehr zum Rückzug.«

Aber nichts davon spielt eine Rolle. Nicht mehr. Nicht wenn die Last jeder einzelnen Moralpredigt, die mein Vater mir je gehalten hat, auf mich herunterkracht. »Verzeih mir«, sage ich und wende mich ab. »Aber ich kann nicht.«

28

Wyatt war wie betäubt.

Er fühlte sich schon seit vierundzwanzig Stunden wie betäubt, und er begann sich langsam zu fragen, ob dieser Zustand dauerhaft war.

Seit einer Ewigkeit saß er nun schon auf seiner Dachterrasse und versuchte, sich einen Reim auf die vergangenen Ereignisse zu machen. Bislang war es ihm nicht gelungen.

Im Gegenteil. Er konnte es einfach nicht glauben. Nichts von alledem. Weder, dass sie einfach gegangen war. Noch dass er sie hatte gehen lassen. Nicht einmal, dass Leah, das Miststück, diese verdammten Fotos für die ganze Welt sichtbar ins Netz gestellt hatte.

Er konnte sie selbstverständlich dafür verklagen. Sie hatte Bilder gestohlen, die rechtlich Kelseys Eigentum waren. Und vielleicht würde er das auch tun, weil sie es einfach verdient hatte. Aber im Augenblick konnte er die Energie dafür nicht aufbringen. Wozu hätte es gut sein sollen? Kelsey brachte es ihm jedenfalls nicht zurück.

Und es half ihm auch nicht dabei, die Ausstellung so zu gestalten, wie er sie ursprünglich geplant hatte. Dafür brauchte er Kelsey. Aber sie hatte keinen Zweifel daran gelassen, dass sie nicht länger dabei sein würde.

Zum Glück konnte Cass einspringen. Sie hatte eingewilligt, morgen früh um acht für ein kurzes Shooting vorbeizukommen, doch es würde nicht dasselbe sein. Sie besaß eine ganz eigene Präsenz. Er hatte bei den Aufnahmen ein Thema im Sinn gehabt, und sie passte einfach nicht dazu.

Er würde es schon wieder hinbiegen können – tja, nun, das musste er, verdammt noch mal. Aber es würde nicht mehr die Ausstellung sein, von der er geträumt hatte. Sie würde gut ankommen, sicher, kein Kritiker würde sie verreißen. Aber es würde sich auch niemand überschlagen, und sein Ruf als Fotograf würde stagnieren. Mit dieser Ausstellung konnte er niemandem – und sich selbst am wenigsten – beweisen, dass er seinen Familiennamen verdiente.

Ein kleines Platschen in einem verdammt großen Pool. Mehr konnte er nicht mehr erreichen.

Gott, was war er für ein Idiot gewesen. Er hatte schon im X-tasy gefürchtet, dass sie ihn letztlich im Stich lassen würde. Warum nur hatte er nicht auf sein Bauchgefühl gehört?

Damals war sie gegangen und hatte damit sein Leben zerstört.

Nun war sie erneut gegangen und zerstörte seine Karriere.

Ja, er war ein Vollidiot gewesen. Er hatte mit dem Herzen entschieden, nicht mit dem Kopf. Dafür musste er nun eben bezahlen.

Mit einem tiefen Seufzer lehnte er sich zurück, legte seine Füße auf das Geländer und sah zu, wie die Sonne im Pazifik versank. Neben ihm stand eine Kühltasche mit Bier. Drei Flaschen hatte er bereits geleert; wenn er bis zum Morgengrauen blieb, konnte er die anderen auch noch schaffen.

Die Klingel über der Tür zum Dach ertönte, um ihm zu melden, dass jemand vor seiner Eingangstür stand, aber es war ihm egal. Kelsey war noch nie hier gewesen, sie würde es also jetzt auch nicht sein. Lieferungen erwartete er nicht. Und seine Freunde hatten genügend Anstand, erst eine Nachricht zu schicken, ehe sie vorbeikamen.

Er griff neben sich, holte eine weitere Flasche Bier aus der Tasche, öffnete sie und trank einen tiefen Zug. Na und? Was sollte es? Sie hatte ihm ein Messer ins Herz gerammt. Wundschmerz musste betäubt werden.

Einen Moment später öffnete sich die Tür hinter ihm quietschend, und er fuhr auf und packte die Flasche am Hals, als würde das einen Eindringling tatsächlich in die Flucht schlagen können.

Bei diesem Eindringling hätte es allerdings vermutlich geklappt: Anika Segel trat aufs Dach hinaus, und sie sah ihn derart indigniert an, dass er beinahe lachen musste.

»Drei Stockwerke«, sagte sie vorwurfsvoll. »Und kein Fahrstuhl. Ich bin fünfundachtzig Jahre alt, junger Mann. Geh verdammt noch mal an die Tür, wenn jemand klingelt.«

Er sprang auf, um ihr einen Stuhl heranzuholen. »Ich hatte keine Ahnung, dass du das bist, tut mir leid. Warum hast du mich nicht angerufen? Dann wäre ich sofort runtergekommen.«

Sie schnaubte. »Ich hab's ja geschafft. Wir müssen reden.«

»Du hast also erfahren, was geschehen ist.«

»Ich habe Damien ausgequetscht, aber du darfst ihm nicht böse sein. Der Junge mag mehr Macht als Gott besitzen, aber ich bin eine alte, gewitzte Frau, die etwas erreichen will, und damit schaffe ich sie alle. Also.« Sie sah ihn herausfordernd an. »Unsere Kelsey sollte in deiner Ausstellung auftreten und hat kalte Füße gekriegt?«

»Das trifft es eigentlich ganz gut.«

»Weißt du, Carlton fehlt mir.«

Der Themenwechsel kam so abrupt, dass er mitten in dem Vorgang, seinen Stuhl näher an ihren zu ziehen, innehielt. »Mein Vater?«

»Ja. Er war immer wie eine frische Brise. Und sah die Dinge häufig anders als wir, die wir in dieser albernen Blase leben.« Sie tätschelte seinen Arm. »Unsere Kelsey scheint mir auch so zu sein. Obwohl ich befürchte, dass sie diese Eigenschaft verlieren könnte, wenn wir sie weiterhin drängen, professionell zu tanzen.«

»Du meinst, sie sollte es lieber lassen?« Sobald die Worte heraus waren, hätte er sie am liebsten schon zurückgepfiffen. Was kümmerte es ihn noch, ob sie zu Castings ging oder nicht?

»Ich meine, es hängt davon ab, was Kelsey wirklich will«, sagte Anika.

»Sie will tanzen. Sie will auf die Bühne. Aber sie hat Angst.« Er hob die Hände in einer Geste der Resignation. »Vermutlich ein wichtiger Grund dafür, warum sie abgehauen ist.«

»Hm. Und wovor hast du Angst, Spätzchen?«

Er hatte diesen Kosenamen schon eine Ewigkeit nicht mehr von ihr gehört, und er wärmte sein Herz so sehr, dass er ernsthaft über ihre Frage nachdachte. Und sie tatsächlich beantwortete. »Dass ich nie an Urgroßvater heranreichen kann. Oder an Mom. Oder an dich.«

Sie wedelte ungeduldig mit der Hand. »Was soll dieser Unsinn? Was hab ich denn schon getan? Ich habe eine Arbeit gehabt, die ich geliebt habe, und eine wunderbare Familie großgezogen.«

»Und warst ganz nebenbei eine öffentliche Figur.«

»Stimmt schon. Weil ich Glück gehabt habe. Jetzt gib mir

endlich ein Bier, Wyatt. Wo sind denn deine Manieren geblieben?«

Er presste die Lippen zusammen, um nicht zu lachen, und gehorchte. »Weil du Glück gehabt hast?«, fragte er, als er die Flasche öffnete. »Was meinst du damit?«

»Nun – ja, ich habe im Rampenlicht gelebt, aber ich stehe verdammt gerne im Mittelpunkt. Immer schon. Und deshalb habe ich mich auch darum bemüht. Aber was, wenn es keinen großen Durchbruch gegeben hätte? Wenn ich in eine andere Familie hineingeboren worden wäre? Ich weiß nicht, aber wahrscheinlich würde ich immer noch arbeiten. Vielleicht nicht fürs Kino, sondern für eine kleine Bühne in Kansas. Wo ich dann die Amme in *Romeo und Julia* spielen würde. Oder eine Rolle in *Die kleinen Füchse*. Ich fand das Stück schon immer toll.«

»Du machst dich über mich lustig«, sagte er, aber sie schüttelte den Kopf.

»Absolut nicht.« Sie setzte sich auf, wandte sich ihm zu und tippte ihm auf die Brust. »Wenn es in dir drin ist – hier –, dann musst du es probieren. Weil du es willst. Nicht weil du glaubst, dass es mir etwas bedeutet oder deiner Mutter oder Jenna. Meinst du, Jenna interessiert sich für die Reporter? Sie gibt sich nur mit ihnen ab, weil sie ihr die Macht verleihen, weitere Restaurants zu eröffnen und neue Rezepte auszuprobieren. Das Mädchen würde auch in einer Strohhütte kochen, wenn das ihre einzige Option wäre, und das weißt du.«

Ja, das wusste er. Seine Großmutter hatte recht.

»Aber mein Vater ...«

»Dein Dad hatte andere Probleme. Und wahrscheinlich hätte euch eure Mutter nach seinem Tod einiges davon erzählen sollen, aber sie hoffte wohl, dass ihr möglichst schnell darüber hinwegkommen würdet.«

»Dad glaubte, dass sie ihn nicht respektierte. Und du auch nicht.«

»Carlton war ein guter Kerl, aber in vieler Hinsicht ein Dummkopf – in diesem Punkt zum Beispiel. Er verstand seinen Job; Gott weiß, dass er meine Finanzen nach diesem betrügerischen Halsabschneider wieder in Ordnung gebracht hat. Dieser elende Winkeladvokat, der … nun, egal. Jedenfalls liebte ich deinen Vater. Und falls er sich minderwertig vorkam, weil ein Scheinwerfer viel Schatten produziert, dann tut mir das wirklich unendlich leid. Aber es war nur in seiner Vorstellung so. Deine Mutter vergötterte ihn. Ich vergötterte ihn. Wie ich schon sagte, es war wunderbar, jemanden in der Nähe zu haben, der nicht vor den echten Nachrichten schon *Variety* las.«

»Ich dachte, *Variety sind* die Nachrichten«, kommentierte Wyatt trocken.

»Da – siehst du? Du bist definitiv einer von uns.« Sie lächelte, und in diesem Moment hätte er gerne seine Kamera zur Hand gehabt. »Also, Wyatt, sag's mir. Was willst *du*? Das Rampenlicht? Ruhm? Familie? Respekt?«

Die Antwort blitzte sofort in seinem Verstand auf, ohne dass er darüber nachdenken musste.

Kelsey.

Wenn er unter all dem Mist von Ehrgeiz, Eifer und Ruhm in sich hineinspürte, war da nur noch sie.

Und es war höchste Zeit, ihr das endlich zu sagen.

29

Warum hast du mir denn nicht gesagt, dass das Geld daher kommen sollte«, fragt Griff, während er zwei Eier aufschlägt. »Ich bin davon ausgegangen, es sei von diesem Sparkonto, das du vor Millionen Jahren eröffnet hast.«

Ich schüttele den Kopf, sage ihm aber nicht, dass unser lieber Vater das Konto ebenfalls schon vor Jahren geräumt hat.

»Es tut mir wirklich leid«, beteuere ich ihm einmal mehr. »Ich leih mir das Geld von Nia. Es ist zwar irgendwie schräg, Geld von einer Freundin zu nehmen, aber sie versteht das und …«

»Das ist unnötig.«

»… ich zahl es ihr mit meinem …« Ich schaue zu ihm auf. Irgendetwas an seiner Wortwahl lässt mich innehalten. »Moment mal. Was soll das heißen, das ist unnötig?«

»Ich habe das Geld.«

Ich lehne mich auf meinem Stuhl zurück. »Du hast das Geld?«

»Also eigentlich nicht. Aber ich nehme offiziell an der Studie teil und muss dafür nichts bezahlen.«

»Oh.« Nun bin ich vollkommen verwirrt. »Aber wieso?«

»Wegen dir anscheinend.«

Jetzt kapiere ich gar nichts mehr und sage es ihm auch. »Also sprich bitte langsam und in einfachen Worten.«

»Wenn ich richtig informiert bin, hat Stark dir angeboten, dein Gehalt weiterzuzahlen, falls du entlassen wirst, stimmt das?«

»Ja. Und?«

»Tja, nun, anscheinend kann er kein Nein akzeptieren. Er hat Wyatt gefragt, was du hättest kriegen sollen, und Wyatt erzählte ihm von der Studie.«

»Und?«

»Und anscheinend gehört ihm das Unternehmen.«

Ich blinzele. »Wie bitte?«

»Das Unternehmen, das die Versuchsreihe ausführt, ist eine Firmentochter von Stark International. Er zieht also die Fäden. Jedenfalls bin ich drin. Wegen dir. Oder wegen Leah, dem Miststück«, fügt er mit einem boshaften Grinsen hinzu. »Aber ich bedanke mich lieber bei meiner großen Schwester.«

»Du bist drin«, murmele ich. »Das ist … *Wow*!«

Einerseits würde ich Stark am liebsten anrufen und ihm sagen, dass er sich seine Unterstützung sonstwo hinschieben soll – schließlich habe ich Zahlungen von seiner Seite laut und deutlich abgelehnt. Andererseits wäre das völlig bescheuert, also lasse ich es. Stattdessen springe ich vom Stuhl auf und umarme meinen Bruder stürmisch. »Das ist großartig!«

»Ja, das ist es, aber freu dich noch nicht zu früh. Ich bin erst einmal nur drin. Wer weiß, ob es mir überhaupt etwas hilft. Möglicherweise ändert sich rein gar nichts an meiner Bewegungseinschränkung.«

Aber ich denke ja gar nicht daran, mir die Laune verderben zu lassen. »Ach was, es ist toll!« Unwillkürlich greife ich nach meiner Tasche, um mein Handy herauszuholen.

Und halte inne.

Ich wollte Wyatt anrufen.

Griff beobachtet mich, und seiner Miene entnehme ich, dass er ganz genau weiß, was ich vorhatte. »Jetzt gibt es tatsächlich keinen Grund mehr, für Wyatt Modell zu stehen. Das Geld brauchst du schließlich nicht mehr.« Er begegnet meinem Blick. »Es sei denn, du hättest ein anderes Motiv.«

Natürlich hätte ich das. Ich muss unbedingt das Gespenst meines Vaters loswerden. Ich weiß das. Und mit Wyatt war ich auf dem besten Weg dahin.

Und dann ist der ganze Fortschritt, den ich gemacht habe, durch ein paar dumme Fotos vernichtet worden. Alles, was ich verarbeitet zu haben glaubte, ist wieder nach oben gestiegen, und in einer Kurzschlussreaktion habe ich den Mann, den ich liebe, zutiefst verletzt.

Ich seufze.

Mein Leben braucht eine neue Richtung. Mein Karma einen Tritt in den Hintern.

Und ich brauche Wyatt.

Dringend.

Aber nachdem ich alles hingeschmissen und ihn im Stich gelassen habe, wird er wohl kaum noch an mir interessiert sein.

All das will ich gerade Griffin erklären, als mein Telefon klingelt und ich es an mich reiße. Wider besseres Wissen hoffe ich, dass es sich um Wyatt handelt – und bin absolut schockiert, als er es tatsächlich ist.

»Hi«, sage ich leise.

»Selber hi. Du bist nicht in Valencia?«

Ich blinzele und setze mich gerade auf. »Du bist bei mir zu Hause gewesen?«

»Na ja, ich dachte, morgens früh um halb sieben wäre ich

damit auf der sicheren Seite. Anscheinend habe ich mich geirrt.«

»Oh. Ich bin bei Griffin.«

Vor meinem geistigen Auge sehe ich ihn nicken. »Das hätte ich mir denken können.«

»Warum bist du gek…«

»Ich würde dir das lieber von Angesicht zu Angesicht sagen, aber meine Reise quer durch Südkalifornien hat mein Zeitkontingent aufgezehrt, und ich muss zurück ins Studio, weil Cass heute nur von acht bis zehn für mich Modell stehen kann.«

»Cass?«

»Sie springt für dich ein. Schon okay«, versichert er mir, ehe ich etwas sagen kann. »Mehr als okay, denn ich will nicht, dass du etwas tust, das dir widerstrebt. Ich liebe dich, Kelsey.«

Die Worte kommen heraus, als hätte er sie schon hundertmal gesagt, und mein Herz hüpft in meiner Brust.

»Ich liebe dich«, wiederholt er. »Und wenn ich zwischen der Vision meiner Ausstellung und dir wählen muss, dann, weißt du, wähle ich lieber dich.«

»Wyatt, ich …«

»Nein«, unterbricht er mich. »Sag jetzt nichts. Ich ruf dich später an. Vielleicht kann ich dich ja zum Essen einladen, und wir reden, okay?«

»Okay«, antworte ich erschüttert.

»Schön«, sagt er. »Ich liebe dich, Kels.« Und dann legt er einfach auf.

»Und?«, fragt Griff und stellt mir einen Teller mit Toast und Eiern auf den Tisch. Ich kehre zu meinem Stuhl zurück, setze mich, fange aber weder an zu essen, noch antworte ich ihm.

Ich sitze einfach nur da. Wie vom Donner gerührt.

Weil auch ich ihn liebe, aber nichts getan habe, außer vor ihm wegzurennen.

Und doch hat er alles für mich geopfert. Seine Vision. Seinen Erfolg.

Während ich bei Griffin untergekrochen bin, um mich zu verstecken.

Schluss. Schluss damit. Mir langt's.

Ich will mich nicht mehr verstecken. Ich will keine Angst mehr haben.

Und am wenigsten will ich noch glauben, dass das Schicksal mein Feind ist. Wieso soll ich eigentlich bestraft werden? Wie wäre es mit einem Bonus? Wenn ich schon etwas Mutiges, Ungeheures und Wunderbares tue, sollte das Universum mich nicht dafür belohnen? Oder die Menschen, die ich liebe?

Mit weit aufgerissenen Augen sehe ich Griffin an.

»Was?«, fragt er alarmiert.

»Nia hatte recht. Ich habe mich in meinem Leben verschanzt.«

»Könntest du dich vielleicht deutlich ausdrücken? Ich verstehe kein Wort.«

»Macht nichts. Hauptsache, ich verstehe mich.« Ich hole tief Luft und lächele. »Du sprichst mit dem Model einer atemberaubenden Kunstausstellung, deren Vernissage in zwei Wochen stattfinden wird.«

»Ach. Ist das so?«

»Ja. Und das wird Daddy gar nicht gefallen.« Doch zum ersten Mal spreche ich diesen Satz aus, ohne die übliche Furcht in der Magengrube zu spüren.

»Der ist in Georgia, und du bist hier. Und soweit ich weiß, ist das dein Leben.«

Ich schenke ihm ein strahlendes Lächeln. »So ist es. Und ich gedenke, es von nun an auch zu leben.«

Ungeduldig gehe ich im Studio auf und ab, als er endlich durch die Tür platzt. »Tut mir leid, wirklich, aber es war ein einziges Verkehrschaos und ich … *Kelsey*?«

Ich hebe zwei Finger zu einem etwas verlegenen Winken. »Hi.«

Mit wenigen Schritten ist er bei mir. Seine Miene drückt eine Mischung aus Freude und Sorge aus. »Alles okay mit dir? Wo sind Siobhan und Cass?«

»Ich hab sie weggeschickt.«

Seine Körperhaltung verändert sich. Er fährt sich mit der Hand durchs Haar und dann sieht er mich an, als müsse er ein gewisses Maß an Geduld aufbringen.

»Baby, ich bin überglücklich, dich zu sehen, aber ich muss diese verdammten Aufnahmen wirklich erledigen. Wir arbeiten auf den letzten Drücker, und Cass hat selbst einen Haufen Termine in ihrem Tattoo-Studio. Ich weiß es wirklich zu schätzen, dass sie diese Sache hier noch reingezwängt hat.«

»Ja, aber das muss sie gar nicht.«

Er tritt einen Schritt zurück und mustert mich misstrauisch. »Was ist hier los?«

»Na ja, so knapp in der Zeit bist du gar nicht. Du hast mindestens zwei Drittel der Bilder fertig, und die Choreografie für den Tanz steht.«

Er schluckt. »Kelsey. Mach das nicht, okay? Das ist nicht komisch.«

»Ich bin dabei, Wyatt. Meine Fotos. Meine Bühne. Mein Tanz. Niemand nimmt meinen Platz ein.«

Er schüttelt den Kopf. »Wir haben das bereits besprochen. Es ist schon in Ordnung. Du musst das nicht machen.«

»Doch. Ich muss.«

»Warum?«

»Weil ich dich auch liebe. Weil ich diejenige welche bin. Deine Inspiration. Deine Muse. Das hast du mir vor zwölf Jahren schon gesagt, Wyatt. Und niemand nimmt mir das wieder weg. Nicht einmal du.«

Ich trete einen Schritt näher an ihn heran. »Und ich tue es außerdem, weil es richtig ist. Deine Fotos erzählen eine Geschichte. Sie zeigen eine Entwicklung. Und die brauche auch ich. Einen Fortschritt von der alten Kelsey zu der neuen. Deshalb will ich erhobenen Hauptes durch die Ausstellung gehen und in mein eigenes Gesicht sehen – und ich will tanzen.«

Ich hole tief Luft. »Und obwohl ich all das tue, wird die Welt nicht untergehen«, füge ich hinzu. »Nichts Böses wird geschehen. Ich weiß das, weil du ein großartiger Fotograf bist und den Erfolg verdienst. *Und* weil ich den Unfug meines Vaters endlich abgeschüttelt habe.« Plötzlich verlegen, zucke ich mit den Achseln. »Ich meine, solange du mich überhaupt noch dabeihaben willst.«

Er bricht in lautes Gelächter aus. »Bist du fertig?«

Ich überlege einen Moment lang. »Ja. Ich denke, ich bin auf so gut wie alles zu sprechen gekommen.«

»Schön.« Er zieht mich an sich, und ich habe nicht einmal Zeit, einen Schrei auszustoßen, ehe sein Mund auf meinem liegt, hart und heiß, und der Kuss geht tief, sickert in meine Adern und erfüllt mich mit Wärme und Geborgenheit.

»Ich liebe dich«, sage ich, als wir uns voneinander lösen.

»Aber ich kriege den Bonus, weil ich es zuerst gesagt habe«, neckt er mich.

»Meinetwegen«, erwidere ich. »Ich will keinen Bonus. Ich will dich.«

***

Pressemitteilung:

Nach vierzehn Monaten im Stark Center for the Visual Arts wird die von den Kritiken gefeierte Fotoausstellung *Eine Frau im Sinn* auf USA- und Europatour gehen.

Eine Frau im Sinn, erdacht, konzipiert und fotografiert von W. Royce alias Wyatt Segel, präsentiert uns mit provokanten Bildern einen ganz eigenen Blick auf die Sinnlichkeit, der Öffentlichkeit und Kritiker gleichermaßen entzückt hat.

Royce und seine Verlobte, die Tänzerin Kelsey Draper, werden die Wanderausstellung zu ausgewählten Standorten begleiten. Obwohl acht der Ausstellungsfotos eine »anonyme« Frau als Vertreterin der Weiblichkeit schlechthin zeigen, haben Royce und Draper kein Geheimnis daraus gemacht, dass Draper selbst die zentrale Figur der Ausstellung und die Tänzerin der Live-Komponente ist.

Draper wird im Herbst mit den Dreharbeiten zu *Die dunkle Seite des Jupiter*, einer Adaption des gleichnamigen, preisgekrönten Broadway-Musicals, beginnen.

Das Stark Center ist stolz, im kommenden Frühjahr Royce' nächste, noch unbenannte Ausstellung ausrichten zu dürfen.

LESEPROBE

J. KENNER
deep *passion*
Band 2
Aus dem amerikanischen Englisch von Pauline Kurbasik
ISBN 978-3-453-35981-9

Der Hollywood-Shootingstar Lyle hält sich von Beziehungen fern. Doch als er in einer kompromittierenden Situation mit dem Escortgirl Sugar fotografiert wird, hat er nur eine Wahl, um seine Karriere zu retten: Er gibt seine Verlobung mit Sugar bekannt. Sugar willigt in das Täuschungsmanöver ein, weil sie Geld braucht, um ihr Zuhause zu retten. Was als Spiel beginnt, führt für beide schon bald zu gefährlichen Gefühlen …

Es schien ein perfekter Plan zu sein. Einen Mann in mein Bett zu lassen. Ihm zu erlauben, mich zu berühren, zu ficken.

Warum denn nicht?

Ich war schließlich verzweifelt. Und man weiß ja, wozu Verzweifelte fähig sind.

Außerdem würde ich nie eine Schwäche für einen meiner Kunden entwickeln. Ich gehöre nicht zu diesen braven Mädels, die wegen eines einzigen freundlichen Wortes oder einer zärtlichen Berührung gleich ihr Herz verlieren.

Ich gebe mich nie hin. Keinem Mann. Einfach niemandem.

Ich wurde schon viel zu häufig enttäuscht. Und wenn ich eh schon enttäuscht werde, kann ich es mir auch zunutze machen.

Das habe ich zumindest gedacht …

Dann öffnete er die Tür, mit seinem schönen Gesicht und dem gejagten Blick. Ein Blick, der Geheimnisse vermuten ließ, die mindestens so schmerzhaft waren wie meine.

Er berührte mich – und es war um mich geschehen, obwohl ich dagegen ankämpfte.

Und jetzt …

Nun, jetzt kann ich nur hoffen, dass ich beim Aufprall auf dem Boden nicht in eine Million Stücke zerbreche. Und dass er vielleicht – nur vielleicht – da sein wird, um mich aufzufangen.

1

Die Abendsonne ließ die Hollywood Hills warm erstrahlen und fast nackte Kellnerinnen glitten mit Shots in regenbogenfarbenen Reagenzgläsern durch die Menge. Für die traditionelleren Gäste gab es Longdrinkgläser mit erstklassigem Wodka und Bourbon.

Der Alkohol floss in Strömen, die Gäste lachten und plauderten, die heißeste neue Band aus Los Angeles rockte das Haus und Reporter machten Fotos und Videos, die sie in sozialen Medien teilten.

Mit anderen Worten: Die rauschende Feier im Reach, dem hippen, neuen Hotspot auf dem Dach, war *die* perfekte Werbeveranstaltung schlechthin.

Die Feier wurde veranstaltet, um zu verkünden, dass man Lyle Tarpin – ein neuer Shootingstar in Hollywood – als Darsteller für *M. Sterious* gewonnen hatte, den neuen Film der äußerst erfolgreichen *Blue Zenith*-Reihe, der nächstes Jahr herauskommen würde.

Das Drehbuch war gut, die Handlung spannend und Lyle konnte weder fassen, dass man ihn genommen hatte, noch, dass er den namensgebenden M spielen sollten, einen Antihelden mit emotionalen Blessuren.

Diese Rolle könnte ihn von der A-List bis zum Mond katapultieren, aus ihm einen Megastar in Hollywood machen, ihm vielversprechende, gut dotierte Rollen zu Füßen legen, von denen er bei seinen ersten Schritten in Hollywood nur zu träumen gewagt hatte.

Mit anderen Worten: Diese Gelegenheit wollte er nicht vermasseln.

Deswegen zwang er sich, nicht die Augen zu verdrehen und sich abzuwenden, als Frannie ihn anschaute und lächelte. Sie warf den Kopf zurück und ihre rotbraunen Locken wippten, als sie auf ihn zuging. Sie trug ein paillettenbesetztes Cocktailkleid, das einen Blick auf lange, wohlgeformte Beine in Riemchensandalen freigab, in denen perfekt gepflegte Füße steckten.

Francesca Muratti, eine Hollywood-Schauspielerin, die immer die Kassen klingeln ließ, sollte Lyles Liebesbeziehung spielen – die *Blue-Zenith*-Agentin, die M von seinen dunklen Wegen abbringt und ihn auf die Seite der Gerechtigkeit holt – dabei rettet sie ihn und fügt der Reihe hoffentlich noch einen langlebigen Helden hinzu.

»Hallo, Lover«, raunte sie, schlang ihm die Arme um den Hals und drückte ihren Körper an seinen. Frannie hatte einen Ruf als männermordender Vamp, der Wert darauf legte, mit fast allen männlichen Filmpartnern zu schlafen, und sie machte kein Geheimnis daraus, dass sie Lyle gern in den Kreis der »Erwählten« aufnehmen würde.

Lyle wusste offenbar wirklich nicht, ob sie unsicher oder übermäßig geil war oder ob sie einfach Method-Acting gut fand. Er wusste bloß, dass er kein Interesse hatte. Was – wenn man bedenkt, wie schädlich eine angefressene Francesca für seine Karriere sein konnte – ziemlich schwierig war.

»Küss mich so, als würde ich dir etwas bedeuten«, murmelte sie, dann lehnte sie sich an ihn, wollte den Wunsch in die Wirklichkeit umsetzen, doch er fuhr zurück, nahm ihr Kinn in die Hand und hielt es fest. Sie schaute irritiert.

»Vorfreude, Frannie.« Er beugte sich zu ihr, sie erbebte von dem Gefühl seines Atems an ihrem Ohr. »Wenn wir ihnen jetzt schon geben, was sie wollen, werden sie sich wohl nicht mehr den Film ansehen.«

»Scheiß auf die Fans«, flüsterte sie und ließ die Hand zu seinem Schritt gleiten. »Ich will das hier.«

Und er wurde hart – verdammt noch mal! Nicht weil er sie begehrte, sondern als Reaktion auf ein vertrautes, niederes Bedürfnis. Ein dunkler Raum. Eine willige Frau. Nur einmal, hart und heiß genug, dass es ihn erschöpfte. Seine Schuld und seinen Schmerz linderte. Die Geister aus seiner Vergangenheit, seine grauenvollen Fehler verblassen ließ.

Gerade genug, damit er bis zum nächsten Mal durchhalten konnte. Bis zur nächsten Frau.

Und vielleicht – wenn er Glück hatte – die Mauer einreißen konnte, die er um sein Herz errichtet hatte.

Er war aufgewühlt und stellte sich das Gefühl der weichen Haut einer Frau unter den Fingern vor. Einer Frau, die ihn nicht aus Jennifers Augen anblicken würde. Eine Frau, die ihn nicht daran erinnern würde, wovor er weglief oder was er getan hatte. Die sich ihm hingeben würde. Der seine Fehler egal wären, während er sich einfach gehen ließ, hart, heiß und verzweifelt, im wilden, dunklen Glück der Anonymität.

»Mmm, ich weiß nicht, Lyle«, murmelte Frannie und drückte die Hand fest gegen seinen inzwischen steinharten Schwanz. »Hier ist der Beweis, dass die Chemie zwischen uns vor der Kamera echt ist. Gib mir eine Chance, und ich wette, wir werden die Aufmerksamkeit des Publikums auf uns ziehen.«

»Ich mag dich sehr, Frannie«, sagte er, trat einen Schritt zurück und verfluchte sich, dass er sich Tagträumereien hingegeben hatte. »Aber ich ficke dich nicht.«

Wegen des Funkelns in ihren Augen war er sicher, dass ihr berüchtigtes Temperament zum Vorschein kommen würde, doch ein Herausgeber, den er von *Variety* kannte, kam zu ihnen, und Frannie schaltete sogleich einen Gang herunter auf charmant.

Lyle blieb lange genug, um den Typen zu begrüßen und einige Fragen zur Rolle zu beantworten, dann flüchtete er, als sich die Unterhaltung um Frannies neuen Werbevertrag drehte.

Er nahm sich einen Bourbon vom Tablett eines Kellers und trank auf dem Weg zum Rand der Dachterrasse einen Schluck. Er mochte keine Höhen, deswegen konfrontierte er sich mit ihnen. Deswegen lag seine Wohnung im dreißigsten Stock eines Hochhauses, und er verbrachte viel Zeit damit, seinen Pilotenschein zu machen. Wenn ihn etwas störte, dann bezwang er es und ließ sich nicht davon unterkriegen.

Deswegen irritierte ihn dieser Mist mit Frannie so sehr.

»Du hast auf mich nie sonderlich dumm gewirkt.«

Lyle erkannte die raue, weibliche Stimme und drehte sich zu seiner Agentin Evelyn Dodge um. Evelyn war eine attraktive Frau Mitte fünfzig und schon seit Ewigkeiten in der Branche, sie kannte alle wichtigen Menschen und war hart wie Stahl. Sie ließ sich außerdem von niemandem etwas gefallen.

Lyle betrachtete ihr Gesicht, versuchte herauszufinden, was sie dachte. Vergeblich. Seine Agentin war nicht zu durchschauen. Das war beim Aushandeln von Geschäften gut. Und nicht so gut, wenn er ihre Reaktion abschätzen wollte.

»Diese Frau ist einflussreicher als du denkst«, fuhr sie fort, als er nichts entgegnete. »Du willst den schnellen und dreckigen Weg, willst deine Karriere im Klo runterspülen? Das kannst du ganz einfach haben, wenn du Frannie verärgerst, plötzlich Garreth Todd den M spielt und du Glück hast, wenn du mal kurz in einem Werbespot für Gebrauchtwagen auftauchst.«

»Danke für deine direkten Worte«, sagte er trocken.

»Findest du, dass ich übertreibe? Ich dachte, du wüsstest, wie der Hase läuft. Oder habe ich dich die ganze Zeit über falsch eingeschätzt?«

»Verdammt, Evelyn. Ich bin nicht naiv. Aber ich schlafe auch nicht mit Frannie, nur damit am Set alles gut läuft. Rätst du mir ernsthaft dazu?«

»Auf keinen Fall, Iowa«, sagte sie und benutzte seinen Heimatstaat als Spitznamen. »Ich erkläre dir nur, dass du klug handeln musst. Solange du Single bist, wird sie nicht locker lassen.« Sie seufzte. »Du hast verdammt hart dafür gearbeitet, da hin zu kommen, wo du jetzt bist und du gehst gerade durch die Decke. Aber falls du dich für unbesiegbar hältst, solltest du wissen: Je höher du fliegst, desto schmerzhafter ist es, wenn du wieder auf der Erde aufprallst.«

»Ich werde nichts vermasseln, Evelyn.«

»Ich kenne Frannie besser als du. Sie hat schon viel etabliertere Karrieren als deine zerstört – und zwar, noch bevor sie den Oscar bekommen hat.«

Fuck. Er fuhr sich mit den Fingern durchs Haar.

»Wie lange arbeiten wir schon zusammen?«, fragte sie und erwartete ganz offensichtlich keine Antwort. »Zwei, drei Jahre? Und in dieser ganzen Zeit bist du noch nie mit jemandem ausgegangen. Auf Partys hast du hin und wieder einmal eine Frau im Arm, doch meistens gehst du allein zu diesen Feiern.«

»Was willst du von mir, Evelyn?« Er wusste, dass er sich defensiv anhörte, doch sie stocherte nah an einem wunden Punkt herum, von dem er nicht wollte, dass sie ihn traf, und spähte in finstere Ecken, die besser im Dunklen bleiben sollten.

»Du hast mir mal gesagt, dass du nicht schwul bist, das ist schon okay. Tausende weibliche Teenager im ganzen Land schlafen besser, weil du noch auf dem Markt bist.«

»Stimmt das?« Er versuchte – vergeblich – sich seinen Frust nicht anhören zu lassen.

Sie blickte ihn kurz an. »Ich will nur sagen: Falls du irgendwo auf einem Dachboden oder so eine Freundin versteckt hast, solltest du sie nun herausholen und abstauben. Weil sich unsere liebe Frannie wie ein Hund mit einem Knochen verhält. Ein sehr verwöhnter, bestens gepflegter Hund, der fies zubeißen kann, wenn er nicht seinen Willen bekommt. Aber mit verheirateten Männern legt Frannie sich nicht an.«

»Und das heißt? Ich fliege jetzt nach Las Vegas und heirate ein Revuegirl?«

»Pass einfach auf. Und solltest du irgendwo eine Freundin versteckt haben, dann bring sie zu einer oder zwei Partys mit. Und wenn du keine hast, dann such dir eine.«

»Das ist Quatsch«, antwortete er ruhig. »Aber ich denke darüber nach.«

»Gut. Komm, wir stürzen uns in die Menge.«

Seufzend schaute er sich um. Der ganze Alkohol und die riesige Menge Fingerfood, das von Kellnerinnen in Outfits verteilt wurde, die ein bisschen zu knapp waren, um noch als anständig durchzugehen, aber zu viel bedeckten, um obszön zu sein. Sein Blick fiel auf die ganzen Servietten und die Stielgläser mit dem Logo der Reihe und auf die Band in der Ecke, die in Endlosschleife Musik des Film-Unternehmens spielten, während am anderen Ende der Dachterrasse Ausschnitte von früheren Filmen auf einer riesigen Leinwand gezeigt wurden.

Es war opulent, lächerlich und völlig übertrieben.

Jennifer hätte es grandios gefunden.

Sie wäre durch Hollywood gefegt und hätte es erobert, hätte Francesca Muratti wie eine Dilettantin aussehen lassen.

Mach es richtig oder lass es. Hatte sie ihm das nicht immer gesagt? Jennifer? Mit ihrem unschuldigen Blick und ihrem nicht so unschuldigen Mund?

Aber sie hatte die Chance dazu nie bekommen.

Und hier war er nun, auf den Tag genau dreizehn Jahre seit dieser furchtbaren Nacht. Jenny war tot, und er stand im Armani-Anzug im Rampenlicht und lebte ihren Traum.

Wie abgefuckt war das bitte?

»Ich habe dich irgendwo verloren«, sagte Evelyn. »Komm, wir gehen zur Bar. Ich glaube, du brauchst noch einen Drink.«

Das stimmte zwar, aber er schüttelte den Kopf. »Ich denke gerade nach.« Er zeigte auf die ganze Party und die Stadt unter der Dachterrasse. »Hier werden tatsächlich Träume wahr.«

Doch nur einige wenige Pechvögel – wie Lyle – wussten, wie viele Albträume sich hinter diesen schillernden Träumen verbargen.

Er zwang sich zu einem Lächeln. »Es ist nach sieben. Ich

bin schon seit fast zwei Stunden hier. Ich war überschwänglich, charmant und habe mich als Team-Player gezeigt. Ich habe alles getan, was sie von mir wollen. Offiziell, jedenfalls«, fügte er hinzu und dachte an Frannies Annäherungsversuche. »Da habe ich mir doch zumindest einen Keks verdient, oder?«

Sie verschränkte die Arme, verlagerte das Gewicht und schaute ihn an. »Kommt drauf an, welche Art Keks du willst.«

»Ich hau ab.«

»Verdammt, Lyle.«

»Mach ich dir jemals Probleme? Musst du mir jemals den Rücken freihalten? Erfülle ich nicht meinen Ruf als Goldjunge?«

Sie schwieg.

»Lass dir eine Ausrede für mich einfallen. Irgendwas. Es ist mir egal.« Für einige Sekunden ließ er seine Maske fallen. Der unschuldige Junge aus Iowa, der mit siebzehn entdeckt worden war, den sein gutes, für den Mittleren Westen der USA typisches Aussehen und die strahlend blauen Augen schnell berühmt gemacht hatten. Er hatte sich in die Arbeit gestürzt, sich durch Fernseh- und Indie-Filme zu seiner aktuellen Position hochgearbeitet. Ein wirklich netter Typ, bei dem der ganze Hollywood-Scheiß noch keine Spuren hinterlassen hatte.

Aber das war auch alles nur eine Rolle. Und einen Moment lang gewährte er Evelyn Einblicke in den Schmerz tief in seinem Inneren. Den Verlust. Die Dunkelheit. Und die ganze verdammte Schuld.

Dann war er wieder Filmstar und sie schaute ihn an, runzelte mit nahezu mütterlicher Besorgnis die Stirn.

»Bitte«, sagte er, leise und mit rauer Stimme. »Heute ist kein guter Tag. Ich brauche …«

Was? Einen Drink? Einen Fick? Magische Kräfte, die die Vergangenheit ändern können?

»… Ruhe. Ich muss einfach gehen.«

»Möchtest du Gesellschaft?«

Nichts lieber als das.

Er schüttelte den Kopf. »Nein, alles okay. Aber vielen Dank.«

Aber er wollte Gesellschaft. Nur nicht die, die Evelyn ihm anbot. Er wollte raue Gesellschaft. Dreckig, schnell und anonym. Völlig diskret. Und ohne irgendwelche Verpflichtungen.

Wollte er das? Nein, wollte er nicht. Eigentlich nicht.

Aber er brauchte es ganz sicher.

Er musste das Ventil öffnen und den Druck ablassen. Die Schuld auslöschen, wenn auch nur einige herrliche Minuten lang. Den Geistern und Erinnerungen und dem ganzen Scheiß entfliehen, den er so angestrengt unter Verschluss hielt. All das, was er nie jemandem zeigte.

Das brauchte er, denn ohne diese Freisetzung würde die Maske tatsächlich rissig werden, und die ganze Welt würde wissen, dass der anständige Lyle Tarpin ein riesiger Schwindel war.

Lesen Sie weiter:

J. KENNER
deep *passion*
Band 2
Aus dem amerikanischen Englisch von Pauline Kurbasik
ISBN 978-3-453-35981-9

Jane und Dallas – ihre Liebe ist verboten, doch ihre Leidenschaft kennt keine Tabus

J. Kenner, *Secrets (1): Dirty Secrets*
ISBN 978-3-453-35915-4 · Auch als E-Book

Dallas Sykes, der milliardenschwere Sohn eines Kaufhaus-Magnaten, ist durch seine wilden Affären in ganz New York verrufen. Doch tief in seinem Herzen sehnt er sich nur nach ihr: Jane West. Sie ist bildschön, atemberaubend sinnlich – und absolut tabu. Mit aller Macht kämpft Dallas gegen seine Gefühle für die Frau an, die er als einzige niemals haben darf. Aber gerade das Verbotene besitzt einen besonderen Reiz ...

Leseprobe unter diana-verlag.de
Besuchen Sie uns auch auf herzenszeilen.de

DIANA